Peter Lovesey schrieb 1970 den Kriminalroman »Der Tod hat lange Beine«, der auf Anhieb einen Wettbewerb als bestes Erstlingswerk dieses Genres gewann. Einige Zeit später gab er seine Tätigkeit als Lehrer auf und widmete sich ganz der Schriftstellerei. Er veröffentlichte weitere erfolgreiche Kriminalromane, die im viktorianischen Milieu angesiedelt sind und nach denen zwei beliebte englische Fernsehserien gedreht wurden. Sein Buch »Abschied auf englisch«, dessen turbulente Handlung in den zwanziger Jahren spielt, erhielt den Gold Dagger Award als bester englischer Kriminalroman des Jahres 1982.

Die Überschriften der einzelnen Teile sind, dem englischen Original gemäß, mit den Titeln bekannter Chaplin-Filme identisch.

Vollständige Taschenbuchausgabe

Titel der Originalausgabe »The False Inspector Dew«

Aus dem Englischen von Herbert Neumaier
Umschlaggestaltung: Agentur Cooperation, München
Satz IBV Satz- und Datentechnik GmbH, Berlin
Druck und Bindung Clausen & Bosse, Leck
Printed in Germany · 1 · 15 · 785
ISBN 3-426-01316-9

1. Auflage

Peter Lovesey:
Abschied auf englisch

Roman

Knaur

Sechzig Jahre sind vergangen, und niemand hat das Geheimnis des falschen Inspektors Dew gelüftet.
Man war allgemein überzeugt davon, daß der einzige beweiskräftige Hinweis auf Befehl des Chefs der Metropolitan Police vernichtet worden war. Aber bei Scotland Yard wußte man nicht, daß es noch eine Akte gab: im Archiv der Cunard-Linie. Sie enthielt die Aussagen des Kapitäns und einiger Offiziere der »Mauretania«. Und sie enthielt auch den entscheidenden Funkspruch, den der Kapitän aufgesetzt und an das Büro der Cunard-Linie gesandt hatte, und den auch Scotland Yard zur Information erhielt.
Die vorliegende Rekonstruktion der wichtigsten Ereignisse setzt mit dem darauffolgenden Morgen ein, als der Polizeichef das Telegramm auf seinem Schreibtisch vorfand.

ISBN 3-426-01316-9 880

TEIL 1

Der Tramp

1

SS Mauretania, 9. Sept. 1921.
Melden verdächtigen Todesfall an Bord.
Haben Chefinspektor Dew von Scotland Yard gebeten, den Fall zu übernehmen.

A. H. Rostron, Captain

Chefinspektor Dew! Der Polizeichef erinnerte sich an Dew. Dieser Mann hatte Dr. Crippen überführt, damals, 1910. Und der Polizeichef war sich völlig sicher, daß Dew noch im selben Jahr den Dienst quittiert hatte.
Er nahm einen Bleistift und schrieb unter das Telegramm: »Was soll der Unsinn? Für Komödianten sind Sie zuständig.«
Er lachte vor sich hin und adressierte die Notiz an seinen Stellvertreter.
Der stellvertretende Polizeichef war an diesem Tag mit Charlie Chaplin am Waterloo-Bahnhof. Zweihundert Polizisten standen, die Arme untergehakt, in einer Kette zur Unterstützung bereit. Nach neun Jahren war Charlie Chaplin aus Amerika zurückgekehrt. Einst war er mit der Karno-Truppe als Music-Hall-Komödiant dorthin gegangen, als einer der berühmtesten Zeitgenossen kehrte er nach London zurück. Tausende erwarteten ihn am Bahnhof.
Als der Zug einfuhr, eilten der stellvertretende Polizeichef und sein dienstältester Polizist zu dem für Chaplin reservierten Abteil. Sie ergriffen ihn wie einen Gefangenen und drängten ihn den Bahnsteig entlang. Hinter der Absperrung stemmten sich die Blauuniformierten in einer dichten Kette gegen die wartende Menge. Chaplin wurde in eine bereitstehende Limousine verfrachtet. Nur wenige Leute hatten ihn zu Gesicht bekommen.
In einem Einsatzwagen fuhr der stellvertretende Polizeichef voraus zum Hotel Ritz. Auf dem Piccadilly Circus ging es zu wie am Jahrestag des Waffenstillstands von 1918. Auf Schleichwegen wollten sie zum Ritz.

Mit bleichem Gesicht saßen Chaplin und sein Cousin in dem Lanchester; die Türen waren verriegelt, die Fenster hochgekurbelt. An die Glasscheiben preßten sich grinsende Gesichter. Die Autos kamen nur im Schrittempo voran. Immer mehr Polizisten tauchten auf. Chaplin wurde gebeten, auszusteigen. Sie waren vor dem Seiteneingang des Hotels angelangt. Aber er weigerte sich, ihn zu benutzen. Seine Heimkehr war ein Triumph. Als kleiner Music-Hall-Darsteller hatte er oft davon geträumt, im Ritz zu residieren. Die Menge war gekommen, um zu sehen, wie er seinen Platz unter den Reichen und Berühmten einnahm. Der unscheinbare Tramp unter den feinen Pinkeln. Er kündigte an, daß er das Hotel nur durch den Haupteingang betreten würde. Die Autos bogen also in den Piccadilly Circus ein. Chaplin stieg aus und stellte sich winkend aufs Trittbrett. Um ihn brandete die Menschenmenge. Der stellvertretende Polizeichef war der Verzweiflung nahe. Doch Chaplin bekam sein Publikum dank seines verblüffenden Talents oder durch Routine unter Kontrolle. Er hielt eine schlichte Ansprache, und alle lauschten ihm feierlich. Nachdem sie ein Hoch auf ihn ausgebracht hatten, ließen sie ihn das Ritz betreten. Aber die Menge löste sich nicht auf. In doppelter Reihe staute sich der Verkehr von Hyde Park Corner bis zum Piccadilly Circus. Chaplin wohnte in der Königssuite. Durchs offene Fenster warf er Nelken, die er aus einer Vase nahm, zu der Menge hinunter. Erst nach Stunden konnten die Polizisten abgezogen werden.
An diesem Abend kam der stellvertretende Polizeichef erst spät nach Scotland Yard zurück. Er wollte auf seinem Schreibtisch Ordnung machen. Er hatte Hunger, und die Füße schmerzten. Schnell überflog er die Korrespondenz. Er las das Telegramm mit der spaßigen Anmerkung seines Chefs: »Für Komödianten sind Sie zuständig.« Lachen konnte er nicht.
Er erinnerte sich noch lebhaft an Walter Dew, der seiner Meinung nach trotz des gewaltigen Ansehens kein wirklich großer Detektiv war. Er hatte zu wenig auf Zeugenaussagen geachtet und war viel zu weichherzig gewesen. Für den Mörder Crippen hatte er eine Menge Sympathie offenbart. Er hatte Glück gehabt, als er ihn überführte, und er hatte es gewußt. Noch an dem Tag, an dem die Revision verworfen wurde, hatte Walter Dew, obwohl er erst Mitte vierzig war, den Dienst quittiert. Der stellvertretende Polizeichef hatte noch nie jemanden gesehen, der so gern in Pension ging. Dew war an die Küste, nach Worthing, gezogen, und es war höchst unwahrscheinlich,

daß er auf einem Ozeanriesen auftauchte, um bei einer Fahndung zu helfen.
Aber Dew steckte voller Rätsel, und auf hoher See war das Wort eines Kapitäns Gesetz. Es wäre interessant gewesen zu erleben, ob Chefinspektor Dew seiner eigenen Legende gerecht wurde.
Was konnte Scotland Yard anderes tun, als den Vorfall zur Kenntnis zu nehmen?
Der stellvertretende Polizeichef zeichnete das Telegramm ab, warf es in einen Ablagekasten, tilgte es aus seinem Gedächtnis und ging, um sich ein Taxi zu suchen.
Am nächsten Tag verstaute ein Beamter das Telegramm in den Akten.

2

Jener Mann, welcher der falsche Chefinspektor Dew werden sollte, hieß Baranov. Sein Leben war bis zum 7. Mai 1915 völlig gewöhnlich verlaufen. Damals jedoch wurde er unfreiwillig in eines der aufsehenerregendsten Ereignisse des Ersten Weltkriegs verwickelt.
Das Wasser vor der Südküste Irlands war spiegelglatt und von einem durchsichtigen tiefen Grün. Das Sonnenlicht brach sich schimmernd am riesigen Rumpf des Cunard-Überseedampfers »Lusitania«, der mit fast zweitausend Passagieren, Besatzung und einer geheimen Fracht, bestehend aus zweihundertzwanzig Tonnen Munition und sechsundsechzig Tonnen hochexplosiver Nitrocellulose, den Hafen von Queenstown ansteuerte. Queenstown sollte angelaufen werden, weil Berichten zufolge ein deutsches U-Boot im Kanal kreuzte.
Zehn Minuten nach zwei Uhr nachmittags sah der Wachhabende im Ausguck, wie eine saubere weiße Linie auf der Steuerbordseite das Wasser zerteilte und auf das Schiff zustrebte. Der Geschwindigkeit und dem Aussehen nach konnte es sich nur um die Spur der Preßluftblasen handeln, die der Antrieb eines Torpedos hinterließ. Und das Schiff war das Ziel. Der Wachhabende warnte die Brücke.
Auf der Brücke nahm Captain William Turner um diese Zeit wie gewöhnlich sein Mittagessen ein. Er war ein Veteran aus den Tagen der Segelschiffe, dem die gesellschaftlichen Verpflichtungen an Bord eines modernen Passagierschiffs zuwider waren. Am Vortag hatte er sich dazu gezwungen, gemeinsam mit den Passagieren der ersten Klasse zu Abend zu essen. Danach hatte man ihn im Rauchsa-

lon einem regelrechten Verhör unterzogen. Der Sprecher der Passagiere war Baranov, ein alter Music-Hall-Darsteller, der mit seinem Sohn nach England zurückreiste. Baranov senior hatte das Bein in Gips. Er war sehr aggressiv gewesen, als er wissen wollte, weshalb der Kabinensteward die Bullaugen verdunkelt habe, weshalb die Rettungsboote an ihren Kranen außerbords geschwungen seien und weshalb die Offiziere den Passagieren verboten, ihre Zigarren auf Deck anzuzünden. Captain Turner hatte erklärt, dies seien die üblichen Vorsichtsmaßregeln beim Durchqueren einer Kriegszone. Doch Baranov schien das nicht beruhigt zu haben.

Das Torpedo schlug etwas vorderhalb der Brücke in die »Lusitania« ein. Ein Wall aus Wasser, Rauch und Trümmern versperrte dem Kapitän die Sicht. Er befahl dem Steuermann, alle noch offenen wasserdichten Türen schließen zu lassen, und kontrollierte die Instrumente, ob Feuer ausgebrochen oder Wasser eingedrungen sei. Das Schiff hatte eine Schlagseite von fünfzehn Grad.

Eine zweite, heftigere Explosion erschütterte die »Lusitania«. Sie rührte von keinem zweiten Torpedo her, sondern von der Geheimfracht, dem Pulverfaß unter Deck. Captain Turner befahl, die Rettungsboote auf Wasser zu setzen, und dann fühlte er entsetzt, wie durch Rauch und Staub hindurch kühle Luft sein Gesicht streifte. Unglaublich, das Schiff hatte noch Fahrt. Solange das der Fall war, konnten die Rettungsboote nicht sicher auf Wasser gesetzt werden.

George Little, der Dritte Maschinist, hörte, wie der Kapitän volle Kraft achtern befahl, um die Vorwärtsbewegung des Schiffes zu bremsen. Er war krank vor Angst. Bei der letzten Inspektion der Ventile in der Niederdruckturbine war ein Defekt festgestellt worden. Man hatte den Kapitän gewarnt, daß volle Kraft achtern zu einem gefährlichen Dampfrückstau führen könne. Aber was blieb Little übrig? Er gehorchte. Sofort sprengte eine Druckexplosion die Hauptdampfleitung. Little reagierte verwirrt und voller Schrecken. Er stellte die Hebel im Maschinenraum auf volle Kraft voraus. Die Explosion hatte zwar den Dampfdruck verringert, aber die »Lusitania« durchschnitt noch immer gleichmäßig die Wogen.

Auf einem Überseedampfer geht es beim Mittagessen nie eilig zu, und viele Passagiere der ersten Klasse waren noch im weißgoldenen Louis-seize-Salon, als das Torpedo einschlug. Walter Baranov saß mit seinem behinderten Vater an einem Tisch nahe dem Treppenaufgang. Schnell war er auf Deck, um nachzuschauen, was sich ereignet hatte. Das Vorderdeck war bereits unter Wasser, und es war offensichtlich, daß das Schiff versank. Mühsam fand er wieder zu seinem Vater zurück. Baranov senior war Akrobat. Während der Tournee durch Amerika war er vom Hochseil gestürzt, wobei er sich einen komplizierten Beinbruch zugezogen hatte. Sein Sohn war Stabszahnarzt und hatte Sonderurlaub bekommen, um seinem Vater bei der Rückkehr behilflich zu sein. Die Krücken des Vaters waren schuld, daß sie zu den letzten gehörten, die den Speisesaal verließen.

Auf dem Oberdeck spielten sich inzwischen Dinge ab, welche den Überlebenden hinfort nächtliche Alpträume bereiteten. Wegen der Schlagseite des Schiffes fielen die Rettungsboote backbords aus, alles eilte daher zu denen an Steuerbord. Als Staff Captain Andersson, der verantwortliche Offizier, seine Leute auf den Posten rief, drängten sich in jedem der elf Rettungsboote und der dreizehn Faltboote, die unter diesen verstaut gewesen waren, bereits bis zu achtzig furchterfüllte Passagiere. Damit die Boote nicht nach innen schwingen konnten, was sehr verhängnisvoll gewesen wäre, hingen sie an einer Kette, welche den Plankengang innerbords mit der Verschanzung verband. Der Dritte Offizier Albert Bestic bat die Passagiere um Mithilfe, das erste Rettungsboot frei von der Schiffsseite außenbords zu schwingen. Es wog leer fast fünf Tonnen; die menschliche Fracht wog ungefähr das gleiche.

Als die Freiwilligen zu drücken begannen, hängte jemand die Kette aus.

Das Boot schlingerte innerbords, zermalmte die hilflosen Freiwilligen und prallte auf die Menschen in den Faltbooten. Die Trümmer zweier Boote und hundert schreiende Verletzte wurden wegen der Schräglage des Schiffes gegen die Decksaufbauten der Brücke geschleudert.

In Sekundenschnelle richtete das zweite Rettungsboot das gleiche Blutbad an. Obwohl die Offiziere die Passagiere brüllend aufforderten, auszusteigen, schlugen noch drei Rettungsboote auf Deck und vergrößerten den blutigen Haufen aus zersplittertem Holz und menschlichen Körpern.

Die Kabinenstewardeß Katherine Barton kontrollierte unten im B-Deck, ob alle Passagiere erster Klasse gewarnt waren. Viele Kabinentüren standen offen. Der reichste Passagier an Bord, Alfred Vanderbilt, hatte Nummer acht schon verlassen, und auch der Theaterproduzent Carl Frohman hatte bereits Nummer zehn ver-

lassen. Aber sie hörte Geräusche aus Nummer zwölf, der Kabine von Delia Hawkman, einer der oberen Zehntausend von New York. Die Stewardeß schaute nach und sah eine Person am Toilettentisch. Mrs. Hawkman war das nicht. Ein untersetzter Mann in dunklem Anzug verstaute gerade den Inhalt einer Schmuckkassette in seinen Taschen. Die Stewardeß Barton wollte ihn zur Rede stellen, aber der Plünderer drehte sich um und warf ihr die Kassette an den Kopf.
Auf dem gleichen Gang kontrollierte Steward Hamilton alle Kabinen mit ungeraden Zahlen, er wußte nicht, was auf Nummer zwölf vorgefallen war. Er hörte nur, daß eine Tür zugeschlagen wurde, und ein junger Mann, den er nicht kannte, kam ihm entgegen. Hamilton forderte den jungen Mann auf, eine Schwimmweste anzulegen, der aber rannte, ohne ein Wort zu sagen, zur Niedergangstreppe. Hamilton setzte seinen Kontrollgang fort. Am Ende des Flurs bemerkte er, daß die Stewardeß Barton ihren Kontrollgang unterbrochen haben mußte. Er ging den Flur zurück und stellte fest, daß die Tür zu Nummer zwölf verriegelt worden war. Drinnen lag sie bewußtlos auf dem Boden, aus Nase und Mund tropfte Blut. Hamilton und Mrs. Barton waren unter den Überlebenden.
Inzwischen hatte auf dem Oberdeck Staff Captain Andersson eine entsprechende Anzahl von Passagieren dazu überreden können, ein Rettungsboot zu verlassen und mit eigener Kraft über Bord zu manövrieren. Als das Boot auf der Höhe des Promenadendecks schwebte, versuchten andere Passagiere, hineinzuklettern. Mit Rudern wurden sie von denen, die schon drin waren, abgewehrt. Irgend jemand schrie der Mannschaft zu, das Rettungsboot außerbords zu schwingen. Aber es klappte nicht. Die Heckkonstruktion des Rettungsbootes gab nach. Das Boot richtete sich auf, und alle stürzten ins Meer. Einen Augenblick lang blieb es so aufgehängt, dann zerbarst auch der Bug, und das fünf Tonnen schwere Rettungsboot stürzte auf die Menschen im Wasser.
Wieder zerschellten drei Boote an den vernieteten Planken der »Lusitania«. Sie brachen auseinander und versanken.
Staff Captain Andersson gehörte zu den Todesopfern der »Lusitania«.
Isaac Lehmann aus New York hatte aus seiner Kabine einen Revolver mitgebracht. Er ging zu einem Rettungsboot, das noch nicht losgemacht war. Es war überfüllt. Mit der Axt in der Hand stand ein Matrose davor, um die Verbindung zu kappen, sobald Meer und Deck niveaugleich waren. Aber Lehmann bestand darauf, daß das

Rettungsboot sofort zu Wasser gelassen würde. Mit gezogenem Revolver zwang er den Matrosen, die Kette zu durchtrennen. Das Rettungsboot fiel schwer auf das Faltboot darunter und schlitterte wie die anderen über Deck. Mindestens dreißig Personen kamen dabei zu Tode; Lehmann überlebte.

Einige Passagiere und Mannschaftsangehörige weigerten sich, am Gerangel um die Rettungsboote teilzunehmen. So sah man Alfred Vanderbilt und das Ehepaar Frohman, wie sie in der Empfangshalle Schwimmwesten an den Korbbettchen befestigten, in denen einige Kinder auf der Säuglingsstation ihren Mittagsschlaf gehalten hatten. Vanderbilt, die Frohmans und die Kinder ertranken.

Fünfzehn Minuten nach der ersten Explosion berührte der Bug der »Lusitania« den felsigen Meeresgrund.

Das Heck ragte mit laufenden Schrauben über die Wasseroberfläche hinaus. Noch immer befanden sich Hunderte an Bord. Manche bemühten sich verzweifelt, weitere Rettungsboote freizubekommen. Andere warteten ruhig, bis sich das Heck senkte, um sich den Fluten anzuvertrauen. Walter Baranov und sein Vater gehörten zu ihnen. Sie hielten sich über Wasser, bis man ihnen in ein Rettungsboot half.

Ein Dampfkessel explodierte. Einer der großen Schornsteine neigte sich in einer Wolke aus Rauch und Funken. Sekunden später war das Schiff verschwunden. William Turner, der Kapitän, hatte sich an die Navigationsinstrumente der Brücke geklammert, bis ihn die Fluten fortspülten. Er gehörte zu den Überlebenden. Als er vor den Bord-of-Trade-Untersuchungsausschuß zitiert wurde, bezichtigte man ihn der Feigheit.

Insgesamt überlebten siebenhundertvierundsechzig Menschen den Untergang der »Lusitania«. Viele von ihnen waren ins Wasser gestürzt oder gesprungen und später in eines jener sechs Rettungsboote geklettert, die von Steuerbord freigekommen waren. Andere trieben, an Wrackteile geklammert, auf offener See. Ein Offizier und seine Mutter retteten sich auf dem großen Konzertflügel, der im Ballsaal gestanden hatte.

Eintausendzweihundertundeins Tote waren zu beklagen. Noch Tage danach wurden an die Küste Irlands Leichen gespült. Prämien der Cunard-Linie und der Angehörigen führten zu einer verstärkten Suche nach Opfern. Für jeden Ertrunkenen wurde ein Pfund geboten. Für jeden Amerikaner winkten zwei Pfund; für Alfred Vanderbilt tausend.

TEIL 2

Rampenlicht

1

Die nächste Etappe auf dem Werdegang des falschen Inspektors Dew begann im Frühjahr 1921.

Alma Webster saß auf dem Behandlungsstuhl und starrte Mr. Baranovs rechte Hand an. Das Instrument in dieser sah sie gar nicht. Sie studierte ein Büschel blonder, feiner Haare auf den Fingern und verfolgte ihre Spur über den Handrücken bis zur Manschette. Am Handgelenk wuchsen sie dichter und wilder.

Sie liebte ihn wahnsinnig.

Es war der dritte Termin, und die Behandlung sollte insgesamt sechs Wochen dauern. »Dabei brauchen Sie sich über Ihre Zähne wirklich keine Sorgen zu machen«, hatte Baranov gesagt. »Für eine junge Dame – von ... wie alt werden Sie denn sein? Neunundzwanzig? – sind sie recht gesund. Hier und da ein Loch, sonst nichts. Ziehen müssen wir nichts. Ich möchte möglichst viele Zähne erhalten, Miss Webster, nicht ausreißen. Ich arbeite langsam, was aber nicht nach einer Entschuldigung klingen soll. Ich möchte Ihre kostbare Zeit nicht übermäßig beanspruchen, aber Sie haben mein Wort, daß Sie von dem Ergebnis nicht enttäuscht sein werden.«

Alma war mit ihrer kostbaren Zeit alles andere als geizig. Ihre Abneigung gegenüber Zahnbehandlungen hatte sich in Luft aufgelöst, als sie zum erstenmal in der Praxis am Eaton Square gewesen war. Die Möbel erinnerten an einen Raum im Winterpalast von St. Petersburg. Da hing ein funkelnder Lüster, im gemauerten, messingverzierten Kamin brannte Holzfeuer, von den Wänden prangten in Goldrahmen Kosaken auf schwarzen Jagdpferden sowie ein goldfarbener afghanischer Teppich, und die ledernen Armsessel schienen für Menschen von der Größe eines Schaljapin bemessen zu sein. Es duftete nach Orientzigaretten. Mr. Baranov hatte gerade an einem Schreibtisch aus Ebenholz gesessen, war aber sofort aufgestanden, um sie mit einer leichten Verbeugung lächelnd zu begrüßen. Als sich ihre Augen begegneten, fühlte Alma ein Prickeln auf der Haut, etwas Seltsames schien sich anzubahnen.

Wegen ihres Alters verbesserte sie Mr. Baranov nicht. Sie war achtundzwanzig.
Mit fünfzehn war sie auf das Genre der empfindsamen Romane aus dem 19. Jahrhundert gestoßen. Diese Bücher wurden ihr kostbarster Besitz. Und wie entzückt war sie, als sie entdeckte, wieviel sie mit Vera Herbert, der Heldin von »Motten«, gemeinsam hatte. Hegte nicht auch sie eine Leidenschaft für Bücher und Landschaften? War sich nicht auch sie ihrer Schönheit kaum bewußt? Hatte nicht auch sie eine schwache Mutter, der ihre Tochter recht fremd war?
Und mit verblüffender Klarheit erkannte sie, daß es wie in all diesen Romanen nur zwei Sorten von Männern auf der Welt gab: Der eine Typ war verletzlich und ein wahrer Ausbund an Tugend, der andere viehisch und nur darauf erpicht, junge Mädchen auf unsagbare Weise unglücklich zu machen. Ihre größte Zuneigung gehörte einem Roman mit dem Titel »Der Weg eines Adlers«, in dem der Held seine Angebetete auf einem Berggipfel bat, seine Frau zu werden, während eine Sternschnuppe fiel.
Das war vor dem Weltkrieg gewesen. Seit dem Ausbruch des Krieges hatte sich alles geändert. Sie hatte aufgehört, Romane zu lesen, und eine Arbeit angenommen. Wie die Frauen, welche in der Munitionsfabrik arbeiteten, ließ sie sich die Haare abschneiden. Sie trug einen Bubikopf. In einer Munitionsfabrik arbeitete sie freilich nicht, weil es im Umkreis ihrer Wohnung keine gab, die sie hätte mit dem Bus erreichen können. Dafür erledigte sie die Korrespondenz der »Richmond and Twickenham Times«. Als sie das erste Mal mit ihrem Bubikopf nach Hause gekommen war, hatte sie in den Spiegel geschaut und entdeckt, daß sich ihr Gesicht verändert hatte. Nun war es nicht mehr schön, es war heroisch. Sie hatte tiefliegende, unter langgezogenen dunklen Lidern ruhende Augen, die auch die größten Schlechtigkeiten der Welt mit Mitleid betrachten konnten. Ihre Nase, stellte sie fest, war im Profil eine Idee zu lang, aber da sie nun den Kopf nicht mehr hochwarf oder scheu vor dem anderen Geschlecht abwendete, machte das überhaupt nichts aus. Ihr Mund glich jetzt nicht mehr dem Bogen Amors. Er war schmal und energisch. Ihr Gesicht war blaß, Hals und Ohren bar jeden Schmucks. Sie lebte allein in einem weißen, dreigeschossigen Haus auf dem Richmond Hill, das einst ihrer Tante Laura gehört hatte. Abends strickte sie Socken und wollene Kopfschützer für die Soldaten an der Front.

Nach dem Waffenstillstand fiel Alma die Anpassung schwer. Sie hatte gelernt, sich in einem Land, das in einen Krieg verwickelt war, richtig zu benehmen. Sie war nicht arm und brauchte wirklich nicht zu arbeiten. Also gab sie die Stelle bei der Zeitung auf. Doch nahm sie bald in einem Blumengeschäft nahe des Bahnhofs eine auf drei Tage in der Woche befristete Beschäftigung an. Hier hatte sie Gelegenheit, die Hinterbliebenen zu trösten, wenn sie Kränze und Gebinde bestellten. Sie erzählte ihnen, daß ihr Mann nicht mehr aus Frankreich zurückgekehrt sei. Den Blumenladen mochte sie aber auch, weil ihn Herren frequentierten, die Gamaschen sowie ein Stöckchen trugen und hier ihre Ansteckblume holten. Sie begann, etwas Rouge aufzulegen; unter all den Rosen war sie so blaß gewesen.

Ihre Chefin, Mrs. Maxwell, hatte ihr Baranov empfohlen, als sie einmal über Zahnschmerzen klagte. In Richmond gab es auch andere Zahnärzte, aber Mrs. Maxwell hätte keinen von ihnen wirklich empfehlen können. Sie konnte auch nicht verstehen, daß so viele moderne Mädchen bei der Wahl ihres Zahnarztes so anspruchslos waren. Wenn in einer Kette eine Perle verlorengeht, meinte sie, sucht kein Mensch einen Juwelier in der Hauptstraße von Richmond auf, wenn er Ersatz sucht. Man fährt nach London, in die Bond Street oder Regent Street. Und wieviel wertvoller als Perlen sind doch die eigenen Zähne!

Von Anfang an hatte Baranov auf Alma einen starken Eindruck gemacht. Er war völlig anders als all die jungen Männer, die stets ihre Träume bevölkert hatten. Er war gar kein junger Mann mehr, sondern mindestens fünfundvierzig. Seine Haare waren wie der Schnurrbart graumeliert. Seine Lider waren dort, wo die Haut lokker war, faltig. Die Widerwärtigkeiten und Freuden des Lebens hatten in den feinen Linien an den Augen und Mundwinkeln ihre Spuren hinterlassen. Die hellblauen Augen strahlten heitere Gemütsruhe aus. Seine Arbeit machte ihn äußerst glücklich.

Bei dieser ersten Begegnung hatte er Alma einen der Armsessel angeboten und mit wenigen höflichen Fragen ihre zahnmedizinische Vorgeschichte erkundet. Dann sprach er von seinen Honorarsätzen. Sie hörte kaum zu, sie lauschte der Musik seiner Stimme, die so langsam und wohltönend war wie ein Prélude von Rachmaninow. Sie war fasziniert. Sie saß, die weißbehandschuhten Hände über der Krokotasche gefaltet, züchtig da und überlegte, was geschehen würde, wenn sie, nach seiner Bitte, aufzustehen, vor Aufregung ohnmächtig würde. Ob er sie rechtzeitig auffangen würde? Ob er sie auf seinen Armen zur Chaiselongue tragen würde? Und wenn sie dann ohnmächtig dalag, mit dem Kopf an seiner Brust, würde sie sein Herz schlagen hören?

»Sind Sie bereit, Miss Webster?«

»Bereit?«

»Zur Untersuchung. Wenn Sie nervös sind, können wir uns selbstverständlich noch etwas unterhalten.«

»Aber nein. Ich bin soweit, danke schön!«

Auf einen Wink Baranovs hin zog die Sprechstundenhilfe den karmesinroten Samtvorhang hinter seinem Schreibtisch zur Seite. Sie war ein orientalischer Typ von unbestimmbarem Alter, war alles andere als hübsch, aber in ihrer blaßblauen Schwesterntracht makellos gekleidet. Ihre formelle Art gab zu erkennen, daß sie weder die Frau noch die Geliebte Baranovs war.

Hinter dem Vorhang kam auf einem schwarzen Marmorsockel der Behandlungsstuhl zum Vorschein. Über und um ihn prangte eine stattliche Anordnung zahnärztlicher Instrumente und verstellbarer Lampen. Ein Stahlwägelchen stand daneben, das mit einem blaßblauen Tuch abgedeckt war. Baranov forderte Alma mit einer Handbewegung und einem aufmunternden Lächeln auf, Platz zu nehmen. Das blaßblaue Tuch entpuppte sich als Umhang, den sie umgelegt bekam, sobald sie im Behandlungsstuhl saß. Das Wägelchen mit den Instrumenten konnte sie nicht sehen; die Sprechstundenhilfe auch nicht. Es gab nur noch Baranov, der jetzt ein weißes Leinenjackett trug. Er kam näher und schaute ihr interessiert ins Gesicht. Sie erwiderte seinen Blick, ohne zu erröten. Verlegen war sie nicht. Sie wußte über das Sexuelle Bescheid. Auch darüber hatte sie Romane gelesen.

»Wenn ich Sie bitten dürfte.«

Alma schaute fest in seine Augen.

Baranov deutete auf ihren Mund.

»Ach ja.«

Als er mit der Sonde in ihrem Mund hantierte, leuchtete an seiner Hand etwas im elektrischen Licht auf. Es war ein goldener Ehering. Alma gab es einen Ruck.

»Ich habe Ihnen doch hoffentlich nicht weh getan?«

»Nein.«

»Sie fühlen sich wohl?«

»Völlig.«

Aus Versehen hatte er von Almas Wange etwas Rouge gewischt. Am Knöchel hinter dem Ring prangte nun ein rosa Fleck.
Sie blieb ruhig. Vielleicht war seine Frau tot, von den Bolschewiki erschossen. Oder ihr labiler Gesundheitszustand war nach der Revolution der langen Reise ins Exil nicht gewachsen gewesen. Die Arme! Und der arme Mr. Baranov, alleine mit seinem Kummer in diesem fremden Land.
Alma wußte, was Kummer bedeutete. Auch sie hatte sich jahrelang gegrämt. Am Ostermontag 1914, als sie zwanzig war, ging sie mit ihrer besten Freundin Eileen zwischen den Narzissen in den Kew Gardens spazieren. Sie trugen weiße Hüte mit wagenradartigen Krempen, die bei jeder Bewegung auf und ab wippten. Auf die Regenwolken über ihren Häuptern achteten sie nicht. Als die ersten schweren Tropfen auf ihre Baumwollkleider plumpsten, waren sie am Westufer des Sees, weit von den Gebäuden und Glashäusern entfernt. Mit übertrieben spitzem Geschrei flüchteten sie durch den Platzregen unter das Dach einer Eibe. Sie schauten sich an und kicherten. Ihre neuen Hüte hingen schlapp herunter wie Südwester.
Plötzlich erstarrten sie mitten im Gelächter. Jemand hatte sich höflich geräuspert. Auf der anderen Seite des Baumes stand ein junger Mann mit Mütze und Tweedanzug. Er trug einen großen Schirm und sah so gut aus wie der Prince of Wales. Er lüftete die Mütze und sagte, sein Name sei Arthur. Er bot sich an, sie zum Eingang zu begleiten, wenn es ihnen unter seinem Schirm nicht zu eng sei. Sie hängten sich rechts und links bei ihm ein und kicherten weiter.
Als sie am Victoria-Tor ankamen, regnete es immer noch. Arthur ließ nicht locker, bis er sie zu heißen Waffeln in die »Ehrenjungfrau« auf der anderen Straßenseite einladen durfte. Sie saßen an einem Fensterplatz, während an die verbleiten Scheiben der Regen prasselte. Arthur erzählte ihnen, daß er aus Peterhouse bei Cambridge komme und hier seine Osterferien verbringe. Weil er es auf seinem Zimmer langweilig finde, sei er nachmittags meist in den Kew Gardens. Als er das erwähnte, berührte seine Hand die von Alma. Einen Augenblick lang fühlte sie den Druck seiner Finger. Ihr Puls beschleunigte sich enorm.
In der darauffolgenden Nacht schlief sie fast überhaupt nicht. Vormittags zog sie ihr hellrosa Kostüm an und die weißen Seidenstrümpfe. Mit dem Bus fuhr sie zu den Kew Gardens. Wieder stand sie unter der Eibe. Sie wartete zwei Stunden. Sie suchte Arthur in den Gärten, bis eine Glocke die Schließung anzeigte. Sie war ver-

zweifelt. Am Freitag kam sie wieder. Es regnete, und er war nicht da. Ihr Kleid war ruiniert, und im Bus weinte sie still vor sich hin.

Zu Hause nahm sie sofort ein Bad. Romantisch verzweifelt lag sie im warmen Wasser mit der Überzeugung, daß das Schicksal gerade ihr die beglückende Gesellschaft junger Männer vorenthielt. Das Wasser wurde kalt, und sie trocknete sich ab und schlüpfte in ihren Morgenmantel. Da läutete die Haustürklingel. Es war Eileen, die sich erkundigte, ob sie mit zum Chorsingen gehe. Alma sagte, sie sei vom Spazierengehen in den Kew Gardens angegriffen. Aus Selbstachtung und um Eileens Neugierde zu befriedigen, erfand Alma eine Geschichte, die stark an eines ihrer Lieblingsbücher erinnerte. Sie erzählte, Arthur habe sie heimlich gebeten, sie unter der Eibe wiedersehen zu dürfen. Als sie jedoch hingekommen sei, sei er nirgends zu sehen gewesen. Schließlich habe sie gehört, wie er leise über ihrem Kopf ihren Namen rief. Er sei in den Ästen des Baumes gesessen. Ohne noch ein Wort zu verlieren, sei er herabgesprungen, um sie in die Arme zu schließen und mit wilder Leidenschaft zu küssen. Zuerst sei sie in seiner Umarmung erstarrt, dann habe sie sich aufgerafft und mehr Kraft mobilisiert, als sie zu besitzen glaubte, um ihn abzuwehren. Sie sei nicht weggelaufen. Sie habe ihm ins Gesicht geschaut, mit glühenden Lippen und wogendem Busen, und ihn mit Blicken bestraft. Mit hochrotem Gesicht habe er ihr gestanden, daß er von ihrer Schönheit überwältigt sei. Eine solch peinliche Verfehlung sei ihm noch nie unterlaufen, und er entschuldige sich. Aber er könne nicht versprechen, daß so etwas nicht mehr passiere, so zügellos sei seine Leidenschaft für sie. Seine Ehrlichkeit habe sie überrascht. Hinter der Gewalttätigkeit seines Handelns und der Aufrichtigkeit seiner Worte habe sie die Vitalität eines Typs von Mann gespürt, der sie gefangennahm. Sie habe sich erweichen lassen, ihm wenigstens zu gestatten, an ihrer Seite zum Teashop zu gehen. Dort sei er mit der Einladung an sie herangetreten, beim Maiball der Universität Cambridge sein Gast zu sein. Wie hypnotisiert von seinem glühenden Blick, habe sie zugesagt.
Um ihrer Erzählung noch mehr Glaubwürdigkeit zu verleihen, bat sie Eileen, sie am kommenden Nachmittag zu »Gosling's« zu begleiten, um den Stoff für ein Abendkleid auszusuchen. Ihre verzweifelte Stimmung besserte sich unvorstellbar.
Sie blieb bei ihrer Erfindung. Ende Mai erstattete sie Eileen Bericht über den Ball. Arthur habe sich untadelig benommen, aber in den

frühen Morgenstunden habe er in einem Kahn unter der Magdalenenbrücke mit den Lippen ihre Wangen gestreift und sie flüsternd gefragt, ob sie seine Frau werden wolle. Sie habe ihn daraufhin leidenschaftlich an sich gezogen und ihm ihre bebenden Lippen überlassen. Beinahe sei sie ihm ihr Jawort schuldig geblieben. Bis Weihnachten solle die Verlobung geheim bleiben, weil seine Eltern erst dann vom Amazonas zurückkehrten, wo sie als Missionare arbeiteten.

Alma war selbst überrascht, mit welcher Brillanz sie die Details erfand. Sie hatte sogar schon vorausbedacht, weshalb es auch an Weihnachten keinen Verlobungsring geben würde. Arthurs Eltern würden im Dschungel verschwinden, und er würde den Suchtrupp anführen. Eine unheilbare Tropenkrankheit sollte ihn dann hinwegraffen, oder sie wollte ihn das Opfer eines vergifteten Pfeils werden lassen.

Doch die Realität sorgte für einen aufregenderen Verlauf der Geschichte. Noch im August besetzten die Deutschen Belgien, und England trat am folgenden Tag in den Krieg ein. Landauf, landab meldeten sich Tausende und aber Tausende junger Männer freiwillig zu den Waffen. An den Universitäten brachen viele Studenten ihr Studium ab, um für König und Land zu kämpfen. Alma zweifelte keinen Augenblick daran, daß Arthur unter ihnen war. Im September erzählte sie Eileen, daß sie einen Brief aus Frankreich erhalten habe. Arthur sei Offizier bei den Royal Fusiliers geworden. Sie wußte zwar, daß sie ihr Lügenmärchen jederzeit damit enden lassen konnte, indem sie ihn unter die Gefallenen einreihte, aber sie wollte es nicht enden lassen. Sie wollte zu den tapferen Frauen gehören, die darum beteten, daß ihre Männer verschont blieben. Sie strickte wollene Kopfschützer für das Rote Kreuz und erzählte den Leuten vom örtlichen Komitee, sie sei schon zufrieden, wenn sie damit *irgendeinem* Ehemann oder Geliebten in den Schützengräben auf dem Kontinent helfen könne. Wenn sich jemand genauer erkundigte, antwortete sie ohne zu zaudern, daß der Mann, dem sie die Ehe versprochen habe, dort drüben sei.

Da der Krieg andauerte, war Arthur eine glanzvolle militärische Laufbahn beschieden. Zwei Jahre lang tat er in den Schützengräben Dienst. Für seine Tapferkeit vor Neuve Chapelle verlieh ihm Alma das Großkreuz. Gegen Ende des Jahres 1916 teilte sie ihn dem Royal Flying Corps zu, wo er eine Flugstaffel befehligte und eine Menge wagemutiger Einsätze über Deutschland anführte. Eine der Rot-

Kreuz-Damen, deren Bruder bei einem großen Flugzeughersteller beschäftigt war, fragte, welche Maschinen Arthur denn fliege. Alma erwiderte, daß er in seinen Briefen solche Dinge nie erwähne. Er schreibe nur leidenschaftlich über die kurzen, kostbaren Tage des Beisammenseins in der Heimat vor dem Krieg. Alle seine Gedanken kreisten um die Rückkehr und die Hochzeit.

Wie alle sehnte auch Alma den Waffenstillstand herbei, und als es soweit war, wurde ihr klar, daß Arthur noch lebte. Eileen war wie elektrisiert; was aus den beiden wohl werden würde? Sie wollte wissen, wann die beiden den Hochzeitstermin bekanntgeben würden.

Alma dachte über die Angelegenheit gründlich nach. Sie erzählte, daß alles nicht so rasch gehe. Arthur sei im Krankenhaus. Er habe Grippe, und auf dem Festland herrsche gerade eine Grippeepidemie. Bei seiner Erkrankung handle es sich zwar um einen leichten Fall, habe er geschrieben, aber das Ganze komme äußerst ungelegen.

Als Eileen sie wieder traf, trug Alma Schwarz. Sie war unglaublich tapfer. Sie betrauerte den Verlust Arthurs wirklich auf eine Weise, die niemand verstehen konnte. Er hatte in ihrem Leben eine große Leere hinterlassen. Die Leute meinten es gut mit Alma und ermunterten sie, öfter auszugehen. Ein neues Zeitalter war angebrochen, man vergnügte sich öffentlich. Überall eröffneten Kinos, Tanzpaläste und Nightclubs. Alma war noch jung, aber sie fühlte sich einer anderen Zeit zugehörig. Die zwanziger Jahre waren nichts für sie. Junge Männer beeindruckten sie nicht.

»Den Mund ein bißchen weiter aufmachen, bitte«, sagte Baranov. »Wenn es weh tut, sagen Sie es!«

Sie war überzeugt, daß es nicht weh tat. Baranov war ein wunderbarer Zahnarzt. Was würde er erst für einen wunderbaren Liebhaber abgeben.

»Manche Patienten wollen sich betäuben lassen – mit Chloroform, wie Sie wissen –, aber ich versuche, sie davon zu überzeugen, daß es auch so überhaupt nicht weh tut.«

Baranov gehörte der gediegenen Vorkriegswelt an. Bei öffentlichen Tanzveranstaltungen war er nicht anzutreffen. Sein Rahmen war die private Dinnerparty, bei der seine Konversation wohl funkelte wie das schwere Kristall. Was er mit seiner sonoren Stimme sagte, mußte einfach brillant sein. Für einen Russen beherrschte er die englische Sprache erstaunlich gut. Man erkannte nicht, daß er ein Fremder war. Alma vermutete, daß seine Erziehung die eines Aristokraten war, eines Aristokraten mit englischem Hauslehrer.

»Hier in London gibt es einen Zahnarzt«, sagte Baranov, »ein Amerikaner. Seine Spezialität sind Kronen, Spangen und Brücken. Er inseriert jede Woche in ›The Stage‹, dem Fachorgan für Theaterleute. In seinen Anzeigen veröffentlicht dieser Kollege doch tatsächlich eine Liste seiner bekanntesten Patienten, alles Schauspieler und Schauspielerinnen, die bei ihm in Behandlung waren. Vermutlich tut er es mit ihrer Einwilligung; dagegen ist nichts einzuwenden. Ich würde so etwas aber nie tun. Ich kann Ihnen versprechen, daß Sie nächste Woche Ihren Namen in keiner Zeitung finden. Was ich aber an diesen Anzeigen – und es gibt ähnliche mehr – auszusetzen habe, ist, daß sie dick mit ›amerikanisches schmerzloses Verfahren‹ überschrieben sind. Als wären auf irgendeine mysteriöse Weise die Amerikaner das einzige Volk, das seine Patienten behandelt, ohne ihnen Schmerzen zuzufügen. Ich werde Ihnen das Geheimnis dieses ›amerikanischen schmerzlosen Verfahrens‹ verraten: Dahinter steckt das gute altmodische Chloroform, Miss Webster. Ich für meinen Teil benutze es nur als letzten Ausweg. Wenn man aufpaßt, kann man seine Patienten behandeln, ohne daß sie Schmerzen verspüren. Würden Sie bitte ausspülen?«
Alma bekam einen Becher mit Wasser in die Hand gedrückt, und die Sprechstundenhilfe hielt ihr ein porzellanenes Spuckbecken hin.
»Jetzt schauen wir mal weiter«, sagte Baranov.
Sie glaubte es ihm; er war gar nicht fähig, ihr weh zu tun. Sie fühlte den leichten Druck seines Oberschenkels und seines Bauches gegen ihren rechten Arm, als er sich etwas vorlehnte, um ihre Zähne genauer zu untersuchen. Sie bemühte sich, den Arm ruhig zu halten. Aber früher oder später mußte sie einen Weg finden, ihm anzudeuten, daß er der bewunderungswürdigste Mann war, den sie je getroffen hatte.
»Vergessen Sie nicht, daß gewisse Dinge, die im Namen der Zahnheilkunde verbrochen werden, nicht zu entschuldigen sind. Ich entsinne mich, vor dem Krieg über diesen Doktor in Holloway gelesen zu haben, der seine Frau umgebracht hat. Crippen. Sie werden sich kaum erinnern. Sie müssen damals noch Zöpfe getragen haben. Es war eine Mordssensation. Als nämlich die Polizei zu Crippen kam – ich glaube, die Nachbarn hatten Verdacht geschöpft –, waren er und seine – verzeihen Sie den Ausdruck – Mätresse bereits gewarnt und auf der Überfahrt nach Kanada. Die junge Dame, sie hieß Ethel, oder so ähnlich, war als Junge verkleidet. Crippen hatte seine Brille abgelegt und seinen Schnauzbart abrasiert und gab sich als ihr Vater aus.

Die ganze Maskerade konnte nicht sehr überzeugend gewesen sein, denn der Kapitän des Linienschiffes erriet schon am ersten Tag auf See, wer die beiden waren. Er telegrafierte nach London, und Scotland Yard schickte einen Beamten auf einem schnelleren Schiff, der sie gleich bei der Ankunft festnahm. Inspektor Dew. Spülen Sie bitte!«
Baranov verstellte die Beleuchtung, während die Sprechstundenhilfe eine Mischung für die Füllung anrieb. Er kam wieder näher.
»Wir sind gleich fertig. Wahrscheinlich wundern Sie sich, was Dr. Crippen mit der Zahnheilkunde zu tun haben soll. Vor dem Mord war er nämlich der Kompagnon eines amerikanischen Kollegen. Sie nannten sich die ›Yale Zahnspezialisten‹. Wenn er überhaupt etwas war, dann war Crippen Arzt. Er kümmerte sich um die geschäftliche Seite des Unternehmens und half gelegentlich aus. Ethel war die Sprechstundenhilfe. Und darauf wollte ich hinaus. Ethel litt nämlich an Kopfschmerzen. Neuralgie. Crippen und sein Kompagnon diagnostizierten, daß die Zähne schuld an den Schmerzen seien. Also rissen sie die Zähne. Einundzwanzig auf einmal! Das arme Mädchen war nicht älter, als Sie es heute sind. Kriminell! Mir fällt der Familienname des Mädchens nicht ein. Er klang irgendwie ausgefallen.«
Ohne den Mund zu bewegen, versuchte Alma, »Le Neve« zu sagen.
»Schon gut, Miss Webster. Ich weiß, es tut ein bißchen weh. Haben Sie bitte nur noch etwas Geduld!«
Sie erinnerte sich an den Fall Dr. Crippen. Wochenlang waren alle Zeitungen voll mit Berichten darüber gewesen, damals, 1910, als sie siebzehn war und ihre ersten empfindsamen Romane las. Sie hatte sich die Sache sehr zu Herzen genommen und nur Mitleid für die beiden Flüchtigen empfunden, die in ihrer rührenden Verkleidung zehn Tage lang über das Deck eines schäbigen, kleinen Dampfers spazierten, während dank eines aufmerksamen Kapitäns und den Segnungen der drahtlosen Telegraphie Hinz und Kunz, soweit sie nur Zeitung lesen konnten, wußten, daß in Toronto Inspektor Dew mit den Handschellen bereitstand. Als die Festnahme gemeldet wurde, weinte sie für die beiden. Sie hatte angestrengt versucht, ob nicht auch sie diesem Augenblick mit Würde begegnen könne, aber Liebe, nichts anderes als Liebe mußte den beiden besondere Kraft verliehen haben.
»So«, Baranov zog das Instrument aus ihrem Mund. »Versuchen

Sie, heute abend auf dieser Seite nicht zu kauen. Meine Sprechstundenhilfe wird Ihnen den nächsten Termin geben. Ist etwas nicht in Ordnung?«

»Ich wollte Ihnen nur sagen, daß die Frau Le Neve hieß, Ethel Le Neve.«

»Tatsächlich. Sie haben ein ausgezeichnetes Gedächtnis.«

»Hier in England konnte man es in allen Zeitungen lesen.«

»Stimmt. Ich erinnere mich jetzt daran.«

»Sie waren 1910 schon in England?«

»Ich bin hier geboren.«

»Aber ...«

»Sie hielten mich für einen Russen, nicht wahr? Das liegt nahe, und Sie sind nicht die erste Person, die das geglaubt hat. Aber mein Vater hieß eigentlich Henry Brown. Er arbeitete als Seiltänzer in Varietés.« Er ahmte ihn kurz mit ausgestreckten Armen nach. »Der große Baranov!«

Alma war verblüfft. »Dann sind Sie Engländer?«

»Ich wurde als Walter Brown getauft. – Sie sehen wirklich blaß aus.«

»Wegen des Varietés nannte sich Ihr Vater Baranov?«

»Und ich übernahm den Namen für mein Zahnarztschild. In diesem Metier schadet ein ausländisch klingender Name nicht. Die Engländer glauben, daß einer, der Walter Brown heißt, kein guter Zahnarzt sein kann.«

Sie war sprachlos.

»Sie runzeln die Stirn«, sagte er. »Aber Sie wissen doch, daß das legal ist. Für meinen Vater war es zunächst der Künstlername, ich nahm ihn dann amtlich an. Ich wollte damals heiraten, und meiner Zukünftigen gefiel er sehr gut, da sie selbst auf der Bühne stand. Lydia Baranov: kein schlechter Name für eine Schauspielerin, oder? Vielleicht kennen Sie sie. Sie ist eine recht bekannte Bühnendarstellerin.«

Seine Frau lebte also.

Alma schwankte leicht. Sie mußte hier weg. Sie wandte sich ab und durchquerte den Raum. Tränen verschleierten ihr den Blick. Die Sprechstundenhilfe hielt die Tür auf und drückte Alma ein Kärtchen mit dem nächsten Termin in die Hand.

Drunten auf der Straße riß sie es entzwei. Die beiden Hälften warf sie in den Rinnstein.

2

Nun wird für unsere Geschichte eine weitere junge Dame wichtig. Ihr Name: Poppy Duke.
Poppy stellte das Gebot, daß der Mensch am siebenten Tag ruhen soll, auf den Kopf. Sie erholte sich sechs Tage lang und arbeitete am Sabbat. Ihr Arbeitsplatz war der Markt in der Petticoat Lane. Sie zählte achtzehn Lenze, hatte strahlende Augen und ein herausforderndes Lächeln. Ihr natürliches goldfarbenes Haar umrahmte das Gesicht in dichten, zierlichen Locken. Sie war eine perfekte Diebin. Mit ihren schmalen Händen und den langen Fingern angelte sie die Brieftasche aus dem Jackett des Besitzers, während sie ihn anrempelte und »Oh, verzeihen Sie« hauchte. Sie konnte eine Handtasche und die Börse darin öffnen und das Papiergeld daraus verschwinden lassen, ohne daß es der Eigentümer oder der Standbesitzer, der das gleiche auf legitimere Weise versuchte, bemerkte. Weil man ihr nachsagte, daß sie eine Art moderner Robin Hood sei, duldeten sie die Eingeweihten auf dem Markt. Sie bestahl nur solche Besucher, die lediglich gafften, ohne zu kaufen. Außerdem beschäftigte sie bis zu einem halben Dutzend Kinder als Helfershelfer, die sie großzügig entlohnte.
Kaum hatte sie an diesem Samstagmorgen ihr Tagewerk begonnen, entdeckte sie auch schon das ideale Opfer: einen jungen Mann im modischen Anzug, der einen weichen Filzhut trug und über die Schultern wie ein Cape einen Trenchcoat hängen hatte. Er stand vor einem Marktstand und kaufte Tee. Er erregte ärgerliches Aufsehen, weil er mit einer Pfundnote zahlen wollte und vorgab, kein Kleingeld zu haben.
»Nun kriegst du aber genug, mein Schatz«, sagte die Frau hinter dem Stand, als sie ihm eine Menge kleinerer Münzen in die Hand drückte. »Willst du sie zählen?« Und schon nötigte sie ihm die Pakkung Tee auf.
Er hielt noch seine Brieftasche in der Hand und stopfte sie in die Außentasche des Trenchcoats, damit er den Tee in Empfang nehmen konnte.
Poppy trat in Aktion. Das wollte sie keinem Anfänger in ihrem Gewerbe überlassen. Sie tat, als warte sie, bis sie an die Reihe komme. Mit der Linken schlüpfte sie unter die Klappe der Manteltasche und tastete vorsichtig nach der Brieftasche.
Zu ihrem Entsetzen umklammerte in der Tasche eine Hand die ihre.

Sie konnte sie nicht mehr zurückziehen. Der junge Mann wandte sich um und lachte sie an. In seiner rechten Hand hielt er noch immer den Tee. Es mußte seine Linke sein, die, quer über den Bauch und durch eine Öffnung im Mantelfutter gestreckt, die ihre festhielt.
»Aber Poppy«, sagte er. »Das ist ja, als würde man kleinen Kindern Süßigkeiten wegnehmen!«
»Ich kriege meine Hand nicht mehr frei«, antwortete sie.
»Bestimmt nicht. Ich lasse auf keinen Fall los. Wenn Sie keine Scherereien wollen, lassen Sie sie, wo sie ist! Bleiben Sie an meiner Seite, und kommen Sie mit; vorne an der Straße wartet ein Taxi.«
»Sie wollen mich wohl schnappen. Wir beide könnten doch etwas Vernünftigeres anfangen.«
»Gehen, Poppy!«
Sie gehorchte. Sie hatte Angst, daß ihre minderjährigen Komplizen sich einmischen könnten und auch verhaftet würden. Allein konnte man ihr nicht viel anhaben.
Als sie vor dem Taxi standen, ließ er ihre Hand los. Sie vermutete, er würde ihr nun Handschellen anlegen, aber er dachte nicht daran.
Sie sagte: »Sind Sie nun von der Polente, oder was?«
Er drückte sie ins Taxi und setzte sich neben sie. »Poppy, Schatz«, sagte er und grinste sie an, »Sie haben Geburtstag.«
»Was, zum Teufel, wollen Sie eigentlich? Wohin kutschieren Sie mich?«
»Wir suchen jetzt ein schönes Geschenk aus, Herzchen.«
»Mein Herr, für welche Art von Mädchen halten Sie mich eigentlich?«
»Beruhigen Sie sich doch! Ich mache lediglich eine Spazierfahrt mit Ihnen. Stimmt's?«
Durch die City und durch Holborn fuhren sie Richtung Oxford Street. Poppy fixierte ihren Begleiter, um herauszubringen, wer das sein könnte. Sie hatte ihn noch nie in der Petticoat Lane gesehen. Er war wie ein Gentleman angezogen, war aber offensichtlich kein solcher. Das Taxi bog nach links in die Bond Street ein und hielt.
»Was sollen wir denn hier tun?« fragte Poppy.
»Steigen Sie aus, und ich zeige es Ihnen. Bringen Sie mich aber nicht in Verlegenheit, das ist eine stinkfeine Gegend.«
Er führte Poppy, welche die Augen weit aufriß, zu einem Bekleidungsgeschäft, von dem sie bisher nur in Magazinen gelesen hatte.
»Suchen Sie sich was aus«, sagte er zu ihr, »für eine Party.«

»Moment mal – was wollen Sie nun im Ernst?«
»Ich werde es Ihnen sagen, Poppy«, erklärte er, als sie zusammen das Schaufenster musterten. »Man hat mir gesagt, daß Sie als Langfinger der heißeste Tip von ganz London sind, und ich möchte Ihre Dienste für einen Abend in Anspruch nehmen. Da es sich um eine Party handelt, brauchen Sie etwas anzuziehen. Was halten Sie von dem kleinen Schwarzen da drüben mit den Silberpailletten? Wenn Sie sich von mir anwerben lassen, bekommen Sie eine anständige Uniform. Und die können Sie behalten. Ist das nichts?«

3

In ihrem großen Haus in Putney Hill telefonierte Lydia Baranov. Sie telefonierte, seit sie von ihrem Vorsprechtermin zurück war, genauer, sie schrie in den Apparat. Sie sagte jedem am anderen Ende der Leitung, er sei inkompetent. Sie erklärte, sie weigere sich zu verstehen, weshalb ein so geringes Begehren solch ungeheure Schwierigkeiten bereite.
Zur ebenen Erde, in der Eingangshalle, ging die Tür auf, und Walter trat ein. Das Hausmädchen Sylvia wartete wie gewöhnlich, um ihm Hut, Mantel und Schirm abzunehmen.
Die Tiraden am Telefon nahmen kein Ende. Walter spähte die Treppe hinauf, dann schaute er Sylvia an und zog fragend die Augenbrauen hoch. Sylvia schüttelte den Kopf, worauf Walter eine Grimasse machte. Er ging in den Salon, goß sich einen Whisky ein und leerte das Glas in einem Zug.
Als er die Treppe hinaufstieg, erklärte Lydia gerade, daß ihre Zeit zu wertvoll sei, als daß sie sie mit idiotischen Angestellten vergeuden wolle. Sie sagte, daß sie einen Rückruf des Chefs erwarte, und zwar vormittags, nicht vor zehn und nicht nach elf Uhr. Dann hängte sie ein.
»Und was für einen Tag hattest *du*?« fragte sie in einem Ton, der seine Antwort schon überflüssig machte, ehe er dazu ansetzte.
»Einen ausgesprochen unangenehmen«, sagte er mit Nachdruck. »Ich halte nichts von Leuten, die mich nur Zeit kosten. Zwei geplatzte Termine ohne ein Wort der Entschuldigung. Man könnte doch erwarten, daß die Leute in der Praxis Bescheid geben. Von Lady Burke kann man zwar kaum dergleichen erwarten. Die ist ja ständig leicht weggetreten. Wahrscheinlich kommt sie morgen auf-

geregt angesaust. Aber die andere Patientin, Miss Webster, ist ein vernünftiges Frauenzimmer. Sie sollte wirklich wissen, was sich gehört. Seit drei Wochen ist sie jedesmal am selben Tag zur selben Zeit bestellt, und weh getan habe ich ihr auch noch nicht. Einfach unverständlich.«

»Wenn du endlich fertig bist«, sagte Lydia, »interessiert dich vielleicht auch, was *mir* widerfahren ist.« Dank ihrer Bühnenerfahrung wußte sie, wie man andere in den Hintergrund drängt. An diesem Vormittag war sie beim Vorsprechen gewesen. Es ging um eine kleinere Rolle in »The Gay Lord Quex« am Richmond Theatre. Sie war jetzt vierunddreißig. Seit 1914 hatte sie auf keiner Bühne des West Ends mehr gestanden.

»Es war wohl enttäuschend«, sagte Walter.

»Enttäuschend? Es war lächerlich! Ein Witz.«

Hätte ein Besetzungschef Lydia jetzt sehen können, wäre sie für den Rest ihrer Karriere mit Hauptrollen versorgt gewesen. Die Schmach verwandelte sie. Ihre sonst blasse Haut war wie von Fieber gerötet. Ihre dunklen Locken hüpften bei jeder hektischen Bewegung des Kopfes. Ihre Nasenflügel zuckten, und die braunen Augen verrieten die Leidenschaft einer Zigeunerin. »Der Regisseur ist ein Idiot. Mit dem könnte ich überhaupt nicht arbeiten. Das wäre das Ende meiner Karriere. Der Mensch hat gar keine Ahnung, worum es bei dem Stück geht. Er versteht Pinero überhaupt nicht.«

»Wer hat die Rolle gekriegt?«

»Irgend so eine kleine Hüpfdohle mit sechs Wochen Revue-Erfahrung. Sie meinten, ich könnte die Rolle einstudieren, falls sie Ersatz bräuchten. Weißt du, was das bedeutet? In der Pause Schokolade verkaufen. Ich sagte ihnen, daß ich immerhin in ›The Second Mrs. Tanqueray‹ gespielt hätte.«

»Was haben sie dazu gesagt?«

»Das sei eine Komödie gewesen, meinten sie. Meine Erfahrung würde in diesem Fall nichts helfen. Ich pflichtete ihnen bei und sagte, es sei ja nun kristallklar, daß man sich jene Erfahrung, die sie suchten, als Revuegirl bei Mr. Cochran aneigne, und ich sei glücklich, behaupten zu können, nie so tief gesunken zu sein.«

»Völlig richtig.«

»Und damit verließ ich das Theater. Ich war so erbost, daß ich mein Notizbuch dortließ.«

»Vielleicht schauen sie hinein. Dann merken sie, was für einen Fehler sie gemacht haben.«

»Das glaube ich kaum. Dieses Stück ist für mich ohnedies schon gelaufen. Auch wenn sie mich darum bitten würden, ich würde sogar die Hauptrolle darin nicht spielen: Ich habe meinen Stolz. Aber ich brauche mein Notizbuch.«

»Selbstverständlich.«

»Walter, mein Lieber.«

»Ja, mein Schatz?«

»Holst du es mir?«

»Ich hab' morgen keine Zeit; der ganze Tag ist voll mit Terminen.«

»Geh halt heute abend!«

Einen Augenblick lang herrschte Stille.

»Du brauchst höchstens eine Stunde«, sagte Lydia. »Ich werde der Köchin sagen, daß sie dein Essen warm hält.« Sie küßte ihn flüchtig. »Du weißt, wie schlimm es wäre, wenn mein Notizbuch verlorenginge.«

Er ließ sich von Sylvia Hut und Mantel reichen.

Vom Fenster aus beobachtete ihn Lydia, wie er die Straße hinunterging, um sich am Bahnhof ein Taxi zu suchen. Seine Patienten mochten in Ehrfurcht vor ihm erstarren, aber zu Hause tat er nur, was sie verlangte. Es geschah aus Dankbarkeit. Ohne ihr Geld und ihren Weitblick würde er noch immer mit seiner lächerlichen Nummer als Gedankenleser durch schäbige Music Halls in der Provinz tingeln. Sie war es gewesen, die ihn davon überzeugt hatte, daß er für die Bühne völlig ungeeignet war. Sie hatte ihn auf die finanziellen Segnungen einer Zahnarztpraxis hingewiesen, und als Beweis ihrer Zuversicht war sie seine Frau geworden. Sie hatte seine Ausbildung zum Zahntechniker finanziert und dann die sechs Semester an der Zahnklinik. Walter war noch nie in seinem Leben so glücklich gewesen. Er hatte seine Berufung gefunden. Weil sie damals in »The Second Mrs. Tanqueray« spielte, sahen sie sich nur selten. Die Schauspielerei beanspruchte sie voll und brachte ihr Erfüllung.

Ihre Ehe war eine Art Teilzeitbeschäftigung, bis Walter 1914 sein Abschlußexamen machte. Er kam zur Prüfungsfeier nach London. Lydia lud ihn ins Frascati zum Essen ein. In der Küche war es sehr unruhig, und der Ober fragte sie, ob sie schon die Meldung von der Erklärung Lloyd Georges im Unterhaus gehört hätten. Das Land war mit Deutschland im Krieg. Unverheiratete Männer unter dreißig wurden aufgefordert, sich als Freiwillige zu melden.

Walter war verheiratet und neununddreißig. Er rief bei der zuständigen Musterungsbehörde an und zog dann in Nordschottland zwei

Jahre lang für das Britische Weltreich und den König die Zähne von Soldaten.
Für Lydia war der Krieg weniger angenehm. Es gab nur wenige gute Produktionen, für die sie sich bewerben konnte. Die meisten tauglichen Schauspieler waren dem Ruf zu den Waffen gefolgt. In einem Stück, in dem sie mitspielte, war der Hauptdarsteller so altersschwach, daß sie ihm wieder auf die Beine helfen mußte, nachdem er niedergekniet war, um ihr seine Liebe zu erklären.
1917 fühlte sie sich so entmutigt, daß sie den Brettern vorübergehend entsagte. Sie verbrachte die Zeit damit, in dem großen Haus in Putney Hill, das sie von ihrem Vater geerbt hatte, ihre Aufzeichnungen aus Vorkriegstagen zu lesen. In sexueller Hinsicht war sie frustriert. Sie entwickelte eine heimliche Passion für den bärtigen Verkäufer in der Tee-Abteilung bei Fortnum and Mason. Aber die Angelegenheit gedieh nicht. Die deutschen U-Boote hatten das Leben in England schwieriger gemacht. Die Lebensmittel wurden knapp, und man sprach von Rationierung. Hamsterkäufe wurden zum kriminellen Delikt erklärt. Lydias Hausmädchen war geschwätzig. Bei einer Durchsuchung fand man im Haus achtundsechzig Pakete Fortnum-and-Mason-Tee, die bis auf wenige Exemplare konfisziert wurden. Lydia wurde zu zehn Pfund Strafe verurteilt und mußte obendrein sieben Pfund Gerichtskosten bezahlen. Ihr Name erschien in der Zeitung. Es war das erste Mal gewesen, daß sie in der »Times« erwähnt wurde.
Vor dem Bahnhof stieg Walter in das Taxi. Nach keinen zwanzig Minuten bezahlte er den Chauffeur vor dem Richmond Theatre. Es war kurz nach sieben Uhr, und im Theater war es ruhig. Die Abendvorstellung begann um halb neun, damit die Besucher sich in Ruhe umziehen und etwas essen konnten. Auf dem Spielplan stand eine Revue. Wie recht hatte doch Lydia gehabt, als sie den Untergang der Music Halls voraussagte. Mit den Tier- und Clownsnummern war auch das Gedankenlesen außer Mode gekommen.
Er sagte dem Mädchen hinter dem Kartenschalter, was er wollte, und es schickte ihn zur Bar im ersten Rang. Dort herrschte ein Mordsbetrieb. In der Luft hing Zigarettenrauch. Die Gebärden und die Sprechweise der Anwesenden verrieten, daß es sich um Profis handelte: der Regisseur und die stolzgeschwellten Darsteller von »The Gay Lord Quex«. Walter bestellte einen trockenen Sherry und blieb neben der größten Gruppe stehen. Den Gesprächen entnahm er, daß der Mann, den alle Jasper nannten, der Regisseur war. Jas-

pers Hand ruhte auf der Schulter eines hübschen, rothaarigen Mädchens, das fast jede seiner Bemerkungen mit trällerndem Lachen quittierte. Das Mädchen trug eines jener neuen, rückenfreien Kleider und sah zehn Jahre jünger aus als Lydia.
Walter wartete auf eine Unterbrechung des Geschnatters. Jasper fragte das Mädchen, ob es noch einen Martini wolle. Er ging an die Bar, um ihn zu bestellen. Walter stellte sich vor.
»Ein guter Name, Verehrtester«, sagte Jasper, »aber ich glaube, ich kenne Sie nicht.«
»Lydia, meine Frau, war heute nachmittag bei Ihnen zum Vorsprechen.«
»Das gleiche noch einmal, George«, rief Jasper dem Barkeeper zu.
»Sie hat die Rolle nicht erhalten.«
»Mein Bester, das Vorsprechen ist für alle Beteiligten eine Qual. Sicher ist hier und da ein Irrtum möglich, aber da läßt sich nichts rückgängig machen. Das ist ein ungeschriebenes Gesetz.«
»Sie hat ihr Notizbuch hiergelassen.«
»Ach so. Mein Gott, wo das wieder sein wird.«
Das Mädchen mit dem rückenfreien Kleid wandte sich um. »Es liegt dort drüben, Liebling. Ich hab' darin gelesen. Ich kann dir nur sagen: Die kennt sich wesentlich besser aus als du.«
»*Ich* hätte das nicht gesagt, Blanche«, sagte jemand anzüglich.
»Manche Leute haben den Charakter von Kanalratten«, antwortete Blanche gelangweilt.
»Hier, dein Drink«, sagte Jasper pikiert. Dann nahm er Walter am Arm und führte ihn quer durch den Raum zu einem Tisch, auf dem Lydias Notizbuch lag. »Ihre Frau war gut beim Vorsprechen. Sie ist hochprofessionell, Mr. Baranov ...«
Walter unterbrach ihn, ohne lauter zu werden. »Ich bin vom Fach und habe seit meinem dritten Lebensjahr solche Scheinheiligkeiten mit angehört. Wenn Sie an der Karriere meiner Frau nur einen Funken Interesse haben, dann sagen Sie mir ihr zuliebe die Wahrheit.«
Die Zurechtweisung war um so wirkungsvoller, als sie in so angemessener Form geschah.
An der Bar war es plötzlich still. Jemand rief herüber: »Ist alles in Ordnung, Jasper?«
»Und ob«, sagte der Regisseur, und zu Walter gewandt fuhr er fort: »Wenn Sie es wirklich wissen wollen: Sie ist für diese Jungmädchenrollen zu alt und fürs Mütterfach nicht geeignet.« Zur Abmilderung fügte er hinzu: »Noch nicht!«

Walter antwortete nicht. Er nahm das Notizbuch.
»In der Laufbahn einer Schauspielerin ist das immer eine schwierige Phase«, fing Jasper wieder an. »Am besten wäre es, wenn man sie dazu überreden könnte, auf andere Weise bei der Produktion mitzuwirken. Bei ihrer Erfahrung weiß sie sicher eine Menge von der Maskenbildnerei. Oder wie wäre es mit der Ausstattung, falls sie mit Nadel und Faden umgehen kann?«
Walter schaute ihn ungläubig an. »Wo bekomme ich hier ein Taxi?«
»Um diese Zeit am Taxistand; gleich wenn Sie rausgehen rechts und dann noch einmal rechts. Sagen Sie ihr doch bitte, daß ich mich dafür bedanke, daß sie hier war.«
Walter fand den Taxistand und stieg in einen Wagen. Als sie losfuhren, sah er am Straßenrand etwas und tippte dem Fahrer auf die Schulter.
»Würden Sie bitte kurz anhalten, dort bei dem Blumenladen. Ich möchte meiner Frau ein paar Blumen mitbringen.«
»Aber schnell! Ich blockiere hier die Fahrspur.«
Im Blumenladen musterte er die verschiedenen Sträuße in den Vasen. Aus dem Hintergrund näherte sich die Verkäuferin.
»Guten Abend, Sir. Kann ich Ihnen ... Ach!« Sie hielt inne und starrte ihn an.
»Ja, bitte. Ich, äh ... Das ist doch Miss Webster, stimmt's?«
»Ja«, antwortete Alma flüsternd.
»Sie erinnern sich? Walter Baranov, Ihr Zahnarzt. Wissen Sie, daß Sie heute Ihren Termin versäumt haben?«
Sie war so verlegen, daß sie rot anlief. Sie sagte kein Wort.
Aber auch er war verlegen. »Entschuldigen Sie, es sieht so aus, als würde ich Sie kontrollieren. Aber die Überraschung war zu groß, Sie hier so völlig unerwartet zu treffen.«
»Ach.« Sie hielt einen Stengel in der Hand und zerpflückte ihn Stück für Stück.
»Wissen Sie, meine Frau war heute im Richmond Theatre zum Vorsprechen. Sie ist Schauspielerin.«
»Ja, Sie haben es mir erzählt.«
Er deutete auf Lydias Notizbuch. »Sie hat es liegenlassen. Ihre Aufzeichnungen und Adressen. Enorm wichtig. Ich habe es geholt.«
Draußen hupte der Taxifahrer.
»Ich möchte ein paar Rosen«, sagte Walter. »Sagen wir ein Dutzend.«

»Jawohl. Wollen Sie eine bestimmte Farbe?« Sie trat zu den Vasen, in denen verschiedene rote und rosa Rosen steckten, aber auch gelbe und weiße. »Das Dutzend kostet von allen drei Shilling.«
Er legte das Notizbuch auf den Ladentisch und suchte nach dem Geld.
»Es ist nicht so wichtig. Nehmen wir rosarote!«
»Soll ich vielleicht einen gemischten Strauß machen?«
Wieder ertönte die Hupe.
»Wenn Sie so freundlich sein wollen.«
»Wollen Sie sie aussuchen?«
Er stand neben ihr und wählte unter den verschiedenen Farben zwölf Rosen aus. Sie band sie zusammen und schlug sie in Papier ein. Er gab ihr das Geld. »Danke schön! Ich muß mich leider beeilen, weil draußen mein Taxi wartet!« Er lüftete den Hut. »Ich hoffe, wir sehen uns wieder, Miss Webster.«
Er hatte den Laden bereits verlassen und war mit dem Taxi schon weg, als Alma auf dem Ladentisch das Notizbuch entdeckte.

4

Um eine weitere Dame in die Geschichte einzuführen, müssen wir uns nach Paris begeben.
Wo immer sich Marjorie Livingstone Cordell aufhielt, am Freitagabend brauchte sie ihr heißes Bad, möglichst ein türkisches, und anschließend eine Ganzmassage. Zur Regenerierung war dies besser als starker Kaffee, Tabletten, Cocktails und Spaziergänge im Park; sie hatte das alles schon ausprobiert. Sie war stolz auf ihren Ruf, äußerst lebhaft zu sein. Auf Partys galt sie als anregendes Element, und sie wurde zu entsprechend vielen eingeladen. Ihr Alter war ein Geheimnis, doch wußte man, daß sie zum dritten Mal verheiratet und ihre Tochter zweiundzwanzig war. Das Schönste an ihrer Freitagsmassage war, daß sie sich dabei so herrlich gehenlassen konnte. In New York, wo sie lebte, hatte sie einen sagenhaften kleinen Masseur aus der Bronx mit Händen wie Samt, der ihre intimsten Hoffnungen und Ängste besser kannte als ihre sämtlichen Ehemänner.
Heute abend lag sie auf der Massagebank im Pariser Carlton Hotel, wo sie mit Livy, ihrem dritten Gatten, abgestiegen war. Sie verbrachten die Ferien in diesem Jahr in Europa, weil ihre Tochter Barbara gerade ein Seminar in Kunstgeschichte an der Sorbonne absol-

viert hatte und sie mit ihr nach New York zurückreisen wollten. In simplem Englisch erklärte sie dies alles einem Algerier, der gerade eine Spannung in ihren Schultern lockerte. Er sah gut aus, hatte glattgekämmte Haare und einen bleistiftdünnen Schnurrbart. Aber sein Atem roch nach Knoblauch. Sie wandte ihr Gesicht ab.

»Würden Sie jetzt bitte meine Knöchel massieren«, sagte sie und winkte für den Fall, daß er sie nicht verstand, mit dem Fuß. »Ich bin dem lieben Gott wirklich dankbar, daß er mich mit so schönen Fesseln ausgestattet hat. Würden Sie es für möglich halten, daß jeder meiner drei Ehemänner als erstes von meinen Fesseln fasziniert war? Dank regelmäßiger Massage bleiben sie schlank – meine Fesseln natürlich. Es ist schlimm. Livy zum Beispiel – das ist die Kurzform von Livingstone, meinem Dritten, ein toller Kerl, kein Douglas Fairbanks, bestimmt nicht, aber auf seine Art unheimlich gut aussehend –, Livy bittet mich manchmal, ich solle ihn meine Fesseln massieren lassen. Aber ich gestatte es nicht und sage, das ist ein Job für einen Profi. Hm. Sie machen das recht gut. Wie heißen Sie?«

»Alain, Madame.«

»Gut, Alain, ich bin der Meinung, eine Frau sollte ihren Körper pflegen. Sie weiß nie, ob sie völlig unbeobachtet ist. Lassen Sie sich erzählen, was mir vor vier Jahren im Hotel Baltimore in New York zugestoßen ist. Ich war mit sieben Männern, die ich nicht kannte, im Lift eingesperrt. Richtig gefangen. Wir steckten fast eine Stunde lang zwischen der zweiten und dritten Etage. Ich war starr vor Schreck, aber auf diese Weise, Alain, lernte ich Livy kennen. Sie glauben, ich erzähle Ihnen jetzt, daß er einer von den sieben Knilchen im Aufzug war, nicht wahr? War er aber nicht. Er sah im zweiten Stock zu, wie der Monteur endlich die Schiebetür aufbekam. Der Aufzugboden war ja über seinem Kopf, so daß er von mir nur die Fesseln sehen konnte. Und er konnte die Augen nicht mehr von ihnen wenden. Ist das nicht romantisch?«

»Charmant, Madame.«

»Wir heirateten noch im gleichen Jahr, und ich erwische ihn noch heute dabei, daß er meine Fesseln anhimmelt, wenn er glaubt, ich sehe es nicht. Wir sind ein Herz und eine Seele. Wenn nur meine Tochter Barbara auch soviel Glück hätte wie ich! Sie ist hübsch, wirklich hübsch. Sie hat meine weiße Haut und meine klassischen Proportionen und herrliches, kastanienbraunes Haar, und doch stößt sie die Männer ab. Sie ist so ernst. Sie studierte Mathematik im Hauptfach und redete nur noch von Koeffizienten und solchen

Dingen. Wir schickten sie herüber, damit sie ein Jahr lang an der Sorbonne studierte, und dachten, die Pariser werden ihr schon andere Sachen beibringen. Der Erfolg: Sie ist jetzt ganz verrückt nach Griechen.«

»Nach Griechen, Madame?«

»Aus dem fünften Jahrhundert vor Christus. Heute nachmittag schleppte sie Livy und mich in den Louvre. Na gut, wenigstens keine Logarithmen mehr, dachten wir und gingen mit. Ein bißchen hoffte ich, daß vielleicht ein junger Professor die eigentliche Attraktion im Museum sein könnte. Denkste! Nur antike Objekte. Okay, im Louvre stehen ein paar sehr hübsche griechische Statuen. Stolze Männlichkeit, unverhüllt und in Lebensgröße. Hier und dort sogar größer. Ich sagte zu Livy, daß das gar nicht so übel sei. Aber stellen Sie sich vor, Alain! Meine Tochter Barbara führte uns schnell durch die Räume mit diesen Statuen, ohne ein einziges Mal stehenzubleiben. Sie schaute nicht einmal hin. Sie wollte uns die griechischen Vasen zeigen. Vasen! Sie betet sie an. Ich war so niedergeschlagen, daß ich beinahe auf einer Bank zusammengebrochen wäre.«

»Gar nicht so schlecht, Madame.«

»Wie meinen Sie das?«

»Haben Sie die Vasen nicht angeschaut?«

»Ich sagte Ihnen doch, ich war am Boden zerstört.«

»Auf den Vasen, Madame, da sind viele kleine Männer«, Alain deutete mit Zeigefinger und Daumen die Größe an. »Ohne Kleider. Vielleicht fängt Barbara mit kleinen Männern an.«

»Oh.« Mrs. Cordell überlegte und begann zu kichern. »Kleine Männer? Das gefällt mir.«

»Ich bin auch nicht sehr groß, Madame.«

Sie lachte. »Wie groß er ist, ist mir egal, aber reich muß er sein, der Mann meiner Tochter.«

5

Als Walter wieder nach Hause kam, war sein Essen verdorben. Die Köchin sagte, sie werde ihm einen Salat machen.

Lydia hatte das Gespräch mit angehört. »Du hast dir aber Zeit gelassen«, sagte sie, als er in den Salon trat.

»Ich dachte, du magst sie vielleicht.« Er übergab ihr die Rosen.

Lydia war angenehm überrascht. Während er unterwegs war, hatte sie darüber nachgedacht, wie es wäre, wenn sie ihn für immer ver-

ließe. »Woher hast du sie, Walter?« Zu mehr Dank war sie nicht fähig.
»Ich pflückte sie hier in der Nachbarschaft.«
Sie gab sie ihm wieder. »Sylvia soll eine Vase bringen. Hast du mein Buch?«
»Ja.«
Aber es klemmte nicht unter seinem Arm, und als sie ihn danach gefragt hatte, war seine freie Hand kurz erstarrt.
»Wen hast du getroffen?«
»Den Regisseur. Er war noch an der Bar.«
»Das überrascht mich nicht. Er stank schon nachmittags nach Gin.«
»Er sagte, du seist sehr gut gewesen, meine Liebe.«
»So ein Heuchler! Das sagen die immer.«
»Er machte dir ein äußerst nettes Kompliment.«
Sie verzog verächtlich den Mund.
Da sagte er: »Ich bringe Sylvia die Blumen!«
»Und das war?«
»Was war was, Liebling?«
»Das Kompliment.«
»Oh, er meinte, du seist wirklich ein Profi.«
»Davon versteht er herzlich wenig.«
»Das war nicht alles, was er gesagt hat.«
»Was noch?«
»Ich suche schnell Sylvia.« Er war schon in der Halle. »Soll sie die Blumen in dein Zimmer stellen? Im Majolikakrug auf der Treppe machen sie sich sicher auch gut.«
»Überlaß das Sylvia! Leg sie auf den Tisch in der Halle, und erzähl mir, was Jasper genau gesagt hat!«
Aber er war schon auf dem Weg zur Küche und rief: »Magst du ein Glas Burgunder? Ich glaube, er paßt gut zu meinem Salat.«
Sie seufzte gereizt. Dieser unglückselige Mensch suchte ständig Ausflüchte. Sie wußte nicht genau, ob er wirklich etwas Interessantes mitzuteilen hatte oder ob er sich wegen des Notizbuchs so anstellte. Dergleichen tat er mit Vorbedacht. Er wußte, welche Rolle das Theater in ihrem Leben spielte. Sie entbehrte es wie eine Droge. Es war schrecklich, sich bei Vorsprechterminen in der Provinz zu prostituieren, aber sie tat es, weil sie nicht aufhören konnte.
Seit sie denken konnte – sie war tatsächlich in der Garderobe eines der sechs Theater, die ihrem Vater gehört hatten, zur Welt gekom-

men –, hatte alles, was ihr etwas bedeutete, mit der Bühne zu tun. Noch ehe sie zwanzig war, hatte sie Pinero, Barrie und Shaw kennengelernt. Sie hatte im Adelphi gespielt, wo ihr Sir Herbert Tree versicherte, daß sie in ein, zwei Jahren die Fähigkeit haben werde, ein West-End-Publikum nach ihrer Pfeife tanzen zu lassen. Doch kannte sie auch die Gefahren, die ein ganz dem Theater geweihtes Leben mit sich brachte. Für ihren Charakter und ihre Kunst war es von entscheidender Bedeutung, den Kontakt zum normalen Leben jenseits der Bühne nicht zu verlieren. Sie hatte Walter geheiratet und mit einem Teil ihres väterlichen Erbes seine Ausbildung zum Zahnarzt finanziert. Walter war ihr Schutzwall gegen die Unwirklichkeit. Was war nüchterner als ein Ehemann, der Zähne zog?

Mit seinem Salat und zwei vollen Weingläsern auf einem Tablett kam er in den Salon zurück. Eines bot er ihr feierlich an. Dann setzte er sich ihr gegenüber in den großen Armsessel, in dem schon ihr Vater die Familiengebete gesprochen hatte. Ungeduldig zerrte sie an ihrem Rock.

»Meine Liebe«, eröffnete Walter das Gespräch, »ich muß etwas Wichtiges mit dir besprechen.«

6

Das Schild an der Tür des Blumenladens verkündete: GESCHLOSSEN. Die Rollos waren heruntergelassen, die Kasse abgerechnet und das Geld im Tresor verstaut. Alma entledigte sich der letzten Aufgabe dieses Tages: Sie arrangierte ein Bukett, das eine glückliche Braut am nächsten Morgen zur Kirche tragen sollte. Walter Baranov hatte Alma so beschäftigt, daß sie es beinahe vergessen hätte. In ihrer Fahrigkeit knickte sie den Kopf einer Nelke ab, als sie sie auf Draht ziehen wollte.

Sie war eher aufgeregt als nervös. Er hatte sie völlig überrascht, als er plötzlich vor ihr stand. Genauso verblüffend und romantisch war Everard Moncks Eintreffen im Karawanenlager während Stellas unseliger Hochzeitsreise in »Die Lampe in der Wüste« gewesen. Was Walter gesprochen hatte, zählte da wenig, aber die Tatsache, daß er gekommen war, sagte ihr alles. Es lag ihm immerhin so viel daran, daß er herausfand, wo sie arbeitete.

Er hatte sich sehr angestrengt. Sie hatte ihm nichts von dem Blumengeschäft erzählt. Auch auf dem Formular für die Sprechstun-

denhilfe hatte sie es nicht erwähnt. Walter – im Geiste nannte sie ihn bereits beim Vornamen – hat die Adresse ausfindig gemacht, um sie zu finden – und das, nachdem sie zum ersten Mal nicht gekommen war! Klarer hätte er nicht ausdrücken können, daß er sie begehrte. Ein verheirateter Mann, aber was machte das schon? Er mochte sie lieber als seine Frau.
Sie fühlte sich geschmeichelt und verunsichert. Sie war erregt. Eine Stimmung ergriff von ihr Besitz, die den Frauen in ihren Romanen so oft zum Glück oder zum Verderben gereichte. Sie hatte sich schon immer fest vorgenommen, es in einer Situation wie dieser schicksalhaft darauf ankommen zu lassen. Sie wollte beherzt sein, energisch, begeistert und überschwenglich: alles strahlende Attribute einer Heroine.
Aber zum Auftakt hatte sie nicht gerade brilliert. Als er in den Laden gekommen war, hatte es ihr die Sprache verschlagen. Sie mußte ihr Selbstvertrauen wie ein Pflänzchen aufpäppeln. Dabei war sie so fest davon überzeugt, daß sie in Walters Leben die beherrschende Rolle spielte. Warum benahm sie sich denn wie ein nervöses Schulmädchen? Sie wollte der wilden Eingebung widerstehen, ihm noch am selben Abend mit dem Notizbuch, das er so verschwörerisch hatte liegenlassen, einen Besuch abzustatten. Sie würde sich bis morgen bezähmen und es in die Praxis bringen.
Alsо nahm sie es mit nach Hause, um darin zu blättern.

7

Lydia schlürfte ihren Burgunder und überließ Walter den großen Auftritt, was selten genug geschah. Es war kaum zu erwarten, daß ein Mann, der den ganzen Tag in offenen Mündern herumstocherte, etwas von Bedeutung erfuhr, das er einem anvertrauen konnte. An diesem Abend machte sie eine Ausnahme und hörte genau zu.
»Wir beide wissen natürlich, wie es um das moderne Theater bestellt ist«, sagte er und streute reichlich Salz auf seinen Salat. »Uns braucht kein aufgeblasener, provinzieller Regisseur zu erklären, daß heutzutage Talent nicht gefragt ist. Überlege dir mal, was dir während der letzten Monate beim Vorsprechen alles untergekommen ist: Bestechlichkeit, Vetternwirtschaft, die Masche mit der alten Schule und die Betten-Tour. Manchmal frage ich mich, ob es nicht klüger wäre, wenn du dir für deine vorzüglichen Erfahrungen ein

anderes Betätigungsfeld suchen würdest – zumindest bis die Zustände beim Theater wieder normal sind. Seltsamerweise hat Jasper dasselbe vorgeschlagen.«
»Daß ich etwas anderes versuchen soll?« fragte Lydia völlig gefaßt.
»Ja, genau. Ich glaube, darüber solltest du nachdenken.«
Sie lächelte. »Liebling, ich bin auch zu dieser Einsicht gelangt. So kann es nicht weitergehen. Ich mache mich ja lächerlich! Ganz zu schweigen von den Folgen für meine Nerven und meine Verdauung. Und schließlich leidet auch unsere Ehe darunter. Du hast völlig recht. Ich werde das Vorsprechen an den Theatern hier sein lassen. Ich gehe nach Amerika.«
Walter blieb der Bissen im Halse stecken. »Amerika?«
»Überrascht dich das?«
»Ist das dein Ernst, Schatz?«
»Natürlich. Ich werde mein Talent der Filmbranche offerieren.«
»Mein Gott!«
»Aber du hast doch selbst gesagt, daß ich mir ein anderes Betätigungsfeld suchen soll!« Walters Reaktion auf ihre Ankündigung machte ihr ausgesprochen Spaß. Er war kreidebleich.
»So habe ich es nicht gemeint.«
»Überleg mal! Die einzigen einigermaßen guten Filme kommen aus Amerika. Und du wirst doch nicht leugnen wollen, daß das Kino Schauspielerinnen wie mich dringend nötig hat. Schau dir Mary Pickford an! Hat die je etwas auf der Bühne geleistet? Und die Gish-Schwestern. Theda Bara. Millionen kennen sie, Walter, und diese Damen haben keine Ahnung von der Schauspielkunst.«
»Sicher, aber das Theaterspielen ist doch etwas anderes. Sarah Bernhardt zum Beispiel kommt auf der Leinwand nicht gut an.«
»Die Bernhardt ist eine alte Frau.«
»Aber der Film ist doch eine ganz andere Kunstform, Lydia. Er ist stumm. Auf der Bühne drückt deine Stimme so viel aus; es wäre ein Mordsverlust.«
Sie hatte schon erwartet, daß er ihre Pläne durchkreuzen würde, aber da sollte er sich täuschen. »Ich setze einfach mehr Mimik und stärkere Gesten ein. Mein Entschluß steht fest, Walter. Hast du mich nicht heute abend telefonieren hören? Das Haus wird verkauft. Ich habe mich bereits wegen der Schiffspassage erkundigt. Ich möchte lieber heute als morgen abreisen.«
Mit einem Ruck schob er das Tablett zur Seite. »Und ich? Und meine Praxis?«

»Habe ich mich nicht verständlich genug ausgedrückt? Ich möchte, daß du mitkommst. Wir können die Praxis verkaufen und in Hollywood eine neue anfangen. Dort wimmelt es von Filmschaupielern, die ihre Zähne gerichtet haben wollen. Die Kameras kommen doch so nahe ran.«
Er stand auf, ging zum Fenster und schaute hinaus. Offensichtlich war er schockiert.
Lydia konnte das verstehen. Wie oft war sie beim Vorsprechen schockiert gewesen! Walter hatte in den letzten Jahren ein ruhiges Leben geführt. Er war in eine bequeme Routine verfallen. Den meisten Leuten mochte das Leben eines Zahnarztes unglaublich langweilig erscheinen, Walter aber gefiel es. Und er war erfolgreich. Zwar entsprach sein Einkommen noch nicht der Praxis am Eaton Square, aber es sah so aus, als würde er in etwa einem Jahr finanziell unabhängig sein. Das alles im Hinblick auf Amerika aufzugeben, wäre für ihn ein großer Verzicht gewesen.
Er argumentierte sehr durchsichtig. Als er sich umwandte, sagte er, er habe gelesen, daß das Leben in Kalifornien gefährlich sei. Er schilderte ihr die Gewalttätigkeiten zwischen rivalisierenden Filmgesellschaften. Er faselte etwas von gedungenen Schlägern, Schießereien und Studios hinter hohen Drahtzäunen, wo bewaffnete Wachposten mit Hunden patrouillierten.
Lydia ließ sich nicht beunruhigen und meinte, die Filmgesellschaften würden sich bestimmt um ihre Hauptdarsteller kümmern.
Da wurde Walter ernsthafter. Er erinnerte sie an die Anstrengungen, die es gekostet hatte, seine Praxis aufzubauen. Er sagte, es wäre Wahnsinn, die guten Patienten und die schöne Praxis aufzugeben.
Lydia meinte, daß er doch, wenn ihm das so viel bedeute, hierbleiben und sie allein den Gefahren Kaliforniens aussetzen solle. Als sie einen bestimmten Ausdruck in seinem Blick wahrnahm, fügte sie hinzu, daß er dann ohne ihr Geld auskommen müsse.
Er wechselte das Thema und knüpfte wieder bei ihrer Karriere an. Er erklärte, er habe die Pflicht, sie darauf aufmerksam zu machen, daß ihr Ruf auf der Bühne Englands zwar nicht zur Debatte stehe, daß er aber kaum bis in die Vereinigten Staaten gedrungen sein dürfte.
Lydia lächelte. »Mein Lieber«, sagte sie leise, »ich fürchte, du bist falsch informiert. Es wird Zeit, daß ich zugebe, dir nicht alles anvertraut zu haben. Zufällig habe ich nämlich einen Kollegen in Hollywood. Sein Name ist in der Filmwelt nicht unbekannt: Charlie Chaplin.«

»Chaplin? Du kennst Charlie Chaplin?«
»Seit Vorkriegstagen, als er noch bei der Karno-Truppe war. Unsere Namen standen im Streatham Empire auf demselben Programm. Damals gehörte das Streatham Empire meinem Papa, und ich war noch keine seriöse Schauspielerin. Ich gehörte zu einer singenden Tanzgruppe, die ›Yankee Doodle Girls‹ hieß, und Chaplin war der komische Betrunkene beim ›Karneval der Vögel‹. Er war höchstens achtzehn und hinter den Mädchen her. Aus den Kulissen beobachtete er uns immer. Er sah drollig aus, wenn er so dortstand, mit riesengroßen Augen, der roten Nase, weißer Schleife und Frack. Wir kicherten immer. Eines Abends mußte ich so lachen, daß ich ausglitt und mit einem lauten Plumps auf die Bretter fiel. Meine Freundin Hetty Kelly blinzelte Charlie zu, und er verliebte sich unsterblich in sie. Sie war erst fünfzehn, trotzdem machte er ihr einen Heiratsantrag. Mein Gott, ich kannte Charlie sehr gut. Dazu gibt es einen Zeitungsausschnitt in meinem Notizbuch. Hol es, ich werde ihn dir zeigen.«
Walter suchte die Weinflasche. »Willst du noch einen Schluck? Chaplin war phantastisch in ›Shoulder up‹. Ich hab' es in Schottland gesehen. Warst du auch mal drin?«
Mit der Hand umschmiegte sie ihr Weinglas. »Zuerst möchte ich dir den Ausschnitt in meinem Notizbuch zeigen.«
»Du weißt doch«, sagte er, »mein Vater war in Amerika. Damals, als er seinen Unfall hatte. Ob er wohl Chaplin getroffen hat?«
»Walter, sag jetzt, was mit meinem Notizbuch passiert ist.«
Er räusperte sich. »Ich weiß es nicht genau. Im Theater hab' ich es mitgenommen, aber als ich hier war, hatte ich es nicht mehr.«
»Wie meinst du das? Hast du es verloren?«
»Irgendwo liegengelassen. Im Taxi wahrscheinlich. Liebling, es tut mir furchtbar leid.«
Sie sprang auf. Sie verachtete ihn. Ganz ruhig sagte sie: »Dieses Notizbuch war mein wertvollster Besitz. Es ist unersetzbar.«
Sie rannte aus dem Zimmer. In der Eingangshalle riß sie die Rosen aus der Vase und schleuderte sie auf den Boden. Sie hastete die Treppe hinauf und schloß sich in ihr Zimmer ein. Dort fiel sie aufs Bett und weinte. Später rauchte sie eine Zigarette und hörte, wie die Köchin durch den Personaleingang das Haus verließ. Dann vernahm sie die Schritte Sylvias, die in ihr Mansardenzimmer hinaufstieg. Von der Tür her drang leises Klopfen und Walters Stimme: »Bist du noch wach, Lydia?«

Sie antwortete nicht. Sie hatte ihm nichts zu sagen. Sie hörte, wie er die Klinke niederdrückte. Aber die Tür war verriegelt.
»Lydia, Schatz, ich bin's.«
»Verschwinde!« sagte sie matt.
»Mir fiel gerade ein, wo ich dein Notizbuch gelassen habe. Als ich die Rosen sah, kam ich drauf. Es muß in dem Blumengeschäft sein, wo ich sie gekauft habe. Als ich sie aussuchte, legte ich das Notizbuch auf den Ladentisch. Draußen hupte nämlich das Taxi, das auf mich wartete. In der Eile hab' ich das Buch vergessen. Morgen hole ich es dir. Der Laden ist in der Nähe des Richmond Theatre. Lydia, hörst du mich? Ich bring' es dir morgen.«
»Nein, *du* nicht.«
»Wieso?«
»Auf dich verlasse ich mich nicht mehr. Ich hole es mir selber. Wer weiß, wo es sonst landet.«
»Aber die Verkäuferin dort kennt dich ja nicht.«
»Dummkopf. Im Notizbuch sind doch lauter Bilder von mir.«
Nach einer längeren Pause sagte er: »Über die andere Geschichte, ich meine über Amerika, reden wir besser, wenn wir gründlich darüber nachgedacht haben.«
»Darüber müssen wir nicht mehr reden. Mein Entschluß steht fest. Ich fahre, Walter. Du kannst machen, was du willst.«

8

Poppy schlief zusammen mit ihrer Schwester Rose auf einer Matratze aus Wollresten im Gemeinschaftsraum der Familie über einer Molkerei in der Chicksand Street. Rose war sieben Jahre alt. Bei Tagesanbruch wachte sie meistens auf, und dann ging sie hinunter, um zuzuschauen, wie die Milchfahrer ihre Pferde anschirrten. Für Poppy war das *die* Gelegenheit, Arme und Beine auszustrecken und in die Bettmitte zu rutschen. Da die Knie und Ellbogen der unruhigen Rose jetzt nicht mehr störten, schlummerte sie stets noch einmal fest ein. Normalerweise schlief sie dann bis elf Uhr, außer am Sonntag. Sie machte sich keine Gewissensbisse, wenn sie lange im Bett blieb. Schließlich war sie es, die die Familie dank ihrer Einnahmen auf der Petticoat Lane ernährte und kleidete.
Es war Montag morgen, und sie registrierte ärgerlich, daß Rose sie im Schlaf störte und an der Zudecke zerrte. Es war kurz nach neun.

»Pop, wach auf!«
»Hau ab, oder ich bring' dich um.«
»Unten fragt ein Mann nach dir.«
»Was für ein Mann?« Fluchend stand sie auf, schlurfte zur Treppe und starrte hinunter. »Ach der!« Sie prallte zurück, damit sie nicht gesehen werden konnte, und begann nervös, ihr Nachthemd zuzuknöpfen.
»Was will er denn?« fragte Rose interessiert.
»Sag ihm, ich komm' gleich!« Poppy suchte ihre Kleider zusammen. Sie hatte das Abenteuer vom Vortag ganz vergessen. Der Fremde, der ihr auf dem Markt auf die Schliche gekommen war, hatte sie mit finsteren Drohungen davor gewarnt, etwas von ihrem gemeinsamen »Geschäft« auszuplauschen. Sie hatte den Vorfall verdrängt und sich so mit Porterbier vollaufen lassen, daß sie sich jetzt halb tot fühlte. Sie war zu der Einsicht gelangt, daß der Kerl irgendwie seltsam war. Vielleicht war sie gerade noch einmal davongekommen.
Aber er hatte es auf gar nichts abgesehen gehabt. Und jetzt stand er vor der Tür, um sie, wie verabredet, zu diesem noblen Geschäft zu begleiten.
»Mach ihm 'nen Tee!« rief sie Rose nach. Dann zog sie das Nachthemd aus und überlegte, was sie anziehen sollte.
Als sie hinunterkam, saß er in Vaters Sessel. Er sah wirklich gut aus: große, blaue Augen und glattfrisierte, honigfarbene Haare. Es störte sie nicht, als er sie mit musternden Blicken betrachtete. Sie hatte ein Taftkleid angezogen, das angeblich schon das Savoy gesehen hatte. Sie hatte es *secondhand* auf dem Markt erstanden und selbst geändert. Mit Nadel und Faden konnte sie geschickt umgehen. Der Seidenglanz war etwas verblaßt, aber das Kleid stand ihr so besser.
»Was haben Sie darunter an?«
Und *ob* der seltsam war! Sie warf ihm einen vernichtenden Blick zu und goß sich Tee ein.
»Ich frage nur, weil Sie sich beim Maßnehmen ausziehen müssen«, erklärte er.
Daran hatte sie allerdings nicht gedacht. Sie verschwand noch einmal, um Unterwäsche zu suchen. Als sie das Haus verließen, war Poppy enttäuscht, weil kein Taxi dastand. Es wartete um die Ecke in der nächsten Straße. Sie mußte lachen, und er fragte sie, was denn so komisch sei. Sie summte einen Refrain, den sie hier in der Ge-

gend über den »verflixt schwer zu fassenden Scarlet Pimpernell« gehört hatte.

Er fand das allerdings gar nicht so lustig und sagte: »Ich heiße Jack.«

Das Taxi hielt schon nach einer kurzen Wegstrecke. Poppy schaute, wo sie waren. Da drückte ihr Jack etwas in die Hand. Es war ein Stück Lavendelseife. Sie standen vor dem öffentlichen Bad an der Aldgate High Street. »Verdammt feinfühlig«, sagte sie. Aber sie dachte an das schicke Bekleidungsgeschäft und fügte hinzu, daß sie bald wieder zurück sein werde.

Als sie schließlich in die Bond Street kamen, war sie über Jacks Vorsorgemaßnahmen herzlich froh. Nach dem wundervollen Gefühl, auf einem Goldstühlchen zu sitzen und Ballen für Ballen der kostbarsten Stoffe vor sich ausgebreitet zu bekommen, führte man sie weg zum Maßnehmen. Zunächst fürchtete sie, das Personal würde sie weniger zuvorkommend behandeln, wenn Jack nicht dabei war, aber man nannte sie auch jetzt noch »Madam«, half ihr beim Ausziehen und hängte ihr Fähnchen über einen gepolsterten Kleiderbügel, als wäre es der letzte Schrei aus Paris. Um ihre Maße festzustellen, waren drei Hilfskräfte nötig: Die erste sorgte für die Konversation, indem sie Poppy Komplimente über ihr Aussehen und ihre Figur machte. Die zweite hantierte mit dem Maßband, und die dritte schrieb die Werte auf. Poppy sprach wenig. Sie hatte sich für goldfarbenen Crêpe de Chine entschieden, und die Vorfreude schnürte ihr den Hals zu. Der Schneider bat sie, am Mittwochnachmittag zur Anprobe zu kommen.

Am Freitag war das Kleid fertig. Die Verkäuferinnen sagten ausnahmsweise die Wahrheit: Madam sah hinreißend aus.

»So«, sagte Jack, als sie das Geschäft mit dem schwarz-silbernen Karton verließen, in dem das Kleid in weißes Seidenpapier eingeschlagen lag. »Jetzt suchen wir noch passende Strümpfe und Schuhe aus, dann fahren wir in meine Wohnung.« Poppy war zwar jung, aber nicht dumm. Sie wußte, was es bedeutete, wenn ein Mann einen zu sich in die Wohnung einlud. Von Anfang an hatte sie etwas Ähnliches hinter Jacks Großzügigkeit gewittert. Immerhin, dachte sie, als sie die Regent Street an seiner Seite mit dem Karton unterm Arm entlang spazierte, auf diese Weise war es doch gar nicht so unerfreulich, mitzugehen. Wenigstens konnte ihr niemand nachsagen, sie sei billig. Und er sah doch wirklich gut aus.

Er wohnte in einer Häuserzeile mit Georgianischen Bauten und ei-

nem herrlichen Ausblick auf den Hyde Park. Die Wände waren weiß-silber tapeziert. Chinesische Lackschränkchen standen herum, und der Boden war mit Perserteppichen ausgelegt. Am Kamin stand eine Frau mit einem Zwergspaniel auf dem Arm. Sie trug ein plissiertes Seidenkleid mit einem Strauß Parmaveilchen auf der linken Schulter. Eine elegante Dame.
»Poppy, das ist Kate«, sagte Jack und lächelte süffisant, als er hinzufügte: »Mein geliebtes Weib.«
»Dann sind Sie unser Langfinger«, sagte Kate mit einer Stimme, die überhaupt nicht zu ihrer Erscheinung paßte. »Sie sehen so aus.«
»Sie ist auch eine Meisterin ihres Faches«, antwortete Jack. Er hatte eine Karaffe in der Hand. »Womit trinken Sie Ihren Gin, Poppy?«
»Danke. Ich trinke ihn pur.«
»Das geht nicht, meine Teure«, sagte Kate kühl. »Jack, sie soll ihn mit Tonic versuchen.«
Poppy trank und mußte niesen. »Als High-Society-Zicke werden Sie mich nie ausgeben können, falls Sie das vorhaben.«
»So, wie Sie sind, sind Sie perfekt«, sagte Jack, und zu Kate gewandt fügte er hinzu: »Sie sieht göttlich aus in dem neuen Kleid.«
Kate wollte es sehen, und sie packten es aus, damit Poppy es zur Probe an sich hinhalten konnte.
»Sehr gewagt«, lautete Kates Kommentar. »Haben Sie es selbst ausgesucht?«
Poppy beschloß, diese Frage zu überhören. Sie fühlte, wie ihr von Kate Wellen der Eifersucht entgegenschlugen, aber sie konnte sich auch vorstellen, warum. Sie legte das Kleid in den Karton zurück und sagte: »Wollen Sie mir jetzt nicht endlich sagen, wozu Sie mich brauchen?«
»Ich werde es Ihnen zeigen«, erwiderte Jack. »Nehmen Sie eine!« Wie aus dem Nichts entfaltete sich in seiner Rechten ein Spiel Karten zu einem vollendeten Fächer.
Poppy nahm eine Karte. »Soll ich Ihnen sagen, was es ist?«
Er nickte.
»Herz-Sieben.«
Er schob die Karten zu einem Block zusammen und hob ab. »Stecken Sie sie zurück!«
Sie beobachtete genau, wie er ihre Karte mit einem Teil des Blocks zudeckte. Wieder hob er einige Male ab. »Finden Sie jetzt Ihre Karte heraus?«
»Ist es die erste obenauf?«

Er schüttelte den Kopf.
»Er hat Sie hereingelegt«, sagte Kate. »Sie ist nicht mehr da.«
Poppy nahm das Päckchen und suchte die Herz-Sieben. Langsam ging sie die Karten durch. Ihre war nicht dabei.
»Ein herrlicher Trick! Sind Sie etwa ein Zauberkünstler?«
»Nein.« Er nahm die Karten und fächerte sie wieder auf. »Nehmen Sie irgendeine!«
Und sie hatte die Herz-Sieben in der Hand. »Das haut mich um!«
»Sie hätten auf seine linke Hand achten sollen«, sagte Kate gelangweilt. »In der hatte er die Karte versteckt.«
»Geben Sie acht«, sagte Jack. Er legte zweimal fünf Karten auf einen Glastisch. »Schauen Sie die Ihren an!«
Sie hatte die Acht, die Neun, die Zehn, den Buben und die Dame in Treff.
»Ich habe Ihnen einen *straight flush* gegeben«, sagte er. »Was würden Sie einsetzen, Poppy? Ihr neues Kleid? Lieber nicht, ich hab' nämlich einen *royal*«, und er legte ihr Karo-As, -König, -Dame, -Bube und -Zehn vor die Nase. »Nein, ein Zauberkünstler bin ich nicht. Ich beherrsche zwar einige Tricks, aber ich verwende sie nicht, um andere zu unterhalten. Ich lebe vom Kartenspielen. Kate tut es auch. Wenn man mit Karten umgehen kann, ist im Handumdrehen Geld zu verdienen.«
»Nein!« sagte Poppy verwirrt.
»Was ist los?«
»Haben Sie mir das Kleid gekauft, damit ich Ihnen dabei helfen soll?«
»Freilich.«
»Jack, Sie haben sich die Falsche ausgesucht. Ich kann nicht Karten spielen, nicht einmal, wenn es um mein verdammtes Leben ginge.«

9

Im Blumenladen beim Richmond Theatre trug sich am Morgen ein heftiger Zwischenfall zu. Kaum war das Geschäft aufgesperrt, trat eine Dame mit einem jadegrünen Samthut und einem mit Biberpelz verbrämten schwarzen Mantel schwungvoll ein.
Alma stellte gerade Blumen für das Schaufenster zusammen. Sie kannte Lydia Baranov von den Fotografien her. Die Gesichtszüge hatten zwar die jugendliche Sanftheit verloren, die so typisch für

ihre früheren Glanzrollen gewesen war, aber ihr Antlitz war immer noch von elegantem Schnitt und geheimnisvollem Ausdruck, kurz: ausgesprochen theatralisch.
Alma hatte nachts im Bett langsam das Notizbuch durchgeblättert. Es war ein Trugschluß gewesen, zu hoffen, daß sie vielleicht ein Foto von Walter als jungem Mann, etwa am Hochzeitstag oder in Uniform, finden könne. Das Buch dokumentierte ausschließlich Lydias Karriere, vor allem während der Vorkriegszeit. Alma hatte es an diesem Morgen in einer leinenen Einkaufstasche zurückgebracht und für den Fall, daß es regnen sollte, in einen gestreiften Schal eingewickelt. Die Tasche hing hinter ihr an einem Gitter.
Daß sie von Kunden, besonders von weiblichen, sehr von oben herab behandelt wurde, war Alma längst gewöhnt. Für diese Leute war sie ein Ladenmädchen. Alma wußte, daß sie an den Blumen rochen und nach dem Preis fragten, ohne sie eines Blickes zu würdigen. Sie wußte, daß sie mit behandschuhten Fingern auf die Ladentheke trommelten, wenn ein anderer Kunde bedient wurde. Sie wußte auch, daß sie in den Sträußen, die sie ausgesucht hatten, herumnestelten und darauf bestanden, daß einzelne Blumen gegen frischere ausgetauscht wurden. Auf Lydia Baranov war sie jedoch nicht vorbereitet.
Alma hatte fest vorgehabt, das Notizbuch während der Mittagszeit in der Zahnarztpraxis abzuliefern. Sie wollte es Walter persönlich aushändigen.
Als Lydia hereingestürzt kam und ihr Buch verlangte, zögerte Alma deshalb.
»Welches Buch meinen Sie denn, Madam?«
»Werden Sie bloß nicht unverschämt!«
»Es tut mir leid, Madam, aber ich kann mich nicht erinnern, daß wir uns schon einmal begegnet sind.«
Als würde sie mit einer Schwachköpfigen reden, erklärte Lydia: »Mein Gatte, Mr. Baranov, hat es gestern abend hier liegenlassen.«
Alma war klar, daß sie das Buch herausrücken mußte. Sie wollte es holen. Daß sie nun darüber Rechenschaft ablegen mußte, weshalb es in ihrer Einkaufstasche lag, war ihr peinlich. Gerade wollte sie sagen, daß sie es heute morgen dort hingesteckt hatte, um es in der Praxis von Mr. Baranov abzugeben, da hielt Lydia sie am Arm fest.
»Was ist los? Was, um alles in der Welt, tut mein Buch in dieser Einkaufstasche?«

Ohne auf eine Antwort zu warten, entriß sie Alma die Tasche, zog ihr Notizbuch heraus und schleuderte Tasche und Wollschal in den Blumenladen. Sie traf dabei eine Vase mit Gladiolen im Fenster, die umkippte. Das Wasser ergoß sich auf den Boden. Lydia achtete nicht darauf. Sie packte Alma, als diese hinter der Theke hervorkam, um die Vase wieder aufzustellen. Sie packte sie am Kragen der Bluse und drückte sie gegen den Ladentisch.

»Man sieht doch, was Sie mit dem Buch getan haben. Sie nahmen meine Aufzeichnungen gestern abend mit nach Hause, um sie anzuschauen. Das ist unverschämt, eine Einmischung in mein Privatleben! So etwas ist gemein und geschmacklos.« Sie verpaßte Alma eine schallende Ohrfeige.

Als Mrs. Maxwell, die Ladenbesitzerin, kurz nach zehn Uhr kam, stand die Gladiolenvase schon wieder auf dem Podest im Schaufenster, und der Boden war frisch gewischt. Mrs. Maxwell war voll des Lobes: Ein paar Minuten Arbeit mit Eimer und Lappen am Morgen, und der Laden war den ganzen Tag frisch, die wenigen Minuten lohnten sich immer. Mrs. Maxwell schaute Alma an und sah, daß deren Wange rot war. Sie erklärte dies damit, daß die Gute wegen der Ermutigung errötet war. Zu Mrs. Maxwells Grundsätzen gehörte schon immer, daß ein lobendes Wort der beste Lohn war, den ein Angestellter erhalten konnte.

Alma sagte nichts. Die Begegnung mit Lydia Baranov wollte sie auf keinen Fall erwähnen. Sie war zwar gedemütigt und mißhandelt worden, aber sie wollte kein Mitleid. Bald nachdem Lydia sie geohrfeigt hatte und, das Notizbuch ans Herz gedrückt, aus dem Laden gerauscht war, hatte Alma eine Empfindung verspürt, die nicht unangenehm war. Ihr war das Blut in die Wange gestiegen, und aller Schmerz wurde von einem angenehmen Glühen verdrängt. Alma war zu dem Schluß gelangt, daß Lydia eine verzweifelte Frau war, welche die Liebe ihres Mannes verloren hatte.

Wenn im Geschäft wenig los war, wurde von Alma erwartet, daß sie im Nebenraum Gestecke arrangierte und Kränze band. Gegen Mittag steckte sie gerade Stechpalmenzweige in ein Kreuz, als sie eine bekannte Stimme hörte. Draußen im Geschäft sprach Walter Baranov mit Mrs. Maxwell. Atemlos hielt Alma inne.

Mrs. Maxwell kam herein und erklärte, daß ein Gentleman Alma in einer persönlichen Angelegenheit zu sprechen wünsche. Vorwurf klang in ihrer Stimme mit, und sie meinte, Alma solle doch jetzt schon zu Mittag essen.

Alma konnte es kaum fassen, als sie wenige Minuten später mit Walter durch die sonnenbeschienenen Richmond-Anlagen bummelte. Um sich zu vergewissern, daß sie nicht träumte, hielt sie immer wieder nach vertrauten Dingen Ausschau: nach den Tauben auf dem Kricketplatz, den Ulmen in Reih und Glied, dem grünen Dom, den eine Allee bildete, und den Wegen zwischen den Georgianischen Gebäuden.
Walters Stimme zeugte von großer Betroffenheit. Auch die angespannten Gesichtsmuskeln und der Umstand, daß seine sonst so geraden Schultern leicht gekrümmt waren, verrieten, wie ungehalten er war. Aber sein Benehmen blieb tadellos, was es für Alma um so reizvoller machte, diese Flut von Entschuldigungen für eine Verfehlung, die er gar nicht begangen hatte, entgegenzunehmen.
»Ich bin so früh gekommen, wie ich konnte«, sagte er. »Lydia – meine Frau – hat mich in der Praxis angerufen. Sie sagte, sie habe Sie geschlagen. Stimmt das?«
So gefaßt, wie sie nur konnte, antwortete Alma: »Ich glaube, sie war sehr aufgebracht. Sie hat ihr Buch in meiner Einkaufstasche gesehen. Sie wird angenommen haben, daß ich es mit nach Hause nahm, um es durchzulesen.«
»Ich weiß, ich weiß – aber sie hätte Sie doch auf keinen Fall ins Gesicht schlagen dürfen.« Er wandte sich ihr zu und berührte in einer Anteil nehmenden Aufwallung mit der linken Hand beinahe ihren Arm. »Fühlen Sie sich wieder wohl?«
»Völlig. Ich war eher schockiert als verletzt – vor allem verwirrt.«
»Hat Ihre Kleidung nicht gelitten? Da wurde doch, soviel ich weiß, Wasser verschüttet.«
»Es ist überhaupt nichts passiert, und ich habe es auch niemandem erzählt.«
»Das ist gütiger, als wir es verdient haben. Miss Webster, ich weiß wirklich nicht, wie ich Ihnen danken soll.«
Mit der plötzlichen Verwegenheit, an der man eine Frau von Geist erkennt, sagte sie: »Sie könnten mich Alma nennen.«
Er schaute sie an, und einen Augenblick lang trafen sich ihre Blicke. Er wirkte verunsichert, aus seiner wohlvorbereiteten Distanzhaltung aufgeschreckt. Er war zutiefst verstört. Als wolle er sich auf die angemessenen Konventionen berufen, faltete er eilig die Hände. »Schauen Sie ... Alma ... Ich möchte Ihnen erklären, wie es zu diesem garstigen Vorfall gekommen ist. Das ist das wenigste, was ich tun kann.«

»Das ist doch nicht nötig.«
»Ich bestehe darauf. Sie müssen mir die Ehre erweisen, mit mir zu Abend zu essen. Wäre der morgige Abend angenehm? Ich glaube, hier auf der Anhöhe ist ein gutes französisches Restaurant. Es soll nicht laut sein, und wir könnten uns dort in Ruhe unterhalten.«
Ihr Herz klopfte wie verrückt, doch es gelang ihr, die Einladung würdevoll anzunehmen. Sie nannte ihm ihre Adresse, und er versprach, sie abzuholen. Seine Augen glänzten jetzt, und seine Körperhaltung schien flotter zu sein. Er lüftete den Hut und machte sich in Richtung des Taxistandplatzes auf den Weg.
Alma schlenderte weiter durch die Anlagen und überließ sich der bebenden Erregung, diesem unaussprechlichen Vergnügen, das sie bis dahin nur als gedruckte Worte auf einer Buchseite gekannt hatte. Welch wunderbare Entschädigung für eine Ohrfeige! Sie hatte eine Einladung zum Abendessen mit dem Mann, den sie liebte. Der Umstand, daß er verheiratet war, steigerte ihr Triumphgefühl. Dabei hatte sie nichts Unerlaubtes getan. Die möglichen Folgen waren der Preis für Lydias Verstoß gegen die guten Sitten.
Leise vor sich hinsummend, ging sie beim Friseur in der Duke Street vorbei, um sich anzumelden. Als sie wieder im Geschäft war und Mrs. Maxwell ihrem Unmut darüber Luft machte, daß ihre Angestellten hier Herrenbekanntschaften empfingen, erwiderte Alma gleichmütig, daß dies kaum wieder vorkommen dürfte.

10

Walter stand am folgenden Abend um halb acht Uhr vor dem Haus. Alma hatte ihr Hausmädchen Bridget gebeten, so lange dazubleiben, daß es ihm noch öffnen konnte. An ihrem Toilettentisch hörte Alma die Stimmen im Erdgeschoß. Sie betupfte ihren Nacken mit Stephanotis-Essenz, stand auf und glättete den Faltenwurf ihres gelbbraunen Crêpe-Charmeuse-Kleides. Noch ein Griff nach der Halskette aus großen dunklen Bernsteinperlen, und sie war bereit. Dies war der bedeutsamste Abend ihres Lebens. Sie war ruhig und beherrscht. Diese Gelassenheit bei einer Frau mußte für Walter eine Offenbarung bedeuten.
Sie hängte sich das Cape über die Schultern und schritt die Treppe hinunter, um ihn zu begrüßen. Bridget hatte ihm inzwischen einen trockenen Sherry eingegossen. Walter war betont formell. Nach-

dem er ihr einen Schritt entgegengekommen war, verbeugte er sich vor Alma und nannte sie Miss Webster. Das helle Blau seiner Augen war an diesem Abend eine Nuance dunkler. Mit der weißen Schleife zum Abendanzug hätte er ebensogut ein Konzertpianist oder ein Diplomat sein können. Seine goldenen Manschettenknöpfe zierte ein dezenter Rubin.

Er hatte in der »Schwarzen Traube«, nur wenige Schritte von ihrer Wohnung entfernt, einen Tisch reservieren lassen. Jeden Morgen, wenn die Läden noch geschlossen waren, ging sie an diesem Restaurant vorbei. Auf dem Rückweg von der Arbeit hatte sie manchmal auf den Tischen Kerzen brennen sehen und daneben silberne Salz- und Pfefferstreuer entdeckt sowie rote Servietten, die wie Seerosen gefaltet waren. Aber drinnen war sie noch nie gewesen.

Man wies ihnen eine Nische an, und der Tisch wurde kurz weggerückt, damit sie bequem Platz nehmen konnten. Als der Ober den Tisch wieder zurückschob, so daß das Tuch beider Knie bedeckte, hatte Alma die etwas verstiegene Assoziation, daß man so ähnlich auch ins Bett gepackt wird. Sie erhielten die Speisekarten, und obwohl sie Französisch konnte, ließ sich Alma von Walter die einzelnen Gerichte der Reihe nach erklären. Er fragte den Ober, wie er heiße, und trug ihm auf, dem Chef mitzuteilen, daß Miss Alma Webster und Mr. Walter Baranov heute abend hier speisten.

Als der Ober ging, um sie anzukündigen, wisperte Alma: »Mich kennt man hier nicht.«

»Das wird sich ändern«, sagte Walter, ohne die Stimme zu dämpfen. »Mich kennen sie ebensowenig, aber nun werden sie das Gefühl haben, daß sie uns eigentlich kennen sollten. So entsteht der Unterschied zwischen einer echt erstklassigen Bedienung und bloßer Abfütterung. Jetzt aber, Alma, muß ich Ihnen für Ihren Takt und Ihre Rücksicht danken.«

Sie runzelte die Stirn. »Ich verstehe Sie nicht ganz.«

Er blickte ganz ernst, als er sagte: »Sie werden doch nicht leugnen wollen, junge Lady, daß Sie die Speisekarte leicht selber hätten lesen können.«

Alma errötete wie ein ertapptes Kind. Seine vollendeten Manieren gefielen ihr und erinnerten sie an »Der Weg eines Adlers«. »Wie haben Sie das erraten?«

»Ich habe es nicht erraten, meine Teure. Ich habe Ihre Augen beobachtet. Vor dem Krieg verdiente ich mein kümmerliches Brot als Gedankenleser in Music Halls. Neun Zehntel dabei war Gaunerei, aber man kann sich darin üben, bestimmte Dinge durch Beobachtung herauszukriegen. Haben Sie zum Beispiel bemerkt, daß man über uns geredet hat?«

»Oh!«

Ein Kellner war aufgetaucht und stand hinter Alma. »Der Geschäftsführer bestellt seine besten Grüße, Mr. Baranov. Er würde Ihnen und der Dame gern ein Glas Champagner anbieten.«

»Was wir mit Vergnügen akzeptieren«, sagte Walter. »Sind Sie so freundlich, sich für uns zu bedanken?« Und zu Anne gewandt fuhr er fort: »Sehen Sie?«

»Höchst beeindruckend.«

»Ich wollte Ihnen gerade erzählen, daß ich, indem ich die Augen der Leute und die Art, wie sie reagieren, beobachte und indem ich abwäge, ob sie Bemerkungen unterdrücken, Dingen auf die Spur komme, die sie mir gar nicht gesagt haben.«

Sie lachte. »Ich werde vorsichtiger sein müssen.«

»Kein Grund zur Besorgnis. Ich bringe nicht viel heraus, sonst hätte ich längst mein Glück beim Pokern gemacht.«

»Wie kamen Sie dazu, Gedankenleser zu werden?«

»Weil ich kein Gleichgewichtsgefühl hatte. Ich konnte nicht wie mein Vater auf dem Drahtseil balancieren. Ebensowenig konnte ich auf dem Einrad fahren, jonglieren oder mit Messern werfen. Das Music-Hall-Leben, müssen Sie wissen, bringt es mehr oder weniger mit sich, daß die Kinder der Artisten ebenfalls ins Rampenlicht treten. Die Aussichten, etwas anderes zu lernen, sind äußerst gering. Schon mit acht Jahren war ich ›Türke‹ bei einem Zauberer.«

»Türke?«

Walter zwinkerte. »Nicht mit dem Krummsäbel. Ein ›Türke‹ ist eine Hilfskraft, die sich als Zuschauer ausgibt. Für einen kleinen Jungen ist es gar nicht so leicht, mit einem Kaninchen und zwei Tauben unter dem Jackett still sitzen zu bleiben. Ich habe es jahrelang ausgehalten, bis ich alt genug war, als Gedankenleser gelten zu können. Getürkt habe ich immer noch.«

»Aber noch immer ohne Krummsäbel«, warf Alma ein.

»Ich würde sagen, eher mit krummen Blicken«, sagte Walter und erwiderte ihr Lächeln. »Diese Arbeit entsprach mir besser, und ich habe so viel gelernt, daß ich mit siebzehn eine eigene Nummer parat hatte: ›Walter Baranov, der sensationelle Hellseher und Gedankenleser!‹«

»Das klingt sehr vielversprechend.«

»Wenn nur die Nummer der Ankündigung entsprochen hätte! Ich muß Ihnen gestehen, Alma, daß ich auf der Bühne nie sehr gut war. Irgend etwas passierte mit mir, wenn ich vor einem Publikum stand. Lampenfieber war es nicht – eher das Gegenteil. Ich wurde zu selbstsicher, und das war nicht gut. Anstatt den vorbereiteten Text zu sprechen, improvisierte ich, und neun- von zehnmal verpfuschte ich irgendwelche technischen Angelegenheiten, die aber für die Vorstellung wesentlich waren. Die besten Darsteller sind jene, die vor dem Auftritt wie ein Wackelpudding zittern. Zu denen habe ich nie gehört.«
»Ich bin überzeugt, daß Sie nicht halb so schlecht waren, wie Sie es beschreiben.«
»Meine Teuerste, es war grotesk! Ich konnte mich zwar jahrelang halten, aber das verdankte ich nur der Großzügigkeit der Music-Hall-Manager gegenüber meinem Vater. Einer von ihnen war Lydias Vater, und so lernte ich sie kennen. Ihm gehörten die Streatham-Betriebe. Lydia pausierte gerade zwischen zwei Theaterengagements, und um sich die Zeit zu vertreiben, machte sie bei meiner Nummer als Assistentin mit. Innerhalb einer Woche hatte sie die ganze Nummer geändert. Was für einen Erfolg wir danach hatten!«
Walters Augen glänzten. Er schüttelte den Kopf und lächelte erinnerungsselig.
Alma durchzuckte ein Anflug von Eifersucht, den sie aber zu unterdrücken verstand. »Wie hat sie denn Ihre Nummer geändert?«
»Sie sagte, dem Ganzen ermangele es an Theatralik. Sie setzte sich unters Publikum und tat so, als glaube sie nicht an meine übernatürlichen Kräfte. Sie rief dazwischen, daß ich ein Schwindler sei. Sie hätten die Leute brüllen hören sollen, wenn sie ihren Platz verließ und die Treppe zur Bühne hinaufstieg, um meine Tricks aufzudekken. Nach der ersten Fehlmeldung bei meiner Hellseherei erhoben sie sich und applaudierten Lydia. Beim nächsten Versuch war es mucksmäuschenstill. So ein Theater! Lydia agierte wunderbar, das war ein Melodram für sich. Während ihr vor Unglauben fast die Augen herauskullerten, fuhr ich mit meiner Nummer fort und vollendete sie souverän. Am Schluß feierten mich alle begeistert.«
»Und dann haben Sie Lydia geheiratet.«
Er kippte aus seinem Traum. »Nicht nur das.«
Alma schwieg. Sie wollte nicht neugierig wirken, war es aber.
»Eine weitere Woche lang trat ich mit Lydia auf, dann trennten sich unsere Wege«, fuhr Walter fort. »Sie mußte wieder auf die Schau-

spielbühne, und ich zog wieder die alte, recht matte Gedankenleser-Nummer ab. Es war deprimierend, aber ich mußte mir meinen Lebensunterhalt zusammenkratzen und wußte nicht, wie ich es anders hätte machen sollen. Dann starb Lydias Vater. Er hinterließ ihr ein beträchtliches Vermögen, das aus vier Schauspielhäusern und zwei Music Halls bestand. Sie war damals als Schauspielerin viel beschäftigt, und die Leitung der Theater war einfach zu viel für sie. Aber sie nahm die Herausforderung mutig an. Sie erinnerte sich an mich und gab mir ein Engagement fürs Canterbury Theatre.« Er lachte. »Ich muß schrecklich gewesen sein. Sie hat mich dazu überredet, die Nummer aufzugeben und sie zu heiraten. Sie finanzierte meine Zahnarztausbildung. Zahnärzte, sagte sie, braucht die Welt dringender als Gedankenleser.«
Alma konnte sich nicht mehr beherrschen. »Entschuldigen Sie, daß ich das so direkt ausspreche, aber Sie reden von Ihrer Eheschließung wie von einem Geschäft.«
Er streute Pfeffer auf sein Kalbsfilet. »Ja, das war es auch.«
Beide schwiegen. Alma wagte nicht, ihn noch mehr in die Enge zu treiben, aber mit ihren Gedanken war sie schon viel weiter.
Schließlich sagte er: »Vielleicht glauben Sie nun, daß ich Lydia nur wegen ihres Geldes geheiratet habe.«
»Auf keinen Fall!« Sie errötete bis zu den Haarwurzeln. »Ich bin überzeugt, daß Sie einander sehr lieben.«
»Lieben? Ich frage mich oft, was das ist: Liebe ...«
»Eine Art Zauber, oder? Eine Macht, die von einem Besitz ergreift.«
»Zum Zauber hatte ich schon immer ein gestörtes Verhältnis«, sagte Walter.
»Ich bin sicher, daß es unverkennbar ist, wenn sie einem begegnet.«
»Dann war ich wohl nie in Lydia verliebt.«
Sie wußte nicht, ob sie sein strahlendes Lächeln als Beweis seiner Aufrichtigkeit deuten sollte. »Sie ist eine schöne Frau«, sagte Alma, »und sehr lebhaft.«
»Sie sind zu gütig, wenn man bedenkt, was sie Ihnen angetan hat.«
»Um ehrlich zu sein, so ganz grundlos hat sie mich nicht angegriffen. Sie sah ihr Buch in meiner Tasche und mußte denken, daß ich es mit mir nach Hause genommen habe, um hineinzusehen.« Alma machte eine Pause. »Sie hatte recht. Ich hoffte, darin etwas über Sie zu finden.«

Er hörte ihr Geständnis gar nicht oder überging es. »Lydias Nerven sind schon seit langer Zeit sehr angespannt. Seit 1914 hat sie keine Hauptrolle mehr bekommen, wo sie auch vorspricht, erhalten jüngere, unerfahrene Kolleginnen die Rolle. Ich fühle mich schuldig dabei. Wissen Sie, während ihre Karriere nachläßt, geht es mit der meinen ständig aufwärts. Dabei war sie es, die mich dazu überredete, die meine Ausbildung bezahlte, die mir die Praxis am Eaton Square einrichtete und noch heute für die Miete aufkommt. Eine Menge Geld, nicht wahr?«
»Aber Sie brauchen sich für Ihren Erfolg doch nicht zu schämen«, ereiferte sich Alma. »Sie haben das Vertrauen, das sie in Sie gesetzt hat, gerechtfertigt. Sie wollte doch, daß Sie Erfolg haben.«
»Doch, das wollte sie sicher.« Seine Stimme klang edel und sanft.
Alma erinnerte sich, daß sie gelassen bleiben wollte. »Warum fühlen Sie sich dann schuldig?«
Walter blickte sie an. »Sie sind wirklich zu gütig. Ich habe Ihnen noch immer nicht genau erklärt, weshalb sie im Laden so aggressiv war. Wir hatten am Abend zuvor eine Auseinandersetzung. Das kommt öfter vor. Sie muß so viele Enttäuschungen einstecken, da verschafft es ihr einfach Erleichterung, wenn sie mir die Hölle heiß machen kann. Gewöhnlich stört mich das wenig, aber an diesem Abend tischte sie etwas auf, was mir zu schaffen machte. Sie sagte, sie habe vom Theaterspielen in England endgültig genug und gehe deshalb nach Amerika, um Filmschauspielerin zu werden.«
Alma bekam Herzklopfen. »Ist das ihr Ernst?«
»Durch und durch, fürchte ich. Sie hat sich schon wegen der Schiffspassage erkundigt. Früher hat sie einmal mit Charlie Chaplin gearbeitet. Er hat nun in Amerika eine Filmgesellschaft, die United Artists, mit Mary Pickford und Douglas Fairbanks. Lydia vertraut darauf, daß er sich an sie erinnert und ihr zu einer Filmkarriere verhilft.«
»Eine gewagte Idee! Und Sie? Was sollen Sie tun?«
Er zuckte die Achseln. »Darauf hat sie keinen einzigen Gedanken verschwendet. Sie ist berauscht von der Aussicht auf Amerika. Für Lydia bedeutet dies das Ende sieben kummervoller Jahre. Sie setzt voraus, daß ich mit ihr gehe.«
»Aber Sie haben doch die Praxis!«
»Sie meint, ich könne sie verkaufen und in Amerika neu anfangen.«
»Amerikanisches schmerzloses Verfahren.«

Er blickte sie überrascht an. »Habe ich Ihnen davon erzählt? Ja, mich schaudert bei dem bloßen Gedanken.«
»Haben Sie ihr das gesagt?«
»Versucht hab' ich es. Es scheint ihr gleichgültig zu sein, ob ich mitkomme oder hierbleibe. Wir waren auch früher schon getrennt, während meiner Ausbildung und wegen ihres Berufs. Konventionell war unsere Ehe noch nie. Aber ich verdanke Lydia eben alles. Dafür war ich auch stets bemüht, ihr eine Stütze zu sein, und wenn ich ihr bloß ein mitfühlendes Ohr lieh. Aber diesmal konnte ich nur verwundert zuhören, und was schlimmer war, ich ließ dieses ihr so wichtige Notizbuch liegen. Als mir dann einfiel, wo es war, hatte sich Lydia längst in maßloser Wut zurückgezogen. Ich fürchte, am nächsten Morgen endlud sich dann alles über Ihrem Haupt.«
Alma lächelte. »Dann muß ich also Ihnen Vorwürfe machen?«
»Ja, wirklich.«
Sie wechselten das Thema und sprachen von Blumenläden, Gärten und Lieblingsspaziergängen. Der Ober räumte den Tisch ab. Sie aßen Käse und zum Kaffee Biskuits. Walter beglich die Rechnung und gab großzügig Trinkgeld. Mit einer roten Rose für Alma erschien noch der Geschäftsführer. Sie nahm die Blume gnädig an und tauschte mit Walter ein verstecktes Lächeln aus. Draußen gestand sie ihm, daß ihr Geschäft das Restaurant beliefere.
Er begleitete sie die kurze Wegstrecke bis zu ihrem Haus. Am Eingang dankte sie ihm und sagte, sie hoffe, er werde nicht so bald nach Amerika aufbrechen. Auf seine Frage: »Wieso?« antwortete sie leichthin, daß ihre Zahnbehandlung ja noch nicht abgeschlossen sei. Er lächelte warmherzig. Die vielen kleinen Falten um seine Augen ließen sehen, wie dankbar er war. Er versicherte, wie gut es ihm getan habe, einmal einen Abend ohne Theaterprobleme verbracht zu haben. Und wegen Amerika, da habe er sich noch nicht entschieden.
Während Walter das sagte, sah ihn Alma ruhig an. Der Abend hatte ihr eine Menge über ihn offenbart. Seine Ruhe nach außen täuschte: Er war sehr beunruhigt. Seit Kindestagen war er ein Opfer der Lebensumstände gewesen, aber er hatte sich resigniert mit seinem Schicksal abgefunden. Um es seinem Vater recht zu machen, hatte er seine Jugend der Music Hall geopfert, obwohl er schon vom Temperament her gar nicht dorthin paßte. Seine Ehe entbehrte der Liebe, aber er ertrug das zugunsten eines neuen Berufes. Nun wollte seine enttäuschte und verbitterte Frau seine Existenzgrundlage, sei-

nen Seelenfrieden und seine Selbstachtung zerstören. Da war Hilfe dringend nötig.
Alma liebte ihn inniger denn je. Schon längst wollte sie es ihn wissen lassen, aber die Zeit war noch nicht reif.
Zunächst genügte es ihr, daß er sich auf seine Fähigkeit, Gedanken zu lesen, besann und um ein Wiedersehen bat.
»Den Spaziergang, den Sie erwähnten«, sagte er, »zum Reihergehege im Richmond Park; ich würde ihn eigentlich gern am Sonntag einmal ausprobieren. Wie hieß doch gleich dieses Wäldchen?«
»Sidmouth.« Sie war so taktvoll, daß sie zögerte, ehe sie hinzufügte: »Wenn Sie wollen, zeig' ich es Ihnen. Wann wollen Sie denn aufbrechen?«
Er hätte jede Tages- und Nachtzeit nennen können. Alma wäre bestimmt dagewesen.

11

Im Carlton in Paris wurde während der Sommermonate bei schönem Wetter das Frühstück auf der Terrasse serviert. Die warme Sonne, die sanfte Luftbewegung und der Duft des Kaffees stimmten Marjorie Livingstone Cordell garantiert romantisch, aber an diesem Morgen kam noch etwas dazu.
»Livy, Liebling«, begrüßte sie ihren Gatten, als sie sich neben ihn an einen der weißen Metalltische setzte, »gerade habe ich etwas wirklich Sensationelles erfahren.«
Livingstone Cordell kam in Paris mit dem Frühstück nicht zurecht. Wenn er seinen Appetit mit frischen Croissants stillte, reagierte sein Magen ausgesprochen verstimmt, wenn er aber eine Grapefruit und Schinken mit Ei oder ähnliches bestellte, dauerte es so lange, daß er mittags noch satt war. Ohne sie anzusehen, sagte er zu seiner Frau: »Wenn du schon dabei bist, könntest du diesen blöden Kellner mal fragen, wo meine Nieren bleiben. Ich hab' sie vor zwanzig Minuten bestellt.«
Mrs. Livingstone Cordell winkte dem Ober und deutete vielsagend auf ihren Mann. Livy war nicht der Typ, den französische Kellner zuvorkommend bedienten. Er schaute in seinem Sessel zu nichtssagend aus. Von Statur nicht allzu groß, aber übergewichtig, trug er ein billiges Leinenjackett, das er vor Jahren in Chicago gekauft hatte. Seine passablen Haare waren graumeliert, was ihn allerdings nur noch durchschnittlicher erscheinen ließ. Wegen der farblosen

und kümmerlichen Augenbrauen hätte man ihn für einen Gelehrten halten können. Französischen Kellnern und der ganzen Welt – Marjorie Livingstone Cordell ausgenommen – blieb jedoch verborgen, daß jene Partien seines Körpers, die man gemeinhin nicht sah, mit den entzückendsten und gewagtesten Tätowierungen geschmückt waren.

Der Ober reagierte mit einem Kopfnicken, das alles mögliche bedeuten konnte, und Mrs. Livingstone Cordell nahm Platz.

»Weißt du schon das Neueste, Livy?«

»In den Galeries Lafayette ist Schlußverkauf.«

»Wirklich?« Sie forschte in seinen kleinen grauen Augen, ob er etwas wußte, was ihr noch unbekannt war. »Du unverbesserlicher Mensch! Du hältst mich zum Narren, oder? Meine Neuigkeit ist absolut verbürgt. Hör zu! Ich ging gerade zur Rezeption, um den nächsten Massagetermin auszumachen, und da wollte es doch der Zufall, daß ich, ohne es eigentlich zu wollen, sah, wie die Pagen neues Gepäck hereinkarrten. Vier oder fünf Riesenkoffer und Handgepäck. Du kennst mich ja, Livy. Ich konnte einfach nicht umhin, nach den Anhängern zu schielen. Du wirst es nicht glauben, das Gepäck gehörte Paul Westerfield II.«

»Interessant.« Livy schwieg einen Augenblick. »Was, zum Teufel, glaubst du, stellen die mit meinen Nieren auf Speck an?«

»Paul Westerfield II., Liebling!«

»Den Kerl kenn' ich nicht.«

»Er ist zufällig einer der begehrtesten Junggesellen New Yorks. Sein Vater ist der Star-Architekt, der bei uns in New Jersey die schönen Fachwerkhäuser am anderen Ufer des Hudson entworfen hat.« Mrs. Livingstone Cordell schloß die Augen und seufzte. »Das ist doch ein Wink des Schicksals, wenn der junge Paul ausgerechnet jetzt hier auftaucht, wo unsere Barbara Semesterferien hat und ihm Paris zeigen kann. Sie kennt die Stadt. Das wird ihr großer Durchbruch, Livy. Wenn du vierundzwanzig Jahre alt wärst und das erste Mal nach Paris kämst, wärst du nicht glücklich, wenn dir ein nettes amerikanisches Mädchen alles zeigen würde?«

Livy schüttelte den Kopf. »Schlag dir das aus dem Kopf! Du kannst um alles in der Welt wetten, daß dieser Knabe nicht nach Paris gekommen ist, um den Louvre mit einem Fachvortrag über die alten Griechen zu besichtigen. Übrigens fahren wir am Wochenende weiter nach London. Ich weiß aus verläßlicher Quelle, daß man im Savoy Hotel tatsächlich ein Frühstück serviert bekommt.«

Mrs. Livingstone Cordell zog eine Schnute und stöhnte kaum hörbar. Livy war gegenüber Dingen, die Frauen interessierten, so wenig aufgeschlossen. Sie konnte ihm zwar viel vergeben, wenn sie an seine Tätowierungen dachte, aber manchmal wäre es ihr schon sehr angenehm gewesen, wenn er dem, was sie sagte, mehr Aufmerksamkeit gezollt hätte.
»Barbara scheint schon ganze Arbeit geleistet zu haben«, bemerkte Livy.
»Was sagst du?«
»Wirf mal einen Blick nach rechts!«
»Mein Gott!« flüsterte Mrs. Livingstone Cordell. Tochter Barbara kam über die Terrasse auf den Tisch ihrer Eltern zu, Hand in Hand mit einem sehr großen, sehr schlanken und sehr intelligent wirkenden jungen Mann. Er trug einen cremefarbenen Anzug mit Weste. Neben ihm sah Barbara mit ihrem braunen Wickelrock ausgesprochen schlampig aus, aber ihre Augen leuchteten strahlender, als ihre Mutter es je gesehen hatte.
»Mommy und Livy«, sagte sie, »ich möchte euch meinen Studienkollegen Paul Westerfield vorstellen. Stellt euch vor, ich traf ihn gerade in der Lobby. Wir waren am College im selben Mathematikseminar. Ist das kein Zufall?«
»Du kennst Mr. Westerfield bereits?« Mrs. Livingstone Cordell war beinahe sprachlos.
»Denk dir nichts wegen meiner Mutter!« sagte Barbara zu Paul Westerfield. »Sie glaubt, jeder Kerl unter fünfzig, der sich mir im Umkreis von einer halben Meile nähert, ist ein Heiratskandidat. Sie weiß nicht, daß ich lieber tot umfalle, als mit einem von euch Ungeheuern aus dem Matheseminar ein Verhältnis anzufangen. – Das ist Livy, mein Stiefvater, augenblicklich der zweite.«
»Was tun Sie denn in Paris, Paul?« erkundigte sich Livy.
»Ich wollte nur die Stadt ein bißchen kennenlernen«, sagte Paul. »Eigentlich bin ich auf dem Weg nach London, um mit Dr. Bertrand Russell über das Buch zu diskutieren, das er mit Alfred North Whitehead verfaßt hat.«
»›Principia mathematica‹«, warf Barbara ein.
»Und da dachte ich, ich könnte in Paris kurz haltmachen, um einige Mathematikprofessoren an der Sorbonne zu besuchen.«
»Barbara kann Sie mit einer Menge Professoren bekannt machen«, schaltete sich Mrs. Livingstone Cordell ein.
»Mommy, ich studiere hier Kunstgeschichte, wenn du dich erin-

nerst. Paul braucht meine Beziehungen nicht. Er ist in aller Welt wegen seiner Veröffentlichungen zur Permutation und zum binomischen Lehrsatz bekannt. Alles, was ich als Studentin für ihn tun konnte, war, mich hinter ihn zu setzen und ihn darauf aufmerksam zu machen, wenn er Löcher in den Socken hatte.«
Paul Westerfield lachte, räusperte sich und wurde gleichzeitig rot.
»Tja«, sagte Barbara, »das sind meine Eltern. Laß dich nicht aufhalten, Paul. Das war wirklich eine nette Überraschung, dir so zufällig über den Weg zu laufen.«
»Es hat mich sehr gefreut«, sagte Paul Westerfield. »Also dann, auf Wiedersehen!« Schnell ging er weg.
»Hat irgendwer eine Idee, was wir heute anfangen könnten?« fragte Barbara fröhlich.

12

Alma war überzeugt, daß sie Walter dazu überreden könne, nicht mit seiner Frau Lydia nach Amerika zu gehen. Sie vertraute darauf, daß er sich nun in sie verlieben würde. Aus ihren Lieblingsromanen wußte sie, daß wahre Liebe jedes Hindernis überwindet. Der Altersunterschied zu Walter entmutigte sie nicht. Auch daß Walter verheiratet war, bereitete ihr keine Gewissensbisse; er hatte Lydia ja nicht aus Liebe geehelicht. Wenn sie ihn jetzt verließ, um nach Amerika zu gehen, war es sein gutes Recht, die Liebe einer anderen zu empfangen. Er würde sich Alma zuwenden und ein nie gekanntes Glück, die höchste Stufe der Liebe kennenlernen. Zwei Seelen im Einklang. Wenn er sie küßte, würde sie Sphärenklänge wahrnehmen.
Sie gestand sich ein, daß es wohl zu früh sei, diese Sphärenklänge schon am Sonntag zu erwarten, bei diesem Spaziergang zum Reihergehege im Richmond Park, aber ganz unmöglich war es nicht. Wenn sie erst einmal gemächlich die stillen Wege entlang wandelten, würden sie einander schon näherkommen. Sie würden Schritt für Schritt Gemeinsamkeiten entdecken, all die Hoffnungen und Ängste, die Vorlieben und Abneigungen, die das Schicksal gerade für sie beide bereithielt.
Aber der Spaziergang verlief enttäuschend. Walter ging einer vertraulichen Unterhaltung aus dem Wege. Er sprach über die Zahnpflege. Er beschrieb Alma die Struktur eines Zahnes, als sei es ihr innigster Wunsch, zu erfahren, wie sich Schneide- und Eckzähne un-

terscheiden. Er empfahl ihr, mindestens zweimal täglich die Zähne zu putzen, zählte Pflegemittel auf und erklärte, weshalb Schlemmkreide gut und ein salicylsäurehaltiges Zahnpulver schlecht sei und den Schmelz zerstöre. Er warnte sie vor zu scharfem Mundwasser und vor Eisenpräparaten, die sie nur in Pillenform nehmen sollte. Vielleicht wollte er mit seinen Fachkenntnissen einen starken Eindruck auf sie machen; aber das war nicht der Fall. Alma fühlte sich vernachlässigt. Für dergleichen war sie nicht in den Richmond Park gekommen. Während er weitersprach, versuchte sie, sich sein Verhalten zu erklären. Vielleicht kämpfte er mit einem schlechten Gewissen und vermied jede Vertrautheit, die zu einer Liaison hätte führen können. Vielleicht war er sich seiner inneren Leidenschaft nicht sicher.

Alma war recht einsilbig. Es gelang ihr nicht, das Gesprächsthema auf persönliche Dinge zu lenken. Aber gegen Ende des Spaziergangs, als sie sich dem Richmond-Tor näherten, sagte er im gleichen unverbindlichen Ton, in dem er schon den ganzen Nachmittag gesprochen hatte: »Ich war sicher ein langweiliger Begleiter. Wußten Sie, daß es über die Gartenterrasse einen direkten Weg zum Fluß hinunter gibt? Wir könnten für eine Stunde ein Boot ausleihen, und ich verspreche Ihnen, nichts mehr von Zähnen zu erzählen.«

Als sie den steilen Hang hinuntergingen, hängte sie sich bei ihm ein. Er benahm sich jetzt anders. Da es am Wasser kühler war, zog er sein Jackett aus, um es ihr um die Schultern zu hängen.

Ein großartiger Ruderer war er nicht. Er spritzte sie wiederholt an und entschuldigte sich dann wortreich. Alma lachte. Sie war so glücklich, daß sie mit so viel Aufmerksamkeit bedacht wurde, und sagte, das mache ihr überhaupt nichts aus, was auch zutraf.

»Es muß sechs Jahre her sein, daß ich zum letztenmal in einem Boot war«, sagte er. »Damals wollten siebzig andere auch rudern, und ich hab' deshalb wenig gelernt.«

»Siebzig in einem Ruderboot?« fragte Alma und lachte. »Was, um Gottes willen, haben Sie denn da gemacht?«

Auch er mußte lachen. »Versucht, nicht zu ertrinken. Spaß beiseite, es war wirklich nicht zum Lachen. Wir waren Überlebende von der ›Lusitania‹.«

»War das das Schiff, das von einem Torpedo getroffen wurde? Und da waren Sie drauf?«

»Mit meinem Vater«, sagte Walter. »Ich hatte Sonderurlaub, um ihm bei der Rückreise von Amerika behilflich zu sein.«

»Dem großen Baranov?«
»Er *war* groß gewesen, fürchte ich. 1915 war er schon zu alt, um noch im Varieté aufzutreten. Er war vom Hochseil gestürzt und hatte sich ein Bein gebrochen. Er war schrecklich schlecht aufgelegt. In der Nacht, bevor das Schiff versank, protestierte er beim Kapitän, weil die Passagiere über offensichtliche Vorsichtsmaßnahmen im Hinblick auf U-Boote im unklaren gelassen wurden. Mein armer, alter Vater, er hatte eine kämpferische Natur. Da bin ich ganz anders: Ich gehe immer den Weg des geringsten Widerstandes.«
»Ist er ertrunken?«
»Nein. Auch er kam mit dem Leben davon. Er steckte bis zur Hüfte in Gips, und wir trieben über eine Stunde lang im Wasser. Gottlob fischte uns ein Rettungsboot auf.«
»Dann müssen Sie ihn ja über Wasser gehalten haben. Sie sind tapferer, als Sie zugeben wollen. Sie haben das Leben Ihres Vaters gerettet.«
»Ja – aber manchmal frage ich mich, ob das richtig war. Er war ein Krüppel. Er konnte nie wieder arbeiten. Sechs Monate später hängte er sich auf; mit einem Stück von jenem Draht, auf dem er früher marschiert war.«
»Wie schrecklich, Walter!«
»Ja.« Er senkte den Blick. »Das war tragisch.«
Ein paar Minuten lang schwiegen sie beide. Walter ruderte langsam in Richtung Twickenham, bis sie eine Stelle im Fluß erreichten, wo eine Insel die Strömung teilte. An dem ihnen zugewandten Ufer bildete eine Trauerweide einen natürlichen Durchschlupf.
»Gerade recht für eine Verschnaufpause«, sagte Walter und lenkte den Kahn zu einem am Ufer befestigten Eisenring. Er band das Boot fest und zog die Riemen ein. »Auf der Sitzbank ist doch sicher Platz für zwei.«
Vor Aufregung flatterte ihr Herz, und das um so mehr, als ein enttäuschender Nachmittag hinter ihr lag. Sie lächelte scheu und sagte: »Natürlich.« Als sie ihm Platz machte, meinte sie, er solle wieder sein Jackett nehmen. »Sie werden bald frieren.«
Indem er sich an den herabhängenden Weidezweigen festhielt, turnte Walter am Boot entlang und setzte sich dann neben sie. »Mir ist warm. Fassen Sie meine Hand an!«
Ihr wurde plötzlich bewußt, daß sie die nächsten Augenblicke vom Fast-Verzweifeltsein in Verzückung katapultieren konnten. Sie umschloß mit beiden Händen seine Finger und fühlte, wie kräftig sie

waren. Ihre Fingerspitzen strichen leicht über die Behaarung. »Die Leute damals im Rettungsboot«, sagte sie, »müssen glücklich gewesen sein, daß Sie bei ihnen waren.«
»Wieso?«
»Sie wußten, daß sie in Ihnen eine Stütze hatten, auf die sie sich verlassen konnten. Sie strahlen eine solche Ruhe aus, ganz gleich, was *in* Ihnen vorgeht. Das gibt den anderen Kraft.«
»Auch Ihnen?« fragte er leicht erstaunt.
Sie schaute fest in seine Augen. »Und wie! Ich bin von Sekunde zu Sekunde mehr davon überzeugt.«
Er schaute etwas nachdenklich, als wäre er nicht ganz sicher, wohin das führen solle. Doch auch er lächelte. »Überzeugt wovon?«
Sie zögerte. In ihren Tagträumen war sie nie auf den Gedanken gekommen, daß sie in einer solchen Situation mit Worten andeuten müsse, geküßt werden zu wollen. »Überzeugt, daß ich nicht enttäuscht werde, wenn ich die Augen schließe.«
Kaum hatte sie das ausgesprochen, schloß sie die Augen tatsächlich, aber mehr aus Verlegenheit wegen ihrer Kühnheit als aus irgendwelchen anderen Gründen. Da schoß ihr der verheerende Gedanke durch den Kopf, daß er sich noch zurückziehen könne. Dieses Schreckbild stand so lebhaft vor ihr, daß sie seine Hand ergriff und sich ihm schwankend näherte.
Ihre Gesichter stießen aneinander, und sie fühlte das Kratzen seines Schnurrbarts. Noch immer hielt sie die Augen fest geschlossen.
Da hörte sie ihn sagen: »Verzeihung, hab' ich Ihnen weh getan?«
Sie öffnete die Augen. »Nein – aber ich komme mir so lächerlich vor.« Sie war den Tränen nahe.
Er schien endlich zu kapieren. »Nein, nicht doch! Wieso denn? Wir waren beide ungeschickt, sonst nichts. Legen Sie Ihren Kopf zurück, und beruhigen Sie sich. Halten Sie sich still, ganz still!«
Sie gehorchte, als würde sie auf seinem Behandlungsstuhl sitzen. Walter näherte sein Gesicht dem ihren, und beider Lippen berührten sich sekundenlang ganz leicht. Es war das erste Mal, daß Alma von einem Mann auf den Mund geküßt wurde. In ihrem Kopf brausten keine Sphärenklänge, und kein Meteor blitzte vor ihren Augen auf, aber sie war ausgesprochen zufrieden.
»Und nun«, meinte Walter, »rudere ich uns lieber wieder zurück.«
Ehe sie sich verabschiedeten, sagte sie, daß sie gern für ihn ein Abendessen kochen würde. Er sagte zu, aber nicht für den gleichen Tag. Er versprach, Dienstag zu kommen, zwei Tage später.

Als sie abends alleine war, dachte sie immer wieder über diesen Kuß unter der Weide nach. Was hatte er für Walter bedeutet? Hatte er versucht, sich jenes Vergnügen zu versagen, das ein verheirateter Mann, wenn es sich nicht um seine Frau handelte, niemandem schenken und von niemandem empfangen darf? War sein gelassenes Benehmen nur die Asche über einer Glut aus Leidenschaft und Schuld? Oder hatte er sie aus Mitleid geküßt, um sie vor einer Verlegenheit zu bewahren?
Da fiel ihr Trevor, der unerschütterliche Held eines von ihr sehr geliebten Romans ein. Trevor war wie Walter: Er verbarg seine Gefühle, wirkte wegen seiner Zurückhaltung etwas streng, war aber treu, zuverlässig und hochherzig. Seltsam, Trevor war Alma bei der Lektüre nie sonderlich sympathisch erschienen, aber nun wirkte er sehr attraktiv.

13

Am Dienstag wurde nicht geküßt, sondern konversiert; sie unterhielten sich seriös und ernsthaft. Und während sie miteinander sprachen, wurde Alma klar, daß sie dies stärker an Walter band als ein Kuß. Walter ließ sie nämlich an seiner Ehekrise teilnehmen und erzählte ihr, daß Lydia noch immer entschlossen sei, nach Amerika zu gehen.
»Sie weigert sich, darüber zu diskutieren«, sagte er. »Sie trifft schon alle möglichen Vorbereitungen. Sie hat Chaplin geschrieben, um ihm ihr Kommen anzukündigen. Sie zeigt allen möglichen Leuten das Haus – sie hat es doch zum Kauf ausgeschrieben. Sie verschenkt an Nachbarn und Freunde Einrichtungsgegenstände, die sie nicht mitnehmen will. Und sie kauft schon eine Kollektion von Kleidern für die Überfahrt.«
»Hat sie die Reise schon gebucht?«
»Sobald sie einen Käufer für das Haus hat, möchte sie das Ticket kaufen. Soviel ich weiß, hat sie zwei Angebote von einem Makler.« Er machte eine Pause. »Ärger trifft mich aber, daß sie gesagt hat, ich müsse die Praxis verkaufen.«
Alma wandte sich schnell von der Anrichte ab, wo sie gerade das Essen auf die Teller verteilte. »Walter, das ist doch zum Lachen. Glaubt sie denn immer noch, daß du alles aufgibst, was du dir erarbeitet hast?«
»Und ob«, antwortete Walter.

Alma glaubte, aus seiner Stimme eine Spur Resignation herauszuhören. »Du denkst doch nicht daran – oder?« fragte sie, ohne ihre Furcht verbergen zu können. Sie beschäftigte sich intensiv mit den Tellern.

»Ich fürchte, mir bleibt nichts anderes übrig, als es zu tun«, antwortete er traurig. »Glaub mir, Alma, ich habe mir noch und noch den Kopf zerbrochen. Ohne Lydias Geld kann ich die Praxis nicht halten. Was ich verdiene, reicht nicht für die Miete und meinen Lebensunterhalt. In einem Jahr vielleicht, aber jetzt noch nicht.«

»Kannst du keine weniger aufwendige Praxis kaufen?«

»Ich habe kein eigenes Kapital. Das geht nicht.«

Sie war entsetzt. Er würde sie verlassen. Sie mußte mit den Tränen kämpfen. »Aber dieser ganze Plan, nach Amerika zu gehen, ist doch sinnlos!«

Er nickte. »Ich weiß, meine Liebe. Es ist ein Kampf gegen Windmühlen. Sie setzt alles aufs Spiel, was wir haben.«

Und er hatte sich einfach gefügt! Warum wollte er nicht kämpfen? Er mußte einfach davon überzeugt werden, daß noch nicht alles verloren war.

»Walter, du hast mir neulich abends erzählt, daß eure Heirat wie eine Geschäftsabmachung war.«

»Richtig«, antwortete er sarkastisch. »Und nun bekomme ich die Rechnung präsentiert.«

»Kannst du ihr denn nicht klarmachen, daß es wirtschaftlich klüger wäre, wenn du die Praxis hier weiterführst, damit sie zurückkehren kann, falls sich ihre Hoffnungen in Amerika nicht erfüllen?«

»Meine Liebe, wie du das sagst, klingt das ungeheuer vernünftig. Aber Lydia weigert sich, die Möglichkeit eines Scheiterns überhaupt in Betracht zu ziehen.«

So leicht wollte Alma nicht aufgeben. »Vielleicht ist sie damit einverstanden, allein zu reisen, wenn du ihr anbietest, später nachzukommen. Der Verkauf des Hauses und deiner Praxis bringt doch eine Menge Arbeit und Kleinkram mit sich.«

Ein Anwalt, meinte Walter, würde das alles erledigen. Alma blieb jedoch hartnäckig. Sie unterhielten sich so intensiv, daß das Entenragout bereits verspeist und das Geschirr bereits abgeräumt war, als Walter Almas Kochkünste lobte. Er bezweifelte zwar noch immer, Lydia irgendwie beeinflussen zu können, doch er wollte ihr nun vorschlagen, daß er in England bleiben solle, solange sie in Hollywood nicht anerkannt war.

Er versprach, Alma am Freitag während der Mittagszeit im Park zu treffen, um sie wissen zu lassen, wie Lydia reagiert habe.
»Schwere Zeiten sind das«, sagte er, als er den Hut aufsetzte. »Ich sollte dich wirklich nicht mit meinen Problemen belasten.«
»Ich möchte sie aber mit dir teilen«, sagte Alma schlicht.
Nachdem er gegangen war, fand sie einen Zigarettenstummel von ihm im Aschenbecher. Sie zündete ihn im Schlafzimmer noch einmal an und wiegte sich in der Illusion, Walter verbringe die Nacht bei ihr.
Irgendwann in dieser Nacht beschlich sie ein Gedanke, der eine Lösung in Aussicht stellte. Er war ausgefallen und gefährlich, ein letzter Ausweg. Bei Tageslicht besehen, würde dieser Einfall gewiß abscheulich erscheinen. Doch während sie ihn überlegte und Schritt für Schritt erwog, wurde er immer einleuchtender.

14

Was ihr Walter am Freitag berichtete, war schlimmer, als sie befürchtet hatte. Das Haus war so gut wie verkauft, und Lydia hatte die Schiffspassage erster Klasse für zwei Personen auf der »Mauretania« gebucht, die in fünfzehn Tagen von Southampton auslief.
»Für zwei Personen?« fragte Alma. »Glaubt sie denn immer noch, daß du mitkommst?«
Er schaute weg, schien sich für eine Ulme im Park zu interessieren.
Alma faßte ihn am Ärmel: »Walter, was hast du zu ihr gesagt?«
Er legte seine linke Hand auf die ihre, die zitterte. »Mein Schatz, du warst sehr lieb zu mir.«
»Gehst du mit? Wirklich?«
Er nickte. »Ich habe keine andere Wahl. Ihre Anwälte kümmern sich um alles, auch um den Verkauf meiner Praxis.«
»Aber die gehört doch *dir*!«
»Ich hab' sie zwar aufgebaut, aber eigentlich gehört sie Lydia. Als wir die Praxis damals einrichteten, habe ich Dokumente unterschrieben. Sie kann über mich verfügen.«
»Nein!« Sie begrub ihr Gesicht in seiner Jacke, umarmte ihn und schluchzte krampfhaft.
Am Nachmittag kehrte Alma nicht in den Blumenladen zurück, und Walter rief die Sprechstundenhilfe an, damit sie seine Termine absagte. Sie wanderten auf dem alten Treidelpfad in Richtung Twik-

kenham. Im Marble Hill Park fanden sie ein ruhiges Plätzchen neben einem entwurzelten Baum. Walter saß, gegen den Stamm gelehnt, und streichelte Almas Kopf und Schultern. Sie sprachen ausführlich miteinander, und er mußte zugeben, daß die Amerikareise so gut wie sicher in einem Fiasko enden würde. Weder Chaplin noch sonstwer in Hollywood brauchte Lydia, und ihr Geld würde nicht lange ausreichen. Für Walter würde es alles andere als leicht sein, eine neue Zahnarztpraxis zu eröffnen, und Lydia würde schließlich verärgert und verbittert sein.

»Aber auf vernünftige Gründe hört sie nicht«, sagte Walter. »Was ich auch sage, faßt sie als einen Angriff auf ihr Künstlertum auf. Sie sagt, sie lasse sich von ihrer Berufung nicht abbringen.«

»Dann geht sie – ob du dabei bist oder nicht?«

»Ja.«

Alma kämpfte um den Mann, den sie liebte. Dabei wehrte sie sich nicht gegen Lydia, die sich nur um ihre eigene Karriere kümmerte, sondern gegen Walters Fatalismus. Sie mußte ihn davon überzeugen, daß er sich selbst entscheiden konnte. »Als du mir von deinem Vater erzählt hast, und daß er so bald, nachdem ihr von der ›Lusitania‹ gerettet wurdet, Selbstmord verübte, hast du angedeutet, daß seine Rettung überflüssig war.«

»O ja, er hätte ebensogut ertrinken können.«

»Wirfst nicht auch du dein Leben weg, wenn du nach Amerika gehst?«

»Liebling, ohne Arbeit, ohne ein Zuhause kann ich hier nicht leben.«

»Du kannst mit *mir* leben.«

»Was?« Einen Moment lang flackerte Überraschung, die fast an Panik grenzte, in seinen Augen auf. »Aber nein, das geht doch nicht.«

Sie blickte ihn so fest an, wie sie konnte, und sammelte sich, um auszusprechen, was sie schon lange sagen wollte: »Walter, ich liebe dich.«

Sein Griff um ihr Handgelenk wurde fester, und er schloß die Augen. »Das habe ich schon befürchtet.«

»Befürchtet?«

»Liebling, ich war egoistisch. Ich habe deine Güte mißbraucht, um Mitgefühl zu erheischen. Du hast mir geholfen, meinen Problemen ins Auge zu sehen. Aber jetzt muß es ein Ende haben. Wir wissen beide, warum – nicht wahr?«

Wenn sie solche Szenen in ihren Büchern las, hatte Alma oft geseufzt und Tränen vergossen, aber nun, da ihr so etwas tatsächlich widerfuhr, fühlte sie sich alles andere als romantisch. Sie setzte sich auf, schaute Walter ins Gesicht und sprach: »Ich erwarte nicht, daß du sagst, du liebst mich. Ich bin achtundzwanzig Jahre alt und, was Männer betrifft, völlig unerfahren. Aber ich weiß, was ich dir vorschlage. Ich möchte nicht, daß dich dieses rücksichtslose Weib zugrunde richtet.«

Er schüttelte den Kopf. »Du würdest dabei zugrunde gerichtet, Alma. Glaube mir, ich bin von dem, was du sagst, überwältigt, aber ich bin immer noch ein verheirateter Mann, der fast zwanzig Jahre älter ist als du und kein eigenes Geld hat. Male dir nur den Skandal aus, den das geben würde!«

»Den *habe* ich mir bereits ausgemalt«, erwiderte Alma heftig, »und mir ist er vollkommen egal. Leute, welche die Hintergründe einer Affäre nicht kennen, verraten sich nur, wenn sie tratschen. Merke dir bitte, es ist mein voller Ernst.«

Sie kehrten auf dem Treidelpfad um. Auf dem ganzen Rückweg, bis zur Richmond-Brücke und zu ihrem Haus auf dem Hügel, legte sie ihm ihren Vorschlag dar. Walter lehnte es höflich, aber unnachgiebig ab, sich überreden zu lassen. Vor der Gartentüre lud sie ihn ein, mit hineinzukommen.

»Nein«, sagte er sanft. »Wir müssen nun Abschied nehmen – mit Würde.«

Sie sah, daß seine Augen feucht waren, aber sie konnte die Gedanken dieses unglücklichen, zurückhaltenden Mannes nur erraten. Sie konnte es kaum glauben, als sie sagte: »Darf ich dich nicht wiedersehen?«

Er schüttelte den Kopf. Dann küßte er sie.

Sie preßte ihre Lippen auf die seinen und versuchte, den Kuß für immer festzuhalten. Er umfaßte ihr Gesicht mit den Händen und drückte es sanft weg. Da sagte Alma: »Ich glaube, ich könnte diese Frau umbringen.«

Er runzelte die Stirn, blickte Alma an, und das Stirnrunzeln wich einem Gesichtsausdruck, den sie als eine Erleuchtung interpretierte. Doch er zog wieder die Stirn kraus, schüttelte den Kopf und sagte: »Ich werde dich nie vergessen.«

Alma streckte die Hand aus, aber er hatte sich bereits abgewandt und ging raschen Schrittes bergab.

15

Livingstone Cordell kam mit seiner Familie am Samstag im Londoner Savoy Hotel an. Marjorie wurde diesmal von einem Mann massiert, der statt Massage »Friktion« sagte und erzählte, daß er eine Fußballmannschaft betreue, welche »Die Heißsporne« heiße. Noch nie hatte sich ihre Haut nach dem Massieren so rauh angefühlt. Trotzdem tanzte Marjorie am selben Abend zu den Klängen des Savoy-Orchesters, bis die Kapelle aufhörte. Anschließend überredete sie Livy, mit ihr in den Silver-Slipper-Club in der Regent Street zu gehen, wo sie bis drei Uhr früh auf dem Glasparkett Onestep tanzte. Die Folge war, daß Livy am Sonntag morgen sein typisch englisches Frühstück verschlief. Um ihn zu besänftigen, kaufte Marjorie Karten für die neueste Theatervorstellung in der Stadt: »The Co-optimists«.

»Ich habe für nächsten Freitag abend drei Plätze in der ersten Reihe der Königsloge«, verkündete sie am Montag ihrem Mann stolz.

»Treten auch Revuegirls auf?«

Marjorie wandte sich an ihre Tochter Barbara. »Ich habe gehört, daß da ein Tenor namens Gideon mitsingt, der eine Stimme haben soll wie purer Honig.«

»Mommy, ich möchte nicht undankbar erscheinen, aber ich würde lieber nicht mitgehen.« Barbara strich das Tischtuch glatt.

»So? Livy, was sagst du dazu?«

Livy schaute nicht aus seiner »Daily Mail« hoch; er hatte eine Vorliebe für englische Zeitungen.

»Dann möchte ich etwas dazu sagen: Wenn du so weitermachst, meine junge Dame, dann wird das Leben an dir vorübergehen. Du hast nur noch Logarithmen und alte Scherben im Kopf, so daß du zu keiner normalen Konversation mehr fähig bist. Vielleicht sind die ›Co-optimists‹ nicht nach deinem Geschmack, aber wenn du sie dir anguckst, kannst du wenigstens darüber reden. Ich bin sicher, daß es genug charmante junge Engländer gibt, die dich liebend gerne über das Stück sprechen hören, auch wenn du es noch so verreißt. Darf ich fragen, ob du am Freitag etwas Besseres vorhast?«

»Zufällig ja«, erwiderte Barbara. »Eine Philosophievorlesung bei Bertrand Russell.«

»Du lieber Himmel! Studierst du jetzt auch noch Philosophie?«

»Nein, aber Paul Westerfield. Er lud mich ein, mitzukommen.«

Livy tauchte hinter seiner Zeitung auf und sagte: »Der gefällt mir.«

16

Lydia nahm sich eine Scheibe Toast und strich Butter darauf. Ohne aufzusehen, sagte sie: »Übrigens, wenn du heute in die Praxis gehst, kündige der Sprechstundenhilfe für nächste Woche. Ich habe die Praxis verkauft.«

Sie hatte sich diese Neuigkeit für den Montagmorgen aufgehoben, um sich am Wochenende Zank zu ersparen. Walter klebte so unausstehlich an seiner Zähnezieherei.

»Du hast *was*?« Das war so unfaßbar, daß seine Stimme schrill wurde.

»Die Praxis verkauft, Liebling. Wir haben doch darüber gesprochen. Erinnerst du dich? Ein Mr. Edwards, Simon Edwards, hat sie erworben, ein reizender, gutaussehender Mann, der zufällig der Schwager meiner Freundin Maggie ist. Das arme Schätzchen hat seit zehn Jahren nichts anderes gemacht, als jüdischen Schneidern in der Mile End Road Goldkronen verpaßt. Er ist begeistert.«

Walter stieß seinen Teller zur Seite. Sein Gesicht war purpurrot. »Ich kenne den Mann überhaupt nicht. Er hat die Praxis noch nicht einmal gesehen!«

»Doch, Walter. Er hat sie besichtigt. Ich war mit ihm am Freitag nachmittag dort. Du warst nicht da, und die Sprechstundenhilfe erzählte mir, daß du angerufen hättest, sie solle alle Termine für diesen Tag absagen. Hast du dich nicht wohl gefühlt, oder was? Auf alle Fälle war Simon begeistert, und er kann die Praxis schon nächste Woche übernehmen. Dumm ist nur, daß er Schwester Tung, oder wie sie heißt, nicht braucht, weil er seine eigene Sprechstundenhilfe mitbringt.«

»Du scheinst mich nicht zu verstehen, Lydia. Ich kann doch meine Patienten nicht einem Menschen anvertrauen, den ich noch nicht gesehen habe.«

»Liebling, er ist ausgesprochen seriös. Er wurde in Charterhouse ausgebildet; dazu hat es bei uns nicht gereicht. Du wirst ihn sehr bald kennenlernen, er möchte nämlich am Mittwoch mit dir die Kartei durchgehen. Er übernimmt die Praxis komplett: die Möbel, alle Apparate, sogar deine Zangen und alles.«

»Er kann doch meine Instrumente nicht haben! Herrgott noch mal, die brauch' ich doch in Amerika!«

Lydia machte sich an einem ihrer lackierten Fingernägel zu schaffen.

»Ich benütze sie seit meiner Ausbildung«, fuhr Walter fort, dessen Schmach mit jeder Sekunde wuchs. »Das geht nicht, Lydia! Das ist, als würdest du einem Musiker die Geige wegnehmen.«
Für Walters Verhältnisse war das ein Ausbruch gewesen. Lydia aber sagte ganz gelassen: »Der Vergleich stimmt nicht ganz, Liebling. Ich glaube, du solltest jetzt erfahren, daß ich meine Meinung darüber, was du in Amerika tun sollst, geändert habe. Du wirst deine Instrumente gar nicht mehr brauchen, denn es gibt viel Wichtigeres zu tun. Ich brauche einen Agenten, der meine Verträge mit den Filmgesellschaften aushandelt. Naheliegenderweise kannst das nur du. Ich werde doch meine Zukunft als Filmstar nicht irgendeinem Amerikaner anvertrauen, den ich noch gar nicht kenne. Das ist *die* Aufgabe für dich.«
Er starrte sie an wie ein gefangenes Tier. Sprachlos schüttelte er den Kopf.
»Komm«, drängelte Lydia, »das ist sehr wichtig für mich. Du hast jetzt jahrelang deinen Spaß gehabt, wenn du in anderer Leute Zähnen Löcher finden konntest. Jetzt wird das eben anders.«
»Ich habe nicht vor, daß es anders wird«, sagte Walter so leise, als handle es sich um eine Drohung. Lydia war nicht gewohnt, daß man sich ihr widersetzte. Sie wollte gerade hinzufügen, welch gute Provision für ihn dabei herausspringen würde, doch nun sagte sie: »Du hast keine Wahl, Walter. Ohne Geld kannst du dich in Amerika als Zahnarzt nicht etablieren. An der Straßenecke ziehen sie dort heute keine Zähne mehr.«
»Ich werde den Erlös für die Praxis haben. Was zahlt uns Edward?«
»Dieses Geld gehört mir.«
»Ich habe die Praxis aufgebaut. Ich habe wahrlich ein Anrecht auf einen Anteil.«
»Meine Anwälte denken da anders, Liebling. Sei vernünftig, Walter! Wir sollten doch beide an meiner Zukunft interessiert sein.«
Er stand auf und schrie: »An wessen Zukunft?« Er stürzte aus dem Zimmer und verließ das Haus. Die Eingangstür fiel krachend ins Schloß.
Einen Augenblick lang kamen Lydia Zweifel, ob Walter wirklich die geeignete Person sei, als ihr Agent zu fungieren. Dann aber fiel ihr ein, daß dies nebensächlich war, weil sie ihn nur zu Dekorationszwecken brauchte. In Hollywood hatte man einfach einen Agenten. Walter konnte getrost herumtelefonieren, welche Angebote akzeptabel waren, würde sie entscheiden.

Sie ging in den ersten Stock, um sich zu schminken. Für den Vormittag war sie mit einem der Anwälte verabredet. Und sie wollte noch einige Kleider für die Reise kaufen. An jedem der sechs Tage auf hoher See mußte sie sich mindestens dreimal ganz umziehen können.
Während sie ihr Haar hochsteckte, läutete unten das Telefon. Sie wartete, bis Sylvia abnahm, war aber sofort an der Schlafzimmertür.
»Für Sie, Madam. Eine Dame.«
»Wie heißt sie denn?«
»Sie nannte keinen Namen.«
»Ich weiß wirklich nicht, wofür Sie Ihren Lohn bekommen«, sagte Lydia, während sie die Treppe hinunterstieg. Sie griff nach dem Hörer. »Hier spricht Lydia Baranov.«
Nach einem kurzen Zögern am anderen Ende der Leitung vernahm sie: »Ich möchte mit Ihnen über Ihren Mann sprechen.«
»Wer sind Sie denn?« fragte Lydia.
»Jemand, der sich darum sorgt, was aus ihm wird.«
»Wie meinen Sie das? Sagen Sie doch, wer Sie sind!«
»Das ist nicht wichtig, Mrs. Baranov. Ich möchte Ihnen von Frau zu Frau raten, ihn anständig zu behandeln. Er will nicht mit Ihnen nach Amerika gehen. Er fühlt sich hier wohl. Sie waren bisher ihm gegenüber so großzügig. Ich würde das nicht betonen, wenn Sie einander wirklich lieb hätten. Aber Sie wissen, daß das nicht der Fall ist. Bitte, bleiben Sie großzügig, und lassen Sie ihn mit der Frau, die ihn liebt, in England bleiben!«
»Wie bitte? Ich weiß zwar nicht, wer Sie sind, aber verrückt sind Sie bestimmt. Sind Sie etwa seine Sprechstundenhilfe?«
Lydia drückte den Hörer noch fester ans Ohr. Ehe sie einhängte, hätte sie gerne herausgebracht, wer diese Person war. Irgendwie kam ihr die Stimme bekannt vor.
»Ich bitte Sie dringend, Mrs. Baranov, geben Sie ihn frei!«
»Das ist doch alles höchst lächerlich.«
»Ich versuche, vernünftig zu sein, unser aller Wohl hängt davon ab. Nur Gott weiß, wie ich Ihren Mann liebe.«
»Er hat Sie aber noch nie erwähnt. Wollen Sie sagen, daß Sie seine Geliebte sind?«
»Wie Sie wollen. Willigen Sie in die Scheidung ein?«
Lydia mußte lachen. »Meine Teuerste! Wer Sie auch sein mögen – und ich habe da einen bestimmten Verdacht –, ich glaube, Sie gehen

etwas zu weit. Ich kenne meinen Mann. Er weiß gar nicht, was eine Geliebte ist, geschweige denn, was er mit ihr anfangen sollte. Sagen Sie mir, mit wem ich spreche, und wir beide betrachten alles als einen Scherz.«

»Es ist kein Scherz. Mein Name, selbst wenn ich ihn Ihnen nennen würde, ist Ihnen unbekannt. Fragen Sie lieber Walter. Er soll entscheiden, wieviel er Ihnen erzählen will. Aber unterschätzen Sie ihn nicht, Mrs. Baranov! Und glauben Sie nicht, Sie hören jetzt nichts mehr von mir.«

Die Leitung war unterbrochen.

Eine ganze Weile blieb Lydia vor dem Telefon sitzen. Sie zitterte. Dann stand sie auf, goß sich an der Hausbar einen Brandy ein und leerte ihn in einem Zug.

»Du Tier, Walter!« stieß sie hervor. »Du ganz gemeines, hemmungsloses Vieh!«

17

Alma wünschte Mrs. Maxwell einen guten Abend und spannte den Regenschirm auf. Der Wolkenbruch würde zwar sicher nur wenige Minuten dauern, aber sie wollte keinen Augenblick länger als nötig im Ladeneingang stehenbleiben, sondern möglichst schnell nach Hause kommen, um festzustellen, ob ihre Gebete erhört worden waren, ob auf der Fußmatte eine Nachricht auf sie wartete oder das Telefon klingelte, wenn sie die Tür öffnete. Aber weder das eine noch das andere trat ein.

Schon nach zwei Schritten faßte sie jemand am Arm und entriß ihr den Schirm. Ohne ein Wort zu verlieren, zerrte Walter sie übers Pflaster in ein Taxi und setzte sich neben sie. Seine Kleidung war klatschnaß. Alma schmiegte sich an ihn und küßte ihn auf die Wange. Es war kalt.

»Ich dachte, wir sehen uns nie mehr«, sagte sie.

»Du wirst naß.« Er zog den Regenmantel aus und nahm den Hut ab. Dann drückte er sie wieder an sich. Diesmal küßte er sie auf den Mund. Sie war unendlich glücklich. Seine Hand griff ihr in den Nacken und löste das Haar. »Ich werde dir einen Verweis erteilen, weil du meine Frau angerufen hast.«

»Ich mußte mir doch etwas einfallen lassen. Bist du mir böse?«

»Eigentlich sollte ich es sein. Du weißt doch, daß es nichts hilft. Sie würde nie in eine Scheidung einwilligen.« Er lachte leise. »Aber es

war ein gräßlicher Schock für Lydia, zu erfahren, daß ich eine Geliebte habe.«
Alma schmiegte sich noch enger an ihn. »Bin ich wirklich deine Geliebte?«
»Kurz vor deinem Haus ist doch eine nette kleine Teestube. Wollen wir da hinein?«
Als sie aus dem Taxi stiegen, hatte der Regen bereits nachgelassen. Die Teestube war voller Leute, die vor dem Regen Schutz gesucht hatten. Aber einige gingen schon, und sie fanden einen ruhigen Tisch hinter einem Garderobenständer. Walter erzählte Alma, daß Lydia die Abmachung, er werde in Amerika seinem Beruf nachgehen können, nicht mehr einhalten wollte. Er solle als ihr Agent mitkommen.
Alma fühlte, wie ihr das Blut aus dem Gesicht wich. »Ist das wegen mir?«
Er faßte sie bei den Händen. »Nein, Schatz. Das hat sie bereits beim Frühstück verkündet. Und die Praxis hat sie auch schon verkauft, ohne daß ich einen lumpigen Penny davon sehe.«
Alma schüttelte langsam den Kopf, erwiderte aber nichts. Ihr Gefühl sagte ihr, daß Walter gleich etwas Entscheidendes äußern werde.
Er hielt noch immer ihre Hände umschlungen und sagte: »Ich habe mich entschieden, nicht nach Amerika zu gehen.«
»Walter, Liebling!«
»Das ist natürlich Selbstmord – aber irgendwie werde ich es schon schaffen.«
»Wir werden es zusammen schaffen.«
»Nein! Ich danke dir! Aber das kann ich nicht machen. Ich würde es mir nie verzeihen, dich in diesen Klatsch und Skandal mit hineinzuziehen.«
»Ich mache mir kein Jota aus meinem Ruf! Ich liebe dich doch!«
Er schaute finster in seinen Tee.
Da beschloß Alma, daß dies der rechte Augenblick sei, ihm ihren Plan anzuvertrauen, den sie, als sie während der frühen Morgenstunde schlaflos im Bett lag, ausgeheckt hatte. Ihr Vorhaben würde sicher sehr verwegen klingen, wenn sie es hier in der Teestube sachlich erörterte, aber wann sollte sie es ihm sonst darlegen? Sie dämpfte ihre Stimme und sagte: »Da gäbe es noch einen anderen Weg.«
»Hm«, brummte er, ohne aufzusehen.

»Während der Behandlung hast du mir einmal von jemand anderem erzählt, der von seiner Ehefrau so unaussprechlich schlecht behandelt wurde und der sich in eine andere Frau verliebte, die ihn tief und leidenschaftlich verehrte.«

Er blickte hoch und schaute ihr unschuldsvoll in die Augen. »Daran kann ich mich nicht mehr erinnern.«

»Dr. Crippen!«

»Oh!« Ein Ruck durchfuhr ihn.

Ehe er sie davon abhalten konnte, sagte Alma: »Man hat sie erwischt, weil sie sich verkleidet hatten. Sie wollten auf einem kleinen Dampfer über den Ozean entkommen, aber der Kapitän schöpfte Verdacht.«

»Dr. Crippen war ein Mörder.«

Alma wischte den Einwand beiseite. »Du hast mir erzählt, daß Lydia bereits eure Tickets für die ›Mauretania‹ besorgt hat.«

»Ja, aber ich fahre nicht mit.«

»Versetz dich mal kurz in die Lage, daß du dennoch fährst, nicht mit Lydia, sondern mit mir. Ich würde dann als Mrs. Baranov reisen. Keine schwierige Rolle für mich, mein Lieber. Bei uns würde niemand Verdacht schöpfen, weil kein Mensch eine andere Mrs. Baranov kennt. In sechs Tagen wären wir in Amerika und könnten für immer als Mann und Frau leben.«

»Und was ist mit Lydia?«

»Chloroform.«

»Ich glaube, ich brauche eine Zigarre.« Er steckte eine zwischen die Lippen und brach zwei Streichhölzer ab, als er versuchte, sie anzuzünden. »Ist das dein Ernst?«

»Mein voller Ernst.«

»Das würde ich nie fertigbringen – nicht einmal bei Lydia.«

»Doch! Du bist sehr mutig. Du hast deinen Vater vor dem Ertrinken gerettet.«

Es gelang ihm zu lächeln. »Das ist aber ein kleiner Unterschied.«

»Bitte, lach mich nicht aus! Dies ist kein wirrer Einfall, der mir zufällig kam. Ich habe tagelang darüber nachgedacht. Siehst du denn nicht, daß uns Lydia, indem sie die Überfahrt gebucht hat, die Chance gibt, den Fehler von Dr. Crippen und Ethel zu vermeiden?«

Eine Stimme fragte: »Soll ich den Herrschaften noch heißes Wasser bringen?«

Sie starrten beide der Bedienung ins Gesicht, doch von diesem war nur die Müdigkeit nach einem langen Arbeitstag abzulesen.

»Nein, danke«, sagte Walter. Er bezahlte, und sie verließen die Teestube.
Draußen schien zaghaft die Sonne.
»Sie wurden verhaftet, weil Inspektor Dew im Keller unter den Bodendielen die Überreste von Mrs. Crippen fand«, sagte Walter.
»Noch etwas«, erwiderte Alma, während sie den Hügel hinaufschritten, und überging seine Bemerkung. »Wenn ich Lydias Stelle einnehme, kann ich ihre Unterschrift nachmachen. Ich könnte dir einen Scheck für den Verkauf der Praxis ausstellen. Ich könnte so viele Schecks unterschreiben, wie ich will. Unser Lebensstil wäre gesichert, und du könntest der erfolgreichste Zahnarzt Amerikas werden.«
»Mit Lydias Geld?«
»Es wäre ein Verbrechen, es nicht zu benützen, Liebling«, erwiderte Alma und drückte seinen Arm.
»Gar nicht dumm.« Er lächelte. »Wirklich nicht dumm.«
»Ich werde ihren Paß verwenden müssen, aber das dürfte kein Problem sein. Wir haben ungefähr dieselbe Größe und beide braune Augen. Ihre Haare sind etwas dunkler als meine, aber wer sieht das schon auf einem Foto. Kein Mensch sieht in Wirklichkeit so aus wie auf seinem Paßbild, und im übrigen bürgst du ja für meine Echtheit.«
»Die Sache muß doch einen Haken haben.«
»Hat sie aber nicht, Liebling. Wenn wir Lydia das Chloroform in der Nacht geben, bevor wir in See stechen, wird sie niemand aus ihrem Bekanntenkreis vermissen. Sie hat dann bereits die Sachen für den Rechtsanwalt unterzeichnet, und die Bank überweist das Geld gleich nach Amerika. Wir brauchen nur an Bord des Ozeandampfers zu gehen, um gemeinsam unser neues Leben zu beginnen, unsere Hochzeitsreise.«
Walter wirkte wie betäubt. Die Kühnheit dieses Plans hatte ihn offensichtlich verblüfft. Nachdem er ihn zunächst verwerfen wollte und dann nach eventuellen Fehlern abklopfte, erwog er ihn nun ernsthaft. Alma konnte es von seinen Augen ablesen. Er hatte sich mit der Notwendigkeit, Lydia Chloroform geben zu müssen, abgefunden.
Er fand noch diesen und jenen Einwand, aber das betraf im Grunde nur die Details. Er erkundigte sich, was Alma zu Mrs. Maxwell sagen und was sie mit ihrem Haus auf dem Hügel anfangen wolle. Er fragte nach ihren Familienangehörigen und Freunden.

Die Art seiner Fragen und wie er sie stellte, zeigte klar, daß er nur darauf wartete, überzeugt zu werden. Alma erzählte ihm, welche Erklärung sie Mrs. Maxwell geben würde und daß es in der Kirchengemeinde Leute gebe, die das Haus mieten wollten. Sie würde vorgeben, den Winter auf dem Kontinent zu verbringen; auch gegenüber ihren engsten Freunden. Nahe Verwandte hatte sie nicht. In einer Woche könnte sie reisefertig sein.

Walter hörte ihr aufmerksam zu. Dann schwieg er eine Zeitlang.

Alma ging neben ihm die Straße hinauf. Sie beherrschte sich. Sie wollte ihn zu keiner Entscheidung drängen. Walter sollte einsehen, wie zuverlässig ihr Plan war. Sie war überzeugt, daß er funktionieren würde.

Endlich sagte er: »Wir müssen darüber nachdenken, was wir mit ihr anfangen.

Der Ton, in dem er das sagte, war für Alma das Zeichen, daß er jetzt überzeugt war.

TEIL 3

Der K. O.

1

Der Plan, Lydia zu beseitigen und mit Walter auszuwandern, erschien Alma romantischer als alles, was sie in ihren Büchern gelesen hatte. Der Roman »Der Diamanten-Gauner« war dagegen ausgesprochen langweilig. Ihr Plan war verrucht und gewagt und würde sie fester an Walter binden als jede Hochzeitszeremonie: Ihr gemeinsames Geheimnis würde beide auf ewig zusammenschmieden. Wenn sie erst einmal luxuriös in Manhattan lebten, würde Walter sicher bald der vornehmste Zahnarzt New Yorks sein. Dann würden sie Ausflüge zu den Niagarafällen, der Insel Nantucket, nach New Orleans und San Francisco unternehmen.

So bereiste sie im Geiste schon die Vereinigten Staaten, als Walter, der sich noch in England festgefahren hatte, sie erinnerte: »Wir müssen wirklich langsam entscheiden, was wir mit ihr anfangen sollen.«

»Mit wem?«

»Mit Lydia.«

»Das haben wir doch längst beschlossen, Schatz.«

»Nein, das meine ich ja nicht. Ich meine hinterher. Wo sollen wir sie hintun?«

»Oh!«

Sie saßen auf einer Bank im Richmond-Terrassen-Garten. Es war einer jener klaren Septemberabende, an denen die schrägstehende Sonne jedes Detail des Themsetals ausleuchtete. Den Himmel überzogen feine Federwolken, die von Minute zu Minute intensiver rosa aufleuchteten.

»Dr. Crippen hat seine Frau im Keller vergraben«, stellte Alma fest.

»Und Inspektor Dew kam dann mit einem Spaten.«

»Dieser gräßliche Inspektor Dew!« Walter zuckte die Achseln. »Das war aber sein Job.«

»Wie wär's mit dem Garten?«

Er schüttelte den Kopf. »Das Gras ist so ebenmäßig wie ein Tennis-

rasen. Ein Rentner sieht fünfmal in der Woche nach dem Rechten; er war Gardeoffizier. Dem entgeht nichts.«
»Kannst du sie nicht in die Wanne stecken und einen Badeunfall vortäuschen?«
»Der Trick ist zu bekannt.«
»Das ist ja zum Verrücktwerden!« rief Alma verzweifelt. »Alles andere klappt doch.«
»Wir haben es mit einem technischen Problem zu tun, Liebling«, besänftigte sie Walter. »Es hilft doch nichts, sich darüber aufzuregen.«
Alma tat der gelinde Vorwurf ausgesprochen wohl. Walter behandelte sie schon wie eine Ehefrau. Und sein Bestreben, den Plan zu vervollkommnen, zerstreute ihre letzten Zweifel daran, er könne ihn nicht ganz ernst nehmen. Er war so sachlich, als würden sie sich übers Zähneziehen unterhalten.
»Wenn wir ein Auto hätten«, sagte Alma, »könnten wir sie irgendwohin schaffen.«
»Nein«, antwortete Walter, »das würde nicht funktionieren. Man würde sie sicher bald finden. Hast du schon von Bernard Spilsbury gehört?«
»Dem Gerichtsmediziner?«
»Der Kerl stellt nicht nur die Todesursache fest. Er findet auch die Hutgröße des Mörders heraus, wo er seine Hemden kauft und wie er sein Frühstücksei haben will. Eine Leiche zurückzulassen, können wir uns nicht leisten.«
Als Alma über die Worte »Mörder« und »Leiche« erschrak, merkte sie, daß Walter ihre gemeinsamen Absichten kühler und realistischer betrachtete, als sie es bisher getan hatte. Um ihr Unbehagen zu überspielen, sagte sie etwas schnippisch: »Wir können es uns aber auch nicht leisten, sie mitzunehmen.«
Er schaute sie an und ergriff ihre Hand. »Doch, das können wir! Das ist die Lösung, Alma. Du hast sie gefunden!«
»Ich weiß aber nicht, wie das gehen soll.«
»Wir werfen sie ins Meer. Wenn es dunkel ist, zwängen wir sie durchs Bullauge. Kein Mensch wird sie finden.«
»Aber wie bekommen wir sie aufs Schiff?«
Er lachte. »Sie wird an Bord gehen. Das ist fein. Du bist ein Genie!«
»Ein sehr verwirrtes, im Augenblick.«
»Ich werde es dir erklären. Vergiß unseren früheren Plan und hör

dir diesen an: Ich werde Lydia erzählen, daß ich mich weigere, mit nach Amerika zu gehen. Sie wird wütend werden und mich zum Teufel schicken, weil sie sich ihre wunderbare Zukunft beim Film nicht nehmen lassen will. Das Haus, die Praxis, meine Instrumente, alles wird verkauft sein, wenn sie sich Samstag in einer Woche auf der ›Mauretania‹ einschifft. Sie wird allerdings nicht wissen, daß du und ich auch an Bord sind. Ich werde unter irgendeinem Namen eine Passage zweiter Klasse buchen.«

»Für uns beide?«

»Nein, du verbirgst dich als blinder Passagier in meiner Kabine.«

»Das kann ich nicht, Walter. Ich werde sicher entdeckt.«

»Du wirst sicher nicht entdeckt«, antwortete Walter gelassen. »Vergiß nicht, ich war schon einmal auf einem Überseedampfer. Am Tag der Abreise drängeln sich an die tausend Freunde und Verwandte auf dem Schiff, um den Passagieren Lebewohl zu sagen. Da herrschen chaotische Zustände. Eine halbe Stunde, bevor das Schiff ablegt, kommen dann Boys mit Gongs und fordern die Besucher auf, an Land zu gehen. Aber einige bleiben immer an Bord, weil sie wissen, daß sie mit dem Lotsenboot oder in Cherbourg auch noch das Schiff verlassen können. Liebling, es ist ganz einfach, während dieser ersten Stunde den blinden Passagier zu spielen. Und länger brauchen wir nicht. Dann hast du nämlich deine eigene Einzelkabine erster Klasse – als Mrs. Lydia Baranov.«

»Soll das heißen, du ...« Alma verschlug es die Sprache.

Walter nickte. Als wollte er sich selbst von den Vorzügen des neuen Plans überzeugen, sprach er jetzt schneller: »Ich muß es auf alle Fälle so bald als möglich tun. Mit einem Fläschchen hochkonzentrierter Chloroformlösung in der Tasche werde ich in ihre Kabine gehen. Wenn ich es bin, der klopft, wird sie sehr überrascht sein, aber sie wird mich sofort hineinlassen. Ich werde sie mit dem Gesicht aufs Bett drücken – körperlich werde ich ihr leicht Herr – und sie sofort mit dem Chloroform betäuben. Wenn ich ganz sicher bin, daß sie tot ist, werde ich ihre Leiche irgendwo verstecken.«

»In ihrem Schiffskoffer«, sagte Alma ganz aufgeregt.

»Sehr gut. Ich warte dann in der Kabine, bis es dunkel genug ist, sie durchs Bullauge ins Meer zu werfen. Die ›Mauretania‹ fährt um halb zwölf Uhr ab, gegen eins wird das Mittagessen serviert. Du wirst um diese Zeit im Speisesaal erster Klasse sein und dem Steward sagen, daß du Mrs. Baranov bist und einen Einzeltisch willst. Du kriegst ihn ohne eine Gegenfrage.«

»Und was machst du?«
»Ich sitze inzwischen in Lydias Kabine und hänge das Schild Bitte nicht stören vor die Tür. Wichtig ist, was *du* tust. Bei der Mannschaft und bei den anderen Passagieren mußt du dich überzeugend als Lydia Baranov einführen. Du kannst gemächlich dein Mittagessen verspeisen und anschließend im Gesellschaftsraum einen Kaffee trinken und dich mit irgendwelchen Leuten unterhalten. Mach einen Bummel über das Promenadendeck und such den Decksteward, um einen Liegestuhl auf der der Sonne zugewandten Seite zu reservieren. Achte darauf, daß man deinen Namen deutlich hört. Glaubst du, daß du das schaffst?«
»Das schaffe ich sicher.«
»Gut. Am Nachmittag kannst du dann zur Kabine kommen. Ich lass' dich hinein.«
»Liebling, das funktioniert gewiß.« Sie küßte ihn auf die Wange und ließ den Kopf auf seiner Schulter ruhen. »Es ist so wunderbar einfach.«
Walter schien noch zu zögern, an den Erfolg zu glauben. Er redete weiter, weil er den restlichen Plan nicht für sich selbst sprechen lassen wollte. »Ich gebe dir dann den Schlüssel für die Einzelkabine, damit du gehen und kommen kannst, wie es dir beliebt. Aber wir müssen unbedingt getrennt bleiben. Du wirst zum Abendessen und spät zu Bett gehen. Bis dahin sind ich und die Leiche längst verschwunden. Ich gehe wieder in meine Zweiter-Klasse-Kabine, und fünf Tage später treffen wir uns in New York. Ich glaube, so klappt alles.«
»Da bin ich ganz sicher, mein Schatz.«
»Ich möchte fast behaupten, daß selbst unser Freund Dr. Crippen die Vorzüge eines solchen Plans erkennen würde. Niemand gräbt im Keller nach, keine lächerliche Verkleidung und das Ganze im voraus bezahlt von einem göttlichen Weib, dem Opfer.«
»Weißt du schon, wie du dich auf der ›Mauretania‹ nennen willst?« fragte Alma.
»Bis jetzt noch nicht. Ein einfacher Name ist sicher am besten. Wenn ich recht überlege, ist Brown, mein ursprünglicher Name, gerade recht. Ich glaube, ich weiß auch, woher ich einen Paß kriege. Ich kenne da einen guten Freund meines Vaters – wenn er noch eine ruhige Hand hat. Ich werde ihn vorher besuchen.«
»Brown klingt aber nicht ganz echt«, sagte Alma.
»Aber so hieß ich doch wirklich!«

»Dr. Crippen nannte sich Robinson. Auch das klang nicht recht überzeugend.«
»Welchen Namen würdest denn du vorschlagen?«
»Er müßte kurz und einfach sein, aber nicht so geläufig.« Sie faltete die Hände. »Ich hab's!«
»Dew«, sagte Walter.
»Ja, du hast meine Gedanken gelesen.«
»Walter Dew von Scotland Yard.« Er mußte kichern. »Ich glaube, der Name gefällt mir. Und wer mißtraut schon jemandem, der Walter Dew heißt?«
Jetzt lachte er laut, und Alma fiel ein. Ihr Gelächter erfüllte den Terrassen-Garten. Der herrliche Sonnenuntergang tauchte alles in romantisches, tiefes Rot.

2

Während ihrer letzten Woche in London legte Barbara mit einem Male ihre Natürlichkeit ab: Sie wurde schick. Beim Coiffeur Vasco ließ sie sich ihre hübschen kastanienfarbenen Haare zu einem Bubikopf schneiden und seitlich mit einer Dauerwelle auflockern. Sie puderte sich das Gesicht kalkweiß und malte die Lippen hochrot an. In Knightsbridge kaufte sie in einem Laden eine Maulwurfstola und fünf Abendkleider. Am Freitag kaufte sie zwei neue, weil sie alle bereits schon einmal getragen hatte.
Den Wendepunkt hatte das Kolleg bei Bertrand Russell gebracht. Von hier war Barbara direkt zum Friseur gegangen. Ihre Mutter Marjorie wunderte sich über die Wandlung sehr. Sie brauchte einen doppelten Brandy und befand, daß Barbaras Veränderung das Beste war, was auf der ganzen Europareise passiert war. Zu Livy sagte sie, an den Philosophen müsse tatsächlich etwas dran sein. Der hatte aber eine abweichende Theorie. Er sagte, er sei sicher, daß Paul Westerfield mehr Interesse am Kolleg als an Barbara gezeigt habe.
»Wenn sie es auf Paul abgesehen hat«, sagte ihre Mutter, »dann spielt sie ein sehr riskantes Spiel. Heute nachmittag ist sie nämlich mit einem jungen Mann namens Forbes verabredet.«
Forbes führte Barbara zum Tanztee ins Café de Paris. Hier lernte sie Arnold kennen, der ein Monokel trug und viel unterhaltsamer war als Forbes. Arnold lud sie zu Kuchen und Eiskaffee in die Grafton Galleries ein, wo die Bilder mit Seidenpapier abgedeckt waren, damit junge Damen wie Barbara nicht erröten mußten. Eine Neger-

Band spielte bis zwei Uhr morgens Jazz. Arnold versuchte, Onestep zu tanzen, und stieß eine Frau mit dem Ellbogen in die Magengegend. Sie kippte daraufhin ihren Eiskaffee über die Hose ihres Begleiters, und Arnold riß das Seidenpapier von einem Bild, um dem Flecken zu Leibe zu rücken. Während dieses Durcheinanders gestand ein junger Mann namens Rex Barbara, daß sie die lieblichste Kreatur sei, auf die sein Auge je gefallen sei.
Rex war sehr leidenschaftlich. Am nächsten Tag drohte er beim Mittagessen im Claridge mit Selbstmord, wenn Barbara ihn nicht in der Suite, die er im Hotel bereits hatte reservieren lassen, glücklich mache. Um seiner Ankündigung Nachdruck zu verleihen, zog er einen silbernen Revolver aus der Tasche und legte ihn auf den Tisch. Barbara blieb kühl. Sie war schick, aber nicht käuflich. Sie nahm den Revolver und warf ihn in den Champagnerkübel. Später erzählte ihr Arnold, daß Rex dafür berühmt sei, im Claridge mit dem Revolver herumzufuchteln.
Zweimal traf Barbara in dieser Woche Paul Westerfield in der Lobby des Savoy Hotels. Beim ersten Mal war sie in Begleitung von Forbes, und beim zweiten Mal hatte sie Arnold bei sich. Auf Paul machten diese zufälligen Begegnungen einen positiven Eindruck. Am Freitag vormittag fing er sie am Aufgang zum Speisesaal ab. Er sagte, ihr Haarschnitt sei eine Wucht, und fragte sie, ob sie für den Abend schon verabredet sei.
Barbara meinte, ein Freund habe zwar irgend etwas vom Café Royal gesagt, sie sei aber nicht unbedingt neugierig darauf. Es sei immerhin ihre letzte Nacht in London, und die wolle sie genießen.
»Du reist morgen ab?« fragte Paul. »Vielleicht auch noch mit der ›Mauretania‹? Wie findest du das? Ich nämlich auch. Da müssen wir heute noch unbedingt gemeinsam London unsicher machen.«
»Was schlägst du denn vor?« fragte Barbara vorsichtig. Ein zweites Philosophiekolleg hätte ihr gerade noch gefehlt.
»Im Berkeley ist eine Party, vor allem Amerikaner aus der Botschaft – natürlich nur junge. Sollen ganz verrückte Leute darunter sein. Man hat mich eingeladen. Würdest du mitkommen?«
Sie lächelte und nickte.
Barbara hatte erreicht, was sie wollte. Sie fühlte sich zu Paul Westerfield hingezogen, obwohl sie dazu tendierte, jeden Mann abzuweisen, den ihre Mutter für sie auserkor. Sie mochte die Art, wie er sie anschaute; seine Augen zeigten ihr, daß er das, was sie sagte, ernst nahm. Sie mochte die Art, wie er eine Augenbraue hochzog,

wenn ihn etwas interessierte. Und sie mochte seinen ungezwungenen Gang, wenn er einen Raum durchquerte; seine Bewegungen waren dabei so wohlbemessen und angespannt wie die einer Katze. Er hatte eben ungeahnte Kräfte.
Auch mit den sechs bevorstehenden Tagen auf der ›Mauretania‹ konnte sie zufrieden sein. Als sie ihn abends in der Lobby traf, war sie zwanzig Minuten zu spät dran. Sie begrüßte ihn mit seinem Spitznamen aus der Studienzeit. Sie wollte ihm zu verstehen geben, daß sie Millionäre wie jeden anderen Mann behandelte.
Die Party war so verrückt, wie Paul versprochen hatte. Der Champagner floß in Strömen. An die zwölf junge Amerikaner von der Botschaft und ebenso viele englische Freundinnen speisten und tanzten bis nach Mitternacht. Sie wechselten die Tanzpartner und umarmten sich mit der Ungezwungenheit von Verliebten. Als das Restaurant schloß, setzten sie die Party vor dem Kaffeestand an dem Hyde Park Corner fort. Die Taxifahrer ließen sie mit ihren Kaffeetassen der Reihe nach in die Droschken steigen und lange darin sitzen.
Barbara mußte Paul mit einem englischen Mädchen namens Poppy teilen, aber das machte ihr nichts aus. Er hatte seine Arme um beide geschlungen und unterhielt sie mit lustigen Geschichten, die nur von Küssen unterbrochen wurden. Poppy lachte viel. Sie rühmte sich, ein echtes Cockney-Kind zu sein, hatte dichte, blonde Locken und schöne, strahlende Augen.
Gegen drei Uhr früh kamen alle aus den Taxis und tanzten um eine Straßenlaterne Ringelreihen. Dazu sangen sie »Knees up, Mother Brown« und »Auld Lang Syne«. Nachdem sie mit vielen Küssen Abschied genommen hatten, riefen sie die Taxifahrer herbei, um sich heimfahren zu lassen.
Paul fragte Poppy, wo sie wohne. Die beiden saßen bereits mit Barbara in einem Taxi.
»In der Chickensand Street«, sagte Poppy und kicherte. Sie begleitete fast jeden Satz, den sie sprach, mit Gelächter. »Du wirst den Namen noch nie gehört haben, und ich wette, der Chauffeur kennt ihn auch nicht. Wenn du es ganz genau wissen willst, es ist draußen im East End.«
»Gut«, sagte Paul. »Das Savoy liegt, soviel ich weiß, am Weg. Wir können dich dort absetzen, Barbara.«
Barbara nickte, bedankte sich für dieses Anerbieten jedoch nicht. Sie wollte nicht einsehen, weshalb sie nicht Poppy zuerst absetzen

konnten, um dann gemeinsam zum Savoy zu fahren. Poppy sollte doch bestimmt nicht die Nacht mit ihm verbringen. Aber sie verkniff sich den Einwand. Während sie Poppy zulächelte, hoffte sie, Paul würde sich bei diesem blöden Gekicher und diesem lächerlichen Dialekt bis in die Puppen langweilen.
»Und was ist mit dir, Paul?« erkundigte sich Poppy und lehnte sich über ihn, um seine weiße Halsschleife zu richten. »Wo ist denn dein Hotel, Liebling?«
»Ich wohne auch im Savoy.«
Wieder kicherte sie. »Mir geht ein Licht auf. Ich wußte nicht, daß ihr zusammengehört.«
»Wir wohnen auf verschiedenen Etagen«, erklärte ihr Barbara. »Es ist reiner Zufall.«
Poppy schüttelte sich vor Lachen. »Ja, wirklich?«
»Sicher«, sagte Paul, und es klang etwas gereizt. Dem Chauffeur trug er auf, zuerst zum Savoy und dann in die Chickensand Street zu fahren. Zu Barbara gewandt, meinte er: »Es wäre schade, wenn du den ganzen Weg mitfahren müßtest, zumal es schon so spät ist. Morgen geht es früh los.«
»O ja«, sagte Barbara. Sie versuchte, angesichts der vor ihr liegenden Tage auf der »Mauretania« großherzig zu sein. Kurz vor dem Hotel küßte Paul sie sanft auf die Lippen. Dann legte er die Hand um ihren Nacken und küßte sie stürmischer.
Da sagte Poppy: »Ich glaub', eure Zeit ist um, ihr Süßen.« Ein Savoy-Page riß die Taxitür auf.
»Danke schön, Paul!« verabschiedete sich Barbara. »London war toll. Es hat mir sehr gefallen.«
»Wir sehen uns bestimmt auf dem Schiff«, antwortete Paul.
Als das Taxi wieder wegfuhr, sah Barbara Poppys winkende Hand durch das kleine Rückfenster.

3

»Lydia, das Taxi ist da.«
»Schon? Dann muß es eben warten.«
»Es ist acht Uhr«, sagte Walter.
»Bis zur Waterloo Station braucht man doch keine Stunde! Warum hast du diesen verflixten Kerl so früh herbestellt? Der Zug zum Schiff geht doch erst um neun. Pressiert es dir denn so, mich loszuwerden?« Aber das sagte sie eigentlich ohne Bosheit. Er hatte die

volle Wucht ihres Zorns schon zwei Tage zuvor zu verspüren gekriegt, als er ihr kühl eröffnete, er habe beschlossen, nicht mit nach Amerika zu fahren. Sie hatte eine Terrine mit Linsensuppe nach ihm geworfen und das Senfglas und die Preiselbeeren folgen lassen. Vor Sylvia hatte sie ihn verflucht. Nach gebührendem Überlegen begann sie jedoch, die Angelegenheit in einem anderen Licht zu sehen. Walter wäre in Amerika ein Klotz am Bein gewesen. Für Hollywood war er viel zu schwerfällig. Als ihr Agent hätte er bestimmt keine Bäume ausgerissen. Sie würde statt seiner einen tüchtigen jungen Amerikaner engagieren.
Natürlich war die Aussicht, bis Hollywood allein zu reisen, nicht erhebend. Aber lange und lästige Reisen waren nichts Neues für sie. Schauspieler waren immer beim Kofferpacken und unterwegs zu fernen Plätzen. Das wollte sie den Zeitungsleuten erzählen, wenn sie sie interviewten.
Und Walter, dieser egoistische und undankbare Mensch, würde schon bald merken, was es bedeutete, nicht mehr von einer großzügigen, liebenden Frau verwöhnt zu werden. Seine Praxis am Eaton Square war verkauft. Und bis Montag hatte er Zeit, seine Sachen aus dem Wohnhaus zu schaffen. Wie er weiterleben wollte, war ihr ein Rätsel, es sei denn, er erwartete, von dieser komischen Frau ausgehalten zu werden. Na, dann alles Gute!
Er schaute zur Schlafzimmertür herein. »Kann ich etwas hinuntertragen, meine Liebe?« Gutartig bis zuletzt! Sogar mit der Linsensuppe und den Preiselbeeren auf seinem besten Anzug hatte er an jenem Abend nicht aufgehört, sich wegen seines Gesinnungswandels im Hinblick auf Amerika zu rechtfertigen.
»Wenn du unbedingt willst, nimm meinen Handkoffer.« Den Schiffskoffer mit all ihren Kleidern hatte sie bereits am Dienstag vorausgeschickt. Er mußte längst auf der »Mauretania« sein. »Sag dem Taxifahrer, ich komme gleich.«
Sie schaute sich noch einmal im Zimmer um und wurde von einer plötzlichen Woge der Erleichterung hochgetragen. Sie würde es für immer verlassen. Was für eine Erlösung war es, diesem engstirnigen England zu entkommen, wo Talent nicht mehr zählte! Vor ihr lagen alle Möglichkeiten der Neuen Welt.
Walter stand an der Treppe, als sie herunterkam. »Hast du auch wirklich dein Ticket und deinen Paß?«
»Natürlich.«
»Das Geld?«

»Ich bin doch kein Kind, Walter! Sobald du eine ständige Anschrift hast, laß sie mich wissen – via Bank of California. Aber laß dir bloß nicht einfallen, mich um Geld anzubetteln! Du wolltest unabhängig sein, laß mich also aus dem Spiel. Was aber noch lange nicht heißt, daß ich in eine Scheidung einwillige. Ich bin nicht altmodisch, das weißt du, aber ich werde mir diese Scherereien bestimmt nicht aufhalsen, damit du dein schmutziges Verhältnis mit dieser Person, die mich angerufen hat, auch noch legalisierst.«
»Ich habe nichts Unrechtes getan, Lydia, bestimmt nicht.« Schon die Verdächtigung ließ ihn ganz erschrocken aussehen.
»Leb wohl, Walter!«
»Leb wohl!«
»Wünschst du mir nicht einmal eine gute Reise?«
»Daran hab' ich nicht gedacht. Es tut mir leid.«
Sie ging zum Taxi. So würde sich Walter in ihr Gedächtnis einprägen, indem er ständig sagte, es tue ihm leid. Der gutaussehende, elegante Zahnarzt, den seine Patienten als vertrauenerweckend und mutmachend vergötterten, war zu Hause eine Maus. Sie hatte immer halb befürchtet und halb gehofft, er würde einmal die Zähne zeigen und zurückbeißen, wenn sie ihn nur stark genug reizte. Aber nun war es zu spät.

4

Livy Cordell mochte die Docks von Southampton gern. Er freute sich auf den Augenblick, in dem der Zug in die Halle neben dem Schiff einlief und irgend jemand im Abteil die breiten Ledergurte löste, um das Fenster zu öffnen und den ersten Schwall salziger Luft hereinzulassen, der mit einem Hauch Kohlenstaub von der Southern Railway vermischt war. Livy fühlte sich dann in frühere Zeiten versetzt, in denen er die Welt durchmessen und den großen Teich öfter als ein dutzendmal überquert hatte, zuerst im Zwischendeck, dann, als er mehr verdiente, in der zweiten Klasse. Nun reiste er erster Klasse. Er hatte mit seinen Damen im Zug gefrühstückt, der um neun Uhr abgefahren war; eineinhalb Stunden später als der Zug für die Dritte-Klasse-Passagiere. Vom Zwischendeck war längst nicht mehr die Rede.
Ein Träger half ihnen aus dem Abteil und hievte die Koffer auf seinen Karren. Pässe und Tickets waren bereits im Zug kontrolliert worden. Aus allen Richtungen drangen amerikanische Laute an sein

Ohr; hier war für so viele der Europaurlaub zu Ende. Das Orchester der »Mauretania« war auf dem Bahnsteig und versuchte sein Bestes, die Stimmung mit Militärmärschen anzuheben.
Livy hielt die Billetts zum Einschiffen bereit und entdeckte in einiger Entfernung ein bekanntes Gesicht: »Sag, ist das nicht der junge Westerfield?«
»Paul?« fragte Barbara, ohne ihre Aufregung zu verbergen. »Wo?«
»Da vorne. Er hat eine Kreissäge auf.«
»Ich kann ihn nicht sehen.«
»Dort geht er!« sagte Marjorie. »Er steht nicht mehr in der Schlange, sondern kommt hierher.«
»Ist das nicht nett?« sagte Livy. »Glaubst du, er hat uns gesehen?«
Marjories Stimme änderte sich schlagartig. »Ich glaube kaum, Schatz.«
Barbara errötete.
Paul Westerfield wurde von einem ausgesprochen hübschen Mädchen in einem goldfarbenen Crêpe-de-Chine-Kleid begleitet, das gut zu ihren blonden Locken und dem weißen Hut paßte, aber vormittags auf einer Landungsbrücke deplaciert wirkte. Das schien sie aber wenig zu berühren. Ihre weißbehandschuhte Hand schmiegte sich an seinen Arm, und ihr Gesicht hatte sie Paul beim Sprechen so zugewandt, als würde sie alles um sich herum vergessen. Aber an Pauls Miene erkannte man, daß er die Cordells gesehen hatte. Nach kurzem Zögern kam er näher.
Er sagte etwas zu Poppy, worauf sie sich von ihm abwandte und Barbara anschaute. Ihr zunächst starrer Blick wich einem strahlenden Lächeln. »Was für eine Überraschung! Hallo, Barbara! Was macht denn dein Kopf?«
»Wie geht es euch beiden?« antwortete Barbara leise. »Mutter – Livy: Das ist Poppy. Wir haben uns gestern abend kennengelernt. Paul kennt ihr ja.«
»Gewiß«, sagte Livy. »Nett, Sie hier zu treffen, Poppy.« Er schüttelte ihr die Hand.
Marjorie nickte nur mit dem Kopf und lächelte vieldeutig.
»Poppy ist bis hier heraus mitgekommen, um mich zu verabschieden«, sagte Paul und bemühte sich sichtlich, locker zu wirken. »Gerade haben wir gehört, daß Besucher eine extra Gangway benützen müssen.«
»Ja, da hinten«, erklärte Livy. »Ich habe das Schild gesehen.«

»Danke. Na, denn ...« Paul entfernte sich einen Schritt. »Wir sehen uns bestimmt später.«
»Tschüs!« trällerte Poppy.
Kaum waren sie weg, schmiegte sich ihre Hand wieder in Pauls Arm.
Zu Barbara gewandt, sagte Livy: »Gib acht, durch diese Lücke kannst du den Schiffsrumpf sehen. Vergiß nicht, auf seine Größe zu achten, wenn du auf der Gangway bist. Es ist ein unglaublicher Anblick, den du erst wieder in New York haben kannst.« Es war ihm klar, daß dies ein sehr durchsichtiger Versuch war, sie abzulenken, aber irgendwer mußte doch Barbara zuliebe das Gespräch wiederaufnehmen. Auch ihm tat es leid.
»Wenn wir bloß schon an Bord wären! Ich brauche einen doppelten Gin«, sagte Marjorie. »Du auch, Barbara?«

Weiter vorne in der Schlange schritt Lydia Baranov über die Gangway, um die »Mauretania« mit ihrer Anwesenheit zu beehren. Ein Träger folgte mit ihrem Handkoffer. Der Purser verglich ihr Ticket mit der Passagierliste.
»Reisen Sie alleine, Mrs. Baranov?«
»Ja, mein Mann mußte seine Buchung stornieren.«
»Das ist bedauerlich, Madam. Ich hoffe, die Überfahrt wird Ihnen trotzdem zusagen.« Sein Assistent wandte sich an die bereitstehende Reihe blauuniformierter Pagen: »Einzelkabine neunundachtzig für Mrs. Baranov.«
Der nächststehende Junge nahm den Schlüssel. »Wenn Sie bitte so freundlich sein wollen, hier entlang.« Wie ein erfahrener Seemann durchquerte er mit Lydia und dem Träger im Schlepptau den überfüllten Empfangsraum. Hier berührte er jemanden, dort sagte er kurz etwas, und die Leute machten zuvorkommend Platz. Wenn er Hindernisse wie Taschen mit Golfschlägern oder Terrier an der Leine umschiffte, wies der Page mit der Hand auf die Gefahrenquelle, ohne sich umzudrehen. Er führte Lydia zu einem kirschholzgetäfelten Korridor. Überall standen Gruppen von Passagieren und Besuchern, unterhielten sich verliebt oder tränenumflort, waren aufgeregt und laut, während sich Träger, Stewards, Zeitungsjungen und Blumenverkäufer zwischen ihnen hindurchschlängelten. Lydia kaufte sich eine »Daily Mail« und hätte dabei fast ihren Pagen aus den Augen verloren.
Kabine neunundachtzig lag eine Treppenflucht tiefer am Ende eines

Korridors. Der Page schloß die Tür auf, und Lydia suchte in ihrer Börse nach Geld, um den Träger zu entlohnen. Der Page zog die Vorhänge beiseite.

»Gleich zwei Bullaugen«, sagte Lydia. »Das ist schön. Auf welcher Seite des Schiffes sind wir?«

»Backbord, Madam. Dies ist das D-Deck oder Oberdeck. Der Speisesaal erster Klasse ist geradeaus durch die Tür am Anfang des Korridors. Soll ich ein Bullauge aufmachen?«

»Danke. Wie spät ist es?«

»Halb zwölf, Madam. Das Mittagessen wird um ein Uhr serviert.«

»Damit halte ich mich gar nicht auf. Ich werde auspacken und in Ruhe Zeitung lesen. Sorgen Sie bitte dafür, daß ich nicht gestört werde.« Sie fischte nach einem Shilling und gab ihn dem Jungen.

Kaum war sie allein, ging sie zu dem Bullauge, das der Page geöffnet hatte. Aber als sie hinausschaute, sah sie nur die Spitze eines Krans drüben am Kai. Ihre Kabine schien sehr hoch oben zu liegen. Sie hatte nicht erwartet, daß die »Mauretania« so riesengroß war. Als sie sich wieder umwandte, sah sie, daß ihr Schiffskoffer bereits in der Kabine neben dem Kleider- und Wäscheschrank abgestellt war. Damit war sie eine Sorge los.

Im großen und ganzen gesehen, konnte man es hier schon fünf Tage aushalten. Sie inspizierte das Bad. Es lag an der Schmalseite und erstrahlte in weißem Marmor. In der Kabine selbst hatte sie außer dem Kleider- und Waschschrank einen Lehnstuhl, einen Frisiertisch, eine Schreibplatte und einen runden Couchtisch, auf dem eine Vase mit frischen Rosen stand. Das Bett fühlte sich recht bequem an. Seine der Wand abgewandte Längsseite war mit einem Brett versehen, damit der Passagier bei hohem Seegang nicht hinausfallen konnte. Es dauerte noch eine halbe Stunde, bis das Schiff ablegte.

Sie hatte sich fest vorgenommen, sich nicht einsam zu fühlen. Sie stand am Beginn eines großen Abenteuers. Es wäre lächerlich gewesen, jetzt schwach zu werden. Sie sperrte den Schiffskoffer auf und begann, all die hübschen neuen Sachen auszupacken, die sie für die Reise gekauft hatte.

5

»Stell dir vor, Poppy, das wäre in New York nicht erlaubt«, erklärte Paul, als sie zusammen im Rauchsalon saßen und Sherry tranken.
»Damen im Rauchsalon?« fragte Poppy. »Mich haut's um. Ich dachte immer, *wir* sind altmodisch.«
»Nein, das hier.« Er hielt das Sherryglas hoch. »Prohibition. Auf der Herfahrt durften wir innerhalb der Zwölf-Meilen-Zone keinen Tropfen Alkohol anrühren. Du hättest sehen sollen, wie es anschließend an der Bar zuging.«
Poppy kicherte. »Dabei war ich immer der Meinung, ihr Yankees geht nur deshalb auf englische Schiffe, weil hier das Essen besser ist.«
»Nun weißt du es. Stell dir mal das vor: fünf Tage auf hoher See auf einem trockenen Schiff wie der ›Leviathan‹!« Plötzlich wurde Pauls Aufmerksamkeit von jemandem an einem anderen Tisch gefangengenommen. »Weißt du was? Da sind schon wieder Barbara und ihre Leute.«
Das hörte Poppy nicht gerne. Sie mußte, ehe sie das Schiff verließ, einen Auftrag erfüllen. Sie brauchte Paul selbst. »Schau nicht hin! Sie haben uns nicht gesehen.«
»Ich könnte sie zu einem Drink einladen. Es war etwas peinlich, als wir sie auf der Pier trafen. Magst du noch einen, Poppy?«
»Ich hab' Kopfweh. Hier unten ist es so rauchig. Komm, gehen wir hinauf an Deck!«
»Wie du willst. Ich werde Barbara fragen, ob sie mitkommt. Die Ärmste – mit diesen Eltern!«
Poppy fluchte im stillen, als er zu den Cordells hinüberging. Bis jetzt hatte ihr Plan so gut geklappt. Sie brauchte den Kerl nur ein paar Minuten. Dann konnte Barbara ihn von ihr aus zum Mittagessen verspeisen.
Sie stand etwas abseits und hörte Barbaras Mutter sagen: »Geh nur, Kind. Du brauchst nicht bei uns zu bleiben. Ihr jungen Leute paßt besser zusammen.«
Barbara stand auf, schaute aber nicht sehr glücklich drein. Zu dritt zogen sie los.
»Gehen wir ins Veranda-Café hinauf«, schlug Poppy vor.
»Ich dachte, du fühlst dich nicht wohl«, sagte Paul.
»Mir wird es schon wieder besser gehen. Da oben wird getanzt.«
»Woher weißt du das?« fragte Barbara.

Poppy hatte es von Jack erfahren, als sie in seinem schönen Haus am Hyde Park das erste Mal alles durchgesprochen hatten. Jack wußte alles, was man über die »Mauretania« wissen konnte. Er hatte sogar einen Plan, auf dem jeder Raum auf jedem Deck zu finden war. Er hatte auch eine Passagierliste, auf der Paul Westerfield eingetragen war. Poppy sagte: »Irgend so ein alter Knochen hat es erzählt.«
Das Veranda-Café war der Orangerie von Hampton Court nachempfunden. Dank seiner großen Fenster und des Glasdaches war es der einzige Raum auf dem Schiff, der ohne künstliches Licht auskam. Große Palmenkübel standen zwischen den Rohrstühlen und den kleinen Tischen. Von den Wänden hingen Körbe mit bunten Blumen. Auf der quadratischen Tanzfläche bewegten sich einige Paare träge zu den Klängen einer Konzertina.
»Was ist, Paul«, sagte Poppy. »Willst du nicht mit einer von uns tanzen?«
Paul schaute betreten, aber Barbara sagte: »Los, ihr zwei! Ihr habt nicht mehr viel Zeit. Ich werde euch zusehen.« Sie sagte es zwar sehr freundlich, sah dabei aber aus, als hätte sie den Rat ihrer Mutter lieber nicht befolgt. Weggehen wollte sie nicht, aber hierbleiben und zuschauen war auch nicht angenehm. So saß sie an einem leeren Tisch am Rande der Tanzfläche und sah Paul und Poppy mit ausdruckslosem Gesicht zu.
Poppy tanzte mit Paul langsam das Geviert ab. Als sie in einer Ecke eine Wendung machten, fiel ihr Blick auf glatt zurückgekämmtes, honigfarbenes Haar. Wie verabredet, hatte sich Jack zur Übergabe eingefunden. Poppy fühlte sich jetzt tatsächlich krank, weil Barbara jeden Tanzschritt, den sie machten, genau beobachtete. Es wäre idiotisch gewesen, zuzugreifen, solange sie da saß. Poppy wußte, was in der Kunst des Taschendiebstahls möglich war. Ein Risiko war immer dabei, aber auf dieser kleinen Fläche, vor Barbaras kritischen Augen, war es aussichtslos. Sie mußte sich etwas einfallen lassen.
In die Klänge der Konzertina mischte sich ein anderer Laut.
»Zu schade«, sagte Paul. »Das ist bestimmt der Besuchergong.«
Poppy preßte ihre Hüfte an die seine und wackelte gefühlvoll. Paul reagierte prompt.
»Ich könnte mich ja verstecken«, meinte sie.
»In meiner Kabine; das wäre doch was!« Er lachte.
»Warum nicht? Ich würde nicht viel Platz brauchen.«
»Blinde Passagiere finden sie immer. Die hätten dich bald entdeckt, Poppy, mit deinen blonden Locken.«

Sie lächelte verschmitzt. »Die fallen weniger auf als kastanienbraunes. Ich möchte dich nicht *ihr* überlassen.«
»Barbara ist doch nur eine alte Freundin aus der College-Zeit.«
»Sie sieht das aber nicht so. Was würde denn passieren, wenn sie mich finden? Müßte ich dann das Deck schrubben?«
Die Musik wurde unterbrochen, und ein Page, der einen Gong schlug, ging durch den Raum und rief: »Alles an Land, was an Land gehört!«
Poppy fühlte sich in einen Alptraum versetzt. Als sie zum Tisch zurückgingen, schaute sie sich kurz nach Jack um. Sein Gesicht glich einer Maske. Sie schürzte die Lippen, um ihre mißliche Lage anzudeuten. Jack ließ sich nicht die Spur eines Einverständnisses anmerken. Das beängstigte sie mehr als ein Wutausbruch.
Der Konzertinaspieler beendete seine Darbietung mit einer Verbeugung.
»Ich verabschiede mich gleich hier«, sagte Barbara zu Poppy. »Paul wird dich begleiten wollen, und ich möchte noch vor dem Essen auspacken. Es war wirklich sehr lustig. Auf Wiedersehen, Poppy.«
Poppy war so dankbar, daß sie Barbara am liebsten geküßt hätte. Sie wartete, bis die Amerikanerin gegangen war, und sagte dann zu Paul: »Liebling, wir haben höchstens noch zehn Minuten. Laß uns irgendwo allein sein und Abschied nehmen.«
Als sie an Jacks Tisch vorbeigingen, vermied sie es, ihn anzusehen. Aber mit einem Nicken ließ sie ihn wissen, daß sie noch am Ball war.

6

In der Zweiter-Klasse-Kabine dreihundertsiebenundsiebzig hörte Alma den Gong. Ein Schauder durchlief sie, aber sie versuchte, den Eindruck zu erwecken, als würde sie in ihrem Sessel zurechtrükken.
»Es besteht wirklich kein Grund, nervös zu sein«, sagte Walter in einem Ton, den er auch bei seinen Patienten angewendet hatte. »Es funktioniert doch, verlaß dich drauf. Niemand schöpfte Verdacht, als ich im Zug meinen Paß vorzeigte. Ich bin Walter Dew, und niemand kommt auf die Idee, du könntest jemand anders sein als Lydia Baranov. Es gibt keinen Grund, daran zu zweifeln, meine Liebe.«
»Natürlich.« Sie versuchte, ihm ein zuversichtliches Lächeln zu schenken. »Meine Rolle ist auch die leichtere.«

Er lächelte zurück, aufrichtig und unbeschwert. »Meine ist nicht schwierig. Es ist nicht das erste Mal, daß ich jemandem Chloroform verabreiche. Das einzige Problem bei Anästhetika ist, daß man sie vorsichtig dosiert, aber darauf kommt es dieses Mal nicht an.«
»Sie wird doch nicht leiden müssen, oder?«
»Überhaupt nicht. Es ist ganz schnell vorüber.«
Seit sie damals im Park über diesen Plan, Lydia spurlos verschwinden zu lassen, gesprochen hatten, konnte Alma eine Veränderung an Walter feststellen. Er war nicht mehr so schüchtern. Sein Benehmen wurde selbstsicherer und zielgerichteter. Auch lächelte er öfter. Die Aussicht, Lydia los zu sein, hatte einen anderen Mann aus ihm gemacht.
Alma kramte in ihrer Tasche. »Ich habe dir Brote gemacht, da du kein Mittagessen bekommst.«
»Sehr aufmerksam.« Er nahm das Paket und wickelte es aus. »Mit Kopfsalat und Tomaten. Du hättest es nicht besser erraten können.«
Sie brachte ein anderes Paket zum Vorschein. »Hier ist noch Schokoladekuchen.«
»Mein Lieblingskuchen. Selbst gebacken?«
»Ich mußte mich beschäftigen. Dumm, nicht? Ich verstehe nicht, daß ich so nervös bin, wo du doch so ruhig bleibst.«
»Das ist alles Übung und Selbstkontrolle. Ich weiß genau, was ich zu tun habe. Die Brote schmecken vorzüglich. Willst du nicht auch eins?«
Sie schüttelte den Kopf. »Es fällt mir schwer genug, mir Appetit aufs Mittagessen einzureden.«
Walter hob leicht die Schulter. »Wenn du kein komplettes Menü willst, bestell dir doch etwas Leichtes. Laß dich bloß von den Stewards nicht einschüchtern! Denk daran: Sie sind da, um dich zu bedienen, nicht um dich auszuspionieren. Aber abnehmen solltest du nicht, sonst passen dir die neuen Kleider, die Lydia alle gekauft hat, nicht.«
Der Umstand, daß er versuchte, ihr Augenmerk auf etwas zu richten, was nicht nur die nächsten Stunden betraf, entlockte Alma ein Lächeln. »In der Tasche, die du mir getragen hast, sind ein paar persönliche Dinge. Dazu gehören Nadel und Faden für den Fall, daß ich etwas ändern muß. Aber ich glaube, ich habe die gleichen Maße wie sie.«
»Aber nach deinem Geschmack wird nicht alles sein. Sie hatte gerne

auffallende Sachen. Sie wollte theatralisch aussehen. Übrigens ist deine Kleidung ideal, mein Schatz; das muß man wirklich sagen.«
Alma bedankte sich. Sie hatte das lebhafteste Tageskleid ausgesucht, das sie besaß: ein kurzärmeliges aus rotem und weißem Georgette. Ihren weißen Strohhut schmückte ein Band in passendem Rot. »Die Perlen«, sagte sie, »sind das Abschiedspräsent von Mrs. Maxwell im Geschäft.«
»Sie sehen gut aus. Welchen Grund hast du ihr denn genannt, weshalb du aufhörst?«
Alma lächelte. »Ich habe ihr erzählt, daß ich nach Paris gehe, um das Malen zu lernen. Sie hielt das für sehr unüberlegt, genauso wie die Leute, die das Haus gemietet haben. Wenn ich nicht mehr zurückkomme, wird das niemand überraschen. Sogar der Bankangestellte warnte mich vor Mädchenhändlern.«
»Der scheint sich da ja gut auszukennen«, sagte Walter lachend. »Du mußt sie alle sehr beeindruckt haben.«
Ehe sie antworten konnte, erschütterte ein ohrenbetäubendes Dröhnen die Kabine, als sollte die Stabilität jeder einzelnen Niete überprüft werden.
»Die Schiffssirene«, sagte Walter. »Ist das nicht ein herrlicher Klang?«
»Legen wir ab?«
»Im Moment.«
Sie stand auf und streckte die Arme nach ihm aus. Er hielt Alma eng umschlungen. »Bleib noch da!« flüsterte sie.
»Ja, sicher«, sagte er. »Ich kann noch etwas warten. Ich möchte zu ihr gehen, wenn alle beim Essen sind. Sie hatte Angst, seekrank zu werden, deshalb riet ich ihr, das Mittagessen sein zu lassen.«

7

Der Zweite Offizier hatte den Befehl, die letzte Gangway zu kontrollieren. Die Besucher standen jetzt zu Hunderten am Kai und winkten oder riefen den Passagieren zu, die sich an die Relings der Decks drängten. Die letzten Beamten von der Hafenbehörde verließen das Schiff. Die Sirene ertönte, und die diensthabenden Offiziere nahmen ihre Posten ein. Auf die Brücke trat der Kommandant. Captain Arthur H. Rostron war ein alles andere als grobschlächtig gebauter Mann, sauber rasiert und grauhaarig. Hätten die Jahre auf

hoher See nicht seine Haut gegerbt und seinen Augen diesen gewissen Blick verliehen, den das Ausschauhalten bei Wind und Wetter mit sich bringt, hätte man ihn leicht für einen Ladenbesitzer halten können. Seit 1915 befehligte er die »Mauretania«. Schon damals war sein Name bei der Cunard-Linie ein Begriff. In einer bitterkalten Nacht des Jahres 1912, als er noch Kapitän der »Carpathia« war, hatte er einen Funkspruch von einem untergehenden Schiff aufgefangen. Obwohl andere Schiffe näher am Unglücksort waren, änderte Arthur Rostron seinen Kurs und eilte mit der »Carpathia« an den Ort des Geschehens. Er holte aus dem Schiff eine Geschwindigkeit heraus, die kein Mensch in diesem von Eisbergen verseuchten Gewässer für möglich gehalten hatte. Er fischte siebenhundert Überlebende der »Titanic« auf.
Der Kapitän spähte zur Gangway hinunter, an welcher der Zweite Offizier stand und sich den Hals verrenkte, um das Signal von der Brücke nicht zu versäumen. Rostron hob die Hand und ließ sie wieder sinken. Es war genau zwölf Uhr mittags. Die letzte Gangway wurde an Land gezogen. Vorn und achtern fierte man die Halteleinen. Die Trossen der Schleppdampfer spannten sich, als würden sie zerreißen, und die »Mauretania« wurde langsam vom Kai wegbugsiert. Mit der Melone auf dem Kopf kontrollierte der Chef der Hafenpolizei die Ablegemanöver am Ufer, bis die Ankerkette eingehievt war.
Zuverlässig zogen die Schleppdampfer das Schiff ins tiefere Fahrwasser. Auf der Kommandobrücke hatte der für das Auslaufen zuständige Lotse das Steuer übernommen. Die Schlepper begannen, den Ozeanriesen herumzudrehen, so daß er innerhalb von knapp fünf Minuten in seiner Fahrtrichtung lag. Nun hatten sie ihre Pflicht getan.
»Signal!« befahl Captain Rostron.
Die »Mauretania« nahm mit voller Fahrt Kurs Richtung Cherbourg, wo noch einige Passagiere zusteigen sollten. Dann ging es nach New York.
Unter dem Befehl des Polizeioffiziers begann man sofort, nach blinden Passagieren zu suchen, und zwar an den üblichen Orten: in den Rettungsbooten, den Vorrats- und Maschinenräumen, den Wäschereien und Küchen. Es war eine Proformaangelegenheit, die nur dazu diente, bestehende Vorschriften einzuhalten. Jedermann wußte, daß ein blinder Passagier, soweit er nur einen Funken Verstand besaß, sich auf dieser Fahrstrecke nur unter die Passagiere zu

mischen brauchte. Selbstverständlich blieben Alma, die in Walters Kabine versuchte, ruhig zu bleiben, und Poppy, die in Pauls Armen lag, unentdeckt.

8

Lydia war mitten im Auspacken, als sie merkte, daß sich das Schiff bewegte. Sie ging zum Bullauge. Der Kran vom Kai war verschwunden. Nun sah sie vor dem blauen Himmel weiße Möwen fliegen. Zwar schlugen sie beim Fliegen mit den Flügeln, aber sie schienen nicht vom Fleck zu kommen, bis sich eine hochschwang, als habe sie nach einem unsichtbaren Faden geschnappt, und in triumphierendes Geschrei ausbrach. Lydia fand das aufregend.

Sie wandte sich wieder ihrer Aufgabe zu, den Schrankkoffer auszuleeren. Ein paar Kleider mußten gebügelt werden. Sie würde sich beim Steward erkundigen. Vorerst aber war sie froh, ein, zwei Stunden in der Abgeschiedenheit ihrer Einzelkabine verbringen zu können. Sie hatte keinen Grund, auf Deck herumzustehen, um zuzusehen, wie England den Blicken entschwand. England hatte sie nicht zu würdigen gewußt. Aber in fünf Tagen wollte sie mit all den anderen an der Reling stehen und auf den ersten Anblick Amerikas warten.

Eine Minute lang schien der Dampfer alle Fahrt weggenommen zu haben. Die Schiffssirene, oder wie das Ding hieß, gab ein gellendes Signal. Das Dröhnen der Maschinen setzte wieder voll ein. Lydia konnte die Vibration durch ihre Schuhe hindurch fühlen. Es störte sie nicht, aber sie beschloß, sich aufs Bett zu setzen, bis sich ihr Körper an den neuen Zustand gewöhnt hatte. Seekrank wollte sie auf keinen Fall werden. Walter hatte recht gehabt: Es war eine vernünftige Vorsichtsmaßnahme, das Mittagessen auszulassen. Der arme Walter! So nachdenklich und so wenig unternehmungslustig. Sie griff nach der Zeitung und verdrängte ihn aus ihren Gedanken.

Die Gefahr, seekrank zu werden, hätte sie noch nicht zu beschäftigen brauchen. Sie konnte noch gar nicht seekrank sein. Es dauert mindestens eine Stunde, bis das Schlingern und Rollen eines großen Schiffes die Gleichgewichtsorgane im inneren Ohr entsprechend stört.

Soviel Zeit blieb Lydia nicht mehr.

9

Die bloßen Tatsachen schienen darauf hinzudeuten, daß Poppy Paul Westerfield nur zum Narren hielt, aber das stimmte nicht. Sie hatte einen Auftrag auszuführen, und sie tat dies, so gut sie konnte. Sie war nicht dafür bezahlt worden, ihm sexuell zu Diensten zu sein. Aber sie wußte, daß eine gewisse Vertraulichkeit nötig war, um die Wege für ihren Auftrag zu ebnen, mehr nicht. Als er in der Nacht zuvor mit ihr in die Chickensand Street gekommen war, hatte sie ihm eine Tasse Tee und einen Kuß angeboten und ihn auf dem kleinen Roßhaarsofa im Wohnzimmer einquartiert. Den Rest der Nacht hatte sie bei ihrer Schwester Rose im ersten Stock verbracht. Als Rose wie gewöhnlich um sechs Uhr aufgestanden war, um den Milchfahrern zuzusehen, wie sie ihre Pferde einspannten, hatte sie einen schlafenden fremden Mann im Wohnzimmer gefunden und dies sofort Poppy berichtet. Diese hatte ihr wahrheitsgemäß erklärt, es handle sich um einen Millionär, der statt im Savoy hier auf dem Roßhaarsofa schlafe. Poppy hatte sich umgedreht und noch eine Stunde geschlafen. Dann, kurz nach sieben, war sie in ihr Crêpe-de-Chine-Kleid geschlüpft. Sie hatte sich eine Schürze umgebunden und für zwei Personen ein Frühstück mit Würstchen und Schinken zubereitet. Gegen acht waren sie im Savoy gewesen, um Pauls Gepäck abzuholen, und eine Stunde später hatten sie bereits im Zug zum Schiff gesessen.

Falls sich Paul schummerige Szenen in seiner Einzelkabine ausgemalt hatte, so blieben ihm diese versagt. Poppys Hände suchten zwar etwas – aber nur die Brieftasche in seinem Blazer. Es war abgemacht, daß sie diese klauen und Jack aushändigen sollte. Eine Chance hatte sie verpaßt, eine zweite durfte sie nicht ungenützt lassen.

Sie ließ sich küssen und umarmen, damit kein Verdacht aufkommen konnte. Paul war kein Casanova, aber es war auszuhalten. Nach ungefähr zwanzig Minuten löste seine Hand den ersten Haken am Rücken ihres Kleides.

Mit Schrecken in der Stimme sagte sie: »Mein Gott, ich glaub', es rührt sich.«

»Was?« Seine Hand schnellte von ihrem Kleid zurück.

»Das blöde Schiff. Ich fühl's. Herrjeh, ich sitz' in der Falle! Das mit dem blinden Passagier war doch nicht ernst gemeint.«

»Reg dich nicht auf!«

Sie setzte sich mit einem Ruck auf. »Du sagst leicht: ›Reg dich nicht auf!‹«
»Ich meine, daß ich für alles aufkomme.«
»Wofür willst du aufkommen?« fragte sie. »Ich will nicht nach Amerika. Du lebst dort, nicht ich.«
»Du kannst doch in Cherbourg an Land gehen. Wir legen dort an, weil noch Passagiere an Bord kommen.«
»Cherbourg? Wo ist das, um Himmels willen?« Jack hatte ihr alles erklärt für den Fall, daß sie so lange brauchte. Aber nun machte ihr das Theater Spaß.
»In Frankreich. Du kannst dort übernachten, und morgen bist du wieder zu Hause. Ich komme dafür auf. Ich gebe dir zweihundert Dollar.«
»Ich brauch' französisches Geld.«
»Du brauchst bloß in ein *bureau de change* zu gehen.«
»Was ist denn das? Ich kann nicht Französisch.«
»Dann ist es besser, ich frage den Purser nach Francs.«
»Paul, ich hab' Angst.«
»Aber nicht doch! Ich erledige alles für dich.«
»Kann ich ins Bad?«
»Warum nicht? Bitte.«
Das Bad war ein Traum. Alles makellos weiß und chromglänzend. Ganz etwas anderes als die Zinkwanne im Wohnzimmer. Poppy verriegelte die Tür und drehte die Wasserhähne auf. Sie zog sich aus und strich mit der Hand über das Badetuch, das an der Tür hing. Im Spiegel schnitt sie Gesichter. Nachdem sie mit den Zehen das Wasser geprüft hatte, breitete sie das Handtuch auf dem Boden aus und stieg in die Wanne. Zu ihrem Entzücken stellte sie fest, daß sie darin bis zum Kinn im warmen Wasser liegen und dabei die Füße wie im Bett ausstrecken konnte.
Nach einer Weile erkundigte sich Paul: »Ist alles in Ordnung, Poppy?«
»Mir geht's gut, Schatz. Und dir?«
»Ich frage nur, weil es so lange dauert. Ich wußte nicht, daß du ein Bad nehmen willst.«
»Ich hab' dich doch gefragt. Ich bade so gerne und benütze jede Gelegenheit dazu.« Sie genoß es noch ein paar Minuten länger.
Als sie die Badezimmertür aufmachte, war sie wieder vollständig angezogen. »Ich hab' das Wasser für dich in der Wanne gelassen«, sagte sie zu Paul. »Es ist noch ganz sauber und warm.«

»Für mich?«
»Du wirst doch nicht nach der Southern Railway riechen wollen. Diese Waggons sind zwar bequem, aber hinterher hast du deine Duftnote weg – ohne dich beleidigen zu wollen, Liebling.«
»Wirklich?«
Sie hatte ihn verwirrt. Nun mußte sie ans Werk gehen. Sie stand vor ihm und schlang ihren Arm unter dem Blazer um seine Taille. Mit dem Zeigefingernagel kratzte sie ihn etwas am Rücken. »Du ahnst gar nicht, was man sich in diesen Waggons der ersten Klasse alles holen kann!« In diesem Moment zog sie mit der linken Hand behutsam die Brieftasche aus der Innentasche seines Blazers und deponierte sie hinter ihm auf dem Bett. Er hatte nichts gemerkt und ließ sich ins Badezimmer drängen. »Brauch nicht zu lange!« sagte sie, während sie hinter ihm die Tür schloß.
Sie versteckte die Brieftasche unter dem Bettuch und wartete. Sie hörte, wie er das Wasser auslaufen und neues einlaufen ließ. Sie hörte, wie er in die Wanne stieg. Da nahm sie die Brieftasche, ging mit ihr zur Kabinentür und schaute hinaus.
Am Ende des Korridors stand zigarettenrauchend Jack. Er wartete, bis ein Steward vorbeigegangen war, dann kam er wie zufällig den Gang entlang und nahm im Vorbeigehen die Brieftasche an sich. Kein Wort fiel. Poppy schloß leise die Tür. Doch sie sprang wie eine verbrühte Katze hoch, als gleich darauf die Sirene ertönte, die das Mittagessen ankündigte.

»Ihren Namen bitte, Madam?« fragte der Chefsteward.
»Baranov. Lydia Baranov.«
Mit dem Finger fuhr der Chefsteward die Liste der Passagiere erster Klasse entlang. »Ja, hier: Einen Tisch für eine Person, Mrs. Baranov?«
»Ja, bitte«, sagte Alma.
Der Chefsteward schnippte mit den Fingern, worauf aus seiner Mannschaft ein Pikkolo vortrat. »Nummer einundvierzig für Mrs. Baranov. Guten Appetit, Madam.«
Alma nickte würdevoll und folgte dem Pikkolo die Treppen hinunter und über die breiten Läufer bis ans andere Ende des riesengroßen Speisesaals, von dem es hieß, er sei eines der prächtigsten Restaurants zu Wasser und zu Lande. Der Raum war zweigeschossig und üppig mit Schnitzereien im Stil der Renaissance ausgestattet. Der reich dekorierte Plafond war unglaublich hoch.

Alma nahm sich Walters Ratschlag sehr zu Herzen: Laß dich nicht einschüchtern! Denk an Lydia!
Ganz gleich, welchen Fauxpas du begehst, die Hauptsache ist, du gehst mit erhobenem Haupt da hinein, damit man dir ansieht, daß du wie eine Lady behandelt werden mußt. Walter war ein Riese an Kraft. Er hatte keine Anzeichen von Nervosität verbergen müssen. Er erwartete von ihr, daß sie das schaffen würde. Sie durfte ihn nicht enttäuschen.
Ein Steward reichte ihr die Speisekarte. Diese war mehrsprachig, und jedes Gericht darauf war reichhaltiger, als ihr lieb war. Sie blieb ruhig und sagte: »Ich möchte nur einen einfachen Salat, ohne Fleisch und so. Können Sie mir das bringen?«
»Aber gewiß, Madam.«
Der Getränkekellner kam an ihren Tisch. Sie lehnte mit einer Handbewegung dankend ab. Heute nachmittag brauchte sie einen klaren Kopf.
Nachdem der Salat serviert war, begann sie zu essen. Während sie sich Wasser ins Glas goß, zitterte sie so, daß sie etwas verschüttete. Sie beobachtete, wie das weiße Tischtuch einen dunklen Fleck bekam, als das Gewebe die Flüssigkeit aufsog. Da stellte sich lebhaft die Vorstellung eines Verbandstofftupfers mit Chloroform bei ihr ein. Lieber Gott, dachte sie, mach es bitte kurz! Sie schob den Wasserkrug auf den dunklen Fleck und zwang sich, etwas Kopfsalat zu essen. Sie versuchte, an New York zu denken.
Ein Gefühl großer Erleichterung überkam sie: Die schreckliche Spannung ließ nach, als würde ein Vorhang weggezogen. Sie schaute auf die Uhr über dem Tisch des Chefstewards. Ein Viertel nach eins. Alma war überzeugt, daß Lydia bereits tot war.

10

Vom Heck der »Mauretania« aus war England nur noch ein grauer Fleck zwischen der See und dem Himmel. Eine dünne Rauchfahne am Horizont zeigte an, daß das Lotsenboot die Küste schon fast erreicht hatte. Captain Rostron richtete im Ruderhaus das Fernglas nach vorn, wo bald Frankreich auftauchen mußte. Die Sicht war gut und der Kanal im Verhältnis zur Jahreszeit ruhig. Der Steuermann und der Erste sowie der Dritte Offizier hatten mit dem Kapitän Wache. Eigentlich hielt Rostron nichts auf der Kommandobrücke zurück. Er hätte getrost hinuntergehen und etwas verspätet mit den Passagieren der ersten Klasse zu Mittag essen können. Das lag ihm jedoch fern.

»Wußten Sie schon, daß jedes Passagierschiff drei Seiten hat?« fragte er, ohne jemand bestimmten anzusprechen.

Er erhielt keine Antwort.

»Kann sie jemand aufzählen? Na, Steuermann?«

»Nein, Sir, ich weiß es nicht.«

»Wirklich nicht? Ich dachte, ich hätte es Ihnen bei unserer letzten Überfahrt schon erklärt. Die drei Seiten eines Passagierschiffs, meine Herren, sind: die Steuerbord- und die Backbordseite und die gesellschaftliche. Für die beiden ersten übernehme ich auf diesem Schiff die volle Verantwortung. Was die dritte angeht, erwarte ich aber von Ihnen und den anderen Offizieren Entlastung.«

»Jawohl, Sir.«

»Soweit man den Passagierlisten Glauben schenken kann, haben wir eine ruhige Überfahrt vor uns. Wir haben keine Primadonnen, keine Berufsboxer und keinen Politiker an Bord; nur das gewöhnliche Kontingent an Millionären. Haben Sie Nachsicht mit ihren Fragen, meine Herren! Wenn sie Sie, was sie gewiß tun werden, nach Seeungeheuern, Nixen und Geisterschiffen fragen, antworten Sie kurz, wahrheitsgemäß und höflich. Wenn Sie auf Eisberge zu sprechen kommen, sagen Sie ihnen etwas Beruhigendes, nicht Ihre Meinung. Erzählen Sie ihnen, daß auf der ›Mauretania‹ die schlimmste Gefahr von den Falschspielern droht. Erzählen Sie ihnen, daß Sie keine Ahnung haben, wie man den in England gekauften Schnaps durch den Zoll in New York schmuggelt. Erzählen Sie ihnen über mich, was Sie wollen, nur nicht, daß ich Fragen beantworte.« Captain Rostron machte eine kurze Pause. »Haben sie noch eine Frage?«

Man hörte nur das Dröhnen der Turbinen.

11

Während der Stunden nach dem Mittagessen verhielt Alma sich streng nach Plan. Sie trank in der offenen großen Halle unter dem unendlichen Blau des Himmels ihren Kaffee. Sie unterhielt sich mit einem Ehepaar aus Boston, das in Europa gewesen war, um alte Stilmöbel zu kaufen. Dreißig Lattenkisten voll waren im Laderaum verstaut. Sie erwähnte, daß sie Lydia Baranov heiße. Sie achtete darauf, besonders artikuliert zu sprechen, und erzählte, daß sie Schauspielerin sei. Die Ehefrau sagte, sie hätten wenig Zeit gehabt für Theater und dergleichen, aber es wäre eine willkommene Abwechslung, wenn eine richtige Schauspielerin beim Schiffskonzert mitwirken würde. Alma berief sich auf einen Vertrag, der es ihr verbiete, bei bunten Abenden aufzutreten.

Auf Deck ging sie mit einer Dame spazieren, deren Mann es vorgezogen hatte, im Rauchsalon zu bleiben. Um drei Uhr nahm sie an einer Rettungsbootübung teil. Sie suchte den Decksteward auf und reservierte einen Liegestuhl auf der Backbordseite. Gegen halb vier Uhr resümierte sie, daß sie nun schon mit acht Personen gesprochen und fünf davon ihren neuen Namen genannt hatte. Mindestens zehn weitere mußten gehört haben, wie sie ihn benützte.

Jetzt mußte sie den nächsten Schritt ins Auge fassen. Während des Essens hatte sie bemerkt, daß es ihr ungeheuer schwerfiel, sich zu beherrschen und nicht vom Restaurant schnurstracks zu Lydias Kabine zu rennen, um bei Walter zu sein – ganz gleich, was dort inzwischen passiert sein mochte. Der allein verbrachte Nachmittag hatte ihr weitergeholfen. Sie hatte sich gezwungen, die Zeit damit zu verbringen, sich als Lydia Baranov einzuführen, wie ihr es Walter aufgetragen hatte. Die dazu erforderliche Konzentration war anstrengend gewesen. Sie hatte versucht, Walter und die Vorgänge in der Kabine aus ihrem Gedächtnis zu verbannen. Obwohl nach jeder Begegnung mit einem Steward oder Passagier diese Vorstellungen wieder auftauchten, wurden sie weniger peinigend. Das Bemühen, mit anderen Leuten in Berührung zu kommen, mit unbekannten, unwissenden, hatte sie von Walter abgekapselt. Eine bestimmte Angst hatte sich nun zwischen ihnen eingeschlichen. Sie schreckte davor zurück, an jene Tür zu klopfen.

Einzelkabine neunundachtzig auf dem D-Deck.

Er hatte es ihr ein paarmal gesagt. Sie wußte genau, wo die Kabine zu finden war. Aber ihre Nerven waren so angespannt, daß sie die Passagierliste, die vor dem Büro des Pursers aushing, zu Rate ziehen mußte: Mrs. Lydia Baranov ... neunundachtzig. Sie fand den richtigen Aufgang und sah den Hinweis: KABINEN 70–90. Ihr Puls hämmerte in den Schläfen, und ihre Hände waren eiskalt. Langsam ging sie den Korridor hinunter und zählte die Türen. Neunundachtzig.

BITTE NICHT STÖREN.

Sie blieb stehen und schaute sich um. Sie war völlig allein. Ihr Mund

war trocken. Der Puls pochte heftiger als die Maschinen des Schiffes.
Sie schloß die Augen und klopfte mit dem Knöchel an die Tür. Es war zu leise. Sie klopfte noch einmal. Drinnen rührte sich etwas. Die Tür ging auf, und Walter schaute heraus. Er war völlig verändert. Aus seinem Gesicht war jede Farbe gewichen. Auf der Stirn und an den Mundwinkeln zeichneten sich Falten der Anspannung ab. Seine Augen schienen tiefer in die Höhlen gesunken zu sein. Er sagte nichts. Er öffnete nur die Tür und ließ Alma ein.
Ihre Augen suchten in rasender Eile das Zimmer ab. Sie konnte jedoch nichts entdecken, was auf etwas Gräßliches oder auch nur Ungewöhnliches hätte schließen lassen. Hier und da etwas von Lydia: Haarbürste und Kamm, Parfümflaschen und Schminktäschchen auf dem Frisiertisch. Rosa Pantöffelchen vor dem Bett. Auf dem Boden eine Zeitung. Seidenpapier vom Auspacken lag sauber gefaltet auf dem Schreibtisch. Der große Schiffskoffer stand neben dem Kleiderschrank an der Wand. Er war geschlossen.
Als Walter die Kabinentür zudrückte, schnappte das Schloß ein. Alma schaute ihn an und fragte: »Ist es passiert? Hast du ...?«
Er nickte kaum wahrnehmbar mit dem Kopf.
Eigentlich hatte sie vorgehabt, in diesem Moment ihre Arme um seinen Hals zu legen und ihr Gesicht an seines zu drücken. Es war doch der Wendepunkt in ihrer Beziehung, der Augenblick der Befreiung. Endlich war er nicht mehr gebunden. Es war wie das Schlußkapitel unter all die Romane, die sie so bewegt hatten.
Aber irgend etwas in ihr oder in Walter ließ sie zaudern. Sie konnte sich nicht überwinden, ihn zu berühren. Sie sagte sich, daß er doch alles für sie getan habe, daß er mutig, überlegt und entschlossen gewesen sei, daß dies seine Liebe zu ihr vertieft habe wie nur irgendeine schwere Prüfung, die je ein Mann einer Frau zuliebe auf sich genommen hatte. Aber er war gezeichnet. Er war ein Mörder. Diese Hände hatten den Tod gebracht. War es möglich, einen Mann zu lieben und sich doch von ihm abgestoßen zu fühlen?
Es schien, als würde er ihre Gefühle nachvollziehen. Er machte keinen Schritt in ihre Richtung. Dannn fragte er sie: »Warst du beim Essen? Hast du den Leuten gesagt, daß du Lydia bist?«
»Natürlich.« Sie suchte bei einem weitschweifigen Bericht über ihre Erlebnisse am Nachmittag Zuflucht. Das Reden brachte ihr Erleichterung. Sie wollte Selbstvertrauen erwecken, indem sie ihre Nervenverfassung kritisierte. Sie empfand es als ihre Aufgabe, diesem

gebrochenen Mann wieder zu etwas wie seinem früheren Selbst zu verhelfen; zu etwas, was ihre Angst dämpfen konnte, die sie vor ihm zurückschrecken ließ.

Er schien ihr begierig zuzuhören. »Meine Liebe«, sagte er, »ich danke dir. Das hast du wunderbar geschafft. Wie spät ist es jetzt?«

»Gleich vier. In einer Stunde sind wir in Cherbourg. Dann liegt nur noch der Ozean zwischen uns und Amerika.«

»Ich glaube, wir beide sollten hier drinnen lieber nicht zusammenbleiben.«

Panik bemächtigte sich ihrer wieder. »Ich glaube, ich halte es hier nicht alleine aus. Ich bin nicht so mutig wie du, Walter.« Sie spähte nach dem Schiffskoffer. »Ich kann nicht.«

»Du mußt ja nicht. Ich bleibe hier. Ich möchte ohnedies noch etwas erledigen. Ich suche ihre Personalpapiere.«

»Muß denn einer von uns hierbleiben?«

»Wir dürfen nichts riskieren.«

»Du hast so schrecklich ausgesehen, als ich kam. War es schlimmer, als du erwartet hattest?«

Er schüttelte den Kopf. »Nicht so, wie du meinst, nicht, was das Physische angeht. Du kannst es in Gedanken dutzendmal ausführen, du kannst es bis in die letzte Einzelheit planen, aber in Wirklichkeit ist es dennoch ganz anders. Laß mir Zeit, ich werde darüber hinwegkommen.« Er streckte ihr die Hand entgegen.

Wenn sie sie nur hätte ergreifen können! Statt dessen faßte sie sich mit der Rechten an den Hals und nestelte an ihrer Kette. »Ja«, sagte sie leise, »wir müssen mit dem, was wir getan haben, fertig werden. Ich glaube, ich brauche auch Zeit dazu.«

Da sagte er: »Und Zeit haben wir ja, Liebling. Warum gehst du nicht an Deck, um zuzusehen, wie wir in Cherbourg einlaufen? Je öfter man dich sieht, um so besser. Gegen sechs werden wir die Fahrt fortsetzen, und du wirst dich für das Abendessen umziehen wollen. Sie hat sich doch so schöne Kleider gekauft, und du wirst sicher neugierig sein, ob sie dir passen.«

Wieder wanderten ihre Augen zum Schiffskoffer. Er schüttelte langsam den Kopf. »Sie hat schon alles ausgepackt.«

»Ja. Sind sie wirklich alle neu?«

»Sie hat sie noch nie getragen.«

12

Vom Meer aus sah die Normandie wie ein strahlend grüner Streifen aus, der über einen blauen Kieselstrand mit weißen und grauen Bauernhäusern verziert war. Cherbourg war ein Fischerhafen, der für Überseedampfer nicht geeignet war. Die »Mauretania« machte innerhalb der Wellenbrecher der Grande Rade fest, die eine Art Vorhafen bildete. Zwei Tender brachten die Passagiere und das Gepäck zum Schiff. Auf dem Wasser spiegelte sich die Abendsonne. Die Neuankömmlinge winkten zu den bereits an Bord befindlichen Passagieren hinauf.

Paul Westerfield traf die Livingstone Cordells an der Reling, wo sie das Treiben auf dem Bootsdeck beobachteten. Barbara sah ihn als erste:

»Paul! Wie schön, dich wiederzutreffen. Komm, bleib ein bißchen bei uns!«

Sie lächelte so herzlich, daß es ihm fast peinlich war. »Das würde ich gern tun, aber ich habe ein Problem.«

»Was ist es denn?«

Marjorie beugte sich zu ihrer Tochter und murmelte: »*Wer* ist es denn, solltest du lieber fragen, Herzchen.«

Barbara folgte den Blicken ihrer Mutter, bis sie Poppy sah, die einige Meter entfernt von ihnen stand. »Ich dachte, Poppy ist in Southampton von Bord gegangen?«

Paul nickte und versuchte, seine Verlegenheit zu verbergen. »Wollte sie auch. Aber sie hat sich etwas verspätet. Die kann ja hier an Land gehen, aber da ist eben dieses Problem, von dem ich sprach. Meine Brieftasche ist verschwunden.«

»Was heißt da ›verschwunden‹?« sagte Marjorie.

»Wahrscheinlich wurde sie gestohlen.«

»Nein, nein, das könnte ich nicht behaupten. Ich muß sie irgendwo verloren haben, habe aber schon überall nachgeschaut. Barbara, du warst doch mit uns im Veranda-Café. Da behielt ich doch mein Jakkett an. Poppy meint, ich hätte es vielleicht beim Tanzen ausgezogen. Die Brieftasche könnte dabei herausgefallen sein.«

Barbara verneinte mit einem Kopfschütteln. »Ich kann mich nicht erinnern, daß du dein Jackett ausgezogen hast. Aber ich ging ja vor euch beiden. Hast du denn die Stewards im Café schon gefragt?«

»Ja, und meinen Kabinensteward und das Personal auf dem Deck. Ohne irgendein Ergebnis.«

»Das ist aber schade«, sagte Marjorie teilnehmend. »Sie haben sicher eine Menge Geld darin gehabt.«

»Das wäre nicht weiter schlimm, wenn Poppy nicht zurück nach England fahren müßte. Es ist meine Schuld, daß sie so lange an Bord blieb.«

»Brauchen Sie Geld?« fragte Marjorie geradeheraus. »Wieviel wollen Sie? Livy, zieh deine Brieftasche heraus und gib Mr. Westerfield, soviel er braucht.«

Livy hütete sich, zu widersprechen. »Natürlich«, sagte er und fingerte einige Zehndollarnoten heraus.

»Gib ihm zehn Zehner und zwei Hunderter«, forderte ihn Marjorie auf. »Das wird einstweilen reichen.«

»Ich bin Ihnen wirklich sehr dankbar«, sagte Paul. »Ich hätte nicht gewußt, an wen ich mich sonst hätte wenden können.«

»An den Purser, mein Sohn«, meinte Livy. »Der Kerl ist zuständig, wenn Leute Geld brauchen.«

Marjorie strafte ihren Mann mit einem wütenden Blick und sagte: »Nur daß es wesentlich angenehmer ist, sich an Freunde wenden zu können, wenn man in einer Verlegenheit steckt. Nicht wahr, Paul?«

»Unbedingt. Danke schön, Mr. Cordell! Ich werde zusehen, daß Sie es bald wieder zurückbekommen.«

»Vergessen Sie es«, antwortete Marjorie großzügig. »Gehen Sie jetzt lieber, und sorgen Sie dafür, daß dieses reizende englische Mädchen nach Hause kommt.« Und als Paul weg war, raunte sie Barbara zu: »Denn wir wollen es, zum Teufel, nicht noch einmal sehen.«

Livy hatte immer noch die offene Brieftasche in der Hand und sagte: »Marje, kannst du mir erklären, was hier vorgeht?«

»Um Himmels willen, Livy! Dieser Knabe ist Barbaras große Hoffnung auf diesem Schiff.«

»Mutter!« sagte Barbara.

»Ich möchte damit nur sagen, daß er ein netter Junge ist, Süßes. Das kannst du mir glauben. Nun nehmen wir an, diese Poppy wollte ihn sich angeln. Sie ist auf den ersten Blick attraktiv und kokett. Ich kann dir aus Erfahrung sagen, Barbara, daß kein Mann von einem solchen Mädchen ein Angebot ablehnt. Aber alle merken dann sehr schnell, daß sie sich getäuscht haben, nicht wahr, Livy? Die war doch nichts. Strandgut – das trifft auf sie zu. Ein Stück Müll, das man wegwirft. Vergiß sie! Paul hat es längst getan, glaub mir.«

»Wenn er nur nicht meine dreihundert Kröten vergißt«, meldete sich Livy zu Wort.
»Ich lauf' ihm nicht nach«, sagte Barbara.
»Brauchst du auch nicht«, pflichtete ihr Marjorie bei. »Der kommt wieder. Schließlich steht er ja in unserer Schuld.«
»Jetzt kapier' ich«, sagte Livy.
»Toll«, antwortete seine Frau. »Was für eine kurze Leitung du doch hast!«
Eine Zeitlang schwiegen sie alle drei. Sie schauten wieder zu, wie weit unten die Passagiere den Tender verließen, um an Bord zu kommen. Weiter hinten wurde vom zweiten Tender das Gepäck umgeladen. Auf dem Bootsdeck war es jetzt kühler, und die Zuschauer wurden weniger.
»Ich glaube, wir können gehen«, sagte Livy.
»Wir verlassen die Reling nicht, bevor wir gesehen haben, wer alles das Schiff verläßt. Ein zweites Mal hält uns dieses Mädchen nicht zum Narren.«
Livy hob die Schultern und schaute den Möwen zu. Bald darauf überquerte eine Gruppe von fünf Personen die Gangway zum Tender. Vier davon im Blau der Uniform der Cunard-Linie, die fünfte in goldfarbenem Crêpe-de-Chine. Poppy drehte sich um und winkte. Auf dem Tender wurde die Gangway eingeholt. Nachdem die Taue gelockert waren, ertönte gellend das Signal. Die »Mauretania« antwortete dumpf mit ihren Sirenen. Der Tender tuckerte in einem Bogen zum eigentlichen Hafen. Poppy winkte noch immer wie verrückt.
»In ihrer Haut möchte ich jetzt nicht stecken«, sagte Barbara.
»Du wirst doch nicht Mitleid mit ihr haben«, meinte ihre Mutter. »Sie ist die einzige Frau auf diesem Boot, und wenn mich nicht alles täuscht, fühlt sie sich dabei sehr wohl. Im übrigen würde es mich gar nicht überraschen, wenn sie Pauls Brieftasche hätte.«

13

Das Schiff war schon wieder fast eine Stunde unterwegs, bis Paul Westerfield Gelegenheit hatte, den Purser zu sprechen. Die Passagiere aus Cherbourg waren alle eingetragen, den Kokosläufer vor dem Anmeldeschalter hatte man wieder aufgerollt. Das Gepäck wartete reihenweise darauf, in die Kabinen gebracht zu werden.

Paul stellte sich mit anderen Passagieren an, die ebenfalls Rat suchten. Als er an der Reihe war und die Geschichte mit seiner Brieftasche erzählen wollte, hatte er das Gefühl, der Purser würde ihn bereits kennen. Und er täuschte sich nicht. »Sind Sie nicht Mr. Westerfield, Sir?«
»Ja, aber ... Wie haben Sie ...?«
»Das ist mein Beruf, Sir, die Passagiere zu kennen. Sie reisen mit einer jungen Dame aus England.«
»Nein. Sie ist in Cherbourg von Bord gegangen. Sie hat mich nur ein Stück begleitet.«
»Ich verstehe. Und jetzt fehlt Ihre Brieftasche. Darf ich mich erkundigen, was alles drin war?«
»Etwas über tausend Dollar und mein Scheckbuch. Ein paar Fotografien, Clubausweise und meine Visitenkarten. Sie ist aus schwarzem Leder, und vorn sind meine Initialen drauf: P. W.«
»Würden Sie sich einen Moment gedulden, Sir?« Der Purser zog einen Schlüssel aus der Tasche und ging zu einem kleinen Wandsafe. Der Purser war höchstens fünfunddreißig. Er beherrschte aber die von ehrwürdigen englischen Butlern her bekannte Kunst, mit einem begrenzten Vorrat an neutralen Phrasen eine Unzahl von Bedeutungsmöglichkeiten auszudrücken. Solche Leute zur Eile anzutreiben, wäre nicht klug gewesen. Der Purser nahm Pauls Brieftasche aus dem Safe. »Sie wurde vor ungefähr einer Stunde abgegeben, Sir. Ich bat einen meiner Assistenten, sie aus Sicherheitsgründen hier zu verwahren.«
»Ich bin Ihnen zutiefst verpflichtet.«
»An Ihrer Stelle würde ich den Inhalt überprüfen, Sir.«
»Richtig.« Paul öffnete die Brieftasche und zählte das Geld. »Was sagen Sie dazu? Alles noch da, bis auf den letzten Schein. Auch das Scheckbuch. Wer hat sie denn abgegeben? Ich würde dem ehrlichen Finder gerne persönlich danken.«
»Ein Mr. Gordon, Sir. Ein Engländer. Einzelkabine auf dem A-Deck, direkt über uns. Nummer sechsundzwanzig.«
»Da gehe ich gleich hin. Dem muß ich ein paar Drinks spendieren. Schön zu wissen, daß es noch ehrliche Leute gibt.«
»Jawohl, Sir.«
»Wirklich!« Paul öffnete den Brieftasche noch einmal. »Danke Ihnen, Purser.«
»Danke schön, Sir.«

In der Kabine sechsundzwanzig beschäftigte sich Jack Hamilton, alias Jack Gordon, gerade mit einem Spiel Karten. Er machte zwei Häufchen, legte sie verdeckt auf den Nachttisch, rückte sie nebeneinander und mischte die Karten, indem er die Stöße mit je einem Daumen an der Decke anhob und abblätterte. Elegant ließ er auf diese Weise die beiden Häufchen ineinanderlaufen; zumindest schien es so. Er ließ sie zunächst auch in einem engen Winkel ineinanderlaufen, schob aber dann geschickt den linken Stoß durch den rechten. Nun brauchte er den linken Stoß nur noch auf den rechten zu legen, und die Reihenfolge der Karten hatte sich überhaupt nicht verändert. Er hatte nur höchst raffiniert einen Block durch den anderen gezogen.
Jack war jener Mann, der Poppy angeworben hatte. Er war ein *boatman,* ein professioneller Spieler, dessen Arbeitsfeld die Überseedampfer waren. Die Schiffspassage eignete sich ideal zum Kartenspielen oder besser: für eine Anzahl von Kartenspielen. Eine Menge solcher *boatmen* verdiente auf den großen Passagierschiffen ihren Lebensunterhalt. Jack hatte die Tricks durch Beobachtung gelernt. Schon vor dem Krieg war er auf Schiffen gewesen, wo er den *boatmen* bei der Arbeit zusehen konnte. Damals saßen sie noch im Rauchsalon herum und warteten, bis ein Opfer auftauchte, das sie ausplündern konnten.
Inzwischen ging es jedoch hochprofessionell zu. Nichts blieb mehr dem Zufall überlassen. Schon Tage vor der Abreise studierte er die Passagierlisten. Sie suchten sich ihr Opfer genau aus. Sie erkundeten sein Betriebskapital, schätzten seinen Grundbesitz und taxierten ihn genau ein. Auch arbeiteten sie mit Komplizen wie Poppy, um einen Köder auszusetzen.
Aber das war noch nicht alles. Sie prüften auch die Mannschaftslisten. Sie merkten sich die Namen der Purser und der Polizeioffiziere. Sie kannten alle Überseelinien: White Star, Cunard, die Hamburg-Amerika-Linie, Canadian Pacific und ein halbes Dutzend Amerika-Linien von Pierpont Morgan. Wenn sie dasselbe Schiff wieder benützten, lagen stets mindestens achtzehn Monate dazwischen. Und selbst dann rechneten sie nie damit, auf hoher See zum Zuge zu kommen. Die Überfahrt diente ihnen dazu, ihre Opfer zu präparieren. Erst in Manhattan, im Hotel des Opfers, machten sie ihren Schnitt. In England sahnten sie oft noch im Zug nach London ab.
Jack reiste mit kleinem Gepäck. Er brauchte zwei Tagesanzüge, ei-

nen Abendanzug, einige vertrauenerweckende Krawatten sowie genügend Hemden und Unterwäsche. Ferner gehörten Zigaretten, Einsatzgeld und ein Spiel Karten zu seiner Ausrüstung. Die Karten brauchte er nur zum Üben. An Bord spielte man nur mit Karten, die bei den Stewards im Rauchsalon gekauft wurden.

Jetzt kam das Klopfen, auf das er gewartet hatte. Er legte die Spielkarten in eine Schublade und ging zur Tür.

Hier stand sein Opfer. »Mr. Gordon, wir kennen uns nicht. Mein Name ist Westerfield, Paul Westerfield II. Entschuldigen Sie bitte, daß ich störe. Ich wollte Ihnen nur meinen Dank dafür aussprechen, daß Sie meine Brieftasche abgegeben haben.«

»Aha! Dann war das die Ihre! Ich hoffe, es hat nichts gefehlt.«

»Kein Cent. Es wäre sehr nett von Ihnen, wenn Sie mir Gelegenheit geben würden, mich mit ein paar Drinks zu revanchieren.«

»Ach was, Mr. Westerfield. Das ist wirklich nicht notwendig. Ihr Angebot ehrt mich, aber ich kann es nicht annehmen.«

»Bitte! Ich bestehe darauf.«

»Ich bin nicht für Alkohol, um ehrlich zu sein, Barhocker bereiten mir höchstens Rückenschmerzen.«

»Dann einen Kaffee nach dem Abendessen und ein Glas Brandy dazu. Wir können uns in der Halle treffen.«

»Dazu lass' ich mich verführen.«

»Schön. Ich werde nach Ihnen Ausschau halten. Übrigens, ich heiße Paul.«

»Und ich Jack. Bis bald, Paul.«

Als die Tür ins Schloß fiel, holte Jack die Spielkarten wieder aus der Schublade.

14

Im Kleiderschrank hingen sieben Abendkleider, alle neu. Alma glaubte Walter, daß sie neu waren. Sie dufteten so frisch, wie nur Stoffe riechen, die noch nie mit der Haut in Berührung gekommen sind. Feine Seide, Satin und Georgette waren die vorherrschenden Materialien. Die Kleider schienen äußerst gut geschnitten und verarbeitet zu sein. In einem Textilgeschäft hätte Alma sie bewundert, in Lydias Kabine mußte sie sich überwinden, sie anzufassen. Schließlich wählte sie ein schwarzes Georgettekleid aus, das mit Seerosen bestickt war. »Ich nehme das«, sagte sie zu Walter. »Kann ich es im Bad anprobieren?«

»Und ob du das kannst. Das ist doch jetzt deine Kabine!«
»Ja.« Sie wollte die Antwort überzeugend klingen lassen, war aber selbst alles andere als überzeugt. Solange Lydias Leiche hier im Schiffskoffer steckte, war die Kabine ein Grab. Was sie auch darin taten, kam einer Schändung gleich. Und sie wußte noch nicht, wie sie sich hier fühlen würde, wenn einmal Walter die Leiche durchs Bullauge hatte verschwinden lassen. Er mußte es tun, sobald die Dunkelheit hereinbrach. In diesem Zusammenhang fiel Alma ein, daß sie dann alleine hier schlafen würde. Das hatte sie beim Pläneschmieden stets aus ihren Gedanken verdrängt.
Im Badezimmer schob sie leise den Riegel vor die Tür. Sie war Walter gegenüber noch immer verschüchtert. Das war bestimmt nicht logisch, wo sie doch nun als Mann und Frau leben wollten. Hochzeit hatte es keine gegeben. Wenn aber ihr gemeinsames Leben einen Ausgangspunkt hatte, dann war das jener Augenblick, in dem Walter Lydia den Chloroformbausch ins Gesicht drückte. Aber in seinem Beisein umziehen konnte sie sich nicht.
Es war ein lose geschnittenes Kleid, daß ihr gut stand, ohne Ärmel, mit einem tiefen Rückendekolleté. Dergleichen hätte sie sich nie ausgesucht, aber als sie das Kleid nun im Spiegel sah, konnte sie nicht leugnen, daß es elegant war und Flair hatte. Der schwarze Georgette ließ sie sehr blaß erscheinen. Aus Lydias Schminktäschchen, das sie mit ins Bad genommen hatte, holte sie etwas Wangenrouge. Als sie auch noch einige Tupfer Parfüm, das nach Veilchen duftete, genommen hatte, fühlte sie sich weniger hinfällig. Sie beschloß, sich die Lippen zu schminken.
»Wie findest du mich?«
Walter las im Sessel die Zeitung. »Warum hast du dir die Lippen so stark geschminkt?«
»Man hält mich doch für Lydia, eine Schauspielerin«, und als theatralische Geste fügte sie hinzu: »Mein Lieber.«
»O ja.« Er schien nicht lächeln zu können.
»Wenn du nur mit mir zu Abend essen könntest!«
»Ich muß noch etwas erledigen.«
»Brauchst du Hilfe?« fragte sie und fürchtete, er könne ja sagen.
»Die größte Hilfe wird sein, daß du so lange wie möglich wegbleibst. Schau beim Tanzen zu, geh in die Bibliothek und leih dir ein Buch aus, bestell dir in der Halle später einen Kaffee. Was ich zu tun habe, läßt sich erst verrichten, wenn alle schlafen.«
»Ich warte, bis Mitternacht vorüber ist.«

»Das reicht. Am ersten Abend gehen die Leute gewöhnlich früh zu Bett. Hier hast du die Schlüssel. Bis du wieder zurückkommst, bin ich verschwunden, natürlich auch ...« Er schaute den Schiffskoffer vielsagend an.
»Schatz! Tust du mir einen Gefallen? Laß doch bitte den Deckel offen, dann weiß ich, daß der Koffer leer ist.«
»Das versprech' ich dir.«
»Sehe ich dich morgen früh?«
Er schüttelte den Kopf. »Ich glaube, es ist sicherer, wenn wir uns bis New York nicht mehr begegnen. Man sieht Passagiere der zweiten Klasse nicht gern hier oben. Die Stewards bemerken so etwas sehr schnell. Du warst heute sehr tapfer, und das Schwerste haben wir jetzt hinter uns.«
»Hoffentlich. Ich kann jetzt Dr. Crippen und Ethel de Neve viel besser verstehen.«
»Ja, wirklich. Aber wir haben nicht den gleichen Fehler gemacht wie sie. Ich glaube, wir sollten Crippen vergessen. Ich bin doch Walter Dew. In *seiner* Haut fühle ich mich wesentlich wohler.«
Die Schiffssirene rief zum Abendessen. Walter stand auf und nahm aus einer der Schubladen eine schwarze Stola. »Es kann frisch werden, später.«
Er legte sie vorsichtig über Almas Schultern, ohne ihre Haut zu berühren, als wisse er, daß sie noch nicht angefaßt werden wollte. Sie dankte ihm und sagte: »Ich werde an dich denken.«
Als er ihr die Tür aufmachte, flüsterte er: »Danke.« Er stand immer noch unter einer großen Erschütterung. Sie wäre gern so stark gewesen, ihn nun zu küssen.
Alma schloß sich dem allgemeinen Aufbruch in Richtung Speisesaal an. Zwischen den Palmenkübeln spielte das Schiffsorchester. Alle hatten sich zum Abendessen umgezogen. Die Herren trugen weiße Krawatten zum steifen Kragen, und die Damen ließen ihre Juwelen blitzen. An vielen Tischen standen Leute, um Bekannte oder ehemalige Mitreisende zu begrüßen.
»Verzeihen Sie.«
Alma dachte, es sei der Steward, als sie aufblickte. Vor ihrem Tisch stand ein Mann, den sie noch nie gesehen hatte. Er war groß und schlank. Sein Gesicht war vom Wetter oder vom Whisky oder was immer es war so gezeichnet, daß sie es sofort wiedererkannt hätte. Die Falten und Fältchen formten sich zu einem höchst entwaffnenden Lächeln. Sogar seine Augen lächelten. Er war schätzungsweise

unter fünfzig und sagte: »Sie sind doch Lydia Baranov, die Schauspielerin?«
Alma erstarrte. Wie ein verschrecktes Kaninchen, das unfähig war davonzurennen und in eine verhängnisvolle hypnotische Starre verfiel, blickte sie erschreckt in das auf liebenswürdige Art neugierige Gesicht.
»Es tut mir leid«, sagte der Mann. »Anscheinend habe ich einen Fehler gemacht. Ich las den Namen in der Passagierliste, und er kam mir bekannt vor. Ich bin mir sicher, daß es eine ungeheuer attraktive Schauspielerin dieses Namens gegeben hat, die vor dem Krieg in Pinero-Stücken auftrat. Entschuldigen Sie bitte!«
»Aber nein!« Mit einer ungeheuren Willensanstrengung erlangte sie Gewalt über ihre Stimme. »Sie irren sich nicht. Ich war nur völlig geistesabwesend. Ich habe nicht damit gerechnet, daß man mich heute noch erkennt.«
»Wirklich?« Die Überraschung war echt. »Treten Sie denn nicht mehr auf?«
»Schon länger nicht mehr, Mr. ...«
»Oh, Finch, John Finch. Völlig unbekannt, Mrs. Baranov. Einer aus der anonymen Masse, der gern ins Theater geht. Meine Freunde nennen mich Johnny, Bühneneingang-Johnny. Verstehen Sie? Ich mag ja furchtbar langweilig sein, aber ich kann keine Dame allein in einem Restaurant sitzen sehen, vor allem, wenn ich weiß, daß es sich um eine der reizendsten Schauspielerinnen handelt, deren sich das englische Theater rühmen darf.«
»Ich habe gerne einen Tisch für mich allein«, sagte Alma. »Ich bin völlig zufrieden, vielen Dank.«
Die Falten und Fältchen verzogen sich zu einem Ausdruck der tiefsten Verzweiflung. »O Gott! Ich habe alles falsch gemacht. Bühneneingang-Johnny, das haben meine Freunde nur einmal zum Spaß gesagt, aber der Name blieb mir. Dabei bin ich alles andere als dieser Typ. Von Natur aus sehr zurückhaltend. Sie können sich gar nicht vorstellen, welche Anstrengung es mich gekostet hat, meine Schüchternheit zu überwinden und Sie anzusprechen. Wollen Sie nicht wenigstens für diese eine Mahlzeit an meinem Tisch Platz nehmen? Ich glaube, Amerikaner sitzen außer mir noch dort. Sie würden sich gewiß freuen, Ihre Bekanntschaft zu machen.«
Alma hatte den begründeten Verdacht, daß dieser Johnny Finch nicht abzuwimmeln sei. Was sie auch sagen mochte, der ließ bestimmt nicht locker. Nach dem ersten Schock merkte sie schnell,

daß er über Lydia sehr wenig wußte. Er war wie all jene Süßholz raspelnden Herren, die in den Blumenladen kamen und sie wegen ihrer Brosche oder der Art, wie sie sprach, unbedingt kennenlernen wollten. Mit dem konnte sie fertig werden.
»Ich komme an Ihren Tisch, Mr. Finch«, sagte sie, »aber nur unter einer Bedingung: Über das Theater wird nicht gesprochen. Es ist ein abgeschlossenes Kapitel in meinem Leben, noch dazu ein schmerzliches.«
Seine Miene hellte sich auf. »Mrs. Baranov, es wird mir eine große Ehre sein, mit Ihnen zu essen, ganz gleich, worüber wir sprechen. Mein Tisch ist dort drüben an der Wand.«
»Ehe wir uns zu den anderen Herrschaften setzen, möchte ich Sie darauf hinweisen, daß Baranov der Name meines Gatten ist, nicht der meines Vaters.« Alma erhob sich, um Finch zu folgen.
Sie beobachtete, wie er diesen Wink mit dem Zaunpfahl aufnahm. Der Schnellste war Johnny Finch nicht. Er sagte: »Ich verstehe«, aber auf eine Weise, die deutlich zeigte, daß er es erst getan hatte, nachdem diese beiden Worte ausgesprochen waren.
Alma war beruhigt. Eigentlich fühlte sie sich erleichtert, ihren Einzeltisch aufgeben zu können. Am anderen Ende des Speisesaals erzählte Paul Westerfield den Livingstone Cordells, daß seine Brieftasche gefunden wurde.
»Ich wußte doch, daß sie wieder auftauchen würde«, sagte Marjorie. »Wer erster Klasse reist, achtet fremdes Eigentum. Auf unseren sämtlichen Europareisen haben wir noch nie etwas verloren.«
»Aber hin und wieder etwas mitgehen lassen«, fügte Livy mit unbeweglichem Gesicht hinzu.
»Du solltest dir überlegen, was du sagst«, rügte ihn Marjorie. »Die Leute nehmen es ernst.« Dann wandte sie sich wieder Paul zu. »Nun können Sie die Überfahrt unbelastet genießen. Bleiben Sie auch hier, wenn später getanzt wird? Ich glaube, hier legt man eine kesse Sohle aufs Parkett – so heißt es doch, Barbara?«
Barbara hob die Schultern: »Ja, ja.«
»Ich bin in der Halle mit dem Herrn verabredet, der meine Brieftasche abgegeben hat. Ich habe ihn zu ein paar Drinks eingeladen«, sagte Paul. »Ihr Geld hab' ich nicht vergessen, Mr. Cordell.«
»Ich auch nicht, junger Mann«, antwortete Livy.
»Hier dürfte aber nicht der rechte Ort für solche Dinge sein.«
»Ich nehm's nicht so genau«, sagte Livy.
Marjorie stöhnte. »Livy, wir sind in einem Restaurant. Das kannst

du doch später machen. Haben Sie schon einen Tisch, Mr. Westerfield? Sie wissen, daß wir uns freuen würden, wenn Sie sich uns anschließen wollen.«
Paul erklärte, daß er einen Platz bei Freunden seines Vaters habe. Es sei an der Zeit, sie aufzusuchen, fügte er hinzu. Er wünschte den Cordells guten Appetit und ging eilig weiter.
»Das nennt man Dankbarkeit!« sagte Marjorie verbittert.
»Du drängst den Jungen auch zu sehr«, belehrte sie Livy. »Laß ihm mehr Spielraum, und er kommt von allein.«
»Ja, Mutter«, sagte Barbara. »Livy hat recht. Es geht mir ganz schön auf die Nerven, wie du versuchst, Pauls Aufmerksamkeit auf mich zu lenken. Überlaß das doch ihm und mir!«
»Bitte! Wie du willst. Du kannst dir denken, daß ich es nicht zu meinem eigenen Vergnügen gemacht habe.« Marjorie biß die Zähne zusammen.
Damit war die Unterhaltung am Tisch der Cordells für diesen Abend im wesentlichen erschöpft.
Gegen Ende der Mahlzeit stand einer der Offiziere auf und kündete an, daß es Brauch sei, am ersten Abend auf hoher See aus der Mitte der Passagiere drei Vorsitzende zu wählen. Da die meisten der Anwesenden auf der Rückfahrt und viele erfahrene Ozeanreisende waren, ging die Wahl schnell vonstatten. Der Präsident der Chase Manhattan Bank wurde Vorsitzender des Spieleausschusses, den Wimbledon-Sieger Bill Tilden gewann man als Vorsitzenden des Sportkomitees, und einen italienischen Tenor, der zur neuen Saison an der Met reiste, machte man zum Vorsitzenden des Konzertbeirats.
»Wie soll er den Konzertbeirat leiten, wenn er kein Wort Englisch spricht?« fragte Johnny Finch. »Bei Gott, wenn ich jemanden vorschlagen dürfte ...«
»Dürfen Sie aber nicht«, sagte Alma. »Sie haben mir Ihr Wort gegeben.«
Dem redseligen Johnny mußte man hoch anrechnen, daß er sich peinlich an die Abmachung hielt. Er verdiente seinen Lebensunterhalt mit dem Verkauf von Automobilen und verfügte über einen großen Vorrat an interessanten Geschichten über seine Kunden.
Im Laderaum der »Mauretania« stand sein Lanchester 40, auf den er sehr stolz war. Der Lanchester 40 hatte den Rolls Royce Silver Ghost absatzmäßig überrundet, seit Finch den Handel betrieb. Nun war er gerade dabei, auf den amerikanischen Markt auszugreifen.

Alma verstand nichts von Autos, aber sie hörte gerne zu und lachte über Johnnys Geschichten. Während er den ganzen Tisch unterhielt, konnte sie sich entspannen. Ihr gefiel, wie sein zerknittertes Gesicht beim Sprechen jede Regung verdeutlichte, und ihr gefiel, wie er lachte. Während des Essens gab es Augenblicke, in denen sie sogar die Leiche in ihrer Kabine vergaß.

15

Paul bestellte zwei doppelte Brandy. Er fragte Jack Gordon: »Kennen Sie die ›Mauretania‹?«
»Nicht sehr gut. Normalerweise fahre ich mit der White-Star-Linie, mit der ›Majestic‹. In Deutschland gebaut. Solide Sache.«
»Ich bin auf der ›Berengaria‹ nach Europa gekommen. Ich verstehe, was Sie meinen. Sie reisen wohl oft hin und her?«
»Habe ich diesen Eindruck erweckt? Höchstens einmal im Jahr. Ich habe Verwandte in New York, die ich gern besuche. Und ich genieße die Überfahrt.«
»Den Sport?«
»Nein.« Jack lächelte. »Bordtennis ist nicht nach meinem Geschmack. Manchmal schwimme ich ein wenig. Das Römische Bad auf der ›Majestic‹ ist es wirklich wert, daß man sich auszieht. Auf einem englischen Schiff muß man achtgeben, daß man vor lauter Sport und Spiel auch noch zu sich selbst kommt.«
Der Steward servierte die Brandys. Jack ließ sich Zigaretten bringen. Er hob das Glas. »Auf ruhige See, bis wir ankommen.«
»Ich war, seit ich an Bord bin, so beschäftigt, daß ich noch keinen Gedanken darauf verschwendet habe, wie das Meer ist«, sagte Paul. Nach dem Motto, daß vertrauliche Bekenntnisse die Kameradschaft fördern, erzählte er Jack die Geschichte mit Poppy von A bis Z.
»Es muß doch Spaß gemacht haben, sie kennenzulernen«, sagte Jack. »Einer unserer Cockney-Spatzen: schilpend und liebenswert. Schade, daß Sie schon abreisen mußten. Aber ein Kerl wie Sie bleibt nicht lange ohne weibliche Begleitung. Und für flüchtige Romanzen gibt es nichts Besseres als eine Ozeanreise.«
Paul lachte. »Denken Sie an jemand bestimmten?«
»Was halten Sie von dieser äußerst attraktiven jungen Dame, mit der ich Sie vor dem Abendessen gesehen habe?«
»Vor dem Essen?«

»Sie haben sich anscheinend mit ihren Eltern im Speisesaal unterhalten. Aber Sie können mir nicht weismachen, daß Sie dieses reizende Mädchen nicht gesehen haben, das ganz kurz geschnittenes, braunes Haar hatte und Sie unablässig mit großen, dunklen Augen ansah.«

»Ach, das war Barbara, ein nettes Mädchen, das ich vom College her kenne. Wir waren in London einige Male zusammen aus.« Paul verstummte. Er konnte in Jacks Augen ablesen, daß jemand hinter ihm stand. Er schaute sich um und fühlte, daß weicher Stoff über sein Gesicht strich. Die Frau trug ein pfauenblaues Kleid mit durchsichtigen Ärmeln, die sanft wogten, wenn sie die Arme bewegte. Ihr herrliches schwarzes Haar war zu einem Knoten gebunden. Sie dürfte an die zehn Jahre älter gewesen sein als Paul, aber ihr Gesicht hatte dank hoher Backenknochen und einer schmalen Stirn seine Schönheit bewahrt.

Mit eindeutig englischem Akzent sagte sie: »Meine Herren, ich hoffe, Sie verzeihen mir, daß ich Ihre Unterhaltung störe. Mein Name ist Katherine Masters, und ich versuche, mit allen Passagieren wegen des Bordkonzerts in Kontakt zu treten. Sie wissen ja, daß Signor Martinelli zum Vorsitzenden des Konzertbeirates gewählt wurde. Er ist ein entzückender Mensch, und er singt herrlich. Aber seine Englischkenntnisse sind der Aufgabe, für Dienstag abend Freiwillige zu finden, kaum gewachsen. An seiner Stelle bin nun ich auf Talentsuche. Ich weiß, daß es auf der ›Mauretania‹ immer versteckte Talente gibt.«

Jack hatte bereits den Kopf geschüttelt. Er lächelte. »Zu denen gehöre ich aber bestimmt nicht. Es tut mir leid, aber ich glaube, Ihnen da kaum weiterhelfen zu können, Miss Masters.«

»Das gleiche gilt für mich«, sagte Paul. »Ich bin völlig unmusikalisch; ich treffe keinen Ton richtig.«

Katherine Masters ließ sich nicht so leicht entmutigen. »Es muß ja nichts mit Musik sein. Unter uns«, sie beugte sich vor, damit niemand anders sie hören konnte, »wir haben bereits mehr Geiger, als wir brauchen können. Die haben doch ständig ihr Instrument dabei.« Sie legte Paul eine Hand auf die Schulter, und der Duft eines teuren Parfüms stieg ihm in die Nase. »Eigentlich suche ich aufgeweckte Herren, die bereit wären, bei einem Sketch mitzuspielen.«

»Ich fürchte, dazu eigne ich mich nicht«, antwortete Paul.

»Das einzige, was ich spielen kann, ist eine Partie Whist«, sagte Jack, »und nicht einmal das sehr gut.«

»Whist?« fragte Miss Masters. »Ich liebe Whist! Darf ich Ihnen einen Vorschlag machen? Ich sage kein Wort mehr wegen des Konzerts, und Sie organisieren für mich eine Runde Whist.«
»Heute abend?« fragte Jack.
»Warum nicht? Ich bin mit meinem Bittgang gleich fertig.«
»Paul, spielen Sie Whist?«
»Gelegentlich. Aber ich bin alles andere als ein Experte.«
»Geben Sie acht: Wenn Sie die Wahl haben zwischen einigen Partien Whist heute abend und einem Auftritt beim bunten Abend am Dienstag – wofür entscheiden Sie sich?«
Paul lachte. »Das ist Erpressung.«
»Aber Sie nehmen das Angebot an?«
»Ich glaub' schon.«
»Köstlich!« rief Miss Masters. »Aber uns fehlt der vierte Mann.«
»Richtig«, sagte Jack. »Paul, Sie unterhielten sich doch vorhin mit dieser jungen Dame, die Sie vom College her kennen. Die könnte man doch fragen, oder?«
»Fragen schon«, antwortete Paul, »aber ich weiß nicht, ob sie mitmacht.«
»Schön«, sagte Miss Masters. »Ist es in einer halben Stunde recht?«
»Wir treffen uns am besten im Rauchsalon«, gab Jack zu bedenken. »Ich glaube, dort gibt es Spielkarten.« Als Miss Masters gegangen war, sagte er zu Paul: »Sehen Sie? Ich weiß nicht, was es mit diesen Überseedampfern auf sich hat, aber sicher ist man darauf nie. Hoffentlich haben Sie nicht das Gefühl, daß ich Sie da mit hineingezogen habe.«
»Aber nein! Ich spiele gern einmal Karten. Am besten sehe ich mich gleich nach Barbara um.«
Er fand sie allein am Tisch ihrer Eltern im Speisesaal. Sie schaute beim Tanzen zu, während Livy und ihre Mutter zu den Klängen von »I'm just wild about Harry« Onestep tanzten. Als sie zu Paul hochblickte, hellte sich ihre Miene auf. Anstatt sie zu fragen, ob sie Whist spielen wolle, überkam ihn die Lust, mit ihr zu tanzen. Er nahm sie bei der Hand und führte sie zur Tanzfläche. Jack hatte recht. Sie sah sehr gut aus. Nach den ersten Schritten sagte er zu ihr: »Weißt du, daß wir in all den Jahren, in denen wir uns kennen, noch nie zusammen getanzt haben?«
Barbara lächelte kurz. »Vielleicht hat man dir erzählt, daß ich es nicht gut kann.«

»Du tanzt toll!«
»Ich bin etwas aus der Übung.«
»Aber deine Eltern tanzen fleißig. Ich hab' sie im Savoy gesehen. Die machen das gut.«
»Livy schon. Er tanzt phantastisch Tango. Keine Ahnung, wo er das gelernt hat. Sicher, bevor er Mutter über den Weg lief. Meine Mutter tanzt so gern, weil sie schöne Fesseln hat, die sie beim Tanzen vorführen kann. Aber gut ist sie eigentlich nicht dabei. Sie wirkt immer etwas ungelenk. Schau nur, ihre Hüften harmonieren gar nicht mit dem übrigen Körper!«
»Hör auf! Ich muß lachen.«
»Wahrscheinlich bin ich bissig, aber wir waren in letzter Zeit einfach zuviel zusammen.«
»Ich wollte dich fragen, ob du beim Kartenspielen mitmachen willst«, sagte Paul. »Kannst du Whist?«
»Mit wem?«
»Nur mit dem Kerl, der meine Brieftasche fand, und dieser Frau im blauen Kleid, die sich um das Konzert kümmert. Wir beide könnten zusammenspielen und ein paar Gratisdrinks gewinnen. Was hältst du davon, Barbara?«
»Eigentlich bin ich keine Whistspielerin.«
»Das ist doch nur eine Art Kopfrechnen. Die Hauptsache, du merkst dir, welche Karten schon ausgespielt sind. Komm, wir beide sind sicher ein gutes Team. Davon bin ich so überzeugt, daß ich alle eventuellen Verluste gern auf meine Kappe nehme.«
»Ich werde Mutter sagen müssen, wo ich bin.«
»Meinst du?« Paul machte eine schnelle Drehung, so daß Barbara sehen konnte, wie ihre Mutter hinter Livys Schultern aufmunternd herübernickte.
In zwei der nußbaumgetäfelten Nischen des Rauchsalons wurde bereits Karten gespielt. Jack hatte schon einen Tisch reservieren lassen und beim Steward zwei Spiele Karten erstanden, die nun in der Originalverpackung auf dem Tisch lagen. Paul machte Barbara mit Jack bekannt.
»Nun fehlt nur noch Miss Masters«, sagte Jack.
»Katherine«, verbesserte ihn Paul. »Wir wollen es so wenig förmlich wie möglich machen.«
Sekunden später war auch Katherine da, die offensichtlich frisch parfümiert war. Nach der obligatorischen Bekanntmachung erzählte sie, daß sie Geld aus ihrer Kabine geholt habe.

»Spielen wir denn um Geld?« fragte Barbara.
»Natürlich, meine Liebe. Sonst ist es doch nur langweilig«, belehrte sie Katherine.
»Ich hab' noch englisches Geld«, sagte Jack. »Das kann ich hier gut aufbrauchen.«
»Ich dachte, hier darf man gar nicht um Geld spielen«, gab Barbara zu bedenken.
»Wirklich?« Katherine war enttäuscht. »Die gönnen einem aber auch nicht die geringste Freude.«
»Wir können ja alles aufschreiben und später abrechnen«, schlug Paul vor.
»Eine gute Idee.«
»Jeder Robber ein englisches Pfund?« fragte Jack. Niemand hatte etwas dagegen. Paul zog die niedrigste Karte und mußte geben. Treff war Trumpf. Er hatte sich selbst schlechte Karten gegeben. Jack und Katherine gewannen den ersten Robber und den zweiten.
»Ich hab' dir doch gesagt, daß ich nicht gut bin«, rechtfertigte sich Barbara vor Paul.
»Meine Liebe, Sie haben einfach nicht die richtigen Karten gehabt«, erklärte ihr Katherine. »Wenn man aber nicht die richtigen Karten hat, ist Whist schrecklich langweilig.«
Sie spielten drei weitere Robber, und Barbara und Paul gewannen wenigstens einen.
»Wir sind keine vollwertigen Gegner für Sie«, sagte Paul.
»Wir machen ein paar Minuten Pause und trinken etwas«, schlug Jack vor. »Was darf ich den Damen bringen?«
»Irgend etwas mit Eis«, sagte Katherine. »Finden Sie es hier auch so warm? Ich geh' nur mal schnell in meine Kabine, um mich zu erfrischen.«
»Wir könnten doch eine Flasche Champagner trinken«, schlug Jack vor. »Auf meine Rechnung.«
»Wunderbar«, sagte Katherine. »Sie sind ein toller Mann: spielt gut Karten und gibt auch noch was Ordentliches aus. Bis gleich!« Sie winkte Barbara kurz zu und entschwand.
Während Jack an der Bar den Champagner bestellte, sagte Paul zu Barbara: »Nette Leute.«
»Ja, ich mag sie. Wenn wir bloß beim Spielen aufholen können!«
Er lächelte. »Das ist doch nicht wichtig. Die Hauptsache ist doch, wir haben Spaß daran.«
»Aber wir hätten noch mehr Spaß daran, wenn wir uns darauf kon-

zentrieren würden, daß der zweite Spieler normalerweise niedrig spielt, der dritte dagegen hoch.«
Paul lachte. »Und ausgerechnet du behauptest, keine Whistspielerin zu sein.«
Sie errötete. »Ich kenne eben die Grundregeln.«
»Sicher. Klingt auch sehr vernünftig. Ich werde meine Taktik entsprechend ändern.« Er hätte auch hinzufügen können, wie gut es ihm gefiel, daß Barbaras Elan dem Bubikopf und den bemalten Lippen entsprach. Zuvor hatte er eher dazu geneigt, sie lediglich für ein süßes Mädchen zu halten, absolut nichtssagend im Schatten der Mutter.
»Und wir sollten ausmachen, daß, wenn einer von uns ausspielt und dabei den Partner ansieht, der andere bei der nächsten Gelegenheit dieselbe Farbe nochmals spielt«, erklärte Barbara ganz ernst.
»Natürlich! Aber nur, wenn wir auch ausmachen, daß wir bald mit dem Kartenspielen aufhören, um wieder tanzen zu können.«
Das schien ihr zu gefallen. »Gern.«
»Gewinnen wir, oder verlieren wir?«
»Du solltest auf meine Vorschläge hören. Selbstverständlich werden wir gewinnen.«
»Dann aber vorsichtig mit dem Champagner!« warnte sie Paul, als Jack mit einem Steward zurückkam.
»Ist Katherine noch nicht da?« fragte Jack und erklärte dem Steward: »Wir machen die Flasche selbst auf, wenn die Dame wieder da ist.«
Lange brauchten sie nicht zu warten. »Tut mir leid, wenn es etwas gedauert hat«, entschuldigte sich Katherine. »Aber nach dem, was mir passiert ist, schien es mir ratsam, umzukehren und mein Gesicht im Spiegel zu kontrollieren. Ich kam vom D-Deck, wo meine Kabine ist, und die Tür zum Korridor ging auf. Ein Mann trat heraus, starrte mich an und wich blitzschnell in die Kabine zurück. Er guckte, als habe er ein Gespenst gesehen.«
»Denken Sie sich nichts dabei«, sagte Jack. »Das war, glaube ich, bloß jemand, der dachte, Sie fordern ihn zur Mitwirkung beim Konzertabend auf. Er konnte ja nicht wissen, daß Sie statt dessen inzwischen Whist spielen.« Er entkorkte den Champagner. Von dem erschrockenen Mann, dem Katherine begegnet war, wurde nicht mehr gesprochen.
Barbara und Paul machten gleich im ersten Spiel gemeinsam elf Tricks. Paul spielte vorsichtig, wenn er der zweite, und hoch, wenn

er der dritte war. Er paßte auf, welche Farbe Barbara ausspielte und spielte die gleiche aus, wenn er gestochen hatte. Sie gewannen zwei Partien hintereinander und somit einen großen Robber.
»Was ist denn mit Ihnen beiden los?« fragte Jack. »Spielen Sie auf einmal besser, oder haben wir schon zuviel Champagner?«
»Einer bestimmt«, sagte Katherine etwas pikiert zu Jack. »Sie haben mich im letzten Spiel blockiert. Wir hätten sonst zwei Tricks mehr gemacht.«
»Ich glaube, es ist müßig, hinterher darüber zu reden«, antwortete ihr Jack. »Ich werde versuchen, mich zu bessern, verehrte Partnerin.«
Sie gewannen eine Partie, verloren aber den Robber. Die Spannung zwischen Jack und Katherine konnte man beinahe mit Händen greifen. Jack begann zu rauchen, und Katherine verzog den Mund, was sie um Jahre älter erscheinen ließ.
»Es ist unfaßbar, wie beim Kartenspiel das Glück wechseln kann«, sagte Paul, als er und Barbara wieder einen Robber gewonnen und damit aufgeholt hatten.
»Man braucht eben mehr als Glück«, befand Katherine und schaute dabei Jack an.
»Hören wir nach dem nächsten Robber auf?« schlug Paul vor.
»Wie Sie wollen«, meinte Jack.
»Wenn es Ihnen nichts ausmacht«, sagte Barbara. »Ich habe schon lange nicht mehr Whist gespielt, und es fällt mir schwer, mich zu konzentrieren.«
»Das kommt vom Champagner, meine Liebe«, erklärte Katherine. »Und jeder von uns reagiert anders auf ihn. Würden Sie bitte geben, Partner, oder sollen wir uns hier untätig anstarren, bis wir in New York sind?«
Paul und Barbara gewannen auch den letzten Robber mit zwei Partien gegen eine.
»Damit hätten wir es«, sagte Jack. »Ich gratuliere! Die Amerikaner gewinnen eben. Jeder von uns schuldet Ihnen jetzt ein Pfund.«
»Sie haben doch den Champagner übernommen«, antwortete Paul. »Lassen Sie es gut sein!«
»Spielschulden soll man stets bezahlen«, mischte sich Katherine ein. »Barbara, hier haben Sie mein Pfund.«
Mit unerwarteter Schärfe sagte Jack: »Nehmen sie es sofort weg! Hier können Sie doch kein Geld über den Tisch schieben! Sind Sie verrückt?«

Katherine wollte Barbara die Pfundnote in die Hand drücken. »Nehmen Sie sie!«
Barbara zögerte und schielte nach Paul.
Der nahm den Schein und sagte: »Ja, ich bestelle eine Runde auf Ihre Kosten, Katherine. Wir danken für die Einladung.«
»Für mich nicht mehr«, sagte Jack, der noch verärgert war. »Mir reicht's für heute – in jeder Hinsicht.« Er wünschte flüchtig einen guten Abend und ging.
Tränen standen in Katherines Augen.
Barbara griff nach ihrer Hand. Mit einem Blick gab sie Paul zu verstehen, daß sie sich um Katherine kümmern wolle. Sie sagte: »Vielleicht wäre Kaffee besser als etwas Alkoholisches, Paul.«
Er ging, um Kaffee zu besorgen, konnte sich aber Jacks Entgleisung immer noch nicht erklären. Sicher entsprach es nicht den Satzungen der Cunard-Linie, daß um Geld gespielt wurde, aber jedermann wußte, daß dies trotzdem vorkam. Man würde sie kaum vor den Kapitän zitieren, nur weil eine Pfundnote den Eigentümer wechselte.
Nachdem er den Kaffee bestellt hatte, ließ er sich Zeit, bis er zum Tisch zurückkehrte, weil er vermutete, daß Barbara besser allein mit Katherine zu Rande kommen würde. Er wollte gerade an der Bar einen Scotch trinken, als er Livy am Eingang zum Rauchsalon sah. Er erinnerte sich an die dreihundert Dollar, die er ihm schuldete.
»Mr. Cordell!«
»Für Sie heiße ich Livy, mein Sohn.« Cordell legte eine Hand auf Pauls Arm. »Trinken Sie einen mit? Marjorie hat sich zurückgezogen, um die Füße hochzulagern. Sie hat zuviel getanzt. Ihre Fesseln sind angeschwollen.«
»Kann ich jetzt meine Schulden bezahlen?« fragte Paul. Er zog die Brieftasche heraus und gab Livy das Geld. Dies geschah so selbstverständlich, daß die Szene mit Jack um so unverständlicher erschien.
»Danke schön«, sagte Livy. »Mögen Sie einen Scotch?«
»Gern.«
Mit ihren Whiskys standen sie an der Bartheke. »Eine angenehme Atmosphäre hier auf der ›Maury‹«, sagte Livy. »Ein großartiges Schiff. Ich bin schon gern über den Ozean gereist, als Sie noch ein Kind waren. Die Überseedampfer kenne ich alle. Aber das zu einer Zeit, bevor ich Marjorie kennenlernte. Nun bin ich sozusagen ein Ehemaliger. Auf ein Schiff komme ich höchstens noch im Urlaub.«
»Was haben Sie denn früher beruflich gemacht?«
»Import, Export. Wenn man das richtige Händchen hat, ein Mords-

geschäft. Ich machte mein Geld mit Bergwerken und legte es in mündelsicheren Papieren an. Wir leben von den Zinsen.«

»Clever.«

»Sie sagen es, mein Sohn. Heute, mit sechsundvierzig, hab' ich ausgesorgt. Livingstone Cordell braucht keinen Finger mehr zu rühren und hat seine Eigentumswohnung mit Blick auf den Central Park. Ich hab' die netteste Frau von New York und obendrein eine hübsche Stieftochter. Wo ist eigentlich Barbara? War sie nicht mit Ihnen zusammen?«

»Wir sind es noch. Genauer gesagt, sie sitzt dort drüben in der Nische. Wir spielen Karten.«

»Wo? Ich seh' sie nicht.«

»Sie sitzt mit dem Rücken zu uns, dort, bei der Dame im blauen Kleid.«

»Bei *der?* Was will sie von der?« Livy sprach in verändertem Ton, als wolle er andeuten, daß Paul seine Stieftochter im Stich gelassen habe.

Aber wie sollte man das Livy erklären? »Sie müssen etwas miteinander besprechen. Sie haben mich um Kaffee geschickt, und ich habe den Hinweis verstanden.«

Livy legte wieder eine Hand auf Pauls Arm und drängte ihn förmlich, zur Nische zu gehen. »Gehen Sie ruhig wieder zu den beiden und beenden Sie die Diskussion, mein Sohn! Wenn sich zwei Frauen zusammentun, sind Sie verloren. Verhindern Sie das!«

Paul schaute nach Barbara. Sie war ins Gespräch vertieft. Katherine lächelte.

»Okay«, sagte er.

Aber Livy war schon weg.

16

Nach dem Abendessen unterhielt Johnny Finch Alma und die Amerikaner vom Tisch. Er saß mitten in der Halle in einem Sessel und erzählte Geschichten vom Autosport. Sie waren sehr lustig und mit den Namen von Prominenten gespickt. Die Herren kauften kostspielige Fahrzeuge, um den Damen zu imponieren. Immer wurden entweder die Motoren oder die Herren zu heiß. »Bei der Kunst des Verführens«, verkündete Johnny seinen Zuhörern, »ist das Automobil ein unzuverlässiger Gehilfe.« Er flocht eine Anekdote über den verstorbenen König Edward und ein Auto, das er gemietet hatte,

ein. Der Wagenbesitzer hatte eine Limonadenfabrik und hoffte, nicht bezahlt, sondern Hoflieferant zu werden. Mit einer Freundin fuhr der König aufs Land. Da ging ihnen das Benzin aus. Dem König machte das wenig aus; für ihn war es eine willkommene Unterbrechung. Schließlich zündete er sich eine Zigarre an und verkündete der Dame, daß alles in Ordnung sei. Sie hätten ja eine Reserveration Benzin dabei. Er stieg aus und schnallte den Kanister ab. Der war voll Limonade. Hoflieferant wurde der Fabrikant natürlich nicht.
Johnnys Geschichten lockten noch mehr Leute an. Gegen Mitternacht war er immer noch beim Erzählen, und die Histörchen wurden gewagter. Eine Frau und ihr Gatte zogen sich zurück. Alma war nun die einzige Dame. Sie wartete das nächste Gelächter ab und stand auf, um gute Nacht zu sagen.
»Sie verlassen uns schon?« fragte Johnny.
»Es ist nach zwölf.«
»Wirklich? Heiliger Georg! Und ich wollte Ihnen doch meinen Lanchester vorführen.«
Alma und die anderen lachten.
»Vielleicht morgen oder übermorgen«, sagte Alma.
»Da werde ich Sie daran erinnern. Gute Nacht, Teuerste!« Johnny war schon wieder mitten in einer Anekdote über Henry Ford.
Alma machte sich auf den Weg zum D-Deck. Sie schwankte leicht, weil sie mehr Wein getrunken hatte, als sie ursprünglich vorgehabt hatte. Mit jedem Glas hatte sie mehr Furcht weggespült. Sie hätte sonst kaum den Gedanken an eine Nacht in Kabine neunundachtzig ertragen können.
In den Korridoren war es still, und das Schiff schwankte nicht – im Gegensatz zu Alma. Aber sie fand ihren Weg leicht. Sie folgte den Schildern zu den mit der Ziffer acht beginnenden Kabinen und zählte dann bis neunundachtzig.
Das Schild BITTE NICHT STÖREN hatte jemand entfernt.
Sie öffnete ihre Tasche und kramte nach dem Schlüssel. Sie hielt ihn unters Licht und kontrollierte die Nummer. Nachdem sie ihn ins Schloß gesteckt hatte, wartete sie eine Sekunde, drehte ihn um und öffnete die Tür.
Drinnen brannte Licht, die Vorhänge waren vor die Bullaugen gezogen. Der Schiffskoffer stand offen da.
Alma holte tief Luft, trat näher und schaute hinein. Der Koffer war leer. Laut sagte sie: »Gott sei Dank!« Dann schloß sie die Kabinentür.

Sie inspizierte das Bad, öffnete Schubladen und Schränke. Ehe sie nicht genau wußte, was sich alles im Raum befand, war nicht an Schlaf zu denken. Sie sah Lydias ordentlich zusammengefaltete Wäsche. Alles wirkte sauber und neu. Ein schwarzes Satinnachthemd war darunter. Das wollte Alma auf keinen Fall tragen. Sie zog das Georgetteabendkleid aus. Im Badezimmer schminkte sie sich ab. Sie beschloß, noch ein Bad zu nehmen. Als sie im Wasser lag, hatte sie das Gefühl, als würde das Schiff den Kurs ändern. Das gleichmäßige Dröhnen der Maschine änderte sich, und das Wasser in der Wanne bildete leichte Wirbel, und dies nicht nur einmal. Eine Zeitlang dachte sie, die »Mauretania« würde anhalten. Als sie nach dem Handtuch griff, schlingerte das Schiff wieder. Sie verspürte einen Druck in der Magengegend und wünschte, sie hätte weniger getrunken.

Die Maschinen stampften wieder im gewohnten Rhythmus. Alma war froh. Sie schlüpfte in ihren Unterrock und dann ins Bett. Das Licht ließ sie brennen. Aber sie war nicht so ängstlich, wie sie befürchtet hatte. Das Schlimmste hatte sie nun hinter sich. Mit dem Gesicht zur Wand schlief sie bald ein.

17

Ein Geräusch am Eingang weckte sie. Es war ein Steward, der Tee servierte. An der Kabinendecke spiegelte sich Sonnenlicht. Alma schaute auf Lydias Wecker. Es war fast acht Uhr. Sonntag morgen. Sie hatte mindestens sieben Stunden geschlafen. Sie streckte sich und dachte an Walter in seiner Kabine. Ob er auch so gut geschlafen hatte?

Sie nahm ein Bad, zog sich an und ging zum Frühstück. Im Restaurant war großer Andrang. Die Leute trugen nun leichtere Kleidung, und die Schiffsoffiziere waren in Weiß.

Sie ging zu dem ihr ursprünglich zugewiesenen Tisch. Das Frühstück nahm man am besten allein ein. Wenn Johnny Finch wieder kommen sollte, würde sie ablehnen, ihm zu seinem Tisch zu folgen. Sie schaute nicht hin, ob er da war. Ungestört genoß sie ihr Frühstück.

Aber er gehörte nicht zu den Männern, denen man sich leicht entziehen kann. Nachdem Alma das Restaurant verlassen hatte, ging sie aufs Bootsdeck, um Luft zu schnappen. Es war ein herrlicher

Morgen, der zum Bummeln verführte. Nach wenigen Schritten vernahm sie eine bekannte Stimme.

»Man geht schon spazieren, um zu beweisen, daß man gestern früh zu Bett ging.« Er lag in einem Liegestuhl und hatte die Beine hochgelagert. Zur weißen Flanellhose trug er eine blaue Wolljacke.

Alma blieb stehen und sagte guten Tag.

»Haben Sie auch wirklich gut geschlafen?« fragte er sie.

»Ja, danke. Glänzend.«

»Sie Glückspilz! Ich war die halbe Nacht auf.«

Sie lächelte. »Dann haben Sie zu viele Geschichten erzählt.«

»Nein, Verehrteste. Das war es nicht. Bald nachdem Sie zu Bett gegangen waren, gab es eine Mordsaufregung. Der Kahn änderte seinen Kurs.«

»Ach! Mir war doch so ...«

»Wir haben es auch gemerkt und gingen aufs Deck, um nachzusehen. An die fünfzig Personen wollten wissen, was los sei. Niemand wußte Bescheid. Aber ich wette, daß wir kehrtmachten und Richtung England fuhren. Dann wendeten wir wieder. Das Schiff hatte eine Runde gedreht.«

»Und wozu?« fragte Alma.

»Mann über Bord.«

Alma erschrak. »Was haben Sie gesagt?«

»Mann über Bord. Ein armes Wesen war ins Meer gestürzt. Auf dem Bootsdeck hatte ein Liebespaar den Mond betrachtet und jemand ins Wasser fallen sehen. Die beiden benachrichtigten den Kapitän, der wenden und das Wasser absuchen ließ. Soviel ich weiß, ist das Vorschrift. Auch wenn es aussichtslos ist, müssen sie eine Kehre machen und nachsehen. Während das Schiff wieder zurückfuhr, schalteten sie die Suchscheinwerfer ein. Die waren vielleicht hell! Wir lehnten uns alle über die Reling, um möglicherweise etwas zu entdecken. Sie werden es nicht glauben, Verehrteste, aber wir haben sie gesehen.«

»Sie?«

»Ja. Es war eine Frau. Die Ärmste! Sie ließen ein Boot hinunter und fischten sie aus dem Wasser. Aber sie lebte nicht mehr. Kein schöner Tod.«

TEIL 4

Sein neuer Job

1

Nach dem Frühstück war die große Halle Schauplatz geschäftigen Treibens. Eine ganze Kolonne von Stewards trat zur Arbeit an. Sie trugen die kleinen Tische beiseite. Vom Speisesaal brachten sie einen langen Tisch, den sie an der Stirnseite der Halle in der Nähe des Flügels postierten. Die Sessel und Sofas stellten sie reihenweise parallel zum langen Tisch auf. Inzwischen hatten Pagen aus dem Restaurant weitere Stühle angeschleppt und hinter den Sesseln aufgereiht. Zwei Jungen gingen durch die Stuhlreihen und legten auf jeden Platz ein Gebetbuch.

Um Viertel vor elf nahmen alle Passagiere der ersten Klasse, die an der Andacht teilnehmen wollten, ihre Plätze ein. Jeder Sessel war belegt, Zuspätkommende mußten mit den Stühlen aus dem Restaurant vorliebnehmen. Fünf Minuten vor elf wurde die Gemeinde durch die Passagiere zweiter und dritter Klasse vervollständigt. Wer keinen Stuhl mehr ergatterte, blieb mit den Mitgliedern der Mannschaft im Hintergrund stehen. Unter diesen Passagieren stand ruhig und gelassen Walter.

Alma, die einige Reihen vor ihm saß, war sich sicher, daß er sie gesehen hatte. Sie hatte sich nur einmal umgewandt, um ihn anzusehen. Sie versuchte, beherrscht zu bleiben. Daß man Lydias Leiche entdeckt hatte, war äußerst unangenehm, aber noch lange nicht das Ende. Wer würde schon wissen, daß es Lydia war? Es handelte sich schlicht um eine unbekannte Frau, die ins Meer gestürzt oder über Bord gesprungen war. Nachprüfungen würden ergeben, daß niemand vermißt wurde. Die Angelegenheit würde für immer ein Geheimnis bleiben.

Captain Rostron betrat mit den wichtigsten Offizieren den Raum. Sie nahmen am großen Tisch Platz. Die Andacht begann mit einem Kirchenlied. Dann las der Purser aus der Heiligen Schrift: »Die mit Schiffen auf dem Meer fuhren und trieben ihren Handel im großen Wasser ...« Als der Kapitän ein Gebet sprach, stand die Versammlung auf. Es folgten eine zweite Lesung und noch ein Lied.

Danach bat Captain Rostron die Anwesenden in den vorderen Reihen, sich zu setzen. Er ging um den Tisch herum und nahm vor ihm Aufstellung. »Ladies und Gentlemen«, sagte er, »unsere Andacht ist beendet. Normalerweise benütze ich diese Gelegenheit nicht zu einer Ansprache, aber in der vergangenen Nacht ist etwas vorgefallen, worüber ich unbedingt sprechen möchte. Wie einige von Ihnen bereits wissen, hat man gesehen, daß ein Passagier, eine Mitreisende, über Bord fiel. Als ich es erfuhr, gab ich sofort den Befehl zu wenden und nach der Verunglückten zu suchen. Sie wurde entdeckt, aber es war zu spät. Wir wissen noch nicht, um wen es sich handelt und wie dieser tragische Unfall ablief. Der Polizeioffizier, Mr. Saxon – er deutete auf einen der Offiziere, der sich erhob –, ist mit den Ermittlungen beauftragt. Wenn jemand von Ihnen bei der Identifizierung behilflich sein kann oder sonst etwas weiß, was Licht in diese Angelegenheit bringen könnte, wäre ich sehr dankbar, wenn er mit Mr. Saxon Verbindung aufnehmen würde. Sein Büro befindet sich neben dem des Pursers. Hinzufügen möchte ich, daß sich solche tragischen Vorfälle auf Linienschiffen, die mit zweitausend Passagieren und achthundert Mannschaftsangehörigen die Weltmeere durchpflügen, nicht immer verhindern lassen. Als Kapitän werde ich veranlassen, was ich für richtig halte, aber der Schiffsalltag nimmt weiterhin seinen Lauf. Ich hoffe, daß Ihr Aufenthalt auf der ›Mauretania‹ durch nichts getrübt wird.«
Captain Rostron griff nach seinem Gebetbuch und verließ die Halle. Das vereinzelte Murmeln in den Reihen der Anwesenden schwoll zu einem vielstimmigen Chor an. Im ganzen Raum war kaum jemand, der in der vergangenen Nacht nichts wahrgenommen hatte: Die einen hatten seltsame Geräusche gehört, andere verdächtige Bewegungen erspäht, wieder andere einsame Frauen auf Deck beobachtet. Jene, die bei der Suche zugesehen hatten, berichteten darüber in allen Details.
Alma drehte sich auf ihrem Stuhl um und tat, als höre sie einem Herrn zu, der einen Schrei gehört haben wollte. Tatsächlich aber schaute sie Walter an. Ihre Blicke trafen sich. Walter wirkte nicht verunsichert. Ganz langsam bewegte er den Kopf hin und her. Dann schloß er sich den anderen Passagieren an, die zur Tür strebten. Alma verstand die Geste: Es bestand kein Grund zur Aufregung. Sie stand auf und schlenderte die Reihen entlang zur anderen Tür.
Marjorie Cordell hatte sich für die Andacht einen Sessel in der zweiten Reihe gesichert. Der fromme Gesang hatte ihr gefallen, nicht

aber die kurze Ansprache des Kapitäns. »Der sagt das so leicht: Wir sollen nicht beunruhigt sein, weil sie bei fast jeder Reise Leichen aus dem Wasser fischen. Mich tröstet das nicht. Wenn man die arme Dame nun ins Wasser *gestoßen* hat? Wer soll herausbekommen, was wirklich geschah? Vielleicht dieser zierliche Bursche mit dem rötlichen Schnurrbart, der aufstand, als der Kapitän seinen Namen nannte? Sehr vertrauenerweckend scheint mir der nicht zu sein.«

»Wirklich wahr! Da sagen Sie etwas sehr Richtiges«, stimmte ihr die Dame, die ihr zur Rechten saß, bei.

»Marje, verzeih mir den Ausdruck, aber wir sind eben auf See«, sagte Livy zu ihrer Linken. »Genau für diesen Zweck ist der Polizeioffizier ausgebildet. Er ist an Bord der Polizist und kümmert sich um blinde Passagiere, Schmuggler, Betrunkene ...«

»Ein blinder Passagier ist etwas anderes als ein Mord«, unterbrach ihn Marjorie heftig.

»Wer, um Gottes willen, spricht denn von Mord?«

»Ich dachte eher an Selbstmord«, sagte die Dame zur Rechten.

»Mord, Selbstmord, Unfall – glauben Sie wirklich, daß dieser Schnauzbart das auseinanderhält?«

»Er heißt Saxon, Süße«, sagte Livy.

»Ich sag' dir nur eines, Livy: Wenn man mich oder meine Tochter aus dem Wasser gefischt hätte, wärst du mit einem solchen Polizeioffizier kaum glücklich. Wo ist eigentlich Barbara? Ich hab' sie beim Kommen nicht gesehen.«

»Ich auch nicht. Wahrscheinlich hat sie die Andacht geschwänzt.«

»Sie war schon beim Frühstück nicht da. Mein Gott, Livy! Wo ist sie?« Marjorie stand auf und ließ ihre Blicke aufgeregt durch die Halle schweifen.

»Nur keine Aufregung, Marje! Irgendwo ist sie schon: in ihrer Kabine, im Café, in der Bibliothek. Vielleicht schon hingestreckt ...«

Marjories Brust entrang sich ein Schmerzensschrei.

»... auf einen Liegestuhl in der Sonne, Süße. Auf einen Liegestuhl.«

»Wir müssen sie sofort suchen.«

»In Ordnung. Schau du in ihrer Kabine nach, ich mache inzwischen die Runde.«

»Sollen wir uns an den Kapitän wenden? Er könnte sie ausrufen lassen.«

»Zuerst sehen wir einmal nach, Marje. Komm, mach, was ich sage.«

2

Als Captain Rostron auf die Kommandobrücke zurückkehrte, wartete bereits der Schiffsarzt auf ihn.
»Wenn Sie ein paar Minuten Zeit hätten, Captain. Ich möchte, daß Sie im Leichenraum diese Person ...«
»Ich hab' sie schon heute nacht gesehen, Doktor. Ich kenne sie nicht.«
»Darum geht es mir nicht. Da ist nämlich noch etwas, was heute nacht niemand bemerkt hat.«
»Können sie mir das nicht hier berichten?«
Der Blick des Arztes streifte die Offiziere, die sich in Hörweite befanden. »Ich glaube, Sie sollten sich mit eigenen Augen überzeugen, Captain.«
»Gut. Bringen wir es hinter uns! Wenn Sie mir den Appetit aufs Mittagessen verderben, ziehe ich Sie zur Verantwortung, Doktor.«
In dem engen Laderaum, der gelegentlich als Leichenkammer dienen mußte, beobachtete der Kapitän, wie der Arzt das Leintuch zurückzog, um den Grund seiner Beunruhigung vorzuführen.
»Aha.« Der Kapitän seufzte tief. »Schlimm, Doktor! Das ist schlimm. Haben Sie das Mr. Saxon schon gezeigt?«
»Noch nicht, Captain.«
»Das sollten Sie aber schleunigst nachholen. Unter uns: Ich hoffe, er ist dieser Aufgabe gewachsen. Ich hoff' es.«
Livy Cordell fand Barbara kurz vor dem Mittagessen. Sie saß mit Paul an einem Tisch im Rauchsalon. Vor ihnen lagen aufgedeckte Spielkarten, und sie schienen über diese zu diskutieren.
»Mein Gott, hier bist du ja!« seufzte Livy.
»Hallo, Livy«, bemerkte Barbara leichthin. »Du kommst gerade recht. Kannst du Auktionsbridge spielen? Paul will es mir gerade zeigen.«
»Wir haben dich den ganzen Vormittag gesucht, deine Mutter ist vor Sorge um dich ganz außer sich.«
Barbara schüttelte unwillig den Kopf. »Sie macht sich Sorgen? Livy, kannst du dir vorstellen, wie mir zumute ist, wenn meine Mutter gleich durchdreht, nur weil ich nicht frühstücke? Ich bin doch kein Kind mehr! Ich hab' ein Jahr lang in Paris gelebt, ohne daß mir Mutter die Hand gehalten hat. Wir werden ein ernstes Wort mit ihr reden müssen.«

»Barbara, sie hatte einen Grund, sich Sorgen zu machen. Du warst nicht in der Halle bei der Morgenandacht, nicht wahr?«
»Ist das der Grund?« Zu Paul gewandt, fuhr Barbara fort: »Ich geh' nicht zur Kirche, was muß ich doch für eine verlorene Seele sein!«
Livy ging auf ihren Sarkasmus nicht ein. »Ich wollte damit nur sagen, daß du nicht hören konntest, was der Kapitän von der toten Frau erzählt hat.«
»Von der toten Frau? Wer ist tot?«
»Das ist es ja. Niemand weiß etwas. Sie fiel in der vergangenen Nacht ins Meer, und als sie sie herausfischten, war sie tot. Kein Mensch kennt sie. Aber nun verstehst du hoffentlich, weshalb sich Marje solche Sorgen um dich gemacht hat.«
Barbara stand auf. »Dann geh' ich am besten gleich zu ihr. Wo ist sie denn?«
»Sie wollte in deiner Kabine nachsehen.« Als Barbara gegangen war, sagte Livy zu Paul: »Das wird ein Wiedersehen werden! Wie wär's mit einem Bier?«
Sie gingen mit ihren Gläsern wieder an den Tisch zurück, und Livy sagte: »Sie wollten Barbara also zeigen, wie man Bridge spielt?«
Paul nickte. »Kein schlechtes Spiel. Wir haben gestern abend mit zwei Leuten Whist gespielt und waren am Ende sogar recht gut. Die anderen meinten, Bridge sei noch besser, und ich wollte Barbara deshalb erklären, wie das Bieten geht.«
»Ihr beiden müßtet ein gutes Team abgeben. Habt ihr nicht zusammen Mathematik studiert?«
»Ich weiß nicht, ob das so ein Vorteil ist«, sagte Paul und lächelte.
»Die Leute, mit denen ihr gespielt habt – wie seid ihr überhaupt darauf gekommen, gemeinsam Karten zu spielen?«
»Reiner Zufall. Ich unterhielt mich gerade mit dem Herrn, der meine Brieftasche abgeliefert hat, da kam diese Frau und fragte uns, ob wir beim Bunten Abend mitmachen wollen.«
»Die, die hier mit Barbara gesprochen hat?«
»Ja. Jack ließ irgendwie das Wort Whist fallen, und die Dame versprach, uns nicht mehr wegen des Konzerts zu belästigen, wenn wir eine Whistrunde auf die Beine stellten. Ich habe deshalb Barbara gebeten, als meine Partnerin zu spielen, und alles lief ganz gut, bis die beiden ausfielen.«
»Wieso?«
»Das Übliche. Sie meckerte darüber, wie er spielte. Es störte ihn kaum, bis sie am Schluß Geld auf den Tisch legte. Für Geld zu spie-

len ist nicht erlaubt, und er forderte sie barsch auf, das Geld verschwinden zu lassen. Im Grunde blöd, aber beim Kartenspielen werden die Leute oft so. Er stand auf und ging, während sie dem Weinen nahe war. Doch Barbara konnte sie beruhigen. Das war, als ich Sie an der Bar traf.«
»Ich erinnere mich. Und ihr beide wollt trotzdem noch Karten spielen?«
»Warum nicht? Wir hatten keinen Streit. Wir haben gewonnen.«
»Barbara ist nicht so gelassen, wie sie zunächst wirkt. Sie kann sich beim Spielen enorm aufregen. Sie verliert nicht gern.«
»Das hab' ich schon bemerkt«, antwortete Paul. »Aber glauben Sie mir, Livy, das ist ein positiver Zug. Der gefällt mir.«

3

Im Speisesaal zweiter Klasse gab es keine Einzeltische. Man saß zu viert oder zu sechst. Zum Frühstück war Walter zeitig erschienen. Er hatte an einem Tisch für sechs Personen Platz genommen. Gegenüber von ihm hatte ein junges Paar gesessen. Möglicherweise waren sie frisch verheiratet gewesen. Mit Walter hatten sie kein Wort gewechselt.
Beim sonntäglichen Mittagessen war es anders. Pünktlich um eins wurde serviert, und fast jeder kam in Gesellschaft. Walter suchte sich einen Tisch, der für vier gedeckt war. Drei Personen saßen bereits: ein Mann und eine Frau mit Kind, einem kleinen Mädchen. Dessen Haar war zu einem Zopf geflochten, der über die Stuhllehne baumelte. Walter fragte, ob er sich dazusetzen dürfe.
»Aber bitte«, sagte der Mann mit mittelenglischem Akzent. »Wir freuen uns über Gesellschaft. Ich heiße Wilf Dutton, das ist meine Frau Jean und das unsere Sally.«
»Angenehm, Dew, Walter Dew.« Walter lächelte und griff nach der Speisekarte.
»Warum setzt sich dieser Mann an unseren Tisch?« fragte Sally.
»Das ist nicht unser Tisch, er steht allen zur Verfügung«, sagte Jean mit einem schüchternen Lächeln.
»Besser als zu Hause«, meinte Wilf.
»Wie bitte?« fragte Walter.
»Ich sagte: Besser als zu Hause. Drei verschiedene Braten zur Auswahl.«

»Ja, ganz richtig.«
»Wir wandern aus. In Leicester gab's keine Arbeit. Waren Sie schon mal in Leicester? Sie sehen nicht danach aus. Mein Bruder hat in Rhode Island ein Geschäft. Er ist Baumeister wie ich. Er riet uns, alles zu verkaufen und rüberzukommen. Er schickte uns sogar die Tickets, zweiter Klasse. Nicht schlecht, oder? Kenn' ich Sie nicht, Mr. Dew?«
Walter schüttelte den Kopf. »Ich glaube kaum.«
»Ihr Gesicht kommt mir bekannt vor. Waren Sie in Leicester?«
»Wilf«, ermahnte ihn Jean, »frag doch nichts so Persönliches.«
»Was ist denn da Persönliches dran?« verteidigte sich Wilf.
»Vielleicht war ich als Kind mal dort«, antwortete Walter, »aber in letzter Zeit bestimmt nicht.«
»Was machen Sie beruflich, Mr. Dew?«
»Wilf!« stöhnte Jean mit Leidensmiene.
»Ich bin pensioniert.« Walter wandte sich an das Kind und fragte: »Ist das deine erste Seereise, Sally?«
»Sally, der Herr spricht mit dir«, schaltete sich Jean ein.
»Sie schauen nicht so alt aus, als wären Sie schon pensioniert«, ergriff Dutton wieder das Wort. »Was waren Sie denn? Soldat?«
»Gib schön Antwort«, sagte Jean.
»Nein«, erwiderte Sally.
»Muß sie auch nicht«, sagte Walter. »Sie ist wie ich: anfangs immer etwas scheu. Haben Sie die Karte schon gehabt, Mrs. Dutton?«
»Also, wenn es nicht Ihr Gesicht ist, dann ist es Ihr Name, der mir bekannt vorkommt«, fing Wilf wieder an. »Walter Dew ... Sind Sie vielleicht zufällig jemand Berühmtes?«
»Es ist ein ganz gängiger Name.«
»Der Steward kommt, um die Bestellung aufzunehmen, Schatz«, sagte Jean. »Was ist das: Minestrone?«
»Gemüsesuppe«, klärte Walter sie auf.
»Sie hat *mich* gefragt«, sagte Wilf. »Ich hätte es ihr schon gesagt.«
»Wenn ich das Thema wechseln darf«, meldete sich Jean, »haben Sie schon von der armen Frau gehört, die über Bord gefallen ist, Mr. Dew?«

Dasselbe Thema wurde an den runden, weißgedeckten Tischen der ersten Klasse diskutiert und an den aufgereihten Klapptischen der dritten. Den Nachmittag über entwickelten die Passagiere die verschiedensten Theorien. Ein nicht abreißender Strom von Zeugen, die etwas gesehen oder gehört haben wollten, sprach beim Polizeioffizier vor. Ihre Aussage wiederholten sie dann vor den Leuten im Liegestuhl. So erfuhr man, daß Mr. Saxon recht eigenartige Fragen stellte. Er wollte wissen, ob gegen Mitternacht auf Deck oder im Bereich der Kabinen jemand beobachtet wurde. Einige Leute fragte er, ob sie Geräusche von einem Kampf oder Schreie gehört hätten. Einer von Mr. Saxons Besuchern war ein Page. Er war sehr nervös. Während er seine Aussage machte, stand er förmlich stramm, und er heftete den Blick auf den Schatten der Lampe hinter Mr. Saxons Kopf.

Als der Junge fertig war, fragte ihn Mr. Saxon: »Bist du sicher, daß du nichts durcheinanderbringst? Beim Einschiffen siehst du doch eine Menge Passagiere. Wie willst du dich da genau erinnern?«

»Das weiß ich auch nicht, Sir.«

»Wie, hast du gesagt, war ihr Name?«

»Mrs. Brownhoff, Sir.«

Der Polizeioffizier warf dem Offizier, der ihm assistierte, einen Blick zu. Der schaute die Passagierliste durch und schüttelte dann den Kopf.

»Niemand an Bord heißt so. Und du hast die Dame zu ihrer Kabine geführt? Welche Nummer hatte sie denn?«

Der Page senkte den Blick.

»Erinnerst du dich?«

»Auf alle Fälle backbords, Sir.«

»Warum weißt du das so genau?«

»Sie fragte mich, auf welcher Seite des Schiffs die Kabine sei. Sie hat mir einen Shilling gegeben.«

Mr. Saxon seufzte. »Das ist wohl die einzige zuverlässige Aussage.« Zum Pagen gewandt fuhr er fort: »Und du willst die Dame seitdem nicht mehr gesehen haben? Hast du inzwischen kontrolliert, ob alle Passagiere, die du zur Kabine begleitet hast, noch da sind?«

»Nein, Sir.«

»Wenn sich deine Mrs. Brownhoff nun am ersten Tag auf See nicht wohl fühlt, könnte sie ja in der Kabine blieben, und du würdest sie nirgendwo auf dem Schiff treffen.«

»Das nehme ich an, Sir.«

»*Annehmen* tust du das? Was soll das heißen?«

»Ich nehme an, Sir, daß ich sie dann nicht sehen würde.«

»Ich glaube, wir vergeuden hier kostbare Zeit«, knurrte Mr. Saxon.

Da sagte der Offizier mit der Passagierliste: »Wir haben allerdings eine Mrs. Baranov in der Kabine neunundachtzig.«
»Die wird aber nicht vermißt«, stellte der Offizier, der die Aussagen protokollierte, fest. »Heute früh war sie bei der Andacht. Dunkles Haar, ziemlich blaß, lächelt selten, sieht aber gut aus. Ende zwanzig, Anfang dreißig.«
Mr. Saxon fragte den Pagen: »Könnte das die Dame sein, die dir einen Shilling gegeben hat?«
»Ja, Sir.«
»Na schön. Es sieht doch ganz so aus, als wären wir deiner Geheimnistuerei auf die Spur gekommen. Hat dich jemand dazu angestiftet?«
»Nein, Sir.«
»Hör mal, wenn du mich absichtlich bei meinen Amtsgeschäften irreführst, sorge ich persönlich dafür, daß du nie mehr auf der ›Mauretania‹ oder auf einem anderen Schiff angeheuert wirst. Geh jetzt wieder auf deinen Posten!«
Die Anhörung der Passagiere dauerte noch den ganzen Nachmittag. Sie war zwar notwendig, aber Mr. Saxon wurde unruhig. Es mußte noch so viel erledigt werden. Jemand mußte zum Beispiel kontrollieren, ob auf dem Schiff alle Kabinen belegt waren. Auf die Kabinenstewards wollte er sich aber nicht verlassen. Deren Ruf war nur allzu bekannt. Jedermann wußte, wie skrupellos sie mit alleinreisenden Frauen umgingen. Eine neutrale Person hätte die Kabine überprüfen sollen. Ihm selbst fehlte dazu die Zeit, und er genoß nur unzureichende Unterstützung.

4

Als es Zeit war, den Tee einzunehmen, machte das Gerücht die Runde, daß die Frau ermordet worden sei. Im Teesalon der ersten Klasse, der im Stil des 18. Jahrhunderts eingerichtet war, schwirrten über den Lachsbrötchen und silbernen Teekannen entsetzliche Mordtheorien durch den Raum. Damen vergaßen den Mund zuzumachen, wenn ihnen ihre Reisegefährten ausmalten, welche Greuel unter ihnen, auf den tiefer liegenden Decks, lauerten. Lüstlinge mit Dolchen, betrunkene irische Heizer, gierige Maschinisten und diebische Emigranten schlichen durch die Laderäume und warteten, bis es Nacht wurde. Niemand war sicher. Die Aussichten waren

schrecklich. Es gab kein Entrinnen. Sie waren Gefangene des Schiffes. In sämtlichen Gesellschaftsräumen konnte man verfolgen, wie dem allgemeinen Unbehagen auf die verschiedenste Weise Luft gemacht wurde:
»Vielleicht rennt ein Verrückter frei herum. Was unternimmt man denn dagegen?«
»Meine Liebe, unter*nommen* wird nichts, sie unter*suchen* den Fall immer noch.«
»Das ist doch absurd. Der Kapitän ist verpflichtet, für unsere Sicherheit zu sorgen.«
»Du fürchtest dich doch nicht im Ernst? Wo du sonst immer so mutig bist.«
»Hör bitte mit dieser Tour auf! Wenn du dich nur einen Deut um meine Sicherheit kümmerst, gehst du jetzt zum Kapitän und verlangst Aufklärung darüber, was er zu tun gedenkt, um uns vor diesem Wahnsinnigen zu schützen.«
»Laß dir nur Zeit, meine Liebe, er tut, was er kann, davon bin ich überzeugt.«
Auf dem Bootsdeck kam Alma eine ähnliche Unterhaltung zu Ohren. Der Wind trug ihr die letzten Worte zu, als sie an dem Paar längst vorbeigegangen war: »Solche Frauen wie die tun mir aufrichtig leid. Stell dir vor, du bist ganz allein – und hier rennt ein Mörder frei herum!«
Sie hatte den Nachmittag lesend in der Kabine verbracht und war jetzt unterwegs, um Luft zu schnappen. Als sie das Wort »Mörder« hörte, durchzuckte es sie, und sie begann zu zittern. Hatte sie richtig gehört? Ihr wurde übel. Sie wandte sich zum Meer und klammerte sich an die Reling.
»Kann man Ihnen helfen?« erkundigte sich ein Herr.
»Danke. Nein.«
»Sie sind aber schrecklich blaß. Haben Sie schon mal Mothersill's versucht? Die helfen wirklich. Ich habe welche bei mir. Mögen Sie eine Tablette?«
»Danke, das ist es nicht. Ich fühle mich recht wohl.«

Auf dem tiefergelegenen Hauptdeck promenierten Wilf und Jean Dutton Arm in Arm. Hinter ihnen hüpfte Sally mit dem Springseil, und Jean schaute sich ständig nach ihr um.
»Kannst du sie denn nicht einen Augenblick vergessen!« sagte Wilf. »Sie ist doch nicht blöd. Die fällt schon nicht ins Wasser.«

»Du weißt, warum ich sie nicht aus den Augen lassen will«, antwortete Jean.
»Schatz, es war eine erwachsene Frau. Männer, die hinter Frauen her sind, geben sich nicht mit kleinen Mädchen ab. Wenn hier jemand in Gefahr ist, so bist du es.«
»Furchtbar!« sagte Jean. »Wenn wir doch bloß in Leicester geblieben wären! Anstellung hin, Anstellung her.«
»Du hast Nerven – du, ist das nicht der Kerl, der mit uns zu Mittag gegessen hat?«
Jean musterte die gebeugte Gestalt, die aufs Meer hinausstarrte.
»Ja, das ist er. Laß ihn, Wilf! Der meint, er ist was Besseres.«
»Ist er aber nicht. Wir wissen's doch: Mr. Walter Dew, im Ruhestand. Ich wüßte gern, was er früher gemacht hat. Warum war er denn so schweigsam, als ich ihn danach gefragt hab'? Wovon glaubst du, daß er gelebt hat? War er ein Pfandleiher? Nein, das paßt nicht zu ihm. Der war was Geschniegeltes. Vielleicht so ein Gigolo, danach sieht er doch eher aus. Stell dir vor, du tanzt Foxtrott mit ihm.«
»Sei nicht so albern!«
»Gut, dann war er eben was anderes. Aber was? Bestimmt irgendwas Zwielichtiges – da fress' ich meinen Hut.«
»Wenn du es nur tätest!« sagte Jean. »Ein gräßliches Ding, speckig und abgescheuert. Ich möchte wissen, was deine Brüder dazu sagen. In Amerika trägt man so etwas nicht.«
»Ich hab's. Er ist der Mörder. Darum will er nichts sagen.«
»Pst, Wilf! Nicht so laut!«
»Dr. Crippen persönlich.«
»Schwachsinn! Der wurde doch schon vor dem Krieg gehängt.«
»Weiß schon. Laß mich doch einen Witz machen! Der arme, alte Dr. Crippen an Bord und ...« Wilf hielt inne. »Mein Gott! Jetzt weiß ich, wer das ist.«

5

Zwischen sieben und acht Uhr abends trafen sich die Passagiere in der Halle zum Cocktail. Zu dieser Stunde führten die Damen ihre Abendkleider vor, und die üppigen Seiden- und Satinstoffe nahmen sich zwischen den schwarzen Sakkos und steifen Hemden der Herren als lebhafte Farbtupfer aus. Bei diesem gesellschaftlichen Höhepunkt des Tages wirkten selbst die überladenen Mahagonischnitze-

reien der Halle, an denen dreihundert palästinensische Handwerker ihr Geschick bewiesen hatten, angemessen. Für solch glanzvolle Szenen war die »Mauretania« wie geschaffen.
Barbara erschien in einem smaragdgrünen Taftkleid von Lanvin, das sie in London gekauft hatte. In Paris hätte es zwar nur die Hälfte gekostet, aber dort hatte sie noch keinen Gedanken an modische Dinge verschwendet. Gut, daß Livy so großzügig mit Geld umging. Zum Kleid trug sie ein paar passende Smaragdohrringe und einen schwarzen Fächer. Sie hatte am Vorabend im Rauchsalon den Zigarrenqualm zu spüren bekommen, wollte dies aber nicht als Vorwand gelten lassen, nicht mehr Karten zu spielen. Sie wünschte sich Paul als Bridgepartner und war überzeugt, daß sie ein Siegesgespann abgeben würden.
»Abwarten, ob Jack mitmacht«, meinte Paul zu ihr, als sie ihren Sherry schlürften. »So sicher ist das nicht.«
»Katherine spielt gewiß mit«, meinte Barbara. »Sie hat mir gestern abend erzählt, daß Bridge interessanter ist als Whist.«
»Vielleicht wollen die beiden nach dem Krach wegen des Geldes nicht mehr zusammen spielen.«
»Das war doch kindisch«, sagte Barbara. »Ich vermute, daß ihnen jede Gelegenheit, die Sache ungeschehen zu machen, willkommen ist.«
»Kann sein. Wir werden sie fragen. Hast du die beiden heute schon gesehen?« Die Schiffssirene, die zum Abendessen rief, schnitt das Gespräch ab.
»Schade«, sagte Paul. »Es wäre nett gewesen, sie vor dem Essen noch zu treffen.«
Barbaras Blick war auf den Durchgang zum Rauchsalon gerichtet. »Dort ist Jack. Er ist gerade gekommen.«
Sie gingen um eine größere Gruppe herum, um ihn abzufangen. Jack wirkte geistesabwesend, auch nachdem Paul ihn begrüßt hatte.
»Jack, gerade haben wir Sie gesucht. Spielen wir nach dem Essen wieder? Barbara möchte Bridge lernen.«
»So ...« sagte Jack zerstreut.
»Katherine meinte, Bridge würde mir besser gefallen als Whist«, erklärte Barbara.
»Haben Sie denn mit Katherine gesprochen?«
»Gestern abend, nachdem Sie gegangen waren. Sie meinte, eine Seereise sei die ideale Gelegenheit, es zu lernen.«

»Ja«, sagte Jack ohne Begeisterung.
»Wenn sie keine Lust haben, suchen wir uns jemand anderen«, fuhr Barbara fort. »Mit einem Anfänger zu spielen ist bestimmt kein Vergnügen.«
»Das habe ich nicht gemeint«, antwortete Jack.
»Nein, nein, bestimmt nicht.«
»Verbleiben wir so«, schlug Paul vor, »wenn wir Katherine treffen, und sie macht mit, treffen wir uns dann wie gestern abend im Rauchsalon?«
Jack schien die Frage nicht gehört zu haben und erkundigte sich bei Barbara: »Was hat sie Ihnen gestern abend noch gesagt?«
»Ich weiß nicht, nichts von Bedeutung. Wir tranken Kaffee, sie war ein bißchen unglücklich, aber es ging ihr bald besser. Wir plauderten über Dinge, die sich Frauen eben so erzählen.«
»Was meinen Sie damit?«
Barbara fühlte, daß sie rot wurde. »Gott, ich erzählte ihr, wie ich Paul kennengelernt hatte.«
»War das alles?«
»So ziemlich. Sie ging dann bald zu Bett. Habe ich irgend etwas falsch gemacht?«
»Nein, verzeihen Sie! Ich wollte nicht neugierig sein.«
»Ich glaube nicht, daß sie aus einem unbedeutenden Vorfall beim Kartenspielen eine Affäre macht«, sagte Barbara.
»Kaum«, meinte Jack kurz angebunden. »Wenn sie mich jetzt bitte entschuldigen ...« Er verlor sich im Gedränge Richtung Speisesaal.
Barbara wollte gerade sagen: »Aber Sie haben uns noch nicht ...« Da nahm Paul sie am Arm aund beschwichtigte sie: »Laß es gut sein.«

6

»Da sind sie ja!« rief Johnny Finch, als habe er die bedeutsamste Entdeckung der Reise gemacht. »Ich hab' Sie seit Stunden nicht mehr gesehen.«
»Ich habe den ganzen Tag meine Kabine nicht verlassen«, erklärte ihm Alma.
»Das ist auch kein Wunder«, erwiderte Johnny. Er stand vor Almas Tisch im Speisesaal. Vertraulich beugte er sich zu ihr hinab. »Hören Sie, ich würde gerne etwas Bestimmtes mit Ihnen besprechen. Ist es

sehr aufdringlich, wenn ich Sie noch einmal an meinen Tisch einlade?«
Mehrere Male hatte sich Alma bereits die passende Antwort vorgesagt: »Mr. Finch, ich finde das sehr freundlich von Ihnen, und ich fand auch Ihre Gesellschaft gestern abend sehr angenehm, aber ich muß Ihnen sagen, daß ich lieber allein bin. Verzeihen Sie also bitte, daß ich Ihre Einladung nicht annehme.«
Johnny kniff die Augen halb zu. »Ich scheine mich wohl nicht richtig ausgedrückt zu haben. Liebe Mrs. Baranov, Sie haben wohl einen falschen Eindruck von mir. Das, worüber ich mit Ihnen sprechen wollte, ist nichts Persönliches. Ich bin nicht der Typ, für den mich Frauen oft halten. Mir geht es nur um eine Angelegenheit von allgemeinem Interesse, das dürfen Sie mir glauben. Es hat mit dem armen Geschöpf zu tun, das man in der vergangenen Nacht aus dem Wasser gefischt hat.« Alma erstarrte. Ihr Herzschlag beschleunigte sich. Nur mit Mühe konnte sie ihre Selbstkontrolle bewahren. Sie sagte: »Dann ist es natürlich etwas anderes, da gebe ich Ihnen recht. Aber für eine Unterhaltung bei Tisch erscheint mir das Thema nicht allzu passend.«
Johnny blickte enttäuscht drein. »Das kann ich kaum bestreiten.«
»Und zudem weiß ich nicht«, fügte Alma hinzu, »was es mit mir zu tun haben soll.«
»Nur insofern, als es mit allen alleinreisenden Damen auf diesem Schiff zu tun hat«, sagte Johnny mit unbekümmerter Miene, von der Alma sich freilich nicht täuschen ließ. »Aber nachdem Sie offensichtlich nicht darüber sprechen wollen ...« Er streckte die Hände in einer vagen Geste von sich.
»Hat es bis nach dem Essen in der Halle Zeit?«
Er lächelte. »Ich werde einen Sessel reservieren.«

»Wissen Sie«, sagte er eine Stunde später zu ihr, als ihnen an einem hinter einer Kübelpalme versteckten Tisch der Kaffee serviert wurde, »angesichts der Art, wie dieser unglückselige Vorfall aufgeklärt wird, herrschen unter den Passagieren gewisse Bedenken. Man hat das Gefühl, daß der Polizeioffizier – von seiner Gewissenhaftigkeit bin ich überzeugt – die Sache nicht in optimaler Weise angeht. Soviel man hört, vergräbt er sich in einem Wust von Befragungen, aber es geschieht nichts Definitives, um festzustellen, wer diese Frau war und wie sie ums Leben kam. Beunruhigende Gerüchte sagen, daß sie ermordet worden sei.«

»Das habe ich auch schon gehört«, entgegnete Alma. »Aber ich vermute, daß das nur dummes Gerede ist.«
»Hoffentlich haben Sie recht«, meinte Johnny. »Das sagt man nämlich schon fast auf dem ganzen Schiff. Die Leute haben Angst, meine Verehrteste. Sie können sich eben nicht darauf verlassen, daß Mr. Saxon sie beschützt. Aber Damen, die alleine reisen, haben ein Recht auf Schutz.«
»Ach«, sagte Alma und versuchte, ihre Erleichterung zu verbergen. Solche Möchte-gern-Casanovas, die unerfahrenen alleinreisenden Damen zum Schutze ihrer Tugend die Begleitung anboten, kannte sie schon aus ihren empfindsamen Romanen. »Ich habe nicht das Gefühl, daß ich Schutz brauche, danke schön!«
Johnnys faltenreiches Gesicht verzerrte sich wieder gequält. »So war es nicht gemeint, Verehrteste. Ich wollte Sie eigentlich fragen, ob Sie sich der Abordnung anschließen wollen.«
»Welcher Abordnung?«
»Der Abordnung unzufriedener Passagiere. Wir sind schon mindestens zwanzig, fast nur Männer. Wir brauchen aber noch mindestens eine Frau, um die weiblichen Belange zu betonen. Da dachte ich an Sie.«
»Nein«, sagte Alma entschieden. »Nicht mich.«
»Warum denn nicht? Der Kapitän ist doch auch nur ein Mensch. Er wird uns schon nicht fressen.«
»Ich weiß nicht, wozu das gut sein soll. Was wollen Sie denn damit erreichen?«
»Das wollte ich Ihnen gerade sagen«, antwortete Johnny. »Ich weiß nicht, ob ich schon erwähnt habe, daß sich die Unzufriedenheit beileibe nicht nur in der ersten Klasse breitmacht. In unserer Abordnung sind auch Leute aus der zweiten Klasse und vom Zwischendeck, die über das Vorgehen des Polizeioffiziers beunruhigt sind. Von ihnen haben wir auch gehört, daß in der zweiten Klasse rein zufällig ein Passagier mitfährt, der wesentlich besser geeignet ist, einen mysteriösen Todesfall aufzuklären, als Mr. Saxon. Sie haben bestimmt schon einmal von ihm gehört: Inspektor Dew von Scotland Yard.«

7

Captain Rostron legte Mr. Saxon die Hand auf die Schulter. »Es ist bestimmt kein Mißtrauen«, versicherte er seinem Polizeioffizier. »Niemand wird die Mühe bestreiten können, die Sie schon auf sich genommen haben, um dieses Verbrechen aufzuklären. All diese Befragungen, sie waren gewiß unentbehrlich. Aber bei Inspektor Dew – wenn er es wirklich ist – handelt es sich eben um einen Spezialisten für Mordfälle.« Er lächelte. »Genauer gesagt, für die Aufklärung von Mordfällen. Er war mindestens zwanzig Jahre bei Scotland Yard.«

»Ja, Captain«, sagte Mr. Saxon mit unbeteiligter Stimme.

»Wenn das nicht zählt!« meinte der Kapitän. »Bei der Polizei gilt doch Mord als eine Angelegenheit für Spezialisten, nicht wahr? Haben Sie ... äh ... viele Mordfälle gehabt, als Sie noch bei der Hafenpolizei waren?«

Mr. Saxons Lippen wurden schmal. Er schüttelte den Kopf. »Wir hatten vor allem Zollvergehen. Aber ich bin überzeugt, daß ich mit diesem Fall auch zu Rande komme.«

»O ja«, antwortete Captain Rostron, »das haben Sie bereits gezeigt, Mr. Saxon. Aber es geht ja nicht nur darum, einen Mörder zu entlarven. Fast ebenso wichtig ist es, den Passagieren zu demonstrieren, daß wir peinlichst um ihr Wohlergehen besorgt sind. Der Vorschlag, Dew einzuschalten, kommt von den Passagieren. Ich kann ihn doch nicht ignorieren, nicht wahr? Es ist eine Frage des gegenseitigen Vertrauens, wenn Sie wollen.«

»Wir wissen doch gar nicht, ob es sich wirklich um den ehemaligen Scotland-Yard-Beamten handelt«, wandte Mr. Saxon ein.

»Das ist das erste, was wir klären sollten. Und dann müssen wir ihn fragen, ob er uns helfen will. Unser Vorschlag wird ihn nicht gerade entzücken. Er ist schon vor dem Krieg in Pension gegangen.«

Mr. Saxon schien Hoffnung zu schöpfen. »Vielleicht übernimmt er den Auftrag lieber unter meiner Federführung, Sir.«

Der Kapitän war skeptisch. »Ich glaube nicht, daß ich einen Mann von Dews Reputation bitten kann, unter Ihnen zu arbeiten. Und ich glaube, die Passagiere hören lieber, daß er sein eigener Herr ist. Aber es ist ja noch nichts entschieden, Mr. Saxon. Ich wollte nur, daß Sie sich mit allen Möglichkeiten vertraut machen. Darf ich mich – was immer bei der Sache auch herauskommt – auf Ihre Unterstützung verlassen?«

»Jawohl, Sir«, antwortete Mr. Saxon kleinlaut.
»Ich werde Sie rufen, damit Sie ihm das Nötigste berichten. Aber sprechen Sie erst, wenn ich Sie darum bitte.« Der Kapitän griff nach seiner Jacke und zog sie an. »Er wartet draußen mit dem Dritten Offizier. Sind Sie doch so gut, und bitten Sie ihn hereinzukommen.«
Der Mann, der eintrat, hätte seiner Größe nach gut ein Polizist sein können, und dem Alter nach war es leicht möglich, daß er schon in Pension war. Er hatte einen buschigen schwarzen Schnurrbart, der von den Zeitungsfotos her bekannt war, auf denen Inspektor Dew Dr. Crippen und Ethel Le Neve vom Schiff führte, um sie der Justiz zu überantworten.
Heute glich er aber mehr der Beute als dem Jäger. Sein Blick schweifte unruhig durch die Kajüte, als suche er eine Möglichkeit zu entfliehen.
Captain Rostron war aufgestanden und streckte ihm die Hand entgegen. »Sehr freundlich von Ihnen, uns hier aufzusuchen, Mr. Dew. Wir brauchen uns sicher nicht mehr vorzustellen, Sie wissen sicher, wer wir sind, und wir glauben zu wissen, wer Sie sind.« Der Kapitän lächelte, während er sprach, er zwinkerte beinahe mit den Augen.
Walter starrte ihn glasig an.
»Setzen wir uns doch!« fuhr der Kapitän fort, bat seinen Gast in einen Stuhl und setzte sich zwanglos auf die Kante des großen Mahagonischreibtisches. Saxon suchte sich einen Stuhl neben der Tür.
»Ich möchte nicht lange um die Sache herumreden, Mr. Dew, wenn ich Sie so nennen darf. Zum Cocktail habe ich Sie nicht hergebeten, so interessant das auch gewesen wäre. Wie Sie wissen, haben wir in der vergangenen Nacht eine Frau aus dem Meer gefischt. Die Ärmste ist tot. Das wußten Sie doch?«
»Ja«, antwortete Walter fast flüsternd.
»Mr. Saxon dort übernahm den Fall. Er ist der Polizeioffizier, und seine Aufgabe ist es, solange wir auf hoher See sind, jeder Unregelmäßigkeit nachzugehen. Mr. Saxon war bei der Polizei.«
»Bei der Hafenpolizei in London«, korrigierte Mr. Saxon.
»Seine Spezialität sind Schmuggler und blinde Passagiere, aber ein verdächtiger Todesfall ist was anderes. Ich werde Sie jetzt ins Vertrauen ziehen, Mr. Dew; ich sagte: ein verdächtiger Todesfall.«
Walter nickte ernst.
»Mir ist etwas zu Ohren gekommen«, fuhr der Captain Rostron fort, »etwas über Sie. Vielleicht stimmt es nicht, es gibt ja die ver-

rücktesten Zufälle. Aber wenn ich nicht falsch informiert bin, dann sind Sie der einzige Mensch auf der ›Mauretania‹, der mir bei der Ermittlung helfen kann.« Er wollte sich von der Wirkung seiner Worte überzeugen.
Walter senkte den Blick und schaute seine Hände an, die zitterten.
»Sie sind doch der frühere Chefinspektor Dew von Scotland Yard?« fragte der Kapitän, nun etwas weniger zuversichtlich.
Walter blickte auf. Er schaute zuerst den Kapitän an, dann Mr. Saxon. »Was soll das?«
»Ich dachte, ich hätte es ihnen erklärt. Wir brauchen die Hilfe eines Fachmanns, Mr. Dew. Sind Sie nun der Detektiv, der Dr. Crippen festgenommen hat, oder nicht?«
Walter nestelte an seiner Krawatte herum. »Na schön: ja.«
Captain Rostron schaute zu seinem Polizeioffizier hinüber. »Ich bin erleichtert. Einen Augenblick lang dachte ich schon ... vergessen wir es!« Er wandte sich wieder an Walter: »Ich will ganz offen mit Ihnen reden, Inspektor. Wir glauben, die Dame war bereits tot, als man sie ins Wasser warf. Wir glauben, daß sie ermordet wurde.«
»Warum?« fragte Walter und runzelte die Stirn.
»Ich meine, Sie sollten sich selbst davon überzeugen und sich Ihr Urteil bilden, Inspektor – das heißt, wenn Sie sich mit dem Fall beschäftigen wollen.«
»Wie meinen Sie das? Ich soll versuchen, Ihnen zu helfen?«
»Wir haben uns eigentlich mehr erwartet. Wir hofften, Sie würden damit einverstanden sein, die Zuständigkeit für diesen Fall zu übernehmen.«
Walter schüttelte den Kopf. »Nein, das kann ich nicht.«
»Warum nicht, Inspektor? Mr. Saxon würde nur allzu gern einen Detektiv mit Ihrem Können und Ihrer Erfahrung den Vortritt lassen.«
Walter drehte sich auf seinem Stuhl um und blickte Mr. Saxon an, der ins Leere starrte. »Ich ... äh ... ich bin längst nicht mehr im Dienst«, sagte er.
»Das ist uns bekannt«, meinte der Kapitän. »Aber Sie sind meines Erachtens jünger als ich.« Er lachte. »Und ich fühle mich noch nicht zum alten Eisen gehörig. Sie wollen mir doch nicht weismachen, daß Sie nicht noch genauso auf Draht sind wie damals, als Sie Dr. Crippen schnappten.«
»Aber mir fehlt jede Berechtigung, ich bin lediglich eine Privatperson.«

Der Kapitän machte eine wegwerfende Handbewegung. »Überhaupt kein Problem. Ich werde sie dazu ermächtigen, das reicht. Ich kann die Leute hier taufen, vermählen und bestatten. Dann werd' ich doch um Gottes willen einen guten Detektiv beauftragen dürfen, für ihr Wohlergehen zu sorgen!«
»Für ihr Wohlergehen zu sorgen?«
»Indem *Sie* den Mörder finden, Inspektor. Ich bin doch für die Passagiere verantwortlich!«
»Das glaube ich auch.«
»Deshalb betrachte ich es als meine Pflicht, Sie um Ihre Mitarbeit zu bitten.«
»Ich bin nur Passagier auf Ihrem Schiff«, widersprach Walter. »Ich habe nichts, was ein Detektiv braucht.«
»Zum Beispiel?«
Walter rutschte verlegen auf dem Stuhl hin und her.
»Ein Notizbuch etwa.«
»Das sollen Sie kriegen«, versicherte ihm der Kapitän. »Dazu Handschellen, eine Lupe« – er begann, Gegenstände vom Schreibtisch zu nehmen –, »einen Bleistift, ein Metermaß, was immer Sie benötigen.«
»Polizeiberichte«, sagte Walter. »Ohne Polizeiberichte geht es kaum.«
»Ich kann Scotland Yard antelegrafieren«, erwiderte Captain Rostron. »Gerade Sie sollten das wissen, Inspektor.«
»Oh, ja.«
»Haben wir Sie jetzt überzeugt?«
»Ja«, meinte Walter zögernd. »Ich glaube, Sie haben mich überzeugt.«
»Na, endlich! Wir sind Ihnen sehr dankbar, nicht wahr, Mr. Saxon?«
»Sehr dankbar«, kam das Echo von Mr. Saxon.
»Ungeheuer dankbar.« Der Kapitän stand auf und ging zur Tür. »Ich vermute, Sie wollen die Leiche sehen.«

Es hätte ein Tag sein können, an dem allen der Puls rast und jedermanns Nerven zum Zerreißen angespannt sind, aber es war immer noch Sonntag. Um neun Uhr abends waren in der Halle der ersten Klasse alle Sitzplätze belegt, weil jedermann bei der »Soirée« dabei sein wollte. Es waren Solovorträge am Flügel und auf der Violine angekündigt, die Hauptattraktion sollte jedoch zweifelsohne Signor Martinelli darstellen, der sich bereit erklärt hatte, während des zweiten Teils beliebte Arien zu singen. Alma saß auf einem Eckplatz neben einer Dame in schwarzem Paillettenkleid, die sich offensichtlich für nichts anderes zu interessieren schien als für den kleinen Mann mit purpurfarbenem Kummerbund zu ihrer Linken. Der Platz schien Alma gerade richtig, um in Ruhe ihre Gedanken sammeln zu können. Aber sie hatte nicht mit Johnny Finch gerechnet. Nach den Schlußakkorden einer Chopin-Etüde hörte sie seine Stimme nur wenige Zentimeter von ihrem Ohr entfernt. Er saß auf dem Platz hinter ihr.

»Ich dachte, es interessiert Sie, daß wir die Sache durchgekriegt haben. Der Kapitän ist ein einsichtiger Mann. Er ließ unsere Abordnung ausreden, ohne mit der Wimper zu zucken. Jeder war überzeugt, er wußte, daß Dew an Bord war, aber ich möchte wetten, er hatte keine Ahnung. Er dankte uns für unseren Vorschlag und sagte, er habe das gleiche bereits erwogen. Und prompt hörte ich zwanzig Minuten später, daß er Dew zu sich rufen ließ.«

Johnnys letzte Worte waren kaum zu verstehen, weil aus verschiedenen Richtungen gezischt wurde. Die Pianistin schickte sich an, ein zweites Stück zu spielen. Alma saß da, unfähig zuzuhören. Sie versuchte, sich das Unfaßliche vorzustellen. Wenn Johnnys Vermutung stimmte, hatte man Walter gebeten, den Mord aufzuklären, den er begangen hatte. Es war verrückt und nicht zu glauben. Aber langsam dämmerte ihr, daß, wenn Walter mit der Rolle des Ermittlers in eigener Sache fertig wurde und darin überzeugte, nie jemand die Wahrheit erfahren würde. In den Applaus hinein, den die Pianistin erntete, sagte Johnny: »Angeblich will der Kapitän in der Pause etwas sagen. Ich tippe, er wird dabei nicht allein sein. Er hat jetzt einen Trumpf in der Hand, und sicher will er, daß wir ihn alle sehen.«

Während des anschließenden Violinsolos schickte Alma Stoßgebete für Walter gen Himmel. Der Ärmste hatte kaum den Schock überwunden, zum Kapitän gerufen zu werden, und nun sollte er auch noch den Passagieren präsentiert werden. Ob seine Nerven diese Zerreißprobe aushielten?

Der Geiger spielte gerade sein zweites Stück, da erstarrte Alma zu Eis. Sie sah den Kapitän in der Tür und neben ihm Walter, der totenbleich war. Die beiden warteten den letzten Ton ab, sie warteten auch noch den Applaus ab. Dann gingen sie zu der Stelle, wo der Geiger gestanden hatte.

In der Halle wurde es mäuschenstill. »Meine Damen und Herren«, sagte der Kapitän, »ich werde Ihr Vergnügen nicht lange stören. Diejenigen unter Ihnen, die heute in der Morgenandacht waren, werden sich erinnern, daß ich ein trauriges Ereignis erwähnte, den Tod einer Mitreisenden. Einige Herrschaften waren inzwischen so freundlich, dem Polizeioffizier ihre Beobachtungen mitzuteilen, die im Zusammenhang mit dem Vorfall stehen könnten. Einige Fragen harren jedoch noch der Beantwortung. Ich weiß, Sie legen Wert darauf, daß die Angelegenheit rasch geklärt wird, und ich bin selbstverständlich der gleichen Meinung. Ich freue mich deshalb, Ihnen mitteilen zu können, daß der Gentleman zu meiner Linken mir seine Hilfe angeboten hat. Er ist ein ehemaliger Chefinspektor von Scotland Yard und ein berühmter Detektiv. In der Tat wüßte ich – wenn man von Romanen absieht – keinen bekannteren Detektiv als den Mann, der Dr. Crippen entlarvt hat: Chefinspektor Dew.«

Hier wurde spontan Beifall geklatscht. Die Zuhörer richteten sich in ihren Sesseln auf und reckten die Hälse, um den Mann zu sehen, der Dr. Crippen verhaftet hatte. Walters Augen traten etwas hervor, aber er war der Situation gewachsen.

Der Kapitän fuhr fort: »Unter diesen Umständen habe ich den Chefinspektor gebeten, Mr. Saxon, für den es an Bord natürlich noch eine Menge anderer Dinge zu erledigen gibt, die Ermittlung abzunehmen. Ich weiß nicht, Inspektor, ob Sie in der gegenwärtigen Phase etwas sagen wollen ...«

»Nein«, sagte Walter mit fester Stimme.

»Dann möchte ich nur noch hinzufügen, daß ich überzeugt bin, die Passagiere und die Mannschaft werden Sie voll unterstützen, damit Ihre Ermittlung zufriedenstellend abgeschlossen werden kann.«

Wieder wurde geklatscht.

»Und nun tritt eine Pause von fünfzehn Miuten ein, ehe Signor Martinelli für Sie singen wird.« Captain Rostron wandte sich an Walter, sagte etwas zu ihm und verließ mit ihm die Halle.

»Was hab' ich Ihnen gesagt!« triumphierte Johnny.
»Ja«, hauchte Alma, die jetzt erst wieder zu atmen begann.
Einige Reihen weiter vorn sagte Marjorie zu Livy: »Jetzt scheinen sie endlich einen Fachmann zu haben. Wer war denn dieser komische Dr. Crippen?«
»Vor einigen Jahren füllte er sämtliche Schlagzeilen. Ein Arzt in London. Er hatte seine Frau vergiftet und in kleine Stücke zerschnitten. Die verscharrte er im Keller seines Hauses. Mit seiner Geliebten schiffte er sich dann nach Kanada ein.«
»Igitt!« schüttelte sich Marjorie. »Diese Engländer mögen ja vollendete Manieren haben, aber was für gotteslästerliche Dinge sie sich dann wieder antun!«
»Liebling, Dr. Crippen stammte aus Coldwater in Michigan«, belehrte sie Livy.
Engländer und Amerikaner begrüßten jedoch einhellig, daß sich nun Chefinspektor Dew des Falls annahm. Bei Hühnchensandwich und Kaffee wurden seine Heldentaten angeregt diskutiert. Während seiner über zwanzigjährigen Dienstzeit war in seinem Aufgabenbereich nur ein Mord unaufgeklärt geblieben. Es war sein erster großer Fall gewesen, als er noch Anfänger war: Jack the Ripper. Einen tüchtigeren Polizeibeamten konnte man sich nicht vorstellen. Die Ängste, die sich während des Tages angestaut hatten, waren wie vom Wind vertrieben.
Die Unterhaltung glich einem Chor, der das Loblied Inspektor Dews, Scotland Yards und des vernünftigen Captain Rostrons anstimmte.
Die Stimmung war so gelöst, daß Martinelli, als er sang, ein Publikum vorfand, wie es besser nicht hätte sein können. Man applaudierte, rief bravo und forderte Zugaben. Und so blieb völlig unbemerkt, daß die letzte Arie »Nessun dorma« war – »Keiner schlafe!«.

9

Als die Gesangsdarbietung zu Ende war, schlug Alma Johnnys Einladung zu einem Gutenachttrunk aus. Sie ging am Speisesaal vorbei und durch die Empfangshalle zum Gesellschaftszimmer. In der Vorkriegszeit, als der Rauchsalon den Herren vorbehalten war, hatte das Gesellschaftszimmer ein Reservat der Damen dargestellt. Eine Atmosphäre der Ruhe und Kultiviertheit ging immer noch von ihm aus. Die Sessel waren hier stoffbezogen, und die Tapete hatte einen sanften Grünton. Auf niederen, runden Tischen lagen Zeitschriften wie »Vanity Fair« und »Vogue«. Alma hielt sich lieber im Gesellschaftszimmer auf als in ihrer Einzelkabine. Bald wurde sie von einer Dame aus Baltimore in ein Gespräch verwickelt. Die Frau war auf der Flucht vor ihrem ehemaligen Gatten, der eine Aussöhnung wünschte, und für Alma bedeutete es einen Trost zu hören, daß auch andere Leute Probleme hatten.

Kurz vor Mitternacht kam ein Page ins Gesellschaftszimmer, um Mrs. Baranov auszurufen. Er wiederholte den Namen zweimal, ehe Alma darauf reagierte. Er hatte eine Nachricht für sie. Auf dem Zettel stand: RETTUNGSBOOT 3, BOOTSDECK BALDMÖGLICHST, W.

Walter! Er brauchte sie. Der Ärmste, was für einen Schock mußte er hinter sich haben! Der ganze Plan hatte sich nun gegen ihn gekehrt. Er war sicher außer sich, und die Mitteilung war sein Hilferuf. Sie sagte zu ihrer Gesprächspartnerin, daß sie gehen müsse.

»Sie sollten vorsichtig sein«, warnte sie die Dame, »und das Schicksal nicht herausfordern.« In der Unterhaltung der beiden war dies die erste Anspielung auf das Thema, das so viele beschäftigte.

Alma ging zuerst in ihre Kabine, um Lydias schwarzes Samtcape umzuhängen. Draußen war es gewiß kalt. Ehe sie an Deck ging, zog sie die Kapuze über den Kopf.

Die Nachtbrise fing sich im Cape, das zu flattern begann. Sie zog es enger um sich. Das Bootsdeck lag verlassen da. Sie konnte sich denken, daß es nicht der Wind war, der die Leute davon abhielt, Mondscheinspaziergänge zu machen. Obwohl sie wußte, daß sie sich vor nichts zu fürchten brauchte, hatte sie ein ungutes Gefühl in der Magengegend, als sie das Deck entlangeilte.

Sie wußte nicht, wie die Rettungsboote numeriert waren, aber sie hoffte, daß sich Nummer drei auf ihrer Seite befand.

Dann fühlte sie, daß jemand sie an der Schulter ergriff. Finger gruben sich in ihr Fleisch. Sie wurde herumgerissen, und die Kapuze rutschte ihr vom Kopf. Sie schrie auf und sah Walter. In der Schiffsbeleuchtung hatten seine Augen einen dämonischen Ausdruck.

»Alma!« sagte er, als sei er überrascht. »Mein Gott, hast du mich erschreckt. Ich dachte ...« Er zog sie an sich und umarmte sie. »Alma, verzeih! Ich bin wohl verrückt. In diesem Cape hielt ich dich für Lydia.«

»Sie ist doch tot«, sagte Alma und zitterte vor Angst. »Lydia ist tot.«

»Ja, ich bin ganz durcheinander.«
»Das ist auch verständlich, wenn man bedenkt, was du durchmachen mußtest«, tröstete ihn Alma.
Er schüttelte den Kopf. »Auf alle Fälle hätte ich dich nicht erschrekken dürfen. Habe ich dir weh getan?«
»Nur ein bißchen.«
Eine Haarsträhne hing ihr ins Gesicht. Er schob sie ihr aus der Stirn. Sie dachte, daß er sie jetzt küssen würde, aber er küßte sie nicht. Er sagte: »Hier ist kein Mensch. Ich bin schon das ganze Deck abgegangen. Laß uns ein wenig bummeln.«
Sie hatte ihr Gesicht gehoben, um seinen Lippen zu begegnen. Nun neigte sie es, als wolle sie nicken. Walter hatte es nicht bemerkt. Es war tröstlich, sich daran zu erinnern, daß in ihren empfindsamen Romanen alle Männer von den Frauen behutsam animiert werden mußten. Sie würde daran denken. »Was für ein Schrecken«, sagte sie, »muß dir in die Glieder gefahren sein, als du vor den Kapitän zitiert wurdest.«
»Ja, ich fragte mich, warum er gerade *mich* sprechen wollte, dabei hätte ich es erraten können.«
»Daran bin *ich* schuld«, sagte Alma. »Es war mein Einfall, dich Walter Dew zu nennen.«
»Wir dachten es uns beide aus.«
»Wir hätten uns auch nicht im Traum einfallen lassen, daß ausgerechnet du Lydias Tod aufklären sollst. Schatz, was hast du alles ausgestanden! Als dich der Kapitän den Passagieren vorstellte, warst du bleich wie Kreide. Aber du hast dich herrlich gehalten – so überzeugend.«
»Wenn ich so blaß war«, sagte Walter, »dann nicht ohne Grund. Ich kam gerade von der Leichenbeschau.«
Mit beiden Händen umklammerte sie seinen Arm. »Wie schrecklich, Walter. Davon hatte ich keine Ahnung.«
»Etwas Schlimmes ist passiert: Es war gar nicht Lydia.«
»Was?« Alma erstarrte zur Salzsäule.
»Ich weiß«, sagte Walter ruhig, »wie unmöglich das klingt.«
»Bist du dir ganz sicher?«
»Bestimmt.«
»Tot schauen manche Leute ganz anders aus als zuvor.«
»Alma, ich habe richtig gesehen. Es war eine andere Frau.«
Alma kam der erschreckende Gedanke, Walter könne den Verstand verloren haben. Bei dieser Belastung wäre das kein Wunder gewe-

sen. So ruhig und vernünftig sie konnte, fragte sie: »Wie ist das möglich, Walter?«
Er zuckte mit den Achseln. »Keine Ahnung. Zumindest bedeutet es aber, daß uns nichts passieren kann, da es sich bei der Leiche nicht um Lydia handelt.«
Sie zwang sich, so zu tun, als glaube sie, was er da sagte: »Aber *ein* Problem bleibt doch noch, nicht wahr?«
»Welches?« fragte Walter.
»Alle glauben jetzt, daß du Inspektor Dew bist. Sie warten auf ein Ergebnis deiner Fahndung.«
»Was dies betrifft, werde ich mein Bestes tun, eines vorlegen zu können«, antwortete Walter, ohne auch nur eine Spur beunruhigt zu scheinen.
»Wie willst du das anstellen, Walter? Du bist doch gar kein Detektiv.«
»Doch, ich bin einer.«
»Nein«, beharrte Alma, »du bist keiner, Walter.«
»Laß es dir bitte erklären: Jedermann an Bord – außer dir – hält mich für Dew, und darauf kommt es an. Ich habe den Kapitän überzeugt. Seine Vollmachten stärken mir den Rücken. Du hast ihn doch heute abend selbst gehört in der Halle. Ich bin jener Mann, der Dr. Crippen verhaftet hat. Die Verantwortung für die Sicherheit der Passagiere wurde in meine Hände gelegt.«
»Ja, Liebling. Das glauben sie, aber du bist trotzdem kein Detektiv. Du hast doch gar keine Ahnung, was du jetzt anstellen sollst. Wir sind noch vier Tage auf hoher See, und alles, was du weißt, ist, daß eine tote Frau an Bord ist und daß es sich nicht um Lydia handelt. Viel ist das nicht.«
»Eine *ermordete* Frau ist an Bord.«
»Wie kannst du das wissen, wenn es nicht Lydia ist?«
»Wegen der blauen Flecken an ihrem Hals. Die Frau ist erwürgt worden, Alma.«
Ihr stockte der Atem. Wie konnte er so etwas sagen, und doch so vernünftig wirken?
»Folglich ist ein Mörder auf dem Schiff«, fuhr Walter fort, »und ich habe den Passagieren und der Mannschaft gegenüber wirklich die Pflicht, ihn aufzustöbern. In der gegenwärtigen Situation ist sonst niemand dazu in der Lage.«
»Nein«, sagte Alma resigniert, »sonst niemand.«
»Als erstes muß das Opfer identifiziert werden. Ich werde die Ste-

wards ausfragen; das ist ganz einfach, weil sie inzwischen ihre Passagiere alle kennen. Ein Detektiv braucht bloß den Tatsachen auf den Grund zu gehen. Dazu muß er alles genau ansehen und Fragen stellen. Eigentlich habe ich mein Leben lang nichts anderes gemacht.«

»Hast du denn keine Angst?«

»Jetzt nicht mehr«, sagte Walter. »Ich steh' ja auf der Seite des Gesetzes. Die Leute blicken zu mir auf, ich bin gern der Mittelpunkt ihres Interesses. In der Rolle des Flüchtlings war ich nicht glücklich. *Da* hatte ich Angst.« Er lachte. »Und ich habe auch noch andere Vorteile. So bin ich nicht mehr in der zweiten Klasse, sondern ich hab' jetzt eine Erste-Klasse-Einzelkabine gleich bei dir um die Ecke, Nummer fünfundsiebzig.« Er legte den Arm um sie, was nicht ohne Besitzgier geschah.

Sie zog ihr Cape fester um sich und sagte: »Es wäre nicht gut, wenn man uns hier zusammen sieht.«

»Natürlich.«

»Dabei würde ich dir gern helfen, wenn ich nur wüßte, wie.«

Sie setzten ihren Spaziergang über das Bootsdeck fort. Das Meer breitete sich schwarz und unheilschwanger vor ihnen aus. Alma blickte zu den Sternen empor. Die Antennenmasten des Schiffs durchschnitten den weißen Vollmond. Sie sagte: »Ich glaube, ich geh' jetzt zu Bett.«

»Ja«, sagte Walter. »Ich werde noch einmal eine Runde machen.«

Er küßte sie nicht, und sie war erleichtert. Sie hätte es keinen Augenblick mehr bei ihm ausgehalten.

Kurz vor ihrer Kabine traf sie die Dame aus Baltimore, die Alma mit großen Augen anstarrte: »Sie waren draußen – auf Deck?«

»Nur ein bißchen Luft schnappen.«

»Wie konnten Sie nur! Da draußen hätte Ihnen der Mörder auflauern können.«

In ihrer Kabine angelangt, schob Alma den Riegel vor die Tür, die sie auch noch mit dem Schlüssel absperrte. Da sie sich noch immer nicht sicher fühlte, schob sie den Armsessel vor den Eingang.

Später, als sie bereits im Bett lag, versuchte sie, ihre Furcht zu ergründen. Walter hatte sie ungeheuer erschreckt, als er sie an der Schulter packte. Aber dafür gab es eine Erklärung: Im Cape hatte sie wie Lydia ausgesehen. Er mußte momentan völlig verwirrt gewesen sein, was sie auch gut verstehen konnte. Daß er darauf bestand, die Tote sei nicht Lydia, konnte ebenfalls Ausdruck seines bedrängten

Geistes sein. Beides war zwar irritierend, aber es ängstigte sie nicht. Die eigentliche Ursache ihrer Furcht war etwas anderes, etwas, was er gesagt hatte: »Jedermann an Bord – außer dir – hält mich für Dew.« Und aus den Worten »außer dir« hatte sie einen Vorwurf herausgehört. Er wollte Dew sein, er wollte diese neue, aufregende und respektheischende Identität. Der Fänger Dr. Crippens nun als Retter der »Mauretania«! Nur *ein* Faktor störte die vollkommene Illusion: Alma. Sie wußte ja Bescheid – und deshalb hatte sie Angst vor ihm.

Johnny Finch war zwar Paul Westerfield II. noch nicht vorgestellt worden, aber Protokollfragen kümmerten ihn wenig. »Kein schlechter Morgen«, sagte er deshalb zu Paul am Montag nach dem Frühstück, als er ihn auf dem Promenadendeck traf. Paul blickte kritisch aufs Meer hinaus. »Wenn der Nebel weg ist«, fuhr Johnny fort, »haben wir einen Prachttag; darauf möchte ich wetten.«
»Glauben Sie wirklich?« fragte Paul.
»*Die* Gelegenheit, Bordtennis zu spielen, mein Wertester. Sie sehen ganz danach aus, als würden Sie sogar Bill Tilden schlagen. Aber an Bord spielt man natürlich ein ganz anderes Tennis als in Wimbledon. Oder spielen sie lieber Shuffleboard?«
»Sind Sie vom Veranstaltungskomitee?« fragte Paul.
Johnny schüttelte sich vor Lachen. »Nein, nein ... Johnny Finch kriegen Sie in kein Komitee, schon gar nicht ins Veranstaltungskomitee. Auch beim Sport mach' ich hier auf dem Schiff nicht mit. Ich spekuliere nur ein bißchen mit, wenn Wetten abgeschlossen werden. Da hab' ich Spaß genug dran.«
»Wetten tu' ich nicht«, sagte Paul.
»Nicht?« antwortete Johnny mit Zweifel in der Stimme. »Ich hätte schwören können, daß ich Sie gestern abend im Rauchsalon Whist spielen gesehen habe.«
»Das war ein Spiel unter Freunden«, meinte Paul.
»Selbstverständlich«, sagte Johnny und zwinkerte. »Aber wenn sie was für Sportwetten übrig haben, ich hab' gehört, daß der Schiffsbarbier eine Wettliste aufgelegt hat, wie lange Inspektor Dew braucht, um den Kerl zu schnappen.«
»Geschäft ist Geschäft«, sagte Paul.
»Ganz richtig«, antwortete Johnny. »Ich werde einen Fünfer setzen. Er zahlt das Vierfache aus, wenn Dew morgen jemanden verhaftet.«

»Mich interessiert das Ganze nicht sehr.«

»Das sollte es aber, mein Wertester. Haben Sie noch nicht gehört, daß Dew schon seinen ersten Erfolg melden konnte? Er hat die ermordete Frau identifiziert. Heute früh kontrollierte er mit den Stewards von der ersten Klasse alle Einzelkabinen, um herauszufinden, in welcher niemand geschlafen hat. Zwei oder drei Betten waren unberührt; man weiß ja, was die Leute auf einem Schiff nachts alles anfangen. Aber am Schluß blieb nur eines übrig, und Dew nahm den zuständigen Steward mit, um ihm die Leiche zu zeigen.«

»Und der hat sie identifiziert?«

»Sofort. Ohne zu zögern.«

»Wer war die Frau?«

»Das ist der Witz, mein Wertester: Es war eine Freundin von Ihnen, aus der Whistrunde. Sie hieß Katherine Masters.«

TEIL 5

Ein König in New York

1

Die Liegestühle auf dem Bootsdeck waren in vier Reihen aufgestellt. Erfahrene Reisende suchten, gleich nachdem sie an Bord gekommen waren, den ersten Decksteward auf, um einen Stuhl zu reservieren, der dann mit einem Schild versehen wurde. Für den Rest der Reise durfte ihn niemand anderer benützen.

Entscheidend war dabei, wo der Liegestuhl stand. Kein Mensch, wenn er nicht von spartanischer Konstitution oder blutiger Anfänger war, begnügte sich bei der Überfahrt nach New York mit einem Platz auf der Steuerbordseite. Sogar auf der nach Süden gerichteten Backbordseite hielt man es oft nur unter einer Decke aus. Aber es gab noch differenziertere Überlegungen. So war ein Platz in der ersten Reihe Voraussetzung dafür, daß man auffiel und vom Steward nicht übersehen wurde. Besonders Gewitzte erkundigten sich, wer die Plätze in ihrer Umgebung reserviert hatte. Eine Romanze an Bord ließ sich leicht in die Wege leiten, wenn man den ersten Decksteward bestach.

Dank Marjories Umsicht hatten die Livingstone Cordells einen herrlichen Platz: erste Backbordreihe im Windschatten eines Schornsteins, der nicht benützt wurde und daher rußfrei war. Der Liegestuhl neben Barbara trug ein Schild mit der Aufschrift P. WESTERFIELD II.; war aber an diesem Morgen unbelegt.

»Was ist denn los mit ihm?« fragte Marjorie ihre Tochter. »Ihr habt doch hoffentlich nicht gestritten?«

»Nein, Mutter. Paul ist bei Mr. Gordon.«

»Bei wem?«

»Bei dem Engländer, der seine Brieftasche gefunden hat. Wir haben am Samstag abend zusammen Karten gespielt. Paul möchte sich vergewissern, ob Jack bereits weiß, daß die Frau, die man gefunden hat, Katherine war.«

»Er müßte es längst wissen. Ich glaube, inzwischen hat es jedermann an Bord mitgekriegt. War er mit ihr befreundet?«

»Nein, sie lernten sich erst beim Kartenspielen kennen. Und auch da kamen sie nicht besonders gut miteinander aus. Katherine war am Schluß etwas verärgert.«

»Die Ärmste! Ist das nicht schrecklich?« sagte Marjorie. »Glaubst du, daß sie sich selbst umgebracht hat?«

»Mutter, man hat sie erwürgt! Die Stewards sprechen schon alle davon.«

Marjorie drehte sich zu dem Liegestuhl an ihrer anderen Seite. »Hast du das gehört, Livy? Barbara sagt, die Frau ist erwürgt worden.«

»Hm?«

»Der ist jetzt nicht ansprechbar«, sagte Marjorie.

»Barbara, Liebling, es wäre bestimmt das Klügste, wenn du dich da heraushalten würdest.«

»Ich kann nicht ändern, was bereits geschehen ist, Mutter. Ich habe an dem Abend, an dem sie getötet wurde, mit Katherine Karten gespielt. Ich werde auf alle Fälle darüber aussagen müssen.«

»Livy und ich wollen deinen Namen nicht in der Zeitung sehen. Wenn dich dieser Inspektor ausfragt, dann begnüg dich mit dem Notwendigsten, ja?«

»Viel könnte ich ihm sowieso nicht erzählen. Er wird es von Paul und Jack ohnedies bestätigt bekommen. Ihre Ermordung kann nichts mit unserem Kartenspiel zu tun haben. Zerbrich dir also nicht den Kopf darüber.«

»Woher willst du das so genau wissen?« fragte Marjorie. »Dieser Jack Gordon – was weißt du überhaupt von dem? Warum sollte nicht er der Würger sein?«

»Mutter, das ist doch lächerlich!«

»Glaub mir, Barbara. Ich hab' bisher drei Ehegatten gehabt und kenn' die Männer im Grunde doch nicht.« Sie vergewisserte sich, daß Livys Augen geschlossen waren. »In der Öffentlichkeit können sie die perfektesten Gentlemen sein, aber laß sie allein mit einer hilflosen Frau, und sie werden zum Ungeheuer. *Manche*, mein' ich natürlich.« Wieder schielte sie zu Livy hinüber. »Männer müssen abgerichtet werden wie alle Tiere, sonst fallen sie dich an. Ich wäre überhaupt nicht überrascht, wenn sich herausstellen würde, daß dein netter englischer Freund Mr. Gordon der Mörder ist.«

»Ich glaube, es war jemand, an den man überhaupt nicht denkt«, sagte Barbara.

»Hm«, meinte Livy, ohne die Augen zu öffnen. »Denkst du an Paul?«

2

Der Schiffsarzt schaute von seinen Notizen auf, um seinen nächsten Patienten zu begrüßen.

»Inspektor Dew, kommen Sie doch herein! Ich dachte, es sei ein Patient. Fehlt Ihnen etwas?«

Walter zögerte. »Eigentlich wollte ich Sie etwas fragen, Doktor.«

»Natürlich. Ich stehe Ihnen zur Verfügung. Ist es wegen der Leichenschau?«

»Nein, wegen meines Daumens. Ich hab' mich anscheinend verletzt.«

»Wirklich? Zeigen Sie! Wie ist es passiert?«

»Heute vormittag nach dem Frühstück visitierte ich die Kabine der Toten.«

»Aha«, sagte der Arzt. »Ich weiß schon. Sie wollten sehen, ob die Leiche durchs Bullauge gezwängt wurde, und versuchten, es aufzumachen. Jetzt haben sie einen ›Bullaugendaumen‹, Inspektor. Gleich nach der Seekrankheit das verbreitetste Übel an Bord. Sie hätten das einen Steward machen lassen sollen! Die haben nämlich Fensterschlüssel für diesen Zweck, damit geht's leichter. – Tut's weh?«

»Ein bißchen.«

»Können Sie den Daumen strecken?«

»Ich glaub' schon.«

»Sehr gut. Dann ist es nur eine Verstauchung. Ich kann Ihnen einen Fingerling geben, wenn Sie wollen, aber mit dem heilt's auch nicht schneller. – Sie glauben also, der Mörder hat die Frau durchs Bullauge gezwängt. Vielleicht sollten Sie nach einem Mann fahnden, der einen ›Bullaugendaumen‹ hat.«

»Nein«, sagte Walter. »So einfach ist es nicht. Einige Bullaugen waren bereits geöffnet, als wir an Bord gingen. Mir ist das persönlich aufgefallen.«

»Das ist eben alte Scotland-Yard-Schule«, sagte der Arzt voller Bewunderung. »Es liegt mir zwar fern, mich in Ihre Arbeit einzumischen, Inspektor, aber haben Sie etwas in der Kabine gefunden, was von Bedeutung sein könnte?«

»Sehr wenig. Eine Menge Klamotten. Ein paar Parfümflaschen.«

»Keinen Schmuck?«

»Nein«, sagte Walter, »Schmuck nicht.« Mit der unverletzten Hand strich er über seinen Schnurrbart.

»Das ist doch schon etwas«, meinte der Arzt. »Wenn ihr Schmuck gestohlen wurde, hätten Sie da nicht ein Tatmotiv?«
»So könnte es sein.«
»Ich bin deshalb auf den Schmuck gekommen, weil ich, als mich der Kapitän bat, die Leiche zu untersuchen, am Ringfinger der linken Hand die Einkerbung eines Ringes entdeckte.«
»Vielleicht hat sie ihn im Wasser verloren.«
»Den Ehering, Inspektor?« fragte der Arzt mit Nachdruck.
»Sie war nicht verheiratet«, antwortete Walter. »Ich habe ihren Paß gesehen: Miss Katherine Masters.«
»Aber ich habe mich bestimmt nicht getäuscht. Wenn Sie wollen, zeig' ich Ihnen die Einkerbung.«
»Nein, danke. Das ist nicht notwendig«, sagte Walter, und ein zaghaftes Lächeln erhellte sein Gesicht. »Vielleicht war es der Abdruck eines Verlobungsrings.«
»Das ist natürlich möglich«, räumte der Arzt ein, aber es klang recht skeptisch. »Im übrigen bin ich der Meinung, daß Miss Masters in bezug auf Männer nicht unerfahren war, Inspektor.«
»Was Sie nicht sagen!« wunderte sich Walter. »Haben Sie die Dame kennengelernt?«
Die Gedankengänge des Inspektors verblüfften den Arzt allmählich.
»Nein. Ich habe untersucht, ob sie vergewaltigt worden ist.«
»Aha. Jetzt versteh' ich Sie.«
»Ich bin zu dem Ergebnis gekommen, daß sie nicht sexuell mißbraucht worden ist ...«
»Gut«, unterbrach ihn Walter. »Wir brauchen kein zweites Tatmotiv.«
»Ich wollte hinzufügen, daß die Untersuchung auf geregelten ehelichen Verkehr schließen ließ.«
»Zumindest auf geregelten«, sagte Walter. »Wir sollten den Krieg nicht vergessen.«
»Den Krieg?«
»Er hat die Welt verändert, Doktor. Mit der Unschuld ist es vorbei.«
»Das stimmt.«
»Ich weine ihr nicht nach.«
»Mein Gott, warum auch«, sagte der Arzt, der über dieses Thema nicht weiter sprechen wollte. »Aber da ist noch etwas, Inspektor, worauf ich Sie aufmerksam machen möchte.«
»Wegen meines Daumens?«

»Nein, nein. Ein weiterer Hinweis in der Mordsache. Es mag unbedeutend sein, aber ich glaube, Sie sollten es wissen. Wie Ihnen ja bekannt ist, haben wir Miss Masters' Leichnam in einen zur Leichenkammer umfunktionierten Lagerraum unterhalb der Passagierunterkünfte deponiert.«

»Ja.«

»Der Raum ist verschlossen, und wir bewahren den Schlüssel hier heroben bei den übrigen Schlüsseln für die Behandlungszimmer und die Medikamentenschränke auf. Ein Krankenpfleger ist für sie verantwortlich. Am Sonntag war hier der übliche Hochbetrieb: Seekrankheit und ›Bullaugendaumen‹. Zwei Krankenschwestern und der Pfleger halfen mir beim Dienst. Gegen Abend kam ein Passagier – ein Herr – ins Wartezimmer und erzählte dem Pfleger, er brauche den Schlüssel zur Leichenkammer. Man habe ihn gebeten, bei der Identifizierung behilflich zu sein.«

»Bekam er den Schlüssel?«

»Ja. Mein Pfleger ist ein junger Mann. Er heißt Topley und macht seine erste Überfahrt. Er ist furchtbar hilfsbereit, aber nicht der Allerhellste. Er gab diesem Herrn den Schlüssel, kann sich aber nicht mehr erinnern, wie der Mann ausgesehen hat. Ich bin nur darauf gekommen, weil der Schlüssel bei Dienstschluß nicht am gewohnten Platz hing. Topley ging hinunter, um nachzusehen, und fand den Schlüssel im Schloß stecken.«

»Der Passagier hat ihn also, nachdem er sich ihn ausgeliehen hat, nicht wieder zurückgebracht«, sagte Walter. »Die feine Art ist das auch nicht.«

Der Arzt schaute ihn befremdet an. »Der Witz ist, daß er, ohne von jemand ermächtigt worden zu sein, da hinunterging. Weder der Kapitän noch der Polizeioffizier waren informiert. Warum tut ein Passagier so etwas?«

»Gerade wollte ich das gleiche fragen«, sagte Walter.

»Wenn Sie wollen, können Sie mit Topley sprechen. Aber ich vermute kaum, daß Sie viel von ihm erfahren werden.«

»Dann kann ich es mir ersparen«, antwortete Walter. »Aber trotzdem vielen Dank, daß Sie es erwähnt haben.« Er schaute seinen verletzten Daumen an und versuchte, ihn zu bewegen. »Ein wenig kann ich ihn schon wieder abbiegen. Ich glaub', ich kann auf den Fingerling verzichten.«

»Fragen Sie mich gar nicht nach den blauen Flecken?«

Walter drehte prüfend seine Hand hin und her.

»Die blauen Flecken am Hals der Frau«, sagte der Arzt etwas gereizt. »Ich hab' sie als erster bemerkt.«
»Gratuliere!« sagte Walter.
»Sie wurde offensichtlich erwürgt, Inspektor. Die Abdrücke lassen eindeutig auf Erwürgen mit den Händen schließen.«
»Ja«, erwiderte Walter. »Ein höchst unangenehmer Tod – und ganz schön roh. Daß Mörder immer so brutal sein müssen! Schön, es ist gleich Essenszeit. Vielen Dank für Ihre Diagnose, Doktor.«
Als er wieder allein war, grübelte der Arzt über das Erfolgsrezept Inspektor Dews nach. Der schien die Gabe zu besitzen, jemandem Auskünfte zu entlocken, ohne nach ihnen zu fragen. Seine Art, zu ermitteln, war so indirekt, daß man vergessen konnte, es mit einem Mann von der Polizei zu tun zu haben. Immerhin hatte er sich schon vor dem Krieg pensionieren lassen. Entweder war er außer Übung oder verteufelt clever. Der Arzt wußte keine Antwort.

3

Im Sonnenschein auf dem Promenadendeck schämte sich Alma ihrer nervösen Anwandlungen während der vergangenen Nacht. Sie war eben überreizt und brauchte dringend Entspannung. Die Belastung, die der Mord für sie beide nach sich zog, hatte sie vorher unterschätzt. Daß Walter unter einer so ungeheuren Anspannung stand, war weniger erstaunlich: Er war ja immer noch dem Druck ausgesetzt. Von ihr war er eigentlich genommen, und es wurde Zeit, daß sie sich wie ein normaler Passagier benahm. Als deshalb ein Steward ankündigte, daß die »Berengaria« in Sicht komme, versammelte sie sich mit den anderen an der Steuerbordseite, um zu beobachten, wie die beiden Cunard-Riesen aneinander vorbeifuhren. Sie bereute diesen Entschluß auch nicht, denn der Anblick des großen Dampfers, während er mit seinem schwarzen Rumpf die blauen Fluten durchschnitt und in Schaum verwandelte, brachte ihr Erleichterung. Winkende Menschen säumten die weißen Aufbauten der »Berengaria«. Begrüßungssignale dröhnten über das Meer. Die beiden Überseeschiffe unterbrachen die Fahrt und lagen sich in etwa hundert Meter Entfernung gegenüber. Ein Tender wurde zu Wasser gelassen, um Post auszutauschen. Als die Turbinen wieder auf Volldampf liefen und die Hörner Salut signalisierten, wurde noch mehr gewunken. Alma schaute der »Berengaria« nach, bis nur noch der

Rauch aus deren drei Schornsteinen zu sehen war. Dabei hatte sie Johnny nicht bemerkt, der längst neben ihr stand. Sie stellte fest, daß es sie nicht störte.
»Sicher wußten Sie schon, daß die ›Berengaria‹ vom deutschen Kaiser getauft worden ist«, erzählte er ihr. »Bis Cunard sie als Flaggschiff übernahm, hieß sie ›Imperator‹. Kriegsbeute. Immer noch ein herrliches Schiff. Mich stört es nicht. Da gäbe es viel zu erzählen über Schiffe unter fremder Flagge, nicht wahr, Mrs. Baranov?«
Daß Alma das Blut in die Wangen schoß, konnte man der frischen Brise zuschreiben. Alma lächelte nichtssagend.
»Womit ich das Thema anschneiden möchte, welche Verkleidung ich morgen beim Maskenball tragen soll«, fuhr Johnny fort. »Sie kommen doch sicher auch.«
»Daran hab' ich überhaupt noch nicht gedacht.«
»Ich bis heute früh auch nicht. Einige Passagiere haben komplette Kostüme dabei, fix und fertig vom Schneider. Aber so was mag ich nicht. Ich finde, da muß man improvisieren; Sie nicht?«
»Ich? Ja ... Ich habe kein Kostüm dabei.«
»Gut so, Teuerste. Ich möchte wetten, selbst wenn Sie sich die Mühe gemacht und die feinste Krinoline eingepackt hätten, dazu eine Puderperücke und einen Blumenkorb – mindestens zwei andere Rokokodamen würden mit Ihnen konkurrieren und Ihnen die Freude verderben.«
Alma lachte. »Als was wollen Sie denn kommen?«
»Das ist es ja, ich bin noch unschlüssig. Ich hätte gern etwas ganz Originelles. Einen anspielungsreichen Einfall hatte ich schon: Wie würde ich mich als Dr. Crippen ausnehmen?«
Sie versuchte zu lächeln.
»Nicht schlecht, oder?« fragte Johnny.
»Ich fürchte, daß das nicht alle zu würdigen wissen«, sagte Alma.
»Da haben Sie vielleicht recht. Und zu groß bin ich auch dafür. Er war doch ein zierlicher Mann, nicht wahr? Das läßt sich schwer machen. Die Leute würden bestimmt meinen, ich stelle einen Politiker dar. Ich hab' auch schon einen besseren Einfall, aber dazu bräuchte ich jemanden, der mir hilft. Verzeihen Sie die indiskrete Frage, können Sie gut mit Nadel und Faden umgehen?«
»Das hängt davon ab, was Sie sich ausgedacht haben«
»Nichts sehr Kompliziertes. Nur hier und da ein paar Stiche.«
Johnny lächelte. »Mein Einfall ist klasse, er gefällt mir immer besser. Aber jetzt müssen wir uns etwas für Sie ausdenken.«

4

Nach dem Mittagessen suchte Jack Gordon nach Inspektor Dew. Er fand ihn in der großen Halle, wo er zwischen dem Flügel und einer Topfpalme in einem Armsessel saß. Dew schien zu schlafen. Jack sprach ihn mit seinem Namen an, erhielt aber keine Antwort. Er rief ihn nochmals beim Namen und klopfte ihm dabei auf die Hand. Walter zog mit einem Ruck die Hand weg und öffnete die Augen.
»Inspektor Dew?« sagte Jack zum drittenmal. »Es tut mir leid, Sie stören zu müssen.«
»Was gibt's denn?«
»Mein Name ist Gordon, Jack Gordon. Ist es Ihnen recht, wenn wir über den Fall sprechen, in dem Sie ermitteln?«
»Darüber? O ja. Ist hier irgendwo ein Sessel für Sie?«
Jack holte sich einen hinter der Palme und stellte ihn vor Walter.
»Nicht hierher«, sagte Walter. »Da, etwas rechts. Ich möchte die ganze Halle überblicken. Er zwinkerte Jack zu. »Zur Überwachung.«
Jack schaute über die Schulter, um das Blickfeld des Inspektors abzumessen, aber alles was er sah, waren zwei Pfarrer, die Dame spielten.
»Was wollen Sie mir sagen«, Mr. Collins?«
»Gordon. Ich wollte mit Ihnen sprechen, bevor Sie vielleicht zu mir kommen. Ich war mit Miss Masters an dem Abend, an dem sie getötet wurde, beisammen. Ich spielte im Rauchsalon mit ihr Karten. Ich war ihr Whistpartner. Da liegt es nahe, daß Sie mich vernehmen wollen.«
»Das ist sehr aufmerksam von Ihnen, daß Sie sich gleich freiwillig melden, Mr. Collins.«
»Gordon ist mein Name, Inspektor.«
»Ich hatte das erste Mal Collins verstanden. Seien Sie mir nicht böse, aber ich bin aus der Übung, die Leute mit ihrem Familiennamen anzusprechen. Erzählen Sie mir etwas über diese Whistpartie. Wer waren Ihre Gegner?«
»Ein junges amerikanisches Paar. Ich glaube, er heißt Westerfield.«
Walter zückte einen Bleistift und ein Notizbuch. »Das schreibe ich mir lieber auf. Was Namen betrifft, bin ich ein hoffnungsloser Fall. Das ist sonst Sache meiner Sprechstundenhilfe.«
Jack lachte gezwungen. »Ja, ja.«

»Und wie war der Name des Partners von Mr. Westerfield?«
»Das ist schwieriger. Es war eine Dame, sie hieß Barbara. Den Familiennamen hörte ich nicht.«
»Das macht nichts, Mr. Collins. Das finde ich schon heraus. Momentan interessiert mich Miss Masters mehr. Sie waren wohl mit ihr befreundet?«
»Nein. Bis Samstag abend kannten wir uns nicht. Das ganze Kartenspiel kam erst nach dem Abendessen zustande. Ich saß hier mit Mr. Westerfield. Während wir uns unterhielten, kam Miss Masters vorbei, die herumfragte, ob jemand etwas zum bunten Abend beisteuern wolle. Wir beide waren alles andere als begeistert, aber wir versprachen ihr, als Ersatz ein paar Robber Whist mit ihr zu spielen. Sie war von diesem Vorschlag sehr angetan. Paul, ich meine Mr. Westerfield, suchte Barbara, um sie zu fragen, ob sie als seine Partnerin mitspielen würde.«
»War es wenigstens ein vernünftiges Spiel?«
»Weitgehend, ja.« Jack verschränkte die Arme und löste sie wieder. »Na schön, Sie werden es sowieso erfahren, ich erzähle es Ihnen lieber gleich selbst. Gegen Ende kam es zu einer Art Mißverständnis. Paul und Barbara gewannen den entscheidenden Robber. Während der ersten paar Partien hatten Miss Masters und ich nicht gerade gut zusammengespielt. Sie kritisierte mein Spiel, was mich ärgerte. Als wir fertig waren, zog sie einen Geldschein heraus, um die Sieger auszubezahlen. Ich weiß nicht, ob Ihnen das so geläufig ist, was man als Kartenspieler auf einem Schiff tut und nicht tut, Inspektor. Aber in einem Gesellschaftsraum legt man kein Geld auf den Tisch. Ich fuhr sie ziemlich heftig an und sagte ihr kurz und bündig, daß das nicht gehe. Ich verließ den Tisch, weil sie nahe am Heulen war und ich das nicht ausstehen kann.« Er hob die Schultern. »Das war's. Ich hoffe, Sie verstehen, wie mir nun nachträglich zumute ist.«
»Sie sollten sich das nicht zu Herzen nehmen«, riet ihm Walter. »Sie hat ja nicht Selbstmord begangen. Im Vertrauen gesagt, sie wurde erwürgt.«
»Das Gerücht habe ich schon vernommen«, sagte Jack und beugte sich in seinem Sessel vor. Seine Lippen waren mit einem Male blaß, und seine Blicke schienen Walter zu durchbohren. »Sie müssen diesen Teufel finden, der das getan hat, Inspektor. Er soll es mit dem Strick büßen.«
Walter nickte und fuhr sich mit zwei Fingern in den Kragen, um ihn zu lockern.

»Werden Sie ihn erwischen?« fragte Jack.
»So Gott will«, antwortete Walter.
»Ich weiß nicht, wie Sie sich so ein gemeines Verbrechen erklären.«
Walter saß unbeweglich da wie ein Sphinx.
»Es gab doch keine Veranlassung«, fuhr Jack fort.
»Es war ohne jeden Sinn. Sie haben es mit einem Verrückten zu tun.«
»An wen denken Sie?« fragte Walter neugierig.
Jack kniff die Augen zusammen. »Ich habe keine Ahnung. Ich möchte nur, daß Sie ihn erwischen.«
»Sie haben doch beim Kartenspielen Miss Masters gegenübergesessen«, sagte Walter. »Da müssen Sie ihr direkt auf die Hände gesehen haben.«
»Wie meinen Sie das? Ich mogle nicht.«
»Nein, auf die Hände, Mr. Collins, nur auf die Hände. Erinnern Sie sich, ob sie am Ringfinger der linken Hand einen Ehering getragen hat?«
Jack schüttelte den Kopf. »Sie war nicht verheiratet. Soviel ich weiß, war sie Junggesellin.«
»Sie könnte verlobt gewesen sein.«
»Aber Ring trug sie keinen.«
Walter schrieb etwas ins Notizbuch. Er blickte hoch und sagte: »Sonst noch was, Mr. Collins?«
»Ja, eines noch. Kann ich Ihr Notizbuch und den Bleistift haben?«
Walter machte große Augen, aber er überließ Jack beides. Jack schrieb einen Namen ins Buch und sagte: »Nur für den Bericht, Inspektor.« Er gab Stift und Notizbuch zurück. »Und wenden Sie sich getrost an mich, wenn Sie Hilfe brauchen.«
»Danke«, sagte Walter. »Vielen Dank.«
Er wartete, bis Jack die Halle verlassen hatte. Dann stand er auf und bat einen Steward, er solle ihm Paul Westerfield zeigen.
Paul war auf dem Bootsdeck. Er nahm gerade an der ersten Runde des Bordtennis-Turniers teil, wozu gehörte, daß er einen Gummiring über ein Badmintonnetz schleuderte. Das Spielfeld war mit Kreide auf dem Deck markiert. Pauls Gegner war ein Engländer um die vierzig, der seine mangelnde Beweglichkeit dadurch ausglich, daß er tückisch den Makkaronischuß einsetzte, bei dem der Ring mitten in der Luft verwirrend zu wackeln begann. Doch mag auch die Anwesenheit Walters, der eine Melone trug, Pauls Konzentra-

tionsfähigkeit verringert haben. Er verlor das entscheidende Spiel haushoch. Nachdem er dem Sieger die Hand geschüttelt hatte, reichte ihm eine junge Frau seinen Pullover. Walter sprach ihn an: »Mr. Westerfield, wenn Sie nicht zu abgekämpft sind ...«
»Nein, Sir«, antwortete Paul. »Das Ganze war eher eine taktische Angelegenheit als ein Konditionstest. Meinen Namen kennen Sie offensichtlich. Dies hier ist Barbara Cordell, die wohl auch auf Ihrer Liste steht.«
»O ja«, sagte Walter.
»Wollen Sie mit uns beiden zusammen sprechen?«
»Zusammen? Daran habe ich nicht gedacht.«
»Wir haben keine Geheimnisse voreinander.«
Da sagte Barbara: »Ich glaube, der Inspektor möchte mit dir alleine sprechen, Paul.«
»Nein«, sagte Walter. »So sparen wir mehr Zeit.«
»Gut«, meinte Paul. »Gehen wir ins Veranda-Café. Ich hab' jetzt einen Mordsdurst.«
Sie wählten einen Tisch neben einem Blumengitter. Da die Front des Cafés offen war, fragte Walter Barbara, ob es ihr zu zugig sei.
»Solange die Sonne scheint, ist es hier angenehm«, sagte sie, »und wenn mir kalt werden sollte, hab' ich eine Strickweste dabei. Ist Ihnen Ihr Hut nicht zu warm, Herr Inspektor?«
Walter schaute sich im Café um. »Ich weiß nicht recht, ob wir hier in einem geschlossenen Raum oder im Freien sitzen«, erklärte er und legte seine Melone auf den Stuhl neben sich.
»Macht das irgend etwas aus?« fragte Paul.
»Man will sich doch richtig benehmen«, antwortete Walter in vertraulichem Ton. »Wahrscheinlich bin ich in dieser Beziehung nicht mehr ganz auf dem laufenden. Es ist schon ein paar Jahre her, daß ich das letzte Mal den Atlantik überquert habe.«
»Das wissen wir noch«, sagte Paul. »Jedermann weiß es. Diese Überfahrt ist längst in die Geschichte der Seefahrt eingegangen.«
Walter lehnte sich leicht in seinem Sessel zurück. Vorsichtig fragte er: »Aber woher wissen Sie, daß ich auf dem Schiff war?«
Paul tauschte kurz einen Blick mit Barbara aus. Hier schien es sich um den typisch englischen Humor zu handeln. »Das gleiche hat Sie wohl Dr. Crippen gefragt«, sagte er dann.
Walter nickte zustimmend.
»Ich kann mich an ein Bild in der ›New York Times‹ erinnern, auf dem Sie mit Crippen über die Gangway gehen. Sie hatten einen Hut

auf. Aber der Name des Überseedampfers fällt mir nicht mehr ein.«

»Es war derselbe«, sagte Walter.

»Die ›Mauretania‹?«

»Derselbe Hut«, antwortete Walter und griff nach der Melone. »Genau dieser Hut. Aber wenn ich Ihre Aufmerksamkeit jetzt auf die jüngste Vergangenheit lenken darf: Was können Sie mir über die Dame erzählen, die Sonntag nacht getötet wurde?«

»Von Katherine? Nicht viel, Herr Inspektor. Wir haben sie erst an diesem Abend kennengelernt. Sie fragte uns, ob wir Whist spielen wollen.«

Barbara unterbrach Paul: »Mich hat sie nicht gefragt. Du hast mich doch erst eingeladen, als ihr euch schon dazu verabredet hattet.«

»Ja«, sagte Paul. »Ist das so wichtig? Gut, wenn Sie die Vorgeschichte interessiert: Nach dem Abendessen trank ich in der Halle mit einem Engländer, der Jack Gordon heißt, einen Kaffee und einen Brandy. Katherine – Miss Masters – kam an unseren Tisch und fragte, ob wir beim bunten Abend mitwirken könnten. Sie war für Mr. Martinelli eingesprungen, der dafür zuständig gewesen wäre, aber zu schlecht Englisch sprach. Sie suchte Leute, die einen Sketch spielen sollten. Jack machte eine lustige Bemerkung, die darauf hinauslief, daß er, wenn's ums Spielen gehe, nur Whist spielen könne. Katherine nahm ihn beim Wort, und so kam unsere Verabredung zustande.«

»Ich war noch mit meinen Eltern im Speisesaal«, ergänzte Barbara. »Paul kam herein und bat mich mitzuspielen.«

»Wir kennen uns vom College her«, fügte Paul hinzu.

»Und zufällig wohnten wir in Paris und London im selben Hotel«, sagte Barbara.

Walter zückte sein Notizbuch. »Das halte ich lieber schriftlich fest. Was wollen Sie trinken, ich glaube, der Ober kommt.«

»Ja«, sagte Paul, »was ist mit Ihnen?«

Walter zog die Stirn in Falten.

»Was wollen Sie denn trinken?«

»Oh, Tee, bitte.«

»Mit Milch und Zucker?«

»Ohne Zucker. Der macht die Zähne kaputt. Miss Cordell, wie schreibt man bitte Ihren Namen?«

»Be-a-er-...« fing Barbara an.

»Nein, Ihren Familiennamen«, unterbrach sie Walter. »Cordell.«

»Das ist gar nicht mein eigentlicher Familienname«, sagte Barbara. »Ich heiße Barlinski.«
Walter schaute, als könne er das nicht glauben.
»Livingstone Cordell ist mein Stiefvater«, erklärte Barbara. »Er ist der dritte Mann meiner Mutter. Als ich sieben Jahre alt war, ließ sie sich von meinem Vater scheiden. Aber das zu erzählen, ist wohl zu umständlich, und deshalb korrigiere ich normalerweise niemanden, wenn man mich mit Cordell anspricht. Soll ich Ihnen ›Barlinski‹ buchstabieren?«
Walter schob ihr das Notizbuch und den Bleistift hin. »Vielleicht schreiben Sie es gleich selber.«
»Soll ich auch Pauls Namen dazuschreiben?«
Walter machte den Eindruck, als habe man ihn ertappt. Er nickte. Als ihm Barbara das Notizbuch zurückgab, studierte er genau, was sie geschrieben hatte.
»Wollen Sie nun etwas über unsere Whistpartie hören?« fragte Paul.
»Eigentlich nicht. Darüber berichtete mir schon Mr. ... äh ...« Walter schaute ins Notizbuch. »Mr. Gordon. Was wissen Sie von ihm?«
»Ein netter Mann«, sagte Barbara. »Er fand Pauls Brieftasche und gab sie beim Purser ab.«
»Ich habe nämlich meine Brieftasche«, erklärte Paul, »kurz nachdem wir an Bord kamen, verloren. Da war eine Menge Geld drin.«
»Mindestens tausend Mäuse«, sagte Barbara.
»Dollar«, verbesserte sie Paul.
Walter strich in seinem Notizbuch etwas durch.
»Mir kommt es zwar nicht so sehr aufs Geld an, aber der Verlust der Brieftasche war schon peinlich.«
»Er mußte sich bei Livy etwas zu leihen nehmen«, sagte Barbara.
»Livy?«
»Livingstone«, erklärte Paul, »ihr Vater.«
»Stiefvater«, sagte Barbara.
»Ist doch egal«, meinte Paul. »Aber das mit der Brieftasche interessiert Sie sicher nicht, oder? Wichtig ist, daß Jack Gordon sie gefunden und abgeliefert hat. Er half mir aus der Patsche, das ist alles.«
»Er?« fragte Barbara erstaunt. »Vergiß mal Livy nicht! Wer weiß, wo ohne seine Hilfe Poppy jetzt wäre.«
»Poppy?« erkundigte sich Walter mit einem Unterton von Verzweiflung.

»Eine Freundin von uns«, antwortete Paul.
»Von *uns*?« fragte Barbara sarkastisch.
»Ein englisches Mädchen, das wir in London kennengelernt haben.«
»Sie hatte blonde Haare, eine vielversprechende Figur und ein Kleid, dessen Schnitt diese Figur auch noch herausstrich«, sagte Barbara. »Sie kam mit nach Southampton, um Paul zu verabschieden. Aus mir unbekannten Gründen ging sie nicht von Bord, als die Glocke ertönte. So fuhr sie bis Frankreich mit. Und in der Aufregung hat Paul seine Brieftasche verloren. Livy lieh ihm so viel, daß er Poppys Rückreise nach England zahlen konnte.«
»Poppy können Sie vergessen«, sagte Paul zu Walter. »Die hat mit Ihren Ermittlungen nichts zu tun. Sie haben mich nach Jack gefragt. Der ist in Ordnung. Er hat sich zwar ein bißchen aufgeregt, als Katherine nach dem Spiel Geld herauszog, aber das kann man ihm nicht zum Vorwurf machen. Sie hatte ja auch einige anzügliche Bemerkungen darüber gemacht, wie er gespielt hat.«
»Die Karten scheinen stets die negativen Seiten eines Menschen bloßzulegen«, wunderte sich Walter.
»Jeder für sich genommen, waren Sie aber beide sehr sympathisch«, sagte Barbara. »Nachdem Jack gegangen war und Paul uns Kaffee besorgte, habe ich mich ziemlich lang mit ihr unterhalten. Sie war überhaupt nicht böse auf Jack, im Gegenteil, sie ärgerte sich über sich selbst, weil sie ihn provoziert hatte. Wir verabredeten, die beiden Männer dazu zu überreden, am nächsten Abend wieder mit uns Karten zu spielen.«
»Das hast du mir gar nicht erzählt«, sagte Paul.
»Warum auch«, meinte Barbara, »das haben doch nur Katherine und ich besprochen. Ich hab' dir aber gesagt, daß sie mir angeboten hat, mir Bridge beizubringen.«
»Worüber habt ihr beide denn sonst noch gesprochen?« fragte Paul.
»Über Männer im allgemeinen.«
»Und dann?« fragte Walter dazwischen.
»Dann kam Paul mit dem Kaffee, und kurz darauf ging Katherine auf ihre Kabine. Es muß gegen zwölf Uhr gewesen sein.«
»Wir gingen zum Tanzen und drehten einige Runden den English Waltz. Dann gingen auch wir zu Bett«, sagte Paul. »Erst am Sonntag vormittag, kurz vor dem Essen, hörten wir, daß jemand umgebracht worden ist.«

»Ich kann es immer noch nicht verstehen.« Barbara schüttelte den Kopf. »Eine alleinstehende Frau, die niemanden auf dem Schiff kannte.«
»Ja«, sagte Walter, »mich wundert das auch sehr.«
»Ganz stimmt das nicht«, widersprach Paul. »Sie muß andere Leute gekannt haben, sonst wäre sie nicht ins Konzertkomitee gewählt worden. Und dann dürfen wir nicht vergessen, daß sie die Runde gemacht hat, um Freiwillige für einen Auftritt zu suchen.«
»Aber deshalb wird man sie doch nicht gleich umgebracht haben«, sagte Barbara.
»Irgend jemanden muß sie dabei verstört haben. Erinnerst du dich, was sie erzählt hat, als sie wiederkam, nachdem sie sich etwas frisch gemacht hatte?«
»O ja«, sagte Barbara, »das hatte ich ganz vergessen.« Sie wandte sich an Walter. »Wir unterbrachen einmal das Spiel, um etwas zu trinken. Katherine ging auf ihre Kabine, um sich zu erfrischen. Als sie zurückkam, erzählte sie uns, daß vor ihr ein Mann auf dem Gang gestanden habe und, nachdem er sie gesehen hatte, zurückgewichen sei, als wäre er einem Gespenst begegnet. Sie war so verblüfft, daß sie noch mal in ihre Kabine gegangen ist, um im Spiegel ihr Gesicht zu kontrollieren.«
»Jack meinte, es müsse sich um jemanden gehandelt haben, der panisch erschrak, weil er befürchtete, daß er um seine Mitwirkung beim bunten Abend gebeten wurde«, sagte Paul. »Warum sonst hätte er sich so eigenartig benehmen sollen?
Walter hustete nervös. »Ja, das weiß ich auch nicht.«

5

Nach dem Abendessen ging Alma in ihre Kabine, um zu nähen. Sie war froh, etwas Vernünftiges zu tun zu haben. Johnny hatte ihr Nadel, Faden und sogar einen Fingerhut gebracht. Es war erstaunlich, welche Fülle an Material und Vorschlägen zutage trat, wenn sich die Passagiere dazu entschlossen, selbst ein Kostüm zu entwerfen. Am Nachmittag hatte sie bei einem Bummel über das Bootsdeck gesehen, wie aus Tauenden Bärte und Perücken entstanden, aus Servietten Hüte und aus schiffseigenen Bettüchern Togen. Weniger originell war dagegen ihr Entschluß, als Krankenschwester zu gehen. Sie hoffte, mit diesem Kostüm nicht zu sehr aufzufallen.

Es klopfte. Sie stand auf und bereitete sich innerlich darauf vor, Johnny wegzuschicken. Sie hatte ihm doch klar zu verstehen gegeben, daß sein Kostüm erst am Morgen fertig sein würde. Ganz gleich, was er wollte, Herrenbesuch zu dieser Stunde gehörte sich nicht.
Sie öffnete die Tür einen Spalt. Es war Walter. Er sagte nichts und wartete darauf, eingelassen zu werden. Sie zögerte, dabei versuchte sie, ihr ungutes Gefühl wegen des Vorabends zu unterdrücken. Walter sah eher müde als einschüchternd aus. Sie trat zurück und und ließ ihn ein. Umarmen taten sie einander nicht. Er ging zum Polstersessel.
»Setz dich nicht auf den«, warnte sie ihn. In der Armlehne steckte eine eingefädelte Nadel.
»Was machst du da?« fragte er.
»Ein Kostüm. Ich versuche, mich wie ein ganz normaler Passagier zu benehmen.«
»Gut.«
»Auf mich gibt niemand acht. Ich wundere mich nur, wie du das aushältst. Ich stelle es mir furchtbar anstrengend vor, ständig alle davon überzeugen zu müssen, daß man ein Detektiv ist.«
»Ich bin etwas müde«, sagte Walter, »aber sie nehmen mir ab, daß ich Dew bin.«
»Woher weißt du überhaupt, welche Fragen du stellen mußt?«
»Ich habe noch nicht allzu viele stellen müssen. Die Leute erzählen mir alles, und ich versuche, einigermaßen interessante Bemerkungen zu machen. Ich bemühe mich, ihre Namen in mein Notizbuch einzutragen. Bisher waren sie alle recht höflich. Ich bin neugierig, wie lange das anhält.«
»Wir sollen Donnerstag früh in New York ankommen«, sagte Alma. »Noch drei Nächte also.«
»An die Nächte denke ich nicht. Ich habe den Eindruck, die Leute werden bald von mir irgendein Ergebnis erwarten. Ich habe versprochen, mich hernach noch mit dem Kapitän zu unterhalten.«
»Kannst du ihm schon etwas berichten?«
»Eigentlich nichts. Einen leichten Verdacht – unglücklicherweise keinen Mordverdacht.«
»Was denn, Walter?«
»Ich habe mit den Leuten gesprochen, die mit dem Opfer am letzten Abend Whist gespielt haben: ein recht gewandter Engländer mit hellen, glatt nach hinten gekämmten Haaren und ein junges Paar

aus Amerika, vermutlich schwerreich. Als ich ihnen zuhörte, mußte ich auf einmal an meine Zeit in den Music Halls denken. Ich hab' dir doch erzählt, was ich damals getan habe, oder?«
»Gedankenlesen, Walter. Toll! Du kannst ihre Gedanken lesen?«
Er schüttelte den Kopf. »So aufregend ist es nicht. Nein, ich dachte vielmehr daran, wie wir unsere Freiwilligen unter die Zuschauer mischten.«
»Ja, das hast du mir erzählt. Du nanntest es ›türken‹.«
»Eben. Es ist nur eine Art Eingebung, aber ich kann mir nicht helfen, Gordon – dieser glatte Engländer – ›türkt‹ im Umgang mit den beiden jungen Amerikanern.«
»Um sie beim Kartenspielen hereinzulegen?«
»Letzten Endes ja. Weißt du, Westerfield – der Amerikaner – hatte seine Brieftasche verloren, und Gordon fand sie und gab sie beim Purser ab. Westerfield bedankte sich natürlich bei ihm. Er hatte sozusagen einen Vertrauensbeweis. Als sie gemeinsam etwas tranken, kam Katherine Masters dazu. Angeblich suchte sie Mitwirkende für den bunten Abend. Das Ergebnis war, daß sie sich zum Kartenspielen verabredeten. Auf den ersten Blick eine völlig spontane Wendung.«
»Aber du hast den Verdacht, daß sie mit Gordon unter einer Decke steckte?«
Es wäre doch ein cleverer Trick gewesen, Vertrauen herzustellen. Gordon erwähnte die Brieftasche mir gegenüber mit keinem Wort.«
»Hat das etwas zu bedeuten?«
»Ja, und zwar dann, wenn die Brieftasche Paul Westerfield aus der Tasche geklaut und irgendwo deponiert wurde, damit Gordon sie ›finden‹ konnte.«
»Wer hätte das tun können?«
»Ein Mädchen namens Poppy, das mit Westerfield an Bord kam.«
»Raffiniert! Haben sie viel gewonnen?«
»Sie haben verloren.«
Alma schüttelte traurig den Kopf. »Das widerspricht aber völlig deiner Theorie, nicht?«
»Nein. Wie du sagst, das Ganze war höchst raffiniert. Wenn etwas an meiner Theorie ist, dann hätten die beiden ihren Reibach nicht beim Kartenspiel am ersten Abend gemacht. Sie hätten Tag für Tag die Einsätze hochgetrieben und in der letzten Nacht groß abgesahnt.«

»Dann haben sie also am ersten Abend vorsätzlich verloren?«
»Freilich. Ein paar Partien scheinen sie sehr gut gespielt zu haben, aber dann ließen sie sich einstecken. Sie kritisierte, wie er spielte, und er brachte sie zum Abschluß des Abends an den Rand des Weinens.«
»Glaubst du, das war alles inszeniert?«
»Auf alle Fälle hat es die Amerikanerin überzeugt.«
»Aber wozu das Ganze?«
»Um ihnen vorzumachen, daß Gordon und Miss Masters einander nicht kannten, nicht gut zusammenspielen und leicht besiegt werden konnten. Das amerikanische Mädchen blieb bei Miss Masters, um sie zu trösten, und die beiden verabredeten, am nächsten Abend Bridge zu spielen.«
»Das klingt immer einleuchtender«, sagte Alma.
»Du bist tatsächlich ein Detektiv.«
Walters Miene hellte sich auf. »Meinst du?«
»Aber das alles erklärt nicht, weshalb Miss Masters umgebracht wurde.«
»Nein.«
»Und jetzt, wo sie tot ist, wird das auch schwer zu beweisen sein.«
Walter nickte verdrießlich.
»Es sei denn«, fuhr Alma fort, »du findest mit Gewißheit heraus, ob sie wirklich im Konzertkomitee war oder nicht.«

6

Giovanni Martinelli war beim Friseur. Er ließ sich die Nägel maniküren und unterhielt sich angeregt auf italienisch mit dem Friseur. Beide verstummten abrupt, als Walter eintrat. »Signor Martinelli?« fragte Walter.
Der große Tenor zog die Augenbrauen hoch.
»Verzeihen Sie die Störung. Mein Name ist Dew, Inspektor Dew. Ich ermittle im Fall des unglücklichen Tods von Miss Masters. In einem nicht sehr bedeutenden Punkt könnten Sie mir weiterhelfen. Man hat mir gesagt, daß Miss Masters am Abend vor Ihrem Tod gesehen wurde, wie sie einzelne Passagiere ansprach, um sie an Stelle von Ihnen als dem Vorsitzenden des Konzertkomitees um die Mitwirkung beim bunten Abend zu bitten. Ich möchte mich nur vergewissern, daß sie als Mitglied Ihres Komitees dazu beauftragt war.«

Martinelli sagte nichts. Er starrte Walter nur an.
»Ich überprüfe nur die Aussagen anderer Zeugen. Es handelt sich nur um eine Formalität.« Walter holte sein Notizbuch heraus und den Bleistift, um das Gesagte zu unterstreichen.
Martinellis Züge entspannten sich. Er lächelte breit: »Si.«
Er nahm Walter Notizbuch und Bleistift aus der Hand, schrieb etwas und gab beides wieder zurück. Im Notizbuch stand: G. MARTINELLI, »MAURETANIA« 1921.

7

Die Spannung zwischen Paul und Barbara, die während des Gesprächs mit Walter aufgetreten war, hielt auch am Abend an. Im Speisesaal wurde nach dem Essen getanzt, und Paul kam an den Tisch der Livingstone Cordells. Er nahm Barbara gegenüber Platz und hätte sich näher zu ihr setzen können, als Livy Marjorie zum Tango aufforderte. Er unterließ es jedoch. Er hätte auch mit Barbara sprechen können, aber er beobachtete die Tanzenden. Barbara wunderte sich, weshalb er sich überhaupt zu ihnen gesetzt hatte. Als die Livingstones zurückkamen, sagte Marjorie: »Tanzt ihr jungen Leute denn heute abend nicht? Muß es euch unsere Generation vormachen?«
»Paul hat heute eine äußerst anstrengende Partie Bordtennis hinter sich, Mutter«, sagte Barbara.
Paul überging den Spott und sagte zu Marjorie: »Wenn Sie und Livy die Tanzfläche betreten, wirken die anderen alle hölzern.«
»Sie schmeicheln«, antwortete Marjorie, und ein kleiner Freudenschauer ließ ihre Juwelen glitzern. »Wenn es so ist, setzen Livy und ich einmal aus, damit ihr beiden zum Zug kommt.«
Es war ein Walzer. Gemessen drehten sie zu den Klängen von *»I'm Forever Blowing Bubbles«* die Runde. Paul war kein schlechter Tänzer, und normalerweise lenkte er seine Partnerin von Unregelmäßigkeiten bei den Tanzschritten mit amüsanter Konversation ab. Doch diesmal war er entweder nicht in der Lage, oder es fehlte ihm die Lust, Barbara zu unterhalten. Als der Walzer fast zu Ende war, sagte sie: »Es tut mir leid.«
»Was?«
»Daß dich meine Mutter dazu überredet hat, zu tanzen.«
»Das hat sie nicht getan. Hab' ich dich nicht selbst aufgefordert?«
Sie nickte. Ein Trommelwirbel zeigte das Ende des Tanzes an.

Als die beiden an den Tisch zurückkehrten, stellte Marjorie fest: »Ihr gebt ein hübsches Paar ab.«

Barbara und Paul setzten zwei Tänze aus, dann wiegten sie sich in einem altmodischen Bernhardinerwalzer, der zu knifflig war, um sich dabei zu unterhalten. Als er vorbei war, sagte Paul: »Ich glaube, heute geh' ich früh zu Bett. Ich gebe keinen guten Gesellschafter ab.«

»Mit meinen Eltern am Tisch«, sagte Barbara, »ist das auch nicht leicht.«

»Ich finde sie nicht ohne. Sie sind doch recht angenehm.«

»Wir könnten einen Spaziergang über Deck machen.«

»Dort ist es zu kühl. Inzwischen geht ein frischer Wind.«

»O Gott«, sagte Barbara. »Es wäre ja schrecklich, wenn du dir wegen mir eine Erkältung holen würdest.« Und damit waren ihr Worte entschlüpft, die sie nicht hatte sagen wollen und die verletzender klangen, als sie beabsichtigt hatte. Aber sie drückte ihre Enttäuschung über die Verstimmung aus, die sich zwischen ihnen eingenistet hatte.

»Verzeih!« sagte sie. »Geh bitte nicht zu Bett.«

Paul sah, daß sie verwirrt war. Ruhig sagte er: »Barbara, laß uns einen Strich unter den heutigen Tag ziehen, ja? Vielleicht sind wir morgen in einer besseren Verfassung. Gute Nacht!«

Sie ging allein zum Tisch zurück und erklärte ihren Eltern Pauls Fehlen damit, daß er sich nicht wohl gefühlt habe. Ihre Mutter blickte sie eindringlich an und meinte, junge Männer seien verletzlicher, als so manche Frau es wahrhaben wolle. Livy holte ihnen etwas zu trinken und kam mit der Nachricht, Paul an der Bar des Rauchsalons gesehen zu haben. »Wahrscheinlich braucht er ein paar Whiskys, um einen klaren Kopf zu bekommen«, sagte er zu Barbara. »Komm, du hast noch gar nicht mit mir getanzt.«

Sie freute sich darüber, wie aufmerksam er war. Oft genug nahm er Marjories spitzen Bemerkungen die Schärfe, und nun half er ihr, das Gefühl zu unterdrücken, daß Paul sie im Stich gelassen habe. »Ärgere dich nicht über ihn«, sagte er. »Er macht sich was aus dir, das habe ich beobachtet. Im Umgang mit Frauen muß er noch viel lernen, aber er versucht's. Laß ihm Zeit!«

Barbara küßte Livy zärtlich auf die Wange und sagte: »Du bist sehr lieb zu mir.«

Sie beschloß, noch bei ein paar Tänzen zuzuschauen und dann ins Bett zu gehen. Livy führte Marjorie zum Foxtrott aufs Parkett. Bar-

bara beobachtete die beiden und fragte sich, ob Marjorie wirklich wußte, was ihr Mann wert war.
»So ganz allein?« fragte eine Stimme hinter Barbara.
Sie blickte über ihre Schulter und sah Jack Gordon hinter sich. In seinem blonden Haar und auf der weißen Hemdenbrust fing sich das Licht, das die Tanzfläche erhellte.
»Nicht ganz«, antwortete Barbara. »Meine Eltern tanzen gerade.«
»Und Sie nicht? Darf ich bitten?«
In einer solchen Situation hätte sie sonst immer dankend abgelehnt, aber diesmal zögerte sie nicht einmal. Sie stand auf, nahm Jacks Arm und ging zur Tanzfläche. Schnell merkte sie, wie souverän er tanzte. Er führte sie völlig zwanglos und mit einem Gefühl für den Rhythmus, das sie ihre eigenen Bewegungen stärker wahrnehmen ließ.
»Ich wußte gar nicht, daß Sie gern tanzen«, sagte sie zu ihm.
Er lächelte. »Ich wäre doch ein Narr, wenn ich es nicht gern täte, bietet es mir doch die Gelegenheit, den Arm um ein hübsches Mädchen zu legen.«
Sie hatte noch selten von einem Mann eine so draufgängerische Bemerkung gehört, und irgend etwas warnte sie innerlich. Und doch freute es sie, daß er das gesagt hatte. »Ich habe Sie bis jetzt nicht auf der Tanzfläche gesehen«, sagte sie.
»Und ich Sie bis jetzt nicht allein.«
Sie versuchte, dem Gespräch eine weniger persönliche Wendung zu geben. Die Direktheit, mit der er vorging, mußte früher oder später in Verlegenheit enden. »Ich glaube, für morgen ist schlechtes Wetter angesagt.«
»Was morgen ist, kümmert mich wenig.«
»Das täte es aber, wenn Sie das gleiche erwarten würde wie mich.«
»Machen Sie sich nichts draus, Barbara! Ich kenn' ein sehr gutes Mittel gegen Seekrankheit.«
»Ja, Mutter hat auch Tabletten dabei.«
»Ich rede nicht von Tabletten. Mein Mittel schluckt sich wesentlich leichter: Alle zwei Stunden ein Glas Brandy. Wollen Sie eins, um gleich eine Grundlage zu haben?«
Angesichts seines zielstrebigen Vorgehens blieb ihr fast die Luft weg. »Aber wir sind doch mitten in einem Tanz!«
»Wir können das Ende abwarten.«
»Sehr freundlich von Ihnen, mich zu einem Brandy einzuladen, aber ich trinke lieber nichts.«

»Wieso?«
»Da ist jemand an der Bar, dem ich lieber nicht begegnen möchte. Ich weiß zwar nicht genau, wo er ist, aber ich habe gehört, daß er trinkt.«
»Jemand, den ich kenne?«
»Ich sag' es lieber nicht.«
»Lassen Sie mich Brandy besorgen und hierherbringen.«
»Ich sitze aber bei meinen Eltern.«
»Sie können sich doch woanders hinsetzen.«
Seine Hartnäckigkeit begann ihr unangenehm zu werden. Was zunächst wie eine Auffrischungskur für ihr Selbstvertrauen ausgesehen hatte, verlor jetzt schnell an Charme. »Jack, lassen wir den Brandy, ich danke Ihnen. Das Tanzen macht doch auch Spaß!«
»Also dann, vergessen wir den Brandy, und vergnügen wir uns beim Tanzen. Aber bei der nächsten Pause werden wir uns verdrücken.«
»Nein, ich möchte hierbleiben.«
»Wovor haben Sie Angst? Ich tu' Ihnen doch nichts.«
Die Musik war zu Ende. Barbara sagte: »Gute Nacht!« und schloß sich geschickt Livy und ihrer Mutter an, die gerade die Tanzfläche verließen.
»Wer war denn das?« fragte Marjorie. »Sah ganz nach Charmeur aus.«
»Hilf mir nur, ihn abzuhängen!« murmelte Barbara. Aber Jack war schon an der Tür.
»Nach dem letzten Walzer gingen die drei Livingstone Cordells zu ihren Kabinen auf dem D-Deck. Barbara wohnte drei Türen weiter als ihre Eltern. Sie gab ihnen einen Gutenachtkuß und stand dann vor ihrer Kabine, wo sie den Schlüssel aus der Tasche holte und ins Schloß steckte. Als sie ihn umdrehte, merkte sie, daß jemand hinter ihr stand, und zwar so nah, daß sie den Atem auf ihrem Nacken spürte. Sie dachte an Paul, der sich vielleicht für seinen abrupten Aufbruch entschuldigen wollte, und drehte sich um.
Hinter ihr stand Jack. Leise sagte er: »Sie haben mich dazu gezwungen. Es hätte nicht so kommen müssen.«
Als er noch näher kam, holte sie tief Luft, um zu schreien.

8

»Falschspieler?« sagte Captain Rostron.
»Das ist *eine* Theorie, die naheliegt«, meinte Walter zurückhaltend. Sie saßen in der Kajüte des Kapitäns. Der Privatsteward hatte ihnen eine Karaffe Whisky, einen Sodasyphon und zwei geschliffene Gläser gebracht. Walter rauchte eine Zigarre.
»Ich möchte nicht sagen, daß Sie sich da irren, Inspektor«, sagte der Kapitän. »Aber wir haben das gut im Griff. Zugegeben, vor dem Krieg nahm das Falschspielen überhand, aber inzwischen haben wir – ich rede von der Cunard-Linie – eine Menge getan auf diesem Gebiet. Heute, ich kann Ihnen das mit Stolz sagen, kommt dergleichen kaum noch vor. Natürlich können wir den Passagieren das Kartenspielen nicht verbieten, und man muß sehr aufpassen. Aber der Polizeioffizier und seine Leute werden schließlich nicht umsonst bezahlt. Mr. Saxon ist zwar kaum ein Sherlock Holmes, wenn es um einen Mordfall geht, aber seine Falschspieler kennt er, da können Sie sicher sein.«
»Daran zweifle ich auch nicht«, antwortete Walter.
»Unser Purser hat ein unheimlich gutes Personengedächtnis. Er gibt mir stets sofort einen Tip, wenn Berufsspieler an Bord sind. Sie sind alle bekannt, fast alle. Sie fahren ihr Leben lang auf dem Ozean hin und her – wie ich.«
»Dann glauben Sie also, daß Mr. Gordon und Miss Masters mit so etwas nichts zu tun haben?«
»Ich möchte es nicht ganz ausschließen. Ich bin nur so gut wie sicher, daß sie bisher noch nicht auf der ›Mauretania‹ gespielt haben, aber wie Sie wissen, gibt es Dutzende von Schiffen im Überseedienst. Ich kann Mr. Saxon bitten, diesbezüglich seine Nachforschungen anzustellen, wenn es Ihnen recht ist.«
»Danke«, sagte Walter, »in dieser Phase noch nicht. Da arbeite ich lieber allein.«
»Die gewieften Falschspieler trifft man kaum im Rauchsalon«, erklärte ihm der Kapitän. »Die machen ihr Spielchen hinter verschlossenen Türen in der Kabine. Sie lassen die ›Tauben‹, wie sie später ihre Opfer nennen, große Beträge gewinnen. Natürlich landen sie später ihren großen Coup, aber erst im Zug nach New York oder dort in einem Hotel. Wir können das nur vermuten, denn dann sind sie unserer Kontrolle längst entzogen. Diese Schmarotzer arbeiten mit allen Tricks, Inspektor.«

Walter nickte und blies einen vollendeten Rauchring in die Luft. Captain Rostron überlegte, ob der Inspektor etwas verschwieg. Gesprächig war er auf alle Fälle nicht.
»Wenn die beiden wirklich Falschspieler waren«, nahm der Kapitän den Faden wieder auf, »warum mußte dann einer mit dem Leben dafür bezahlen?«
Walter zog an seiner Zigarre, inhalierte tief und sagte mit Emphase: »Ja, wirklich.«
»Ich könnte mir vorstellen«, fuhr der Kapitän fort, »daß eines ihrer früheren Opfer sie wiedererkannt und beschlossen hat, es ihnen heimzuzahlen. Aber Mord ist wohl eine sehr extreme Art, sich zu rächen.«
»Sehr extrem«, pflichtete ihm Walter bei.
»Wer das tut, muß schon sehr verzweifelt sein oder völlig gefühllos.«
»Sehr wohl«, sagte Walter.
»Ja«, meinte der Kapitän.
Dann sagten sie nichts mehr. Captain Rostron war schon lange keinem so wortkargen Menschen mehr begegnet wie Inspektor Dew. Er wurde langsam ungeduldig. Diesem Mann ging offensichtlich wesentlich mehr durch den Kopf, als er zur Diskussion stellte. Da kam man nur mit direkten Fragen weiter.
»Gut, Inspektor, haben Sie herausgefunden, weshalb Miss Masters ermordet wurde?«
»Nein.«
»Haben Sie irgendeinen Verdacht?«
»Verdacht?« wiederholte Walter. Er nahm sein Glas in die Hand und nahm einen Schluck Whisky.
»Nein.«
»Ich habe Sie in der Hoffnung herbestellt, daß Sie etwas über den Mord herausgebracht haben, aber wir haben uns bis jetzt nur darüber unterhalten, ob das Mordopfer eine Falschspielerin war oder nicht. Nehmen wir einmal an, sie war eine. Wohin führt Sie das?«
»In mein Bett«, antwortete Walter. »Ich muß darüber schlafen.«
Walter räusperte sich. »Zumindest habe ich gemerkt ...«
»Ja?«
»Daß dies ein sehr guter Whisky war, Captain.«
»Es freut mich, wenn er Ihnen geschmeckt hat. Ich wünsche Ihnen eine angenehme Nachtruhe, soweit das möglich ist. Es soll nämlich stürmisch werden.«

Diesmal schlief Alma schlecht. Sie träumte, daß Walter sie verfolgte. Er trug den langen Mantel und die Melone, aber es war nicht mehr Walter, der hinter ihr her war, sondern Inspektor Dew, und sie war Ethel Le Neve. Er jagte sie durch das ganze Schiff: über sämtliche Decks, die Niedergangstreppen hinunter, durch die zweite und dritte Klasse, durch Kombüsen und Laderäume bis in den Kielraum. Sobald sie einen Platz fand, wo sie sich verbergen konnte, kam er näher, und sie flüchtete aufgeschreckt. Wer ihr auch begegnete, war ihr Feind, wies mit dem Finger auf sie und zeigte Walter, wohin sie gelaufen war.
Schließlich ging sie ihm in einem Korridor tief unten im Schiff, wohin sich sonst niemand wagte, in die Falle. Als er sich ihr näherte, funkelten seine Augen wie die eines Verrückten, und seine Hände sahen aus wie Krallen. Sie griff hinter sich, um sich irgendwo festzuhalten, und erwischte eine Türklinke. Sie drückte sie nieder, die Tür gab nach. Alma schlüpfte über die Schwelle und warf die Tür hinter sich zu. Sie war in einem gefliesten, düsteren Raum voller bewegungsloser Gestalten. Es war das Schreckenskabinett. Plötzlich rührte sich eine der Figuren, eine Frau in einem langen schwarzen Umhang. Ihr Gesicht war bleich, und in ihren Haaren hing Seetang. Es war Lydia. Sie nahm Almas Arm und führte sie an einer Reihe berüchtigter Killer vorbei. Eine Figur stand etwas abseits. Ein Schild verriet, daß es Dr. Crippen war. Alma schaute ihm ins Gesicht und schrie gellend. Das Gesicht gehörte Johnny Finch. Man hatte Johnny hingerichtet, den harmlosen, freundlichen, unschuldigen Johnny.

10

Mr. Saxon, der Polizeioffizier, führte Walter eine Eisentreppe hinunter und einen Gang entlang, den nur nackte Glühbirnen erhellten. Anders als in den teppichbelegten Fluren weiter oben klapperten hier auf der Gräting ihre Tritte unangenehm laut. Doch Mr. Saxon schritt mit einem Elan und einem Selbstbewußtsein voran, die an einen Millionär gemahnten, der die elegantesten Räume der ersten Klasse durchquert. An diesem Morgen fühlte sich Mr. Saxon auch wie ein Millionär: Er hatte den Würger festgenommen.
»Ich wollte Ihre Nachtruhe nicht stören«, erklärte er Walter, und seine Stimme hallte von den Metallwänden wider. »Es war auch nicht notwendig, wirklich nicht. Sie haben ja auch eine anstren-

gende Zeit hinter sich, Inspektor. Sie mußten sich den Kopf zerbrechen und alle Ihre Erfahrungen von Scotland Yard mobilisieren, um ein Motiv für dieses Verbrechen herauszuschälen. Sie haben sich die Erholung verdient. Wozu hätte ich Sie belästigen sollen, wenn wir den Kerl für die Nacht schon hinter Schloß und Riegel hatten? Dem Kapitän hab' ich es natürlich gemeldet. Ich glaube, es hat ihm gefallen, daß letzten Endes doch seine Leute den Fall gelöst haben. Jedenfalls war er damit einverstanden, daß wir Sie erst in der Frühe holten.«

Walter antwortete darauf nicht. Er kannte bereits Barbaras Schilderung des nächtlichen Vorfalls. Zweifellos war die junge Dame davon überzeugt, dem Würger begegnet zu sein. Jack Gordon war auch gewaltsam in ihre Kabine eingedrungen. Glücklicherweise hatte ein anderer Passagier ihren Schrei gehört und sofort beim Polizeioffizier angerufen. Fest stand auch, daß Gordon Barbara von hinten umklammert und eine Hand um ihren Hals gelegt hatte, als sich Saxon und sein Assistent Zugang zur Kabine verschafft hatten. Walter hatte die Druckstelle an Barbaras Hals untersucht.

Vor der Zelle stand ein Wachhabender. Saxon forderte ihn auf, die Tür zu öffnen und hinter ihnen wieder zu schließen. »Sie und ich, wir werden wohl mit einem Mann fertig werden, der wehrlose Frauen anfällt«, sagte er zu Walter. »Wie feig' muß doch jemand sein, der so etwas tut!«

Jack Gordon trug noch das Frackhemd und die schwarze Hose. Seine Krawatte und seine Schuhe hatte man ihm abgenommen. Als er von der Matratze, die am Boden lag, aufstand, mußte er die Hose mit beiden Händen festhalten. Er hatte rotunterlaufene Augen, und das sonst so glatt nach hinten gebürstete Haar fiel ihm in die Stirn.

»Sie kennen Chefinspektor Dew?« fragte Saxon.

Gordon nickte.

»Setzen Sie sich bitte«, sagte Walter in dem Ton, der ihm von der Zahnarztpraxis her geläufig war.

Mr. Saxon stellte für seinen Gefangenen einen Holzstuhl in die Mitte des Raumes und pflanzte sich dahinter auf. Walter setzte sich auf eine Tischkante.

»Ich habe gerade mit Miss Barbara Barlinski gesprochen«, sagte er, »und an ihrem Hals die Druckstellen gesehen.«

»Druckstellen?« wiederholte Jack Gordon automatisch.

»Die Druckstellen von Ihrem Griff.«

Jack schüttelte den Kopf. »Hab' ich sie so fest gehalten?«

Hinter ihm mischte sich Saxon ein: »Tun Sie nicht so unschuldig, Mr. Gordon! Ich habe Sie doch in dem Moment festgenommen, als Sie sie würgten.«
Jack drehte sich abrupt um: »Das ist gelogen! Ich versuchte nur, sie am Schreien zu hindern.«
»Am Atmen«, meinte Saxon.
»Nein!«
»Aber Inspektor Dew hat die Druckstellen gesehen.«
»Das ist verrückt. Ich hab' sie nicht gewürgt.«
»Aber die andere, he?«
»Sie wissen wohl nicht, was Sie da sagen.«
»Mr. Gordon«, fragte Walter, »haben wir richtig verstanden, daß Sie leugnen, Miss Masters erwürgt zu haben?«
»Ich habe weder jemanden ge- noch erwürgt. Gott ist mein Zeuge.«
Mr. Saxon trat einen Schritt vor und sagte leise neben Jacks Ohr: »Wir haben zwei Frauen, die eine ist tot und trägt an ihrem Hals die Würgemale des Mörders. Die andere ist glücklicherweise, ich sage glücklicherweise, lebendig, und an deren Hals sind Ihre Fingerabdrücke zu sehen.«
»Lassen Sie mich doch etwas sagen!« rief Jack verzweifelt. »Es sind nicht dieselben.«
»Wie meinen Sie das?«
»Die Fingerabdrücke sind nicht dieselben.«
Eine Pause trat ein. Mr. Saxon richtete sich auf. Er lächelte. So leise, daß es wie Flüstern klang, sagte er: »Woher wissen Sie das?« Er begann zu lachen. Etwas lauter wiederholte er: »Woher wissen Sie das? Woher, Gordon, woher?« Er schüttelte sich vor Lachen und sonnte sich im Stolz über seinen Triumph.
Jack Gordon ließ den Kopf auf die Brust sinken und bedeckte seine Augen.
»Sie wissen es, weil Sie Ihre eigenen Fingerabdrücke gesehen haben«, sagte, nein jubelte Mr. Saxon. »Sie haben die Leiche gesehen.«
»Ja«, antwortete Jack, ohne aufzublicken. Er begann zu schluchzen.
»So sind sie alle«, klärte Mr. Saxon Walter auf. »Voller Selbstmitleid, wenn es Ihnen drangeht. Aber mit den Opfern haben sie kein Erbarmen.« Vor Aufregung war er schweißgebadet. Mit einem Taschentuch tupfte er seine Stirn und die Enden seines rotblonden

Schnurrbartes ab. »Jetzt, da er es zugegeben hat, sollten wir ein Protokoll aufnehmen.«
»Schön, aber dazu brauchen Sie mich nicht«, sagte Walter. »Sie haben ja einen Mann vor der Tür. Ich werde schon allein zurückfinden. Danke schön.«
Jack Gordon hob plötzlich den Kopf und sagte: »Ich bin der Mörder nicht. Hören Sie mich um Gottes willen an! Ich habe Katherine nicht erwürgt. Sie war meine Frau.«
Walter schaute Mr. Saxon an, der sich wieder hinter den Stuhl mit dem Gefangenen gestellt hatte. Die Miene des Polizeioffiziers verriet, daß er es nicht glaubte. Er schüttelte den Kopf, er blinzelte, und er tippte sich mit dem Zeigefinger an die Stirn. Dann sagte er: »In Ordnung, Inspektor, überlassen Sie das nur mir ...«
Jack stand auf und hielt Walter am Arm fest. »Nein, bitte bleiben Sie, und hören Sie mich an! Sie sind meine letzte Rettung.«
Noch während er sprach, faßte ihn der Polizeioffizier von hinten und drückte ihn unsanft auf den Stuhl.
»Merk dir eines, Bursche«, flüsterte Mr. Saxon heiser in Jacks Ohr und drückte ihm mit dem Unterarm den Kopf zurück. »Faß nie einen Polizisten an, verstehst du? Da kommt nichts Gutes dabei heraus.«
Walter ging zur Tür. »Macht Ihr Mann da draußen auf, wenn ich klopfe?«
»Ich werde ihn rufen«, sagte Mr. Saxon. Er ließ von Jack ab und stand neben Walter.
»Inspektor Dew«, rief Jack, »glauben Sie, ein Mann bringt seine eigene Frau um und wirft sie ins Meer?«
Walters Haltung versteifte sich. Mit einer Handbewegung bedeutete er Mr. Saxon, nicht nach dem Wachhabenden zu rufen. Dann wandte er sich um und sagte: »Sehr einleuchtend klingt das nicht. Na schön, lassen Sie mich hören, was Sie vorzubringen haben.« Er lehnte sich wieder gegen den Tisch und blickte Jack ins Gesicht.
Mr. Saxon machte seiner Erbitterung in einem tiefen Seufzer Luft.
»Ich bin einer von denen«, sagte Jack, der nun wieder mehr Gewalt über seine Stimme hatte, »die ihren Lebensunterhalt auf dem Ozean verdienen, indem sie Karten spielen. Wenn Sie es mir nicht glauben, so lassen Sie das Spiel Karten holen, das in der obersten Schublade meines Toilettentisches liegt. Ich zeige Ihnen dann, wie ich es anstelle. Kate war meine Frau und meine Arbeitspartnerin.«
»Er lügt«, sagte Mr. Saxon. »Er lügt, um sein Leben zu retten.«

»Sie hatte den Einschnitt eines Eherings am Ringfinger«, gab Walter zu bedenken. »Der Arzt glaubt, daß sie verheiratet war.«
»Ja, den Ring ließ sie immer zu Hause«, sagte Jack. »Ich kann Ihnen sagen, wo Sie ihn in unserer Wohnung in Park Terrace finden. Wir schifften uns hier als Fremde ein. Auf ein festes Paar fällt kaum noch jemand herein. Über Falschspieler sind zu viele Geschichten im Umlauf.«
»Erzählen Sie mir nichts von Falschspielern«, sagte Mr. Saxon gereizt. »Ich kenne sie alle, und Sie gehören bestimmt nicht zu ihnen.«
Jack wurde immer mehr Herr der Lage. Ruhig sagte er: »Sie kennen nur die weniger Erfolgreichen«, und zu Walter gewandt fuhr er fort: »Wir hatten einen jungen Amerikaner im Visier, Paul Westerfield. Sein Vater ist vielfacher Millionär. Ich engagierte ein Mädchen, um seine Brieftasche klauen zu lassen ...«
»Poppy?« fragte Walter.
Jack machte große Augen: »Jawohl.«
»Wie kommen Sie da drauf?« fragte Mr. Saxon.
»Erzählen Sie weiter«, forderte Walter Jack auf.
»Ich spielte den ehrlichen Finder, und der junge Westerfield war mir auch sehr dankbar. Er lud mich zu einem Drink ein, und während wir beisammensaßen, machte sich Kate an uns heran. Sie gab vor, vom Konzertkomitee zu sein, und es war nicht schwer, sich zu einer Partie Whist zu verabreden. Der Amerikaner brachte seine Freundin als Partnerin mit, und los ging's. Kate und ich machten es wie immer: Wir gewannen ein paar Spiele, verloren aber dann immer mehr. Um keinen Verdacht aufkommen zu lassen, machten wir uns gegenseitig Vorwürfe, und ich ging schließlich schlafen. Kate sollte noch eine Partie Bridge für den nächsten Abend arrangieren.«
»Und für den Abend darauf wieder eine Partie«, mischte sich Mr. Saxon ein. »Und so weiter, und so fort. Ich weiß, wie ihr Banditen arbeitet. Ihr laßt sie in dem Glauben, daß sie ein Vermögen gewinnen, und am letzten Abend nehmt ihr sie dann wie eine Weihnachtsgans aus.«
Jack wandte sich an Walter: »Jetzt scheint er mir zu glauben. Aber es ist müßig, sich auszumalen, was nach diesem Abend geschehen wäre, weil man meine Frau umgebracht hat. Inspektor, ich habe Ihnen doch selbst gesagt, ich möchte unbedingt, daß Sie den Mörder finden. Unaufgefordert bin ich zu Ihnen gekommen, nicht wahr? Und ich habe Ihnen alles, was Sie wissen müssen, gesagt.«

»Das sie Ihre Frau war, haben Sie mir nicht gesagt«, brummte Walter. »Das hätte ich doch auch wissen müssen.«
»Weshalb?« Das wußte doch niemand. Derjenige, der sie getötet hat, brachte sie bestimmt nicht deswegen um, weil sie mit mir verheiratet war.«
»Woher wissen Sie das so genau?« fragte Mr. Saxon. »Sie haben doch im Laufe der Jahre Hunderte von leichtgläubigen Passagieren hereingelegt. Es braucht nur ein einziger von ihnen hier auf dem Schiff zu sein, und wenn er dann Sie und Ihre Frau gesehen hat ...«
»Glauben Sie denn, ich hätte nicht die Passagierliste durchgesehen, um mich zu vergewissern, wer alles an Bord ist? Ich bin kein Dilettant. Die Leute, mit denen ich Karten spiele, sind handverlesen. Mit denen beschäftige ich mich so intensiv, daß ich sie nie mehr vergesse.«
»Das mag ja sehr einleuchtend klingen«, sagte Mr. Saxon, »aber sagen Sie mir einmal: Wann haben Sie Ihre Frau das letzte Mal gesehen?«
»Am Samstag abend, als ich die Kartenrunde verließ. Das habe ich Ihnen doch schon gesagt.«
Mr. Saxon lächelte zufrieden wie ein Mann, der eine Falle aufgestellt hat und zusieht, wie die Beute arglos hineintappt.
»Wenn dem so ist, würden Sie dann bitte Inspektor Dew erklären, weshalb Sie die Würgemale an ihrem Hals gesehen haben?«
Jack schaute Walter ins Gesicht. »Ich glaube, er weiß es.«
Walters Miene verriet nichts. »Ich meine, Sie sollten es uns sagen.«
Jack zuckte mit den Achseln. »Wenn Sie unbedingt wollen. Am Sonntag vormittag hörte ich, daß man eine Frau aus dem Wasser gefischt hatte. Ich brachte sie nicht mit Kate in Verbindung, ich hatte ja auch keinen Grund, anzunehmen, daß ihr etwas zugestoßen sein könnte. Aber als sie dann den ganzen Tag über nirgends zu sehen war, nicht einmal bei den Mahlzeiten, wurde ich doch unruhig. Ich klopfte an ihre Kabine, erhielt aber keine Antwort. Alarm schlagen wollte ich nicht, denn es war ja möglich, daß sie wohlauf war, und dann wäre unser abgekartetes Spiel aufgeflogen. Gewißheit konnte ich also nur erlangen, wenn es mir möglich war, einen Blick auf die tote Frau zu werfen.«
»Das haben Sie sich aber schön zurechtgelegt«, höhnte Mr. Saxon.
»Es könnte auch stimmen«, sagte Walter. »Und wie haben Sie das dann angestellt?« fragte er Jack.

»Ich ging in die Krankenabteilung und sah den Pfleger am Schreibtisch. Er hatte viel zu tun, weil er die Namen all der Tölpel notieren mußte, die sich beim Versuch, ein Bullauge zu öffnen, den Daumen verrenkt hatten. Ich gab vor, man habe mich geschickt, um den Schlüssel zur Totenkammer zu holen, weil ich bei der Identifizierung behilflich sein könne. Er gab mir den Schlüssel, ohne mich überhaupt genau angesehen zu haben.« Jack verstummte und senkte den Kopf. »Was ich dann durchgemacht habe, möchte ich nicht noch einmal erleben. Schrecklich, wie sie aussah. Ich fürchtete, die Beine würden mir den Dienst versagen. Ich stolperte aus dem Raum und all die Treppen hinauf, bis ich in meiner Kabine war, wo ich mich, vor Wut und Verzweiflung zitternd, aufs Bett warf.«
»Und der Schlüssel?« fragte Walter.
»Den muß ich steckengelassen haben.«
Walter wandte sich an den Polizeiarzt. »Der Schiffsarzt hat es bestätigt.«
Aber Mr. Saxon gab sich damit nicht zufrieden. »Was Sie da von Ihrer Verzweiflung erzählen, würde mich besser überzeugen, wenn ich Sie nicht dabei erwischt hätte, als Sie ein unschuldiges Mädchen anfielen. Benimmt sich so ein Mann, dessen Frau kurz zuvor umgebracht wurde? Ihre Verzweiflung hielt wohl nicht sehr lange an, oder?«
Mit erhobenen Fäusten sprang Jack vom Stuhl auf, aber Mr. Saxon war schneller. Er erwischte ihn am Handgelenk und schleuderte ihn brutal gegen die Eisenwand. Hätte Jack den Aufprall nicht mit den Schultern abgefangen, wäre sein Schädel zertrümmert worden. Mit bis zu den Knien gerutschten Hosen lag er jetzt auf dem Boden. Mr. Saxon holte gerade aus, um ihm einen Fußtritt zu versetzen, da schritt Walter ein und schob den Polizeioffizier beiseite.
»Das reicht!«
»Sie haben es doch gesehen«, japste Mr. Saxon, »er ging auf mich los!«
»Helfen Sie ihm auf!« sagte Walter mit ungewohntem Befehlston.
Mr. Saxon faßte Jack unter den Achseln und setzte ihn auf den Stuhl. »Ich würde mich in Zukunft lieber ums Whistspielen kümmern«, warnte er ihn.
Jack zog sich mit der Linken die Hosen hoch. Sein Frackhemd war an der Schulter aufgerissen, und darunter blutete die Schramme, die er sich beim Aufprall zugezogen hatte. Er spreizte die Finger der rechten Hand, um zu prüfen, ob er sie noch bewegen konnte.

»Ich glaube, Sie sollten ihm etwas zu trinken holen«, sagte Walter zu Mr. Saxon.
Der Polizeioffizier ging vor die Tür und beorderte den Wachhabenden herbei.
»Wenn es Tee ist«, rief Walter, »möchte ich auch einen.« Dann wandte er sich wieder an Jack. »Wollen Sie uns jetzt sagen, was mit dem Mädchen los war?«
»Das wollte ich Ihnen gerade erzählen, Inspektor. Ich habe meine Frau sehr geliebt, und ich kann es nicht ertragen, wenn sich jemand über die Zuneigung, die wir füreinander empfanden, lustig macht.« Dabei schaute er Mr. Saxon an. »Kate war eigentlich viel zu schade für mich. Ich habe sie nicht so gut behandelt, wie sie es verdient hätte, und flirtete auch manchmal mit jüngeren Frauen, die ihr nicht das Wasser reichen konnten. Wenn ich daran denke, muß ich mich schämen. Als ich Gewißheit hatte, daß sie tot war, bekam ich einen ungeheuren Zorn auf dieses Schwein, das zu so etwas fähig war. Ich bin mir nicht sicher, aber vielleicht wollte ich Rache. Ich glaube, es war einfach das Gefühl, es Kate schuldig zu sein, ihren Mörder zu stellen. Dabei war ich mir völlig bewußt, daß dies nicht meine Aufgabe war, sondern die Ihre. Aber ich fühlte mich persönlich betroffen. Können Sie sich vorstellen, wie *Ihnen* zumute wäre, wenn man *Ihre* Frau umgebracht hätte?«
Walter beschloß, diese Frage als eine rhetorische zu betrachten und sagte: »Sie wollten uns doch erzählen, warum Sie das Mädchen angefallen haben.«
»O ja. Als ich in der Nacht, in der Kate ermordet wurde, den Rauchsalon verließ, war Westerfield gerade weggegangen, um eine Runde zu bestellen. Kate war also mit Barbara alleine am Tisch. Stellen Sie sich vor, Inspektor, worüber sich die zwei Frauen unterhalten haben könnten! Vielleicht vertraute Kate Barbara etwas an, was uns bei der Suche nach dem Mörder wertvolle Dienste leisten könnte.«
»Uns?« fragte Walter.
»Er möchte Ihnen doch nur einreden, daß er uns schon die ganze Zeit über helfen wollte«, mischte sich Mr. Saxon sarkastisch ein.
»Würden Sie bitte nachsehen, ob der Tee fertig ist«, bat Walter, als würde er dies zu seiner Sprechstundenhilfe sagen.
»Mir war«, fuhr Jack fort, »als seien Ihre Ermittlungen an einen Punkt gekommen, wo es nicht mehr weiterging. Deshalb beschloß ich, selbst Nachforschungen anzustellen. Ich wollte wissen, ob mir Barbara etwas sagen konnte, und nahm deshalb gestern abend die

Gelegenheit wahr, sie zum Tanzen aufzufordern. Sie schien sich darüber zu freuen. Natürlich konnte ich sie nicht frisch von der Leber weg fragen.«

»Nach ihrer Version waren Sie ziemlich aufdringlich.«

Jack schüttelte den Kopf. »Ich versuchte nur zu flirten.«

»Sieh an!« sagte Mr. Saxon. »Er gibt es zu.«

»Nach einem Tanz ging sie wieder an den Tisch ihrer Eltern. Ich wußte nicht, ob ich sie später noch einmal auffordern konnte, mußte sie aber alleine sprechen, um ihr die entscheidenden Fragen stellen zu können. Aber ich habe die Situation verkannt, als ich glaubte, sie würde bei einem kleinen Flirt mitmachen – nach meiner Erfahrung tun das die meisten Mädchen. Barbara jedoch ließ sich nicht beeindrucken. Als der erste Tanz zu Ende war, ließ sie mich stehen. Ich hätte es aufgeben sollen, aber nun wollte ich erst recht herausfinden, ob sie mir etwas sagen konnte, was zur Aufklärung beitrug. Als alle aufbrachen, folgte ich ihr bis zu ihrer Kabine. Ich hielt sie vor der Tür auf und versuchte, ihr meine Anwesenheit zu erklären. Aber sie bekam Angst und schrie. Erschreckt drängte ich sie in die Kabine und warf die Tür hinter uns ins Schloß. Sie glaubte wohl, ich wolle ihr etwas antun, dabei wollte ich sie nur beschwichtigen, um mit ihr sprechen zu können. Als ich ihr die Hand auf den Mund legte, damit sie nicht mehr schrie, erschrak sie noch mehr. Wir waren in einer Art Handgemenge, als er da hereinkam.« Jack zeigte auf Mr. Saxon, der gerade mit einem Tablett den Raum betrat.

Walter griff nach zwei dampfenden Tassen Tee und gab eine weiter an Jack. »Sie können Mr. Saxon keinen Vorwurf machen, daß er Sie eingesperrt hat. Sie haben sich ja nicht gerade kavaliersmäßig benommen.«

»Sie glauben mir also, Inspektor?«

»Doch. Ihre Aussagen scheinen mir das zu bestätigen, was mir schon andere Leute berichtet haben.«

»Dann lassen Sie mich auch frei?«

»Ich glaube, es ist klüger, zuerst mit dem Kapitän und einigen Betroffenen darüber zu sprechen. Finden Sie nicht auch? Es könnte eine unangenehme Reaktion geben, wenn man Sie plötzlich auf freiem Fuß sieht.«

»Wie geht es Barbara? Habe ich ihr wirklich weh getan?«

»Sie hat's gut überstanden.«

»Ich möchte mich bei ihr entschuldigen.«

»Nur nichts überstürzen, Mr. Gordon.«

»Werden Sie zuerst mit ihr sprechen?«
»Das wird wohl das beste sein.«
»Werden Sie sie fragen, was Kate nach dem Whistspiel zu ihr gesagt hat?«
»Das hat sie mir bereits erzählt.«
»Hat sie bereits? War es etwas Wichtiges?«
»Vielleicht«, sagte Walter geheimnisvoll.
»Hat sie irgendeinen Mann beim Namen genannt, irgend jemanden, der ihr an Bord aufgefallen war?«
»Nur Sie.«
Jack seufzte. »Die Hoffnung, sie könnte ihren Mörder genannt haben, war wohl doch zu illusorisch. Dann war dies alles vergebens.«
»Sie können die Sache so betrachten«, sagte Walter, »ich persönlich sehe sie in einem anderen Licht. Die Meldung, daß wir jemanden festgenommen haben, hat die Stimmung der Passagiere und der Mannschaft enorm verbessert. Alle sind auf einmal viel freundlicher.«
»Aber ich bin nicht der Mörder!«
»Es wäre schade, die Leute zu enttäuschen. Wollen Sie noch eine Tasse Tee?«
»Ich will hier raus!«
»Das kann ich verstehen«, sagte Walter ganz aufrichtig.
»Ich habe Ihnen doch erzählt, wie alles geschah. Glauben Sie mir nicht?«
»Bewahren Sie die Ruhe, Mr. Gordon! Sie müssen verstehen, daß ich sorgfältig abwägen muß, was nun geschehen soll. Ich bin für die Sicherheit von über zweitausend Personen verantwortlich. Wir können gewiß dafür sorgen, daß Sie es bequem haben. Haben Sie schon Ihr Frühstück bekommen?«
»Ich verlange, mit dem Kapitän sprechen zu können.«
»Sie sind nicht in der Position, etwas verlangen zu können. Der Kapitän hat andere Sorgen. Wir haben Sturmwarnung. Ich werde Ihnen sagen, was ich jetzt tue. Ich muß Ihre Aussage überprüfen. Das dauert ein, zwei Stunden, gewiß nicht länger. Darf ich einstweilen um den Schlüssel zu Ihrer Kabine bitten?«
»Den habe ich bereits«, sagte Mr. Saxon.
»Wozu brauchen Sie ihn?« fragte Jack. »Wollen Sie nachsehen, ob die Spielkarten dort liegen, wo ich gesagt habe?«
»Nein. Um Ihnen etwas anderes zum Anziehen herunterzuschikken. Was Sie da anhaben, sieht etwas derangiert aus.«

11

Marjorie hatte darauf bestanden, daß Barbara den Vormittag über auf ihrer Kabine blieb, um sich zu erholen. Da der Himmel grau war und der Wind merklich kühler, machte dies Barbara wenig aus, zumal sie ein Besuch von Capitän Rostron entschädigte, der sein tiefes Bedauern über das, was ihr widerfahren war, ausdrückte. Auch der Schiffsarzt und Inspektor Dew besuchten sie. Die Druckstellen an ihrem Hals, tröstete man sie, würden vergangen sein, noch ehe New York in Sicht komme. Der Inspektor sprach über das Wetter.
Gegen Mittag aber kam der Besucher, der ihr am meisten Freude machte, und brachte ihr eine riesige Pralinenschachtel. Es war Paul. Ihre Mutter führte ihn in die Kabine – und blieb anstandshalber da.
Paul war zutiefst besorgt. Die vielen kleinen Falten um seine Augen und seine belegte Stimme verrieten es. »Ich kann dir gar nicht sagen, wie mich das alles deprimiert«, sagte er. »Wenn ich nicht so blöd gewesen wäre, vorzeitig zu gehen, hätte er dir nicht zu nahe treten können.«
»Du konntest doch nicht wissen, was er vorhatte!«
»Ich war zu sehr mit meiner miesen Laune beschäftigt, Barbara. Da gibt es keine Entschuldigung. Gott sei Dank hat man dich schreien hören. Fehlt dir, von den Druckstellen abgesehen, wirklich nichts?«
»Nein, nein. So schlimm war es nicht.«
»Es muß schrecklich gewesen sein, entsetzlich. Wer hätte gedacht, daß ausgerechnet Jack Gordon der Würger ist! Ich hielt ihn für einen echten englischen Gentleman. Es ist unglaublich, wo er sich doch mit meiner Brieftasche so korrekt benommen hat. Ich bin ganz erschlagen, Barbara.«
»Ich kann es auch kaum verstehen.«
»Wirklich. Warum mußte er sich gerade dich als Opfer aussuchen!«
Nun konnte sich Marjorie nicht mehr zurückhalten. »Um Himmels willen«, sagte sie ungeduldig, »wie soll Barbara darauf eine Antwort wissen?«
Paul lief rot an. »Ich wollte damit nur ausdrücken, daß ich mir keinen einleuchtenden Grund vorstellen kann, weshalb er es auf Barbara abgesehen hatte.«
»Weshalb?« echote Marjorie. »Haben Sie denn nicht zwei Augen im Kopf?«

Nun war Barbara mit dem Erröten an der Reihe. »Mutter«, sagte sie, »du willst doch nicht, daß ich mich aufrege. Schau, Paul ist mit den besten Absichten gekommen, und er hat mir diese schönen Pralinen gebracht. Du aber machst alles zunichte und kläffst gleich.«
Marjories Verhältnis zu ihrer Tochter war an einem entscheidenden Punkt angelangt: Das erste Mal gab sie zu, daß sie einen Fehler gemacht hatte. »Es tut mir leid«, sagte sie, »meine Bemerkung war unpassend. Was da heute nacht passiert ist, hat mich ganz durcheinandergebracht.«
»Ich glaube, wir sind alle etwas durcheinander«, sagte Paul. »Barbara, nach allem, was passiert ist, hast du sicher vergessen, daß heute abend Kostümball ist. Falls du dich wohl genug fühlst mitzukommen, würdest du mich sehr glücklich machen, wenn ich dich begleiten darf.«
»Du hast ganz recht«, antwortete Barbara. »Den Kostümball habe ich völlig vergessen. Und Ablenkung wird mir jetzt sicher guttun. In deiner Begleitung geh' ich gern hin.«

12

Als Walter die Arrestzelle verließ, war er überzeugt, den Weg zu den Passagierunterkünften alleine zu finden. Er wollte auf derselben Route durch die unteren Decks gelangen, auf der ihn Mr. Saxon zu Jack Gordon geführt hatte. Plötzlich mußte er sich eingestehen, daß er sich verirrt hatte, auch wenn er nicht hätte sagen können, wo er sich verlaufen hatte. Er konnte nicht einmal sagen, wo vorn und wo achtern war. Wo er Niedergangstreppen vermutete, versperrten ihm Schotte den Weg, und zu allem Überfluß schien sich in diesem Bereich des Schiffs niemand aufzuhalten, den er hätte fragen können.
Er öffnete eine Tür in der Hoffnung, eine Treppe zum nächsthöheren Deck zu finden, stieß aber auf eine Wendeltreppe, die nach unten in einen großen Laderaum führte. Dieser war so geräumig wie eine Lagerhalle und voller Stapel aus Kisten und Kartons, die Lebensmittelvorräte enthielten. Anschließend kam Walter in einen zweiten Laderaum. Hier roch es so stark nach Öl, daß er dachte, der Maschinenraum könne nicht weit sein. Doch bald sah er eine Reihe von Autos, die mit Tauen festgezurrt und mit Holzkeilen unter den Reifen gesichert waren. Unter den Wagen war ein nagelneuer Lan-

chester Saloon. Walter hatte für Autos eine Schwäche. Einen Lanchester hatte er sich schon immer gewünscht. Die Fahrertür war, wie sich herausstellte, nicht abgeschlossen. Er setzte sich in den Wagen und umfaßte das Steuerrad. Das gleichmäßige Dröhnen der Turbine der »Mauretania« irgendwo unter ihm verschaffte ihm die Illusion, daß der Wagen tatsächlich fuhr, eine Landstraße entlangsauste. Er drückte die Hupe. Der Lanchester war innen und außen ein herrliches Fahrzeug.

Da riß jemand die Wagentür auf und schrie, als wäre Walter taub: »Zum Teufel, was fällt Ihnen denn ein?«

Walter musterte den Mann. Er trug einen Overall, einen sehr großen Overall, der über der Brust offenstand, weil sein Besitzer so breit gebaut war, daß die Knöpfe und die dazugehörigen Knopflöcher weit auseinanderklafften. Der Ausschnitt gab den Blick auf krauses schwarzes Haar frei, schwarzes Haar, das in verschwenderischer Fülle auch das Gesicht des Mannes umrahmte, und nur zwei wilde braune Augen und eine Nase verrieten Walter, daß er es mit einem Exemplar des Homo sapiens zu tun hatte.

»Aha«, sagte Walter. »Sie haben mich hupen hören. Sehr gut.«

»Schauen Sie, daß Sie aus dem Auto herauskommen«, sagte der Mann im Overall.

Walter gehorchte. Er war zwar über einsachtzig groß, reichte aber nur bis zu den Overallschultern.

»Chefinspektor Dew«, stellte er sich vor, »vormals Scotland Yard.« Als dies keinen Eindruck machte, fügte er hinzu: »Ich stelle im Auftrag des Kapitäns Ermittlungen an. Wissen Sie zufällig, wem dieser Wagen gehört?«

Der Mann schüttelte den Kopf.

»Er gehört eigentlich abgeschlossen«, sagte Walter. »Wirklich.« Er ging um den Lanchester herum und probierte, ob auch der Kofferraum offen war. Der Deckel sprang auf. »Ich sehe es nicht gern, wenn wertvolles Eigentum so wertlos behandelt wird.« Er warf den Deckel wieder zu. »Ich werde nicht umhin können, das zu berichten. Wie komme ich von hier am schnellsten zur Kommandobrücke?«

Der Mann im Overall deutete auf eine Tür. Walter nickte und verschwand, ohne daß die beiden noch ein Wort miteinander gewechselt hätten.

13

Mittags, wenn die oberen Decks vom Signal der Schiffssirene vibrierten, war im Rauchsalon höchstens ein Stehplatz zu ergattern, und selbst das fiel nicht leicht. Die Bekanntgabe der in den vergangenen vierundzwanzig Stunden zurückgelegten Meilen rief jeden Tag einen Mordsrummel hervor, der freilich weniger dem Stolz auf die Leistung der »Mauretania« entsprang als vielmehr der Spannung auf die Gewinnsätze des Wettspiels. Schon am Vorabend wurde das Interesse der Passagiere angeheizt. Da versteigerten nämlich ein gutaussehender Delegierter aus dem Kreis der Reisenden und höfliche Rauchsalon-Stewards, die zehn Prozent des Gewinns einbehielten, die zwanzig Nummern für Tausende von Dollars.
Johnny Finch war stolzer Besitzer einer Nummer aus dem Mittelfeld der Wettskala: fünfhundertvierzig Meilen. Bei der Versteigerung hatte er fast ebenso viele Dollar dafür berappen müssen. »Bei jeder Überfahrt mach' ich das einmal mit«, vertraute er Alma an, die aus Neugierde der Bekanntgabe der zurückgelegten Meilen beiwohnte.
»Gewonnen habe ich noch nie etwas, aber bisher hatte ich auch nie den Nerv, für eine wirklich gute Nummer einen Höchstpreis zu zahlen. Aber diesmal juckte mich mein rechtes Ohrläppchen wie verrückt. Wenn das kein gutes Omen ist!«
Alma musterte sein rechtes Ohr. Es schien tatsächlich stärker gerötet zu sein als das andere. »Vielleicht kommt das von Ihrem Morgenbummel auf dem Promenadendeck«, meinte sie. »Auf dieser Seite ist das Ohr ständig in der Zugluft. Sie sollten zur Abwechslung im Uhrzeigersinn spazierengehen.«
Johnny lachte. »Dann würde mir aber mein Ohrläppchen kein Glück prophezeien. Ach Lydia, meine Liebe, ich habe noch nie jemanden kennengelernt, der so ernst war wie Sie. Dabei ist es doch so lustig. Ganz gleich, ob ich gewinne oder verliere, heute abend köpfen wir beide eine Flasche Schampus. Ich möchte sehen, ob ich Sie zum Lachen bringen kann.«
»Ich trinke aber nicht viel«, sagte Alma vorsichtig.
»Viel sollen Sie auch nicht trinken«, antwortete Johnny und zwinkerte, ehe er das Thema wechselte: »Der Würger soll immer noch frei herumlaufen.«
»Ich dachte, sie haben in der vergangenen Nacht jemanden verhaftet, der ein amerikanisches Mädchen anfiel?«

»Das haben sie tatsächlich getan, aber es war ein Mißverständnis. Inspektor Dew hat den Kerl den ganzen Vormittag über vernommen, und nun haben sie ihn freigelassen. Er scheint nicht der Würger gewesen zu sein. Ich hoffe nur, Inspektor Dew weiß, was er macht.«
»Das hoffe ich auch«, sagte Alma völlig aufrichtig, aber nicht sehr zuversichtlich. Sie konnte sich des Verdachts nicht erwehren, daß Walter aus dem eigenartigen Bestreben heraus, fair zu sein, einen Mörder hatte laufenlassen. Was würde er tun, wenn heute nacht sie an der Reihe war?
Der für die Wetten zuständige Passagier klopfte mit dem Auktionshammer auf die Mahagonitischplatte, und über den Rauchsalon senkte sich etwas, was man fast als Stille bezeichnen konnte. Hier und da wurden Hände gefaltet und Stoßgebete zum Himmel gesandt. Wettgemeinschaften flüsterten verschwörerisch, jeder schaute noch einmal schnell auf seine Nummer, wenn er sie nicht wie Johnny ohnedies auswendig wußte.
»Meine geehrten Damen und Herren, der wachhabende Offizier schickte gerade von der Brücke die Meldung mit der von der ›Mauretania‹ seit gestern mittag zurückgelegten Anzahl von Seemeilen. Ich glaube, daß Sie das Ergebnis interessieren wird.«
»Na, sag schon!« rief jemand im Hintergrund.
»Fünfhundertfünfzig«, rief eine andere Stimme, und sofort wurden aus allen Ecken lauthals andere Nummern gemeldet.
Der Wettdelegierte klopfte auf den Tisch, um wieder Ruhe herzustellen, und schaute noch einmal auf das Blatt in seiner Hand. »Die Gewinnummer lautet fünf ... vier ...«
»Herrgott, die meine!« rief Johnny und schnappte nach Luft.
»... sechs. Fünfhundertsechsundvierzig«, verkündete der Delegierte.
»Nein!« rief Alma enttäuscht. »Das tut mir aber leid, Johnny.« Fest drückte sie seine Hand.
»Sehen Sie«, sagte Johnny gelassen, »mit der Zugluft scheinen Sie doch recht gehabt zu haben.«
»Nicht unbedingt«, sagte Alma.
»Wie meinen Sie das?«
»Es gibt doch auch einen Preis für das beste Kostüm, nicht wahr?«

14

Nach dem Mittagessen wurde die See immer rauher. In den Bewegungen des Schiffes zeichnete sich ein bestimmtes Stampfen und Rollen ab, und an Stellen, die nicht mit einem Geländer gesichert waren, spannten Matrosen Seile. Statt des Kindersports an Deck gab es Chaplin-Zweiakter im Gesellschaftsraum. Da die Leinwand zu stark wackelte, wurden die Filme an die Wand projiziert.
Den Kostümball beeinträchtigte dies alles nicht. Nur ganz wenige Passagiere hatten sich in ihre Kabinen zurückgezogen, weil sie an Essen und Trinken nicht einmal denken durften. Im Speisesaal hingen bunte Lampions. Ihr Schwanken schien den fröhlichen Anlaß noch zu unterstreichen. Im Gegensatz dazu blieben die Lüster unbeweglich. Ihre Kristallteile, die extra so konstruiert waren, daß sie nicht schwanken konnten, schienen das Rollen des Schiffes Lügen zu strafen.
Livy und Marjorie kamen als Antonius und Kleopatra, weil dieses Kostüm es Marjorie ermöglichte, Sandalen und Fußkettchen zu tragen. Livy war in ein Bettlaken gehüllt, unter dem Tennisschuhe hervorlugten. Er hatte zwar nicht die Figur eines Antonius, aber für Marjorie war er zu jedem Kompromiß bereit. Seine Flanellhosen waren bis über die Knie hochgekrempelt, so daß er bei der ersten Gelegenheit ins Jahr 1921 zurückkehren konnte.
Kaum saßen sie an ihrem Tisch neben der Tanzfläche, gesellten sich Paul und Barbara als Pilger zu ihnen. Hinter seinem falschen Bart aus einem aufgezwirbelten Taustück erklärte Paul, sie hofften, daß den Preisrichtern die Anspielung auf die Überfahrt der Mayflower auffallen werde.
»Bestimmt«, sagte Livy. »Wenn es heute abend noch stürmischer wird, könnt ihr mich zum Vorbeter machen.«
Barbara war von dem Schreck der vergangenen Nacht noch immer recht blaß. Das lange braune Hemd und die weiße Schürze, die hochgeknöpfte Jacke und der weiße Kragen sowie das schlichte Tuch, das den Bubikopf verbarg, ließen sie in ihrer Rolle recht glaubwürdig erscheinen.
»Geht's dir etwas besser, Liebling?« erkundigte sich Marjorie.
»Natürlich, Mutter, jetzt schon.«
»Inspektor Dew hat mit Barbara gesprochen«, fügte Paul hinzu. »Das Ganze scheint ein Mißverständnis gewesen zu sein. Jack Gordon wollte ihr nichts tun.

»Ich hab' es gehört«, sagte Marjorie. Es klang wenig überzeugt.
»Er wollte nur mit mir reden«, erklärte Barbara.
»Glaubst du das wirklich?«
»Es muß stimmen, Mutter. Der Inspektor hat ihn freigelassen.«
»Ja, aber das ist ein Skandal. An deinem Hals sieht man noch die Würgemale.«
»Mutter, er ist nicht der Mörder. Er wollte mit mir über Katherine sprechen, über die Dame, die umgebracht wurde. Sie war seine Frau.«
»Ich hab's gehört. Falschspieler! Sie waren gerade dabei, euch einzuseifen. Hast du dir das überlegt? Gordon ist eine Ratte, Barbara. Er dürfte nicht frei herumlaufen.«
»Die beiden hatten sich noch nichts zuschulden kommen lassen«, sagte Paul. »Vielleicht hält es Inspektor Dew für Zeitverschwendung, Jack Gordon einzusperren!«
»Sie können ihn gleich selbst fragen«, sagte Livy. »Offensichtlich kommt er gerade auf uns zu.«
Walter trug kein Kostüm, sondern den gewohnten dunklen Anzug und eine gestreifte Krawatte. Er wirkte dabei fremder als all die Leute in ihrem exotischen Aufzug. Als sei er sich dieses Umstandes bewußt, ging er leicht gebeugt. Als er zum Tisch der Cordells kam, machte er eine Art Verbeugung, aber genau wußte man dies nicht. Er fragte, ob er ihnen ein paar Minuten Gesellschaft leisten dürfe.
»Aber sicher, Inspektor«, sagte Livy. »Meine Frau hat gerade von Ihnen gesprochen.«
»Livy«, zischte Marjorie durch die Zähne.
»Sie vermutete, daß Ihr Kostüm prämiert wird«, fuhr Livy munter fort. »Sie verstehen sicher mehr vom Verkleiden als jeder andere an Bord.«
Walter lächelte scheu. »Aha.«
»Ich erwartete, Sie würden als Sherlock Holmes kommen, mit Pfeife und Mütze und einer Blondine am Arm. Aber das ist Ihnen wohl zu auffällig.«
»Ich bin nur hergekommen, um noch einmal mit Ihrer Stieftochter zu sprechen«, sagte Walter. »Wie geht es Ihnen denn jetzt, Miss ... hm ...?«
»Viel besser, danke!« sagte Barbara.
»Ich vergaß, Sie etwas Bestimmtes zu fragen. Als Sie Samstag nacht den Kaffee ausgetrunken hatten, ging da Miss Masters – oder Mrs. Gordon, wie ich sie eigentlich nennen müßte – gleich zu Bett?«

Paul mischte sich ein: »Wie soll sie das wissen?«
»Sie sagte wenigstens, daß sie zu Bett gehen wolle«, sagte Barbara.
»Aber Sie haben nicht zufällig den gleichen Weg gehabt wie sie?«
»Nein.«
»Wir gingen wieder in den Speisesaal und tanzten, bis sich die Kapelle verabschiedete«, erklärte Paul.
»Auweh! Jetzt geht's aber los.«
Während Paul sprach, schlingerte das Schiff gewaltig, so daß die Weingläser über den Tisch rutschten. Barbara wollte sie festhalten.
»Na«, sagte Livy und griff nach einem Wasserkrug, »da läßt sich leicht Abhilfe schaffen.« Er verschüttete etwas von dem Inhalt auf dem Tischtuch und stellte die Gläser auf die feuchten Stellen. »Die halten.«
»Livy ist früher viel auf See gereist«, erzählte Marjorie stolz. »Mein Gott, was ist denn das?«
Alle drehten den Kopf, um zu sehen, was ihre Aufmerksamkeit so gefangennahm. Es war eine Gestalt unter einem weißen Laken, die gerade die Mitteltreppe herunterstieg.
»Wenn das ein Geist sein soll, dann zeugt das höchstens von schlechtem Geschmack«, entrüstete sich Marjorie. »Wirklich! Man könnte meinen, daß die Leute nach dem, was sich am Samstag ereignet hat, etwas mehr Takt haben. Gräßlich!«
»Ich glaub' nicht, daß das ein Geist sein soll«, sagte Barbara. »Schau genau hin! Das Ganze ist doch oben spitz, und auf der Seite ragen Kanten heraus, die von Schuhkartons herzurühren scheinen.« Sie lachte. »Der Ärmste kann kaum auf den Füßen stehen, weil das Schiff so schlingert.«
»Was es auch darstellen soll, es fällt zumindest auf«, sagte Paul. »Es ist ja auch fast zweieinhalb Meter hoch. Warum, meinst du, ist es unten herum blau bemalt?«
»Das ist das Meer«, erklärte Livy. »Und das Ganze soll ein Eisberg sein.«
»Großer Gott!« rief Marjorie schockiert. »Das ist ja der Gipfel an Taktlosigkeit! Und das auch noch in einer stürmischen Nacht wie dieser!«
»Mutter, es ist doch nur als Spaß gedacht«, besänftigte sie Barbara.
»Spaß nennst du das? Wie glaubst du, daß Livy zumute ist, wenn er so etwas sieht? Für jemanden, der auf der ›Titanic‹ war, besteht da kein Anlaß zum Lachen, nicht wahr, Liebling?«

Livy schaute sie verwundert an und sagte: »Auf der ›Titanic‹ war ich nie, Marje. Du meinst die ›Lusitania‹.«
»Das ist doch das gleiche«, meinte Marjorie.
»Nicht ganz«, widersprach ihr Livy. »Wir wurden von einem Torpedo getroffen, die ›Titanic‹ lief auf einen Eisberg auf.«
»Und die See war völlig ruhig«, fügte Walter überraschenderweise hinzu.
»Sie? Waren Sie auch auf der ›Lusitania‹?« fragte Livy.
»Ja, mit meinem ...« Walter verstummte, als wäre er kurz geistesabwesend, gleichzeitig wurde er ausgesprochen blaß »... meinem Vater.«
»Komisch«, sagte Paul. »In dem Bericht über Sie in der ›Saturday Evening Post‹, den ich vergangenes Jahr gelesen habe, war davon nicht die Rede.«
»Das drang auch nie an die Öffentlichkeit«, zog sich Walter aus der Affäre. »Ich reiste damals unter einem anderen Namen.«
Am anderen Ende des Speisesaals bugsierte Alma Johnny Finch zu einem leeren Tisch. Unter dem Leintuch und wegen der Schachteln, die auf seinem Kopf und an seinem Rumpf befestigt waren, konnte er sich nur sehr umständlich bewegen. »Na, falle ich wenigstens auf?« fragte er.
»Und ob! Alle schauen her. Kommen Sie da drinnen zurecht?«
Unter dem Laken erklang ein ersticktes Lachen. »Ich hab' schrecklichen Durst.«
»Wenn ich Ihnen etwas zu trinken bestelle, schaffen Sie das?«
Wieder lachte er. »Machen Sie sich keine Sorgen, Teuerste. Johnny Finch ist nicht so dumm, wie Sie vielleicht glauben. Ich hab' einen Flachmann mit Whisky dabei.«
»Hoffentlich können Sie bei der Parade richtig mitmarschieren. Das Schiff schlingert immer verrückter.«
»Ich werde wie ein Fels in der Brandung dastehen.«
Aber als ein Trommelwirbel zur Parade für die Kostümprämierung aufforderte, sah es so aus, als würde kein Mensch längere Zeit aufrecht stehen können. Das Schiff hob und senkte sich in gleichmäßigen Abständen, gnädigerweise langsam, aber von Mal zu Mal steiler. Die Feiernden schienen sich wortlos gegenseitig Mut zu machen und stöhnten lauthals im Chor, wenn ihnen ihr Magen signalisierte, daß das Schiff auf ihrer Seite den Höhepunkt erreicht hatte und gleich wieder absacken würde. Wer weniger robust war, hatte den Speisesaal bereits verlassen. Die leeren Stühle rutschten, wenn sie

nicht hinter den Tischen festgeklemmt waren, auf der Tanzfläche herum.
Trotzdem versammelte man sich zur Parade, die mit einem zackigen Militärmarsch anfing. Der Zug schlängelte sich zwischen den Tischen hindurch, so daß man sich bei Bedarf festhalten konnte. Fast hundert unerschrockene Kostümierte bewarben sich um den ersten Preis: Piraten mit Ballerinas am Arm, Kavaliere mit Hexen, zwei Zirkuspferde und ein Vogel Strauß. Lachend stützte einer den anderen, wenn er stauchelte, und die Zurückhaltenderen, welche das Publikum bildeten, applaudierten ihnen. Einige glitten aus, andere stießen zusammen, was zur allgemeinen Heiterkeit beitrug, aber irgendwie verlief die Parade trotz allem programmgemäß. Alma ging in ihrer Schwesterntracht hinter Johnny, dem sie sicherheitshalber eine Hand auf den Rücken legte, der aber, selbstsicher wie er war, kein einziges Mal stolperte. Weiter vorne in der Reihe ging Marjorie, die sich mit einer Hand an Livys Arm festhielt. Mit der anderen lüftete sie ihr ägyptisches Gewand, damit ihre Fesseln zu sehen waren. Paul und Barbara folgten dahinter Hand in Hand. Völlig unabhängig vom Schlingern des Schiffes tauschten sie immer wieder einen heftigen Händedruck aus.
Eigentlich sollte Captain Rostron dem Preisgericht vorsitzen, aber niemand hatte etwas dagegen, als angekündigt wurde, daß er die Kommandobrücke nicht verlassen wolle. Statt seiner stand nun der Chefpurser auf der Bühne, vor welcher der Zug der Maskierten vorbeiparadierte. Als die Musik aussetzte, zerstreuten sich die Kostümierten, um an ihren Tischen das Ergebnis abzuwarten.
Die Gewinnerin unter den weiblichen Teilnehmern war eine Dame, die als Mademoiselle Langlen, die berühmte Tennisspielerin, auftrat. Daß sie der siegreichen Suzanne überhaupt nicht ähnlich sah, machte wenig aus. Immerhin trug sie ein Racket und ein Tenniskleid. Marjorie wußte freilich zu berichten, daß man sie jeden Abend mit dem großen Bill Tilden habe tanzen sehen, und die Cunard-Leute waren natürlich daran interessiert, sich mit ihren prominentesten Passagieren gutzustellen.
Bei den Herren gewann einer im Kostüm Charlie Chaplins den ersten Preis. Er war vor allem deshalb aufgefallen, weil er beim Auf und Ab der Wellen immer wieder aus der Reihe stolperte und dabei ziemlich geschickt die Bewegungen des berühmten Tramps nachahmte. Den Preis für das originellste Kostüm erhielt der Strauß zugesprochen.

»Wenn das originell sein soll«, maulte Johnny unter seinem Leintuch, während er sich von den Kartons befreite, die dem Eisberg seine Kanten verliehen hatten. »Von einem Kostümverleih ausgeborgt und ohne irgendeinen Bezug zur Atlantiküberquerung! Das nächste Mal komm' ich als verletzter Albatros. Ach, wir müssen noch den Schampus trinken, den ich Ihnen versprochen habe. Macht es Ihnen etwas aus, kurz zu warten, bis ich mich umgezogen habe?«
»Überhaupt nicht. Aber ich weiß nicht, ob ich bei diesem Seegang Champagner trinken kann«, sagte Alma und schaute verstohlen nach dem Tisch, an dem Walter vor der Parade gesessen hatte. Sicher hatte er sie in Johnnys Begleitung gesehen, und sie wußte nicht, wie er reagieren würde. Sie befand sich in einem Dilemma: Einerseits wagte sie kaum, sich selbst einzugestehen, daß sie vor Walter, nachdem er zum Mörder geworden war, Angst hatte, andererseits merkte sie, daß sie sich nur bei Johnny sicher fühlte. Aber wenn Walter sie mit Johnny sah, konnte ihre Lage nur noch unangenehmer werden. Erleichtert stellte sie fest, daß Walter gegangen war.

15

Er hatte sich Ölzeug ausgeliehen und war auf eine Bitte des Polizeioffiziers hin zum Bootsdeck gegangen. Von der Schiffsbesatzung hatte jemand gemeldet, er habe Jack Gordon auf der Steuerbordseite nahe Rettungsboot Nummer fünf gesehen. Dabei hatte Gordon, als man ihn freiließ, versprochen, die ganze Zeit in seiner Kabine zu bleiben. Sein Auftauchen in der Öffentlichkeit, befürchtete man, könne manche Passagiere beunruhigen. Nun aber schien dieser Unglücksrabe sein Wort gebrochen zu haben. Seine Kabine, in der man nachgesehen hatte, war leer.
Walter verfluchte ihn, als ihm eine Sturmbö eine Ladung Gischt ins Gesicht schleuderte, die wie Hagelkörner brannte. Er erinnerte sich an Mr. Saxons Rat, sich an der Reling festzuhalten. Er klammerte sich an sie und arbeitete sich voran. Vor ihm türmte sich ein Horizont aus schäumenden Wogen auf, die weit über die Kommandobrücke reichten, um gleich darauf wieder in einem Wellental tief unter dem Bug zu verschwinden. Der Nordwestwind fegte drei Viertel des Nachthimmels blank. Wolkenfetzen verdunkelten immer wieder den Mond, aber bald erkannte Walter jemanden im Öl-

zeug, der sich an der Reling unter einem der Rettungsboote festhielt. Das Schauspiel der gewaltigen Wogen schien Jack Gordon völlig gefangenzunehmen. Er nahm Walter erst wahr, als dieser seinen Arm berührte.
Gegen den röhrenden Sturm schrie Walter: »Sie sagten doch, daß Sie unten bleiben würden.«
Jack wandte den Kopf um und schaute Walter an. Er sagte kein Wort.
»Sie haben mir Ihr Wort gegeben«, brüllte Walter.
Jack hob die Schultern. »Regen Sie sich doch nicht auf! Hier ist doch kein Mensch.«
»Aber das geht einfach nicht!«
»Lassen Sie mich allein! Gehen Sie hinein zum Ball!«
»Sie kommen mit mir, ich bring' Sie in Ihre Kabine.«
»Nein.«
Es stellte sich heraus, daß Walter nicht gewöhnt war, mit jemandem umzugehen, der sich so offensichtlich seinem Gebot widersetzte. Sein Ton wurde verbindlicher: »Für eine solche Nacht ist doch hier nicht der richtige Platz.«
Jack starrte aufs Meer.
»Warum sind Sie denn hier heraufgekommen?« schrie Walter, als wolle er ein Gespräch anknüpfen.
»Hier fühle ich mich sicherer.«
Walter lachte.
»Wirklich! Lieber hier, als eingeschlossen in der Kabine.«
»Warum?«
»Weil in der Nähe ein Rettungsboot ist.«
»Gerade für Sie dürfte doch ein Sturm nichts Neues sein!«
»Ich hab' mich dabei nie sicher gefühlt«, schrie Jack. »Wenn ich Sie um eines bitten darf: Lassen Sie mich allein!«
Es war klar, daß Jack auch nicht mit Gewalt unter Deck zu bringen war. Er hatte einfach Angst.
Mit einer Hand an der Reling wollte Walter gerade den Rückweg antreten, da wurde er plötzlich mit verblüffender Kraft zurückgestoßen, als habe ihm jemand hart vor die Brust geschlagen. Hilflos krachte er vor Jacks Füße und riß ihn beinahe mit.
»Was ist denn los?« rief Jack.
Walter stöhnte nur. Er war wie betäubt.
»Fühlen Sie sich nicht wohl, Inspektor?«
»Meine Schulter.« Mit der rechten Hand faßte sich Walter an die

Schulter. Ohne einen Versuch zu unternehmen, aufzustehen, sagte er: »Das tut weh.«
Jack kauerte sich neben ihn. »Zeigen Sie! Bei dem Sturz haben Sie sich sicher die Schulter verletzt. Warten Sie, ich helfe Ihnen auf.« Er versuchte, Walter zu stützen, aber der war zu groß und in seinem Zustand völlig ungelenk. »Halten Sie sich an meiner Schulter fest!«
Walter hob zaghaft den Arm, und Jack gelang es, ihn in eine sitzende Haltung zu bringen.
»Was ist denn passiert?«
Walter stöhnte. »Ich glaube, ich werde bewußtlos.«
»Soll das ein Trick sein?«
Es war keiner. Walters Körper wurde in Jacks Armen plötzlich völlig kraftlos.
»Verflucht«, sagte Jack.
Er rappelte sich auf, um Hilfe zu holen. An der Tür zur Treppe, die zur Empfangshalle und zum Büro des Pursers führte, brannte ein Licht. Als er die Hand ausstreckte, um die Türklinke niederzudrükken, sah Jack, daß seine Finger voll Blut waren.

16

Alma machte die Augen auf. Auf dem Plafond tanzten Sonnenstrahlen, die leuchtend durchs Bullauge drangen. Almas Kopf schmerzte. Sie drehte sich zur Wand und sah dabei die leere Champagnerflasche und die zwei Gläser auf der Anrichte neben dem Bett. Schnell schloß sie die Augen wieder, und zwar so verkniffen, als wolle sie das, was sie gesehen hatte, auslöschen. Sie legte sich auf den Bauch und vergrub das Gesicht im Kopfkissen. Aber sie wußte, wenn sie die Augen wieder öffnete – die Flasche mit den zwei Gläsern wäre immer noch da; dazu, über den Boden verstreut, die traurigen Reste jener Stunde nach Mitternacht, die Überreste des Kostüms: der Samtumhang, die weiße Kopfbedeckung aus einem Geschirrtuch, die weiße Bluse mit dem aufgehefteten roten Papierkreuz auf der Brust, der graue Rock, die schwarzen Seidenstrümpfe und die Schnürschuhe. Sie mußte sich eingestehen, daß sie genau das getan hatte, was sich selbst die leidenschaftlichsten und romantischsten Heldinnen ihrer Romane versagt hatten, bis Kirche und Standesamt ihren Segen dazu gaben. Sie hatte einem Mann den Zu-

tritt weder zu ihrem Zimmer noch zu ihrem Bett verwehrt. Sie war all ihren Romanvorbildern untreu geworden – Gott, und Walter. Walter! Was sie da angerichtet hatte, war unverzeihlich. Ihm hatte sie sich versprochen – Johnny hatte sie sich nun hingegeben. Schlimmer war, daß sie nun wußte: Sie liebte Johnny. Mit Walter war das eigentlich nur – wie hieß das so schön und überzeugend in ihren Lieblingsromanen? – ein Strohfeuer. Alles, was sie Walter gegenüber empfunden hatte, war vergessen. Dafür erfüllte sie nun die Liebe zu Johnny, diesem Mann, der sie in die Arme genommen hatte, um ihr zu sagen, sie sei das liebenswürdigste Geschöpf auf der Welt. So etwas hatte Walter nie zu ihr gesagt. Auch hatte er ihr nie ins Ohr geflüstert, daß sie ihn mit ihren Blicken in Raserei versetze und daß ihre Haut reiner und weißer sei als Porzellan.
Der Liebesakt selbst war bei weitem nicht so peinlich und peinigend gewesen, wie sie erwartet hatte. Jedes Unbehagen war angesichts der wunderbaren Gefühle, die sie völlig überrascht und befriedigt hatten, verschwunden. Sie hatte sich vor Johnny ihre Unerfahrenheit nicht anmerken lassen, aber er hatte alles verstanden und ihr einfühlsam geholfen, ohne Schmerz die Schwelle zur höchsten Lust zu überschreiten.
Aber ihre Verpflichtung Walter gegenüber war untilgbar. Er hatte ihr zugehört, war auf ihre Pläne eingegangen und hatte sich von ihr überzeugen lassen. Ihr zuliebe hatte er alles riskiert und Lydia umgebracht. Ohne ihr Zureden hätte er das nie getan. Wenn sie nicht wäre, würde er noch in England sein, und Lydia würde sich ihres Lebens freuen und nach Amerika reisen. Walter hatte Anspruch auf ihre Treue, auch wenn ihre Liebe Johnny galt. Sie weinte in das Kopfkissen.
An der Tür klopfte es. Der Steward! Er brachte den Morgentee. »Einen Augenblick!« Sie sprang aus dem Bett, stellte Flasche und Gläser in den Schrank, hob die Kleidungsstücke auf und warf sie hinterher. Dann riß sie eines von Lydias Negligés heraus, hängte es sich über die Schulter, drückte die Schranktür zu und stieg wieder ins Bett. »Jetzt können Sie eintreten.«
»Einen recht schönen guten Morgen, Madam! Haben Sie heute Geburtstag?« Es war ein sehr junger Steward, bestimmt unter zwanzig, korrekt und freundlich, normalerweise eher zurückhaltend.
»Nein. Wie kommen Sie darauf?«
»Sie haben eine Karte bekommen, Madam.« Er stellte das Tablett auf die Anrichte neben dem Bett, wo die Champagnerflasche gestan-

den hatte. Ein rechteckiger Umschlag, der vermutlich eine Glückwunschkarte enthielt, lehnte gegen die Milchkanne. »Haben Sie etwa dabei geschlafen?«
»Wie bitte?« fragte Alma.
»Beim Sturm, Madam. Manche Passagiere konnten überhaupt nicht schlafen. Da werden nicht viele zum Frühstück kommen.«
»Wahrscheinlich.«
»Na ja, wenn es nur am Wetter liegen würde, daß niemand kommt, das ginge ja noch.«
»Was wollen Sie damit sagen?«
»Heute nacht hat's den nächsten Passagier erwischt, diesen Inspektor Dew von Scotland Yard.«
»Nein! Was ist passiert?«
»Ein Schuß hat ihn getroffen, Madam. Er war oben auf Deck, da hat jemand auf ihn gezielt.«
»Mein Gott, ist er ...?«
»Keine Ahnung, wir sollten eigentlich den Mund halten. – Sonst noch einen Wunsch?«
»Danke.« Alma bebte. Sie sank in die Kissen zurück. Walter erschossen? Tot? Unfaßbar!
Über eine Minute lang war sie wie gelähmt. Wer konnte Walter umbringen wollen – und warum? Sie bekam große Angst, aber sie mußte aufstehen, um herauszubekommen, was wirklich geschehen war. Fast automatisch nahm sie den Umschlag vom Tablett und öffnete ihn. Eine selbstgezeichnete Karte kam zum Vorschein, auf der zwei von einem Pfeil durchbohrte Herzen zu sehen waren. Sie klappte die Karte auf und las innen zwei Zeilen eines alten Liedes:

Gott hat dich mein werden lassen,
und ich bin dein. J.

Laut sagte Alma: »O Johnny, Johnny, Johnny!«
Den Tee trank sie nicht. Auch nahm sie kein Bad. Sie zog sich sofort an und ging direkt zu Walters Kabine, wo sie anklopfte. Eine Krankenschwester, eine richtige, öffnete die Tür und schaute Alma hochmütig an. »Bitte?«
»Ich habe gehört, daß auf den Inspektor geschossen wurde.«
»Jawohl.«
»Ich bin mit ihm persönlich befreundet. Sagen Sie mir bitte, ist er schwer verletzt?«

»Das darf ich Ihnen nicht sagen.«
»Bitte! Besteht Lebensgefahr?« Als sie diese Frage vorbrachte, verriet ihre Stimme, welche Angst sie hatte. Aber noch während sie sprach, beschäftigte sie sich in einem entlegenen Winkel ihres Gehirns mit der Vorstellung, daß Walter tot und sie damit aus ihrer Verpflichtung entlassen sein könnte. Sie wäre dann frei und könnte Johnny heiraten.
»In Lebensgefahr schwebt er nicht«, sagte die Krankenschwester.
Im Zimmer fragte eine Stimme, die nicht Walter gehörte: »Wer ist es, Schwester?«
Diese gab die Frage an Alma weiter: »Wie heißen Sie?«
Alma zögerte. Da sie Walters Bewußtseinszustand nicht abschätzen konnte, getraute sie sich nicht zu sagen, sie sei Lydia. Vielleicht hatte man ihm Morphium verabreicht. Wenn er dann hörte, daß Lydia an seiner Tür stehe, könnte er schlimm reagieren.
»Wenn Sie Ihren Namen nicht nennen wollen, wie soll ich dann einen Gruß ausrichten?«
»Sie brauchen überhaupt nichts auszurichten«, sagte Alma, drehte sich um und eilte im Laufschritt zur Tür am Ende des Korridors.
Die Krankenschwester schnalzte mit der Zunge, schloß die Kabinentür und setzte sich neben den Polizeioffizier an Walters Bett. Mr. Saxon war bester Laune. Sein Triumphgefühl hätte vermuten lassen können, daß ihn Walters Zustand kalt ließ. Er frohlockte, als habe *er* den Schuß auf den Konkurrenten abgefeuert.
»Jetzt erholen Sie sich mal ordentlich«, sagte er zu Walter. »Sie haben nun keine Pflichten mehr, Inspektor. Draußen ist strahlendes Wetter, und Sie haben sich ein bißchen Entspannung wirklich verdient.«
»Wie meinen Sie das?« fragte Walter angriffslustig.
»So, wie ich es sage. Wenn Sie Ihre Aussage vor mir gemacht haben, gibt's für Sie nichts mehr zu tun. Gordon ist verhaftet. Er hat noch kein Geständnis unterschrieben, aber das wird nicht mehr lange auf sich warten lassen.«
»Gordon? Jack Gordon?«
Mr. Saxon lächelte. »Wenn Sie den Kerl beim ersten Mal nicht hätten laufenlassen, bräuchten Sie sich jetzt nicht über eine verletzte Schulter zu beklagen. Haben Sie große Schmerzen?«
Walter versuchte, den Kopf vom Kissen zu heben, aber er stöhnte und blieb flach liegen.
»Sehr große, wie man sieht«, sagte Mr. Saxon.

»Jack Gordon hat nicht auf mich geschossen«, erklärte Walter.
Mr. Saxon wandte sich an die Krankenschwester: »Was hat denn der Arzt diesem armen Menschen gespritzt?«
»Ich hatte ihm den Rücken zugekehrt, als mich die Kugel von vorne traf«, sagte Walter.
»Ich glaube nicht, daß Sie sich daran erinnern können«, antwortete Mr. Saxon. »Sie bringen jetzt alles durcheinander.«
»Ich erinnere mich ganz genau«, beharrte Walter. »Ich wandte mich von ihm ab, und dann wurde ich von vorne getroffen. Ich fiel rückwärts in seine Richtung. Auf mich hat jemand anderer geschossen.«
»Das bezweifle ich aber sehr.«
»Was ist passiert, nachdem ich getroffen wurde?«
»Gordon schleppte Sie bis zur Treppe und rief nach Hilfe. Er ist nicht dumm, Inspektor.«
»Haben Sie eine Waffe bei ihm gefunden?«
»Vermutlich hat er sie über Bord geworfen.«
»Der Mann ist unschuldig«, sagte Walter. Mit Hilfe seines unverletzten Armes stützte er sich auf. »Wo ist er? Ich möchte mit ihm sprechen.«
»Ich fürchte, das geht nicht«, schaltete sich die Krankenschwester ein. »Sie müssen zumindest heute im Bett bleiben. Sie haben ja gehört, was der Arzt gesagt hat.«
»Der Arzt hat mir gesagt, daß es nur eine Fleischwunde ist.«
»Er hat Ihnen ein schmerzstillendes Mittel gegeben. Sie sind sicher noch schwach auf den Beinen.«
»Dann soll Gordon herkommen.«
»Er ist eingesperrt«, sagte Mr. Saxon.
»Ja«, antwortete Walter. »Dann wissen Sie ja, wo er ist.«

17

Alma brauchte lang, bis sie Johnny begegnete. Sie entdeckte ihn weder im Liegestuhl noch bei seinem üblichen Bummel übers Promenadendeck, noch war er im Rauchsalon, wo er gewöhnlich einen doppelten Scotch trank. Schließlich fand sie ihn am Heck auf dem hintersten Teil des Schiffdecks. Er lehnte an der Reling und schaute versunken ins schäumende Kielwasser. Er drehte sich um und nahm ihre Hand.

»Morgen sind wir in New York«, sagte er.
»Schau nicht so traurig«, antwortete sie. »Du steckst mich sonst an.«
»Was hast du in Amerika vor? Theaterengagements?«
»Nein. Das ist vorbei. Ich weiß noch nicht genau, was los sein wird.«
»Vermutlich wirst du von jemandem erwartet«, sagte er.
»Ja und nein. Nicht so, wie du meinst.«
»Aber du bleibst in Amerika nicht allein.«
»Ich hoffe: nein.«
»Es gibt einen anderen, nicht wahr?« fragte Johnny.
Alma starrte in das von den Schiffsschrauben aufgewühlte Wasser. »Ich glaube, du wußtest die Antwort darauf schon, als du mich letzte Nacht verlassen hast, Johnny. Hast du nicht gesagt, du seist ein anderer Mensch geworden?«
»Gewiß, meine Liebe. Das stimmt auch.«
»Bist du aufs Deck hinaufgegangen?«
Johnny zog die Augenbrauen hoch. »Nein. Wieso? – Du glaubst doch nicht, daß ich etwas mit dem Schuß auf den Inspektor zu tun habe! Ausgerechnet ich.« Seine Augen weiteten sich plötzlich. »Mein Gott, er ist doch nicht dein Freund! Sag?«
»Bitte, frag nicht weiter«, sagte Alma.
»Das wirft alle meine Pläne über den Haufen. Ich war nah daran, dich zu bitten, einen – wie man so schön sagt – ordentlichen Mann aus mir zu machen. Weißt du, ich bin noch nicht ganz so alt, wie ich aussehe.«
Alma fühlte, wie die Röte in ihre Wangen stieg. »Ich glaube auch nicht, daß du alt bist.«
»Das kommt von meinem Lebenswandel«, fuhr Johnny fort. »Ich hab' nie auf mich achtgegeben.« Er lachte. »Aber auf dich wollte ich achtgeben. Ich weiß schon, daß ein Autohändler nicht gerade mit einem Beamten oder Börsenmakler konkurrieren kann; aber es ist ein Beruf mit Zukunft.«
Alma mußte lächeln. »Soll das ein Heiratsantrag sein?«
Johnny küßte sie zärtlich auf die Wange. »Ja, Lydia, das soll es sein.«
Als sie den Namen hörte, schloß sie die Augen. Wie sollte sie Johnnys Frau werden, wenn er nicht einmal ihren tatsächlichen Namen kannte?
»Was hast du denn?« fragte Johnny.

»Ich kann nicht ...« Sie fühlte, wie ihr Mund austrocknete. »Ich kann nicht ja sagen, noch nicht. Ich muß erst mit jemandem sprechen. Ach, Johnny!« Sie legte den Kopf an seine Schulter und fing an zu weinen.

18

Walter saß aufrecht im Bett, als Mr. Saxon mit Jack Gordon zurückkam. Die Krankenschwester war gegangen. Jack explodierte beinahe vor Zorn, als der Polizeioffizier auf einen Stuhl deutete.
»Ich brauche Sie hier nicht mehr, Mr. Saxon«, sagte Walter gönnerhaft. »Inzwischen werden Sie gewiß von den Kabinenstewards, die nach der Schußwaffe suchen, gebraucht.«
»Meine Anwesenheit ist Befehl«, sagte Mr. Saxon mit der Miene eines Mannes, der wesentlich mehr weiß, als er sagen will.
»Mr. Gordon wird mir wirklich nichts antun«, erwiderte Walter.
Der Polizeioffizier holte tief und vielsagend Luft.
»Wenn Sie darauf bestehen«, meinte Walter, »können Sie meinetwegen protokollieren, was wir besprechen.« Er holte sein Notizbuch unter dem Kopfkissen hervor und hielt es Mr. Saxon hin.
»Ich habe mein eigenes«, sagte der hochmütig.
»Wie Sie wollen.« Walter wandte sich an Jack. »Mr. Gordon, ich möchte mich für das, was Sie heute nacht für mich getan haben, bedanken. Soviel ich gehört habe, hat man sich Ihnen gegenüber nicht gerade dankbar gezeigt. – Kommen Sie mit, Mr. Saxon, oder bin ich zu rasch?«
Der schaute nicht von seinem Notizbuch auf.
»Ich brauche dringend Unterstützung«, fuhr Walter fort, »und es sieht so aus, als seien Sie der Mann, der mir am besten weiterhelfen kann.«
Jack schien davon wenig überzeugt. »Ich habe Ihnen gesagt, was es zu sagen gab.«
»Wonach ich gefragt habe«, verbesserte ihn Walter. »Aber Fragen und Antworten führen nicht immer zum gewünschten Ergebnis. Sie und ich, wir beide wollen den Mörder Ihrer Frau finden. Die Zeit drängt. Sobald wir morgen anlegen, ist die Chance, ihn zu erwischen, praktisch gleich Null. Deshalb dachte ich, wenn wir uns beide gemeinsam anstrengen, können wir vielleicht einen neuen Einfall, einen frischen Ansatz zuwege bringen. Lassen Sie uns mit den Tatsachen, die wir herausgefunden haben, anfangen: Sie und Ihre Frau

buchten die Überfahrt auf der ›Mauretania‹, um beim Kartenspielen mit Paul Westerfield den großen Coup zu landen.«

»Das habe ich Ihnen bereits gesagt.«

»Natürlich«, Walter sprach weiter, als sei ihm Jacks Ungeduld entgangen. »Mich interessiert nämlich, warum Sie ausgerechnet auf diese Schiffspassage und diesen Fahrgast gekommen sind. Ich frage mich, ob es vielleicht etwas mit dem Geheimnis, dem wir auf der Spur sind, zu tun hat.«

»Das glaube ich kaum«, antwortete Jack. »Wir entschieden uns für die ›Mauretania‹, weil wir noch nie auf ihr ›gearbeitet‹ hatten. Weder der Kapitän noch der Purser kannten uns.«

»Also Ihre erste Reise auf der ›Mauretania‹«, sagte Walter.

»Und Westerfield war ein gefundenes Fressen: der Sohn eines Millionärs, umgänglich, abgeschlossenes Mathestudium. Ich weiß nicht, wie Sie die Sache sehen, Inspektor, aber ich kann Ihnen versichern, Paul Westerfield und dieses Mädchen waren ahnungslos, wie es im Buche steht.«

Mr. Saxon knirschte mit den Zähnen.

»Wahrscheinlich werden Sie jetzt fragen«, fuhr Jack fort, »ob ich mir vorstellen kann, daß irgend jemand etwas gegen uns im Schilde führte.«

»Es lag mir auf der Zunge«, sagte Walter.

»Herr Inspektor, seit Sonntag durchforste ich das Schiff und schaue allen Leuten ins Gesicht, ob ich nicht ein bekanntes darunter finde. Ich bin mir jetzt sicher, daß kein Mensch an Bord ist, der je mit mir Karten gespielt hat. Wenn Sie meine Meinung hören wollen: Kate wurde von einem Wahnsinnigen umgebracht, der ebensogut jede andere Frau hätte töten können.«

»Von demselben Wahnsinnigen, der auf mich geschossen hat?« Die Frage war simpel, aber Jack wertete sie als Kritik an seiner Theorie. »Diesen Umstand habe ich noch nicht berücksichtigt. Tendiert ein Mensch, der Frauen erwürgt, auch dazu, jemanden zu erschießen?« Da Walter die Frage nicht beantwortete, fuhr er fort: »Und ist das, was in der vergangenen Nacht passierte, überhaupt ein vergleichbares Verbrechen? Derjenige, der heute nacht schoß, hat doch sein Opfer genau ausgesucht, oder? Die Frage lautet also: Warum hat er es getan?«

»Darüber habe ich nachgedacht«, sagte Walter, »und ich kann mir nur vorstellen, der Grund liegt allein darin, daß ich der Wahrheit zu nahe gekommen bin.«

Jacks Gesicht verriet Skepsis. »Wie meinen Sie das?«
Walter schaute Mr. Saxon an, der ebenfalls wenig überzeugt schien. »Er muß doch einen Grund gehabt haben, einen Schuß auf mich abzufeuern.«
Nach einem Augenblick der Stille sagte Jack: »Ich möchte Ihnen ja nicht widersprechen, aber ich glaube, daß Sie nicht das Ziel waren. Der Kerl hatte es auf mich abgesehen.«
»Auf Sie?« Walter riß erstaunt die Augen auf und wirkte etwas gekränkt.
Jack nickte. »Ich weiß nicht, ob Sie sich an alles erinnern, Inspektor. Aber als Sie sich von mir abwandten, traf Sie der Schuß in die Schulter.«
»Das weiß ich genau«, sagte Walter und faßte sich mit der Hand an die Wunde.
»Wenn Sie nicht weggegangen wären, hätte der Schuß mich getroffen. Sie sind rückwärts auf mich gestürzt.«
»O ja.«
»Sehen Sie, das ergibt auch mehr Sinn«, erklärte Jack. »Zuerst Kate, dann ich. Irgend jemand will mich töten.«
Walter dachte über die Interpretation nach. »Wenn das wirklich der Fall ist, hat Ihnen Mr. Saxon vielleicht das Leben gerettet, als er Sie einsperrte.«
Die finsteren Blicke des Polizeioffiziers verrieten, daß er Jack diesen Liebesdienst höchst unfreiwillig erwiesen hatte.
Jack legte weiterhin Walter die passenden Worte in den Mund: »Ich meine, Sie wollen andeuten, daß dies alles kaum das Werk eines Wahnsinnigen sein kann, und ich kann nicht umhin, Ihnen recht zu geben. Es muß jemand sein, der Kate und mir etwas heimzahlen möchte; aber wer ist es?«
»Ja, wer?«
Jack rieb sich das Kinn.
Walter spielte mit den Troddeln seiner Bettdecke. Mr. Saxon seufzte ungeduldig.
Da schnippte Jack mit den Fingern. »Paul Westerfield. Nur er kann es gewesen sein. Ich habe ihn falsch eingeschätzt. Der ist viel raffinierter, als ich vermutet habe. Was meinen Sie, Inspektor? Wäre es möglich, daß er gemerkt hat, was wir mit ihm vorhatten?«
»Das können Sie sicher selbst am besten beurteilen«, sagte Walter und zog sich wieder auf den Standpunkt des neutralen Beobachters zurück.

»Mord ist und bleibt aber in diesem Fall eine äußerst extreme Reaktion«, setzte Jack seine Überlegungen fort. »Was muß mit dem los sein, wenn er es so persönlich nimmt! Er hat mit keinem Wort angedeutet, daß er Bescheid weiß. Freilich, wenn er seinen Ärger hinunterschluckt ... Er macht den Eindruck, völlig normal zu sein, aber irgend etwas Unangenehmes strahlt er aus ... Inspektor, ich glaube, Sie sollten sich einmal Paul Westerfield vornehmen und herausfinden, wo er war, als der Schuß fiel.«
»Sehen Sie«, sagte Walter mit großer Befriedigung in der Stimme, »ich wußte doch, daß Sie mir weiterhelfen würden.«
»Dann glauben Sie, was ich sage?«
»Ich werde genau das tun, was Sie vorgeschlagen haben.«
»Kann ich dann als freier Mann gehen?«
»Ich vermute, niemand wird Sie aufhalten. Was sagen Sie, Mr. Saxon?«
Das Brummen des Polizeioffiziers hätte vielerlei bedeuten können, nur wohlwollend klang es nicht.
»Ja, dann ...«, sagte Jack und stand auf, um den Raum zu verlassen.
»Eine Bitte hätte ich noch«, sagte Walter.
»Und die wäre?«
»Würden Sie bitte den Arzt zu mir schicken. Ich glaube, ich sollte wieder aufstehen.«

19

Es war der glücklichste Tag im Leben Marjorie Livingstone Cordells, zumindest der glücklichste, seit sie Livy geheiratet hatte: Nach dem Frühstück hatte ihr Barbara erzählt, daß Paul um ihre Hand angehalten habe. Während der schlimme Sturm in der Nacht zuvor seinem Höhepunkt entgegentobte, hatten die beiden jungen Menschen einen stillen Winkel auf dem Schiff gefunden, wo sie übereingekommen waren, den weiteren Lebensweg gemeinsam zu gehen. Das Ganze war höchst romantisch, weil sie dabei noch ihre Pilgerkostüme getragen hatten. Marjorie konnte sich nichts Herzerwärmenderes und Willkommeneres vorstellen.
Paul hatte, korrekt wie er war, zu Barbara gesagt, daß er bei ihren Eltern das Einverständnis einholen werde, doch war er sich nicht ganz klar, wen von den beiden er ansprechen sollte, da Livy nicht der leibliche Vater Barbaras war. Marjorie meinte, das sei unwichtig, und

Livy könne getrost für sie beide seine Zustimmung geben, unter Männern sei dergleichen ohnedies angemessener. »Wir verhelfen ihnen damit zu dem Gefühl, wichtig zu sein«, sagte sie zu Barbara. »Die Ärmsten, dabei gibt's für sie in dieser Angelegenheit wirklich keine andere Wahl.«
Man vereinbarte, daß sich Livy mittags im Rauchsalon aufhalten und Paul sich dann dazugesellen würde. Sie sollten dann die formellen Dinge erledigen und anschließend mit den Damen zum Essen gehen. Livy würde, dem Anlaß gemäß, eine Flasche Champagner bestellen.
So planten es zumindest Mutter und Tochter. Als jedoch Marjorie mit Livy sprach, überraschte sie dieser sehr. Er war alles andere als begeistert. »Wenn es dir nichts ausmacht, würde ich das lieber dir überlassen«, meinte er. »Mir liegen solche Zeremonien nicht. Der Junge soll mit dir sprechen.«
»Da brauchst du dir doch nichts dabei zu denken«, antwortete Marjorie. »Du liebe Güte, wenn da jemand nervös sein darf, dann höchstens Paul.«
»Nein, Marjorie, glaub mir, ich sitze lieber hier in der Kabine mit einem Buch.«
Marjorie war verblüfft. »Livy, sei doch nicht so egoistisch! Barbara ist unsere Tochter. An dem Tag, an dem du mich geheiratet hast, hast du versprochen, sie wie dein eigenes Kind zu behandeln. Nun hat sie die wichtigste Entscheidung ihres Lebens getroffen, und du willst tun, als gehe dich das nichts an. Wie soll ich ihr das beibringen? Komm, zieh Anzug, Hemd und Krawatte an! In diesem Fall gehen die zwei jungen Leute vor.«
Livy klappte sein Buch zu und begann sich umzuziehen, um einer längeren Diskussion auszuweichen. Er schlüpfte in die dunkle Anzugjacke, als jemand an die Tür klopfte.
»Hast du die Hosen an?« fragte Marjorie vorsichtshalber, als sie sich anschickte, aufzumachen.
»Wie man es nimmt«, murrte Livy, »ich glaube eher, du hast sie an.«
Marjorie öffnete die Tür. »Ach entschuldigen Sie, mit Ihnen habe ich nicht gerechnet. Livy, Inspektor Dew ist da.«
»Komme ich sehr ungelegen?« fragte Walter.
»Ziemlich«, erwiderte Livy. »Wir sind verabredet. Aber ein paar Minuten haben wir noch Zeit. Wollen Sie nicht hereinkommen?«
»Sie schauen aber nicht sehr gut aus, Inspektor«, sagte Marjorie.

»Wir haben gehört, daß man gestern nacht auf Sie geschossen hat. Schrecklich! Wo hat es Sie erwischt?«
»An der Schulter, Madam.«
»Womit können wir dienen?« erkundigte sich Livy.
»Ich hoffe, Sie können mir weiterhelfen. Es handelt sich um den jungen Herrn, der gestern an Ihrem Tisch saß.«
»Paul?« fragte Marjorie. »Was ist los mit ihm?«
»Ich weiß nicht, ich hoffe, Sie können es mir sagen.«
»Wie meinen Sie das? Es ist ihm doch nichts zugestoßen? Mein Gatte trifft ihn in wenigen Minuten im Rauchsalon. Paul möchte um die Hand unserer Tochter ...«
Livy fiel ihr ins Wort: »Schatz, sollen wir nicht abwarten, was uns der Inspektor zu sagen hat?«
Walter räusperte sich. »Das ist alles vertraulich, streng vertraulich. Seit wann kennen Sie Mr. Westerfield?«
»Wir haben ihn vor vierzehn Tagen in Paris getroffen«, erzählte Livy. »Barbara kennt ihn schon lange, sie war mit ihm zusammen auf dem College.«
»Barbaras Kabine ist am Ende des Korridors«, sagte Marjorie.
»Das weiß der Inspektor, Marje.«
»Meine Frage lautet«, fuhr Walter fort, »ob Ihnen an seinem Benehmen etwas aufgefallen ist.«
»Etwas aufgefallen?« wiederholte Livy. »Wie meinen Sie das?«
»War er eigenartig, seltsam, nervös?«
»Sie meinen, er ist irgendwie plemplem?«
»Großer Gott«, rief Marjorie, »er will meine Tochter heiraten.«
»So?« sagte Walter. »Dann handelt es sich um einen Irrtum. Entschuldigen Sie bitte!« Er griff nach der Türklinke.
»Moment mal!« sagte Livy. »Wenn gegen den jungen Mann etwas vorliegt, wollen wir das genau wissen.«
»Ja, wirklich«, stimmte ihm Marjorie bei.
»Es ist eigentlich nichts von Bedeutung«, versuchte Walter sie zu beschwichtigen. »Aber wenn Sie mir sagen können, wo er gestern abend nach der Kostümparade war, sind alle Bedenken zerstreut.«
»Er hat sich am Kostümumzug beteiligt«, sagte Marjorie. »Erinnern Sie sich nicht? Paul und Barbara kamen als Pilger.«
»Schatz, der Inspektor hat ›nach der Kostümparade‹ gesagt«, monierte Livy.
»Danach? Warum denn? Da sind die beiden doch verschwunden, und er fragte Barbara, ob sie seine Frau werden wolle.«

»So hat es zumindest Barbara erzählt«, sagte Livy.
»Aber nein!«
»Was liegt denn vor gegen den jungen Mann?« wandte sich Livy an Walter.
»Nichts Definitives, wirklich nicht. Wahrscheinlich war es Zufall, daß er mit dieser Dame in der Nacht, in der sie ermordet wurde, Karten spielte.«
»Meine Tochter auch«, sagte Marjorie, die nahe daran war zu weinen. »Sie glauben doch nicht, daß sie etwas damit zu tun hat!«
»Reg dich nicht auf, Marje«, sagte Livy. »Geben Sie acht, Inspektor: Ich war am Samstag abend im Rauchsalon und habe dort mit Paul gesprochen. Er holte gerade Kaffee für die Dame, und Barbara sprach am Tisch begütigend auf sie ein. Sind das Mordvorbereitungen? Ich fürchte, Sie machen da einen Fehler – ohne Ihnen zu nahe treten zu wollen.« Begütigend legte er die Hand auf Walters Schulter.
Walter stöhnte vor Schmerz auf.
»Verzeihen Sie! Ich habe es vergessen«, entschuldigte sich Livy, als er die Hand eiligst zurückzog. »Wollen Sie nicht Platz nehmen, Inspektor?«
»Danke. Ich wollte gerade gehen.«
Marjorie kam auf Walter zu, ihr Gesicht zeigte, wie aufgeregt sie war. »Aber Sie können jetzt nicht einfach gehen! Sie haben uns nicht erzählt, wie Sie darauf kommen, daß Paul seltsam sein könnte.«
»Vergiß es, Marje!« sagte Livy leise.
»Wie soll ich es vergessen, wenn du schon fast auf dem Weg bist, deinen Segen dazu zu geben, daß meine Tochter einen Verrückten heiratet?« Marjorie schluchzte.
»Liegt es nun auf einmal an mir?« rief Livy, und seine Stimme war vor Aufregung ganz hoch.
»Dir ist wohl gleich, was mit Barbara geschieht«, erklärte Marjorie, deren Besorgnis sich in Beschimpfungen Luft machte. »Dir ist ja auch gleich, was mit mir geschieht. Du kennst nur dich, dich und wieder dich, Livy Cordell! Seit Jahren ist mir das klar. Ständig quatschst du von deiner Vergangenheit und machst auf meine Kosten blöde Witze. Mir reicht's schon langsam!«
»Glaubst du etwa, mir nicht?« bellte Livy zurück.
»Ich muß gehen«, meldete sich Walter.
»Nein!« sagte Marjorie und packte ihn am Arm – glücklicherweise

am unversehrten. »Ich möchte von Ihnen die Wahrheit erfahren, Inspektor. Ich habe vier Jahre meines Lebens als Ehefrau eines Schwindlers zugebracht und möchte nicht, daß meiner Tochter etwas Ähnliches widerfährt.«
»Hast du mich einen Schwindler genannt?« fragte Livy.
»Soll ich dich lieber einen Gelegenheitsdieb nennen, der seine Gaunereien aufgab, um eine unwissende Frau hereinzulegen und als ihr Ehemann von ihrem Vermögen zu leben?«
»Wenn du unsere Ehe so siehst, dann kannst du sie vergessen.«
»Worauf du dich verlassen kannst«, antwortete Marjorie. Was sie gesagt hatte, hatte ihr wohlgetan. Sie war ihrer Verzweiflung Herr geworden. Nun wandte sie sich an Walter, den sie mit ihrem Zeigefinger beinahe aufspießte. »Und was Sie angeht, von Ihnen möchte ich jetzt die Wahrheit erfahren, Inspektor: Was spricht dafür, daß Paul Westerfield verrückt ist?«
»Eigentlich nichts.« Walter griff wieder nach der Klinke. »Es war nur eine Hypothese. Ich wollte sie bei jemandem, der den jungen Mann kennt, zur Diskussion stellen.«
»Was sagen Sie da?«
»An Ihrer Stelle würde ich jetzt gehen«, sagte Livy, machte die Tür auf und drängte Walter hinaus.
Als die Kabinentür wieder ins Schloß fiel, fand Marjorie die Sprache wieder, die es ihr momentan verschlagen hatte. »Hast du das gehört? Es war eine Hypothese! Paul ist in Ordnung. Das hat er doch gesagt?«
»Ja, so ähnlich.«
»Warum hat er das nicht gleich gesagt? Für wen hält der uns eigentlich?«
»Nach dem, was du gesagt hast, braucht er nichts zu glauben; jetzt weiß er es«, sagte Livy bitter.
»Liebling, so hab' ich es doch nicht gemeint«, erwiderte Marjorie. Tränen stiegen ihr in die Augen. »Ich weiß gar nicht, was in mich gefahren ist. Wie konnte ich nur so etwas Verletzendes sagen?« Sie breitete die Arme aus, um Livy an sich zu drücken, aber der rührte sich nicht vom Fleck.
»Wasch dir das Gesicht!« sagte er. »Es ist völlig verschmiert.«
»Bist du jetzt böse? Ich wollte dich nicht bloßstellen, Livy.«
»Ich geh' jetzt, um den Burschen zu treffen.«
»Mein Gott, freilich! Er wartet längst im Rauchsalon. Aber du erzählst ihm doch nichts, oder?«

»Im Gegensatz zu gewissen anderen Leuten kann ich den Mund halten.«
Marjorie schluchzte mit tränennassen Augen. »Livy, ich bitte dich um eines: Wir können doch nicht mit den beiden verliebten jungen Leuten Champagner trinken, nachdem dies passiert ist. Das ist doch schrecklich. Sie werden uns ansehen und denken, daß es Ihnen vielleicht genauso ergehen wird. Komm, gib mir einen Kuß, und sei mir wieder gut, ehe wir die zwei treffen.«
Livy schüttelte den Kopf. »Machen wir uns nichts vor, Marje. Du und ich – mit uns ist es aus. Ich tu' das alles nur noch Barbara zuliebe, nicht deinetwegen. Wir sehen uns beim Essen.«
Und damit verließ er die Kabine.
Marjorie schloß die Augen und jammerte laut.

20

Das abschließende gesellschaftliche Ereignis auf der »Mauretania« war traditionsgemäß ein Konzert. Es fand in der großen Halle statt, und die Passagiere erster Klasse besuchten es fast vollzählig. Der Mittelplatz der ersten Reihe war für Captain Rostron reserviert. Die Schiffskapelle hatte man für diesen Abend zum Orchester umfunktioniert, das, während der Kapitän zu seinem Platz ging, einen Refrain über das Schiff »Pinafore« spielte:

Drei kräftige Hurras und eines mehr,
Der Kapitän der »Pinafore« ist ein verwegener Herr.

Die gelöste Stimmung war gewiß nicht zuletzt auf die Erleichterung zurückzuführen, daß dies der letzte Abend auf hoher See und niemand mehr erwürgt worden war. Zwar herrschte eine gelinde Enttäuschung darüber, daß Inspektor Dew niemanden festgenommen hatte, aber man war sich allgemein einig, daß es dank seiner Anwesenheit an Bord zu keiner weiteren Katastrophe gekommen war. Im Konzertkomitee war sogar überlegt worden, ob man den Refrain aus einer Gilbert-und-Sullivan-Operette ins Vorspiel einbauen sollte, der die Aufgaben eines Polizisten zum Inhalt hat, aber schließlich war man sich einig geworden, daß jede Anspielung auf Walter aus Ehrerbietung vor dem Mordopfer besser unterblieb.
Nach dem Vorspiel bestritt Signor Martinelli das gesamte Pro-

gramm, doch ehe der Tenor auftrat, hielt Captain Rostron eine kurze Ansprache. Er verlieh dem Wunsch Ausdruck, daß alle, trotz des unglücklichen Vorfalls am Beginn, die Reise angenehm verbracht hatten. Er würdigte Inspektor Dews selbstlosen Einsatz bei der Aufklärung des Verbrechens sowie beim Schutz der Passagiere und der Mannschaft. Als daraufhin applaudiert wurde, machte Walter, der im Hintergrund stand, eine leichte Verbeugung. Die Schußverletzung an seiner Schulter erwähnte der Kapitän nicht.
Nach der letzten Nummer des Programms sagte Paul Westerfield zu seiner Braut Barbara: »Deine Eltern hab' ich aber heute abend hier nicht gesehen.«
»Nein«, antwortete Barbara. »Seit dem Mittagessen habe ich nicht mehr mit ihnen gesprochen.«
»Das hättest du mir nicht zu erzählen brauchen«, sagte Paul und drückte ihre Hand. »Ich hab' dich doch seither keine zwanzig Minuten allein gelassen.«
Barbara lächelte ihn an. »Vielleicht waren sie zu müde. Beim Mittagessen kamen sie mir recht abgespannt vor.«
»Sie waren gewiß traurig, weil sie nun ihre liebe Tochter verlieren.«
»Ich glaube nicht, daß sie es so sehen«, erwiderte Barbara.
Der Rauchsalon füllte sich rasch mit Gästen, die hier längst Stammpublikum waren. Andere gesellten sich dazu, um mit Reisebekanntschaften einen Abschiedstrunk zu nehmen. Die Gespräche kreisten um New York, die Quarantäne und den Zoll. Zwar warteten in den Kabinen die Koffer, die noch gepackt werden mußten, aber wer wollte sich angesichts der entspannten Atmosphäre schon dieser deprimierenden Aufgabe unterziehen?
Jack Gordon gegenüber verhielten sich die anderen Passagiere immer noch reserviert. Er suchte deshalb gern Walters Nähe. »Haben Sie inzwischen mit den Cordells gesprochen?« fragte er ihn, als er ihm von der Bar einen Whisky-Soda reichte.
»Ja«, sagte Walter. »Es traf sich sehr unglücklich.« Er erzählte Jack von Barbaras Verlobung. »Da kam ihnen natürlich unsere Theorie, daß mit Paul vielleicht etwas los ist, höchst ungelegen. Nachträglich tut es mir leid, darüber gesprochen zu haben. Ich glaube, der junge Westerfield ist unschuldig.«
»Davon bin ich überzeugt«, sagte Jack.
Walter zog die Augenbrauen hoch.
»Während Sie bei den Eltern waren«, erklärte ihm Jack, »habe ich

mit Paul und Barbara gesprochen. Ich fragte sie, wo sie sich aufgehalten hatten, als der Schuß fiel, der Sie traf. Er hat ihr im Schreibzimmer seinen Heiratsantrag gemacht. Ein Steward, der das Licht anknipste, sah, wie sie sich küßten. Sie trugen noch das Pilgerkostüm. Der Steward löschte das Licht wieder und ließ sie allein. Ich habe mich inzwischen auch bei ihm erkundigt. Die beiden haben ein Alibi.«

»Wenn ich das nur gewußt hätte, ehe ich zu den Eltern ging!«

»Ein Mann in Ihrem Beruf kann auf die Gefühle seiner Mitmenschen keine Rücksicht nehmen.«

»Das meine ich auch.«

»Mich haben Sie auch nicht geschont, als Sie mich verdächtigten.«

»Ich wußte nicht, daß Sie der Gatte des Opfers waren, und Sie haben sich verdächtig benommen.«

»Weil ich in die Leichenkammer gegangen bin, um nachzusehen?«

»Ja. Aber wenn ich darüber nachdenke, habe ich Respekt vor Ihnen.«

»Wieso?«

»Weil Sie die Kammer überhaupt gefunden haben. Ich war auch da unten. Dort ist es ja wie in einem Labyrinth. Auf dem Rückweg von der Arrestzelle habe ich mich verlaufen. Ich kann mir nicht vorstellen, wie Sie ohne fremde Hilfe bis zur Leichenkammer vorgedrungen sind. Sie haben doch erzählt, daß Sie das erste Mal mit der ›Mauretania‹ reisen.«

»Das war kein Kunststück«, erwiderte Jack leichthin. »Die ›Maury‹ hatte ein Schwesterschiff.«

»Meinen Sie die ›Lusitania‹?«

»Ja, die beiden sind im selben Jahr gebaut worden. Es waren im Grunde die gleichen Modelle.«

»Und auf der ›Lusitania‹ waren Sie?«

»Ich habe dort gearbeitet. Unter dem Namen Jack Hamilton war ich Kabinensteward. Daher kannte ich mich in den unteren Decks aus. Zwei Jahre mit Gepäck treppauf und treppab – da lernt jeder die kürzesten Wege und Abkürzungen, das können Sie mir glauben. Das war eine Plackerei damals.« Jack lächelte zufrieden. »Ich habe stets die Passagiere der ersten Klasse bewundert, wenn sie auf ihren Liegestühlen dahindösten, und mir dabei ständig den Kopf darüber zerbrochen, was ich anstellen könnte, damit ich eines Tages zu ihnen gehörte. Bis mir eines Tages ein anderer Steward von den Profis im Rauchsalon erzählte, von den Falschspielern, die davon lebten, daß sie Millionäre schröpften. Ich beobachtete sie eine Zeitlang bei ihrer Arbeit und dachte: Das ist was für dich.« Er zuckte mit den Achseln. »Jetzt kennen Sie meine Lebensgeschichte.«

»Die sehr interessant ist«, sagte Walter. »Sie haben wohl schon aufgehört, für Cunard zu arbeiten, als die ›Lusitania‹ während des Kriegs von einem Torpedo getroffen wurde?«

»Nein«, antwortete Jack. »Ich war damals an Bord, Kate übrigens auch. Sie war Stewardeß und hieß Katherine Barton. Wir gehörten zu den glücklichen Überlebenden. Eine Stunde trieben wir im Wasser.«

»Dort war es ja noch relativ sicher. Eine Menge Menschen kam bei dem Gedränge um die Rettungsboote ums Leben.«

Jack starrte Walter mit weit geöffneten Augen an. »Waren Sie auf der ›Lusitania‹?«

»Ja, mit meinem Vater, in der ersten Klasse. Ich glaube, jeder, der damals dem Tod entkam, kann eine eigene Geschichte erzählen. Mein Vater hatte ein Bein in Gips. Wir verließen als letzte den Speisesaal, und ich glaube noch heute, daß uns dieser Umstand das Leben gerettet hat. Die meisten Rettungsboote gingen in Trümmer. Wir warteten auf Deck, bis wir im Wasser standen, und ließen uns dann von den Wellen forttragen.«

»Kate und ich wären beinahe mit dem Schiff untergegangen«, erzählte Jack. »Nachdem das Torpedo eingeschlagen hatte, erhielten wir den Befehl, zu kontrollieren, ob alle Suiten und Kabinen auf dem B-Deck leer waren. Die Passagiere waren bereits weg, aber Kate überraschte einen Dieb, der gerade eine Schmuckkassette ausräumte. Der Kerl warf ihr das Ding an den Kopf, und sie verlor das Bewußtsein. Er machte hinter sich die Kabinentür zu und überließ Kate dem sicheren Tod. Auf dem Korridor rannte er an mir vorbei, ohne ein Wort zu sagen. Ich ging nochmals zurück, um nachzusehen, warum Kate noch nicht da war. Schließlich fand ich sie, blutend und bewußtlos. Irgendwie schaffte ich es, sie an Deck zu schleppen. Das war meine Geschichte, Inspektor. Die Pointe ist, daß mich Kate sechs Wochen danach heiratete.«

»Haben Sie je erfahren, was aus dem Dieb geworden ist?«

»Nein. Ich weiß nicht, ob er den Untergang überlebt hat. Wenn ich ihn wiedertreffen würde, ich würde ihn nicht einmal erkennen. Ich habe sein Gesicht kaum gesehen. Es war ein untersetzter, athletischer Mann im dunklen Anzug. Ich war ja nahe am Durchdrehen und bekomme heute noch Angstträume, wenn ich daran denke: das

Schiff, das sich immer mehr neigt, Kate bewußtlos in meinen Armen und die schreckliche Vorstellung, daß jeden Moment Wasser eindringen kann.«

»Deshalb wollten Sie wohl vergangene Nacht beim Sturm nicht unter Deck bleiben.«

Jack nickte. »Ich gehöre nicht zu denen, die sich geschworen haben, nie wieder einen Fuß auf ein Schiff zu setzen, sonst hätte ich mir nicht diesen Broterwerb ausgesucht, aber ich achte immer darauf, daß ich, falls wieder etwas passieren sollte, nicht unter Deck in der Falle sitze.«

»Sehr verständlich«, sagte Walter. »Muß auch eine scheußliche Erfahrung gewesen sein. Sie sagen, daß Sie den Dieb, wenn er es überlebt hat, nicht wiedererkennen würden. Aber Ihre Frau hatte ihn doch genauer gesehen?«

»Natürlich, Inspektor. Sie hat immer gesagt, sie würde sich an den Schuft erinnern, wenn er ihr über den Weg laufen sollte.«

»Das hat sie gesagt? Interessant.«

»Warum?«

»Wenn er an Bord dieses Schiffes ist, hatte er einen Grund, sie umzubringen.«

»Mein Gott, ganz richtig!«

»Aber das wollte ich eigentlich gar nicht behaupten«, sagte Walter, als bedauere er, diese Möglichkeit erwähnt zu haben. »Es ist auch nur eine Theorie.«

»Die einzige, die genau den Tatsachen entspricht«, erwiderte Jack in einem Ton, der verriet, daß er längst überzeugt war. »Er ging in Southampton an Bord und erlebte den größten Schreck seines Lebens, als er Kate sah. Vermutlich dachte er immer, sie sei mit der ›Lusitania‹ untergegangen. Er konnte davon ausgehen, daß sie ihn während der fünf Tage auf hoher See wiedererkennen würde, und so beschloß er, sie umzubringen. Er fand heraus, daß sie alleine reiste, und war sicher, niemand würde ihn mit ihrem Verschwinden in Verbindung bringen, wenn er sie ins Wasser warf. Als Dieb war es für ihn ein leichtes, in ihre Kabine einzubrechen. Er erwürgte sie und beförderte die Leiche durchs Bullauge ins Meer. Doch dann kam es anders, als er erwartet hatte.«

»Die Leiche wurde aus dem Wasser geborgen«, fuhr Walter fort.

»Das war das erste«, sagte Jack. »Das zweite war, daß bekannt wurde, welch ein bekannter Detektiv von Scotland Yard an Bord ist. Und das dritte war ich, der Ehemann von Kate. Der Mörder wußte ja nicht, daß sie verheiratet war, bis es sich herumsprach und er mich mit Ihnen reden sah. Vielleicht erinnerte er sich an mein Gesicht. Auf alle Fälle sagte er sich, daß ich Ihnen erzählen könnte, was auf der ›Lusitania‹ passiert ist. Der Mann, der Dr. Crippen gefaßt hat, schloß er dann, würde keine Zeit verlieren, ihn festzunehmen. Er war verzweifelt – und sann auf eine verzweifelte Abhilfe.«

»Er gab einen Schuß auf mich ab«, sagte Walter.

»Ja. Ob er dabei auf Sie oder auf mich zielte, ist nebensächlich.«

»Da kann ich Ihnen nicht beipflichten«, erwiderte Walter steif.

»Ich meine nur, daß das Ergebnis, von ihm aus betrachtet, so und so das gleiche gewesen wäre«, sagte Jack mit einem Anflug von Ungeduld in der Stimme. »Auf alle Fälle sollte ich Ihnen nichts von der ›Lusitania‹ verraten. Aber es hat nicht geklappt. Jetzt wissen Sie, was damals geschah. Was werden Sie nun tun, Inspektor?«

Walter schaute angestrengt in sein Glas, als könne er dort eine Antwort finden. Dann sagte er langsam: »Ich habe immer noch nicht gepackt.«

Jacks Kinnlade klappte herunter: »Wir müssen diesen Mann aufstöbern«, sagte er, als er seine Stimme wiedergefunden hatte. »Er hat meine Frau umgebracht – und Sie beinahe auch.«

»Ja. Aber ich vermute, er wird jetzt nichts mehr anstellen. Und weg kann er nicht. Morgen früh hab' ich ihn.«

»Sie wissen, wer er ist?« Jack war wie vom Blitz gerührt.

»Zumindest glaube ich es zu wissen«, antwortete Walter und lächelte bescheiden.

»Und Sie wollen es mir nicht sagen?«

»Lieber nicht, aber ich danke Ihnen für Ihre Unterstützung.«

21

Alma betrachtete sich im Spiegel und griff nach dem Rouge. Ihr Gesicht war gespenstisch blaß. Sie hatte vor dem, was nun geschehen sollte, schreckliche Angst. Sie wartete auf Walter, nachdem sie ihm unter der Kabinentür einen Zettel durchgeschoben hatte, auf dem sie ihn bat, zu ihr zu kommen. Sie wollte ihm sagen, daß sie sich geirrt hatte. Ihre Gefühle für ihn waren nicht der Liebe entsprungen, sondern einem bloßen Strohfeuer. Schon wünschte sie, wieder im Besitz dieses Zettels zu sein, ehe er ihn finden konnte. Sie fürchtete sich vor ihm. Und gerade hier in der Kabine, in der Lydia ster-

ben mußte, hätte sie es ihm nicht sagen sollen. Einzig ihre Liebe zu Johnny gab ihr die Kraft, nicht wegzulaufen. Lieber wollte sie sterben, als auf die Aussicht einer Ehe mit Johnny zu verzichten.
Und doch plagten sie Schuldgefühle. Wieder und wieder hatte sie in Gedanken alle Ereignisse an sich vorüberziehen lassen, die ihr Leben und das von Walter miteinander verknüpften. Doch jedesmal war sie zu dem Schluß gekommen, daß Walter, wenn er ihr nicht begegnet wäre, niemals daran gedacht hätte, seine Frau zu töten. Er wäre vielmehr noch irgendwo in England und würde versuchen, sich als Zahnarzt durchzuschlagen. Er war nie jene attraktive und außergewöhnliche Erscheinung gewesen, zu der sie ihn in ihrer Phantasie stilisiert hatte, und würde das auch nie werden. Er war freundlich, zuverlässig – und durch und durch langweilig, ohne eine Spur von Temperament. Alma wurde bedrückend klar, daß sie nicht von Walter, sondern von einer Idee verzaubert gewesen war. Sie hatte sich verliebt, mit dem Plan vor Augen, einem Mann zu folgen, der seine Frau ermordet und alles verlassen hatte – Beruf, Haus und Heimat –, und dies alles nur, um den Rest seines Lebens an ihrer Seite zu verbringen. Und nun wollte sie ihn nicht mehr. Er war eben unglaublich langweilig.
Irgendwo hatte sie einmal gelesen, daß fast alle Mörder fade und traurige Menschen seien. Sie hatte es nie geglaubt. Sicher hatte es auch Ethel Le Neve nicht für möglich gehalten. Aber was wäre geschehen, wenn Dr. Crippen nicht verhaftet worden wäre, wenn Ethel ihr Leben dann an seiner Seite verbracht hätte?
Walter war durch den Mord kein bißchen attraktiv geworden. Die Tat hatte ihn nur in einer Hinsicht verändert: Jetzt war er gefährlich. Langweilig und gefährlich. Einen Mann, der einmal im Leben einen Mord begangen hat und damit fertig geworden ist, darf man nicht aus den Augen lassen.
Es klopfte, und sie erschrak. Die dünne Seidenbluse, die sie trug, verriet, wie sehr sie zitterte. Sie holte tief Luft und ging zur Tür. Draußen stand Walter mit ihrem Zettel in der Hand, die Augenbrauen fragend hochgezogen.
Alma versuchte zu lächeln und trat beiseite, um ihn einzulassen. Dann schloß sie die Kabinentür.
»Walter«, sagte sie, »ich weiß, daß wir verabredet haben, uns nicht mehr zu treffen, es sei denn aus einem ganz wichtigen Grund.«
»Und du hast einen wichtigen Grund?«
Sie nickte. »Bitte, setz dich! Ich muß mit dir sprechen, ehe wir in

New York ankommen. Nur weiß ich nicht, wie ich anfangen soll. Du hast viel mehr ausstehen müssen, als wir angenommen haben.«
Er hob einschränkend die Schultern. »So schlimm war es gar nicht. Es hat mich auch abgelenkt.«
»Du wurdest aber angeschossen. Hast du noch Schmerzen?«
»Schmerzen? Das wäre übertrieben, aber unangenehm ist es schon.«
»Ich mache mir Vorwürfe«, sagte Alma. »Ich habe mehr Zeit gehabt als du, um über alles nachzudenken.«
»Vorwürfe? Weswegen?«
»Wegen allem. Wenn ich nur an Lydias Tod denke!«
»Aber darüber waren wir uns doch einig!«
»Wenn du mich nicht kennengelernt hättest, wärst du nie auf die Idee gekommen; du hättest nie dieses Schiff betreten, nie in dieser verfluchten Kabine getan, was du getan hast, wärst nie in die Verlegenheit gekommen, dich als Kriminalbeamter ausgeben zu müssen.«
Walter blinzelte vor Überraschung. »Letzteres war doch halb so schlimm. Es macht mir sogar Riesenspaß.«
»Riesenspaß?«
»Man hat mich noch nie so zuvorkommend behandelt. Zuerst dachte ich, daß das schwierig sei, aber es war nicht so. Ich brauchte weder Fangfragen zu stellen noch vertrackte Verbindungen aufzudecken. Ein Detektiv muß eigentlich bloß andere Leute zum Sprechen bringen. Ich bin gut im Zuhören – das verdanke ich Lydia. Wenn du die Leute also reden läßt, erzählen sie dir alles, und du hast die beste Gelegenheit, die Wahrheit herauszufinden.«
Alma dachte, Walter verstanden zu haben, und sagte: »Ja, du hast es sehr geschickt angestellt und sie alle hereingelegt.«
»Hereingelegt?« wiederholte Walter, als habe man ihn beleidigt.
»Du hast alle davon überzeugt«, besänftigte ihn Alma, »daß du genug weißt, was zu tun ist, daß du das Rätsel lösen wirst.«
»Meine Liebe, ich *habe* es gelöst. Ich weiß, wer den Mord begangen hat, und ich weiß, weshalb. Nimm das bitte zur Kenntnis; ich bin ein guter Detektiv.«
»Walter, das stimmt doch nicht!«
Er lehnte sich im Sessel zurück und verschränkte die Arme. »Du wirst es ja sehen.«
Sie starrte ihn an und fragte sich, ob er verrückt geworden war. Er

schien sich ganz in die Gestalt Inspektor Dews hineingesteigert zu haben und glaubte jetzt wohl, wirklich der bekannte Detektiv zu sein. Als dieser meinte er wohl, das Verbrechen aufgeklärt zu haben. War es möglich, daß er sich in diese schizophrene Zwangsvorstellung verrannt hatte und beabsichtigte, sich selbst als Lydias Mörder zu bezeichnen? Und würde er sie als seine Komplizin verhaften lassen? Sollte so die Geschichte vom falschen Inspektor Dew aussehen?

Alma sprach nun mit der Eindringlichkeit und Überzeugungskraft eines Gefangenen, dessen Kopf auf dem Spiel steht. »Walter, hör mir zu, bitte! Ich habe eigentlich kein Recht, dir das jetzt zu sagen. Es beschämt mich tief, aber du mußt es wissen.«

Sie ergriff seine Hand, kauerte sich neben seinen Stuhl und schaute ihm ernst ins Gesicht. »Ich bin nicht mehr die, die ich war. Als ich damals zu dir in die Praxis kam, verehrte ich dich abgöttisch. Ich hatte mich noch nie so vertraulich, so ernsthaft und harmonisch mit einem Mann unterhalten. Du mußt berücksichtigen, daß ich völlig unerfahren war. Die einzigen Männer, die ich, von meiner Familie abgesehen, kennengelernt hatte, waren die Helden von Romanen, von rührseligen Geschichten, wie man sie in Leihbüchereien findet. Du erschienst mir wie eines dieser gottähnlichen Geschöpfe mit deiner vornehmen Art und deinem fremdländisch klingenden Namen. Und wie all diese Helden zu Beginn des Buches, schienst auch du völlig unerreichbar zu sein.«

»Aber in dieser Hinsicht sind wir doch weitergekommen«, sagte Walter mit einem nachsichtigen Lächeln.

»O ja.« Alma mußte hart schlucken. »Ich redete mir ein, daß dies der Weg zum ewigen Glück sei. Ich dachte nur an mich. Ich glaubte, dich zu lieben und nichts, nicht einmal deine rechtmäßige Ehefrau, dürfe uns im Wege stehen. Ich war wie besessen. Meine gesamten Mädchenträume, alle Enttäuschungen und Wunschvorstellungen, die auch nach dem Krieg noch in meinem Hirn spukten, richteten sich einzig und allein auf dich. Walter, ich bin achtundzwanzig, schon fast eine Jungfer, und ich benahm mich wie ein kleines Schulmädchen.«

»Aber deshalb brauchst du dich doch nicht zu schämen«, versuchte sie Walter zu besänftigen.

»Doch, weil ich dabei mir selbst und dir etwas vorgemacht habe. Diese wenigen Tage auf hoher See haben mich zur Vernunft gebracht. Wie soll ich es dir erklären, ohne dir weh zu tun?«

»Du liebst mich nicht?« fragte Walter leise.
Alma senkte den Blick.
»Du willst nicht mit mir in Amerika leben?«
Sie schüttelte den Kopf.
»Ist da ein anderer?«
»Ja.« Alma begann zu schluchzen.
Er strich ihr übers Haar und sagte: »Ich danke dir dafür, daß du es mir gesagt hast. Wenn ich ehrlich sein soll, empfinde ich so etwas wie Erleichterung. Weißt du, ich fühlte mich dir gegenüber schuldig. Ich habe deine Gefühle für mich ausgenutzt. Allein hätte ich nie den Mut aufgebracht, das auszuführen, was ich getan habe. Nur dank deiner Unterstützung hatte ich die Kraft dazu. Wie du bin auch ich durch dieses Erlebnis klüger geworden. Jetzt erst bin ich selbständig.«
Er war ruhig und beherrscht. Und es war ihm ernst mit dem, was er gesagt hatte. Sie beugte sich vor und küßte ihn zärtlich auf die Wange. Dann sagte sie: »Was in diesem Raum geschah, bleibt unser Geheimnis. Ich werde es mit ins Grab nehmen.«
Walter dankte ihr und erhob sich: »Die Koffer von Lydia«, sagte er, »würdest du sie bitte an der Gepäckaufbewahrung abholen, wenn wir in Amerika ankommen? Wenn sie stehenbleiben, könnte das zu Nachforschungen führen.«
»Selbstverständlich hole ich sie ab«, erklärte Alma. Dann fügte sie, einer plötzlichen Eingebung folgend, hinzu: »Es war ein perfekter Mord.«
»Fast«, antwortete Walter. »Viel Glück mit Mr. Finch.«
Und Alma war wieder allein.

22

Am Mittwoch früh vor sieben Uhr, die »Mauretania« sollte noch an diesem Vormittag in den New Yorker Hafen einlaufen, fand in der Kajüte des Kapitäns eine Unterhaltung statt. Walter war vom Kabinensteward herbeigeholt worden. Im selben Raum, in dem er zum erstenmal gebeten worden war, den Mordfall zu übernehmen, sah er sich jetzt einer aufgeregten Versammlung gegenüber: Außer dem Kapitän warteten der Polizeioffizier auf ihn, Paul Westerfield II., seine Braut Barbara und mit tränenüberströmtem Gesicht Marjorie Livingstone Cordell. Der Kapitän deutete auf einen Stuhl,

und Walter nahm Platz. Er saß Mr. Saxon gegenüber, der ihm einen vernichtenden Blick zuwarf.
»Inspektor, ich mache es kurz«, fing Captain Rostron an. »Wieder ist ein Passagier verschwunden. Der Gatte dieser Dame, Mr. Livingstone Cordell, ist seit gestern nachmittag nicht mehr gesehen worden. Er ist auch nachts nicht in der Kabine gewesen. Mrs. Cordell hat um drei Uhr früh Vermißtenanzeige erstattet, und der Polizeioffizier und seine Leute haben das Schiff durchsucht, worin sie ja hinreichend Erfahrung haben. Sie wissen, wo sich die blinden Passagiere verbergen, aber selbst nach einer dreistündigen Suche fanden sie kein Lebenszeichen von Mr. Cordell. Aus erklärlichen Gründen beschloß ich, daß man nun Sie einschalten soll.«
Walter nickte verständig.
»Er ist tot«, schluchzte Marjorie. »Livy ist tot. Ich weiß es.«
Barbara sagte beschwichtigend zu ihr: »Mutter, was spricht denn dafür? Das darfst du nicht sagen. Vielleicht geriet er unter Kartenspieler, die noch in irgendeiner Kabine zusammensitzen. Wenn man mitten im Spiel ist, verliert man leicht das Zeitgefühl. Du wirst sehen, kurz vor dem Frühstück kommt er auf einmal und fragt, weshalb wir uns so aufregen.«
»Wir regen uns gar nicht auf«, sagte Mr. Saxon angriffslustig.
Paul räusperte sich. »Ich glaube, wir sollten Inspektor Dew ausführlich ins Bild setzen.« Er wandte sich an Walter: »Gestern habe ich bei Livy um Barbaras Hand angehalten. Er schien etwas geistesabwesend zu sein, aber er gab sein Einverständnis. Wir speisten vergnügt zu Mittag und tranken zur Feier des Tages Champagner.«
»Hat er viel getrunken?« erkundigte sich Mr. Saxon.
»Bestimmt nicht, vielleicht eineinhalb Gläser. Er war recht still, aber das ist er eigentlich immer. Wenn er den Mund aufmacht, dann meist zu einer humorvollen Bemerkung. Aber ich muß zugeben, daß er etwas anders als sonst war.«
»Er schaute ständig im Restaurant herum, als würde ihn etwas beunruhigen«, erzählte Barbara.
Mit tränenerstickter Stimme gestand Marjorie: »Ich kann es euch ja sagen, weil ich weiß, daß es Inspektor Dew ohnedies herausbekommt. Vor dem Mittagessen – gleich nachdem Sie bei uns in der Kabine waren, Inspektor – hatten Livy und ich die erste Auseinandersetzung seit unserer Heirat. Drei Jahre lang kannten wir nur eitles Glück – und dann mußte dies passieren, ausgerechnet an jenem Tag, an dem wir doch allen Grund hatten, uns über diese beiden

Jungverliebten zu freuen. Es war schrecklich, beim Mittagessen so zu tun, als wären wir glücklich, wo wir doch kurz zuvor einander am liebsten in Stücke gerissen hätten.«
Barbara legte eine Hand auf die von Marjorie und sagte: »Mutter, ich hatte keine Ahnung. Warum habt ihr denn gestritten?«
»Das ist nicht so wichtig, Liebes; ich habe zum Inspektor irgend etwas gesagt, was sehr dumm war. Ich war aber auch sehr nervös.«
»Warum denn?«
»Frag mich nicht jetzt danach, es ist nicht wichtig, nicht wahr, Inspektor Dew?« Marjorie warf Walter einen flehenden Blick zu. Er schüttelte zustimmend den Kopf.
Captain Rostron hatte das Gefühl, daß dieser Blick etwas zu bedeuten hatte, und wollte den Vorfall nicht übergehen.
»Stimmt das, Inspektor? Sie haben Mr. und Mrs. Livingstone gestern in ihrer Kabine aufgesucht?«
»Ganz richtig, Captain.«
Alle Anwesenden warteten darauf, daß Walter dieser Feststellung eine Erklärung folgen lassen würde, aber er dachte nicht daran. Doch der Kapitän ließ nicht locker. »Darf ich annehmen, daß Ihr Besuch mit Ihren Ermittlungen im Mordfall Katherine Masters zusammenhängt?«
»Das zu sagen, würde etwas zu weit gehen.«
Marjorie schloß die Augen, als würde sie ein Stoßgebet zum Himmel schicken.
»Aber Sie mußten doch einen Grund für Ihren Besuch gehabt haben, Inspektor.« Der Kapitän blieb hartnäckig.
»Ja, freilich.«
»Der Schuß«, platzte Mr. Saxon heraus. »Sie besuchten sie wegen dieses Schusses.«
»Das war der Grund«, sagte Walter schnell. »Wegen der Waffe. Ich suchte die Waffe.«
Marjorie schlug die Augen wieder auf und sagte: »Ja, es war wegen der Pistole, wegen Livys Pistole.«
»Ihr Gatte besitzt eine Pistole?« fragte Captain Rostron.
»Mutter, was sagst du da?« Barbaras Stimme verriet, wie überrascht sie war.
»Mein Gott, hilf mir!« murmelte Marjorie.
»Und Sie haben das herausbekommen, Inspektor?« fragte der Kapitän.
»Mehr oder weniger«, erwiderte Walter unerschütterlich.

»Ich kann mir nicht vorstellen, wie«, sagte Mr. Saxon.
»Alles Erfahrung«, antwortete Walter großspurig.
»Aber Sie haben die Tatwaffe nicht beschlagnahmt?«
»Das wäre überflüssig gewesen«, sagte Walter. »Er hatte sie nicht mehr.«
»Ich nehme an, er hat sie ins Meer geworfen«, schaltete sich Marjorie ein. »Er war in allem so sorgfältig, mein armer Livy. Er hat so hartnäckig versucht, seine Vergangenheit auszulöschen, und gerade ich mußte ihn vor dem Inspektor bloßstellen.« Sie schlug die Hände vors Gesicht, und Barbara stand auf, um sie zu trösten.
»Uns haben Sie nichts davon gesagt, daß Sie ihn verdächtigen«, wandte sich Mr. Saxon mit vorwurfsvollem Ton an Walter.
Da mischte sich der Kapitän ein: »Mr. Saxon, es steht Ihnen kaum zu, die Art und Weise, wie der Inspektor seine Ermittlungen führt, in Frage zu stellen. Zweifellos hatte er seine Gründe, sich so zu verhalten, wie er es getan hat.« Captain Rostron sah Walter vorwurfsvoll an.
»Einige«, sagte Walter.
»Würden Sie sie uns freundlicherweise wissen lassen?« fragte Paul.
Walter schüttelte den Kopf. »Ich möchte die Damen nicht beunruhigen.«
»Es ist schon in Ordnung«, ergriff Marjorie das Wort, während sie mit einem Taschentuch die Augen betupfte. »Du hast ein Recht darauf, es zu erfahren, Paul. Ich werde es dir sagen. Gestern kam der Inspektor zu Livy und mir in die Kabine. Wie du weißt, hatten wir ja die letzten Tage öfter mit ihm Kontakt, und die Anspannung, unter der wir lebten, wurde immer größer. Er ist ein phänomenaler Detektiv, Paul, und er nutzte diesen Druck im rechten Moment aus. Er brachte mich äußerst geschickt außer Räson, indem er etwas völlig Abwegiges aufs Tapet brachte. Es stimmte natürlich nicht, und es ist jetzt auch völlig unwichtig, was es war, aber Livy und ich verloren die Fassung. Wir warfen uns Dinge an den Kopf, von denen wir niemals sprechen wollten. Ich nannte Livy einen Gelegenheitsdieb. Dieses Wort hätte ich nie, nie in den Mund nehmen dürfen.«
Barbara unterbrach sie: »Mutter, das ist doch absurd! Willst du uns weismachen, daß Livy ein Gauner ist?«
»Liebling, er war einer, ehe wir heirateten. Er war tatsächlich ein Dieb. Er konnte völlig unbemerkt verschlossene Türen aufbrechen. Er verbrachte die Zeit damit, auf dem Ozean hin und her zu kreuzen,

und bediente sich dabei des Geldes, das die Leute in ihren Kabinen ließen. Er lebte nicht schlecht dabei: Er ließ immer genügend übrig, so daß die Bestohlenen oft gar nicht merkten, daß etwas fehlte.
»Das trifft den Nagel auf den Kopf«, sagte Paul, und die Spur eines Lächelns huschte über sein Gesicht, als er langsam den Kopf schüttelte. »Er hat mir nämlich erzählt, daß er geschäftlich eine Menge zur See gereist ist. Er meinte, es handelte sich um Import-Export.«
»Das war seine Art, Witze zu machen«, sagte Marjorie: »Inspektor Dew, würden Sie bitte den anderen das von der ›Lusitania‹ erzählen?«
»Wenn Sie meinen«, erwiderte Walter. Er wiederholte die Geschichte, die er von Jack Gordon gehört hatte, aber diesmal war Livy jener Dieb, der Katherine die Kassette an den Kopf geworfen und sie bewußtlos in der Kabine zurückgelassen hatte, obwohl das Schiff sank.
»Bis gestern nach dem Mittagessen wußte ich von all dem überhaupt nichts«, sagte Marjorie. »Dann erzählte er mir die Geschichte, und wie überrascht und erschreckt er war, als er die Stewardeß am ersten Abend hier an Bord sah. Er trat gerade aus unserer Kabine, als sie vorbeiging. Er hatte immer angenommen, daß sie mit der ›Lusitania‹ untergegangen war. Und nun stand sie auf einmal da wie ein Gespenst, das Rache nehmen wollte. Er wich in die Kabine zurück und warf die Tür zu. Aber es sollte noch viel schlimmer kommen.«
»Er hat sie mit uns Karten spielen sehen, nicht wahr?« fragte Barbara.
Marjorie nickte. »Er berichtete, ihr hättet schon aufgehört, und sie sei mit dir, Liebling, am Tisch gesessen, offensichtlich in ein ernsthaftes Gespräch verwickelt. Er erkundigte sich bei Paul, was los sei.«
»Ich erinnere mich«, sagte Paul. »Er muß ja geglaubt haben, daß sie Barbara etwas über ihn erzählte oder es zumindest gleich tun werde. Er schickte mich an den Tisch, um der Sache ein Ende zu bereiten.«
»Dann ging er zu ihrer Kabine, verschaffte sich Zugang«, fuhr Marjorie fort, »und wartete auf sie.« Sie hielt inne und holte tief Luft.
»Sie müssen das nicht weiter schildern, Mrs. Cordell«, sagte Captain Rostron begütigend.
Es war klar, daß der Kapitän allen Anwesenden aus der Seele sprach. Während der folgenden Sekunden stand jedem ohnedies das Bild Livys mit den Händen um Katherines Hals vor Augen. Die Vorstel-

lung war so lebhaft, daß Barbara plötzlich aufschrie: »Nein, Livy! Nein, nein!«
Paul trat zu ihr und nahm sie in die Arme. »Brauchen Sie uns noch?« fragte er den Kapitän. »Ich würde die Damen gern wegbringen.«
»Das kann ich gut verstehen, aber wir wissen immer noch nicht, was Mr. Cordell zugestoßen ist. Wenn Sie noch etwas Geduld haben, Inspektor Dew will sicher noch etwas von Mrs. Cordell selbst hören, was ihr Gatte sagte, ehe er verschwand.«
»Ja, das wäre sehr aufschlußreich«, bestätigte Walter.
Marjorie zögerte und sagte: »Es war eher etwas Persönliches.«
»Vielleicht hilft es uns weiter, und wir finden ihn«, redete ihr der Kapitän gut zu.
»Das glaube ich kaum«, erwiderte Marjorie traurig. »Aber ich werde es Ihnen trotzdem erzählen: Nachdem er mir alles, was geschehen war, geschildert hatte, daß er also auf den Inspektor gezielt und die Pistole über Bord geworfen habe, sagte er, es tue ihm leid wegen mir, Barbara und Paul. Er meinte, er hätte mir früher gestehen sollen, was auf der ›Lusitania‹ geschehen war, aber er habe stets angenommen, daß er das mit sich allein ausmachen müsse. Anschließend gab er mir einen Kuß, ging zur Tür und sagte, während er sich umwandte, etwas, worauf mir klar war, daß ich ihn nie mehr sehen würde.«
»Was hat er gesagt, Mrs. Cordell?«
Eine Träne rollte über Marjories Wange. »Sie werden es nicht verstehen. Er sagte, er hoffe, es sei wahr, daß die Vergangenheit noch einmal an einem vorbeiziehe. Er wolle nämlich jene schlanken Fesseln im Aufzug des Biltmore-Hotels wiedersehen. Dann hat er mich verlassen.«
Die Augen des Kapitäns wanderten blitzschnell an Marjorie hinunter, dann schaute er ihr wieder in die Augen. »Aha, das klingt ja ziemlich endgültig. Ich danke Ihnen, Madam. Sie waren, wenn man sich in Ihre Situation versetzt, äußerst tapfer.«
Er nickte Paul zu, der aufstand und Marjorie in Begleitung von Barbara wegbrachte.
Als die drei gegangen waren, fragte Mr. Saxon den Kapitän: »Es sieht ganz so aus, als sei er über Bord gesprungen, Sir. Sollen wir Alarm geben und umkehren?«
Mit fragend hochgezogenen Augenbrauen wandte sich Captain Rostron an Walter.

»Wurden die Kabinen bereits durchsucht?« fragte der.
Der Polizeioffizier antwortete angriffslustig: »Natürlich nicht. Die Passagiere schlafen ja noch. Man kann sie doch nicht mitten in der Nacht mit dieser Sache behelligen!«
»Aber tagsüber«, sagte der Kapitän. »Der Inspektor hat natürlich recht. Wir müssen zuerst das Schiff nach ihm absuchen. Können Sie sich darum kümmern, Mr. Saxon?« Kaum fiel die Tür hinter dem Polizeioffizier ins Schloß, fügte er hinzu: »Ein pflichtbewußter Mitarbeiter, aber Sie sehen auch, daß er nie einen guten Detektiv abgeben wird. Inspektor, ich muß jetzt auf die Brücke. Der Ambrose-Leuchtturm ist sicher schon in Sicht; da kommt der Lotse an Bord. Ich würde Sie gern sprechen, nachdem wir angelegt haben, wenn Ihnen das angenehm ist.«
»Aber gewiß«, sagte Walter.
Als er das Deck betrat, standen dort schon jede Menge Schiffskoffer. Er bahnte sich den Weg durch die Gepäckstücke und sah Amerika: ein verschwommenes blaues Band am Horizont. Walter lächelte.
Das Schiff wurde gestoppt, damit das Lotsenboot längsseits gehen konnte. An der Reling drängten sich die Passagiere, um die winzige Gestalt die Jakobsleiter hochklettern zu sehen. Die Sirenen dröhnten, als das Schiff wieder Fahrt aufnahm, Sandy Hook passierte und durch die Lower Bay dann The Narrows ansteuerte. An der Quarantänestation von Staten Island hielt die »Mauretania« noch einmal an. Nun kamen Beamte der Einwanderungsbehörde an Bord und mit ihnen Presseleute.
Ein Assistent des Pursers kam zu Walter und fragte ihn, ob er die Reporter empfangen wolle. Er lehnte strikt ab und sagte, es sei ihm unmöglich, eine Erklärung oder ähnliches abzugeben. Er würde, fügte er hinzu, in seine Kabine gehen und fertig einpacken. Aber gerade als er sich aus dem Staub machen wollte, blitzte es vor ihm: Keystone hatte ein Bild von Inspektor Dew.
Manhattan ragte jenseits des Wassers in den Himmel, und die Sirenen der »Mauretania« machten lautstark auf die Ankunft des Schiffes aufmerksam. Jene an Bord, die das erste Mal in New York ankamen, entdeckten aufgeregt das Woolworth-Gebäude und die anderen markanten Bauten. Alles aber überragte die Freiheitsstatue, weil sie näher am Schiff war.
Auf den Decks wurden den Stewards die letzten Trinkgelder zugesteckt, und Reisenden, die am gleichen Tisch gesessen oder mitsammen Karten gespielt hatten, verabschiedeten sich voneinander.

Schon öffneten Matrosen die Abdeckungen der Ladeluken, und die Schiffskrane wurden in Position gebracht. Als das Schiff langsam an der Pier achtundachtzig anlegte, dröhnten die Schiffssirenen ein letztes Mal.
Alma kuschelte sich an Johnnys Arm, als er ihr die Details des Ausschiffens erklärte. Das Gepäck würde von Hafenarbeitern an Land gebracht und an mit dem jeweiligen Buchstaben gekennzeichneten Stellen entlang der Pier deponiert. Da der Platz mit B für Baranov über fünfzig Meter von dem für F entfernt war, würden sie sich trennen müssen. »Aber erschrick nicht, Herz; du brauchst bloß deine Gepäckstücke heraussuchen und sie einem Zollinspektor zeigen. Wenn du fertig bist, warte auf mich! Ich muß nachsehen, ob der Lanchester schon ausgeladen ist, aber das dauert bestimmt nicht lange. Dann, würde ich vorschlagen, ist ein gepflegtes Essen im Waldorf fällig.«
In der folgenden Stunde entdeckte Alma einen ersten Fehler an Johnny: Er war überoptimistisch. Nachdem sie die Gangway passiert und Aufstellung bei ihren Buchstaben bezogen hatten, war außer den großen Schiffskoffern noch kein Gepäck da. Auch der Lanchester war noch nicht aus dem Laderaum gehievt worden.
Aber Alma genoß das aufregende Treiben: das Knarren der Holzklötze und Winden, das Hämmern der Maschinen und die Kommandorufe.
»Wartest du noch?«
Sie drehte sich um und sah Walter hinter sich.
»Ich wollte nachsehen, ob ich dir vielleicht helfen kann«, sagte er.
Sie war ihm dankbar. Zuvorkommend war er immer gewesen. »Das Gepäck ist noch nicht vollständig da«, erklärte sie ihm. »Die Koffer von Lydia fehlen noch.«
»Drei«, sagte er. »Sie stehen dort.«
Die Koffer standen ein paar Meter neben dem Buchstaben B, und sie hatte sie übersehen. Walter rief einen Hafenarbeiter herbei und ließ die drei Koffer zu dem Gepäck stellen, das Alma mitgebracht hatte. Dann suchte er einen Zollbeamten, der die Sachen ansehen sollte. Während der Zöllner seines Amtes waltete, sahen sie den Lanchester aus dem Laderaum Nummer zwei auftauchen. Er wirkte sehr zerbrechlich, als er hoch über der Pier schwebte, doch landete er ohne Panne auf dem Boden, und Johnny wartete schon, um achtzugeben, daß beim Entfernen der Taue die funkelnde Karosserie nicht beschädigt wurde.

»Komm«, sagte Walter, »wir bringen die leichteren Sachen rüber.«
»Und dein Gepäck?«
»Das hat Zeit. Ich gehe nochmals an Bord, um mich mit dem Kapitän zu unterhalten.« Er nahm einen Handkoffer und begleitete Alma, die jener Stelle zustrebte, an der die Autos entladen wurden. Johnny kontrollierte den Wagen, ob er Kratzer davongetragen hatte. Er sah Alma und kam ihnen entgegen.
»Sehr nett von Ihnen, Inspektor.«
»Aber, ich bitte Sie!« antwortete Walter. »Kommt das Gepäck in den Kofferraum?«
»Stellen Sie es nur hin. Ich muß ihn zuerst aufsperren.« Johnny griff in die Tasche, um den Schlüssel zu suchen.
»Das ist überflüssig«, sagte Walter. »Er ist bestimmt offen.«
Er betätigte den Verschluß des Kofferraumdeckels und öffnete ihn.
Ganz überrascht rief Johnny: »Zum Teufel ...«
Im Kofferraum, halb unter einer Decke verborgen, lag Livy Cordell. Er setzte sich auf und blinzelte ins Sonnenlicht. »Ich dachte es mir ja, daß das nur Sie sein können, Inspektor«, sagte er resigniert. Aber Walter schaute Alma an, und es war schwer zu erraten, ob sein Lächeln Genugtuung oder Erstaunen verriet.

23

»Inspektor, ich weiß gar nicht, wie ich Ihnen danken soll«, sagte Captain Rostron. »Das war ein Triumph der Detektivkunst. Ich glaube, damit stellen Sie den Fall Dr. Crippen in den Schatten. Das muß die Öffentlichkeit erfahren.«
»O danke«, sagte Walter, »aber ich möchte kein Aufsehen erregen.«
Der Kapitän lächelte. »Ich weiß nicht, ob sich das vermeiden läßt. Die New Yorker Presse wartet schon auf Sie. Man wird den reinsten Staatsempfang für Sie veranstalten, und den haben Sie auch verdient.«
»Aber ich möchte das nicht, Captain.« Walter fingerte nervös an seinem Kragen herum. »Ich wünsche, daß man mich in Ruhe läßt. Können Sie das nicht irgendwie bewerkstelligen?«
»Na gut, Sie brauchen ja bloß nicht an Land zu gehen.«
Walter riß die Augen auf.

»Wirklich«, sagte der Kapitän. »Wenn Sie wollen, können Sie in Ihrer Kabine bleiben.«
»Aber lange kann ich da nicht unterschlüpfen, sonst nehmen Sie mich wieder mit nach England.«
»Ja«, sagte der Kapitän und hob den Zeigefinger. »Darauf wollte ich gerade zu sprechen kommen.«
»Worauf wollten Sie zu sprechen kommen?« fragte Walter alarmiert.
»Wollen Sie noch einen Whisky? – Ich fürchte, ich werde Sie bitten müssen, morgen mit uns nach England zurückzufahren.«
»Wie bitte?«
»Lassen Sie es mich geradeheraus sagen: Ich weiß, daß Sie kein Kriminalbeamter sind.«
Walter nahm einen großen Schluck Whisky.
»Um es genauer zu sagen: kein Kriminalbeamter *mehr* sind, da Sie sich ja schon zurückgezogen haben«, erklärte Captain Rostron. »Das Ganze muß Ihnen sehr unangenehm sein, davon bin ich überzeugt, aber was soll ich Ihnen anderes vorschlagen? Wir müssen Cordell nach England bringen, damit er dort vor Gericht gestellt werden kann. Und da Sie nun einmal der Mann sind, der ihn überführt hat ...«
»Aber er ist doch Amerikaner«, unterbrach ihn Walter. »Wird er hier nicht vor Gericht gestellt?«
»Sie kennen doch die Rechtslage«, der Kapitän lächelte. »Er hat an Bord eines britischen Schiffes auf hoher See eine strafbare Handlung begangen. Er muß nach England gebracht werden. Selbstverständlich kann ich in Southampton die Polizei kommen lassen, damit sie ihn abholen. Dann brauchen Sie nicht in Erscheinung zu treten. Aber wir brauchen Sie dann unbedingt für das Gerichtsverfahren. Ein solches wird, wenn Sie nicht mitreisen, unmöglich.«
»Aber ich habe hier in Amerika eine Menge zu erledigen!«
»Sie werden sicher großzügig entschädigt.«
Walter blickte ihn stumm an.
»Lang dauert das bestimmt nicht«, sagte der Kapitän, der noch immer versuchte, die Angelegenheit herunterzuspielen. »Wir kehren diesmal sofort zurück. Wir stechen schon morgen in See.« Er legte eine Hand auf Walters Arm. »Was glauben Sie, welchen phantastischen Empfang Ihnen die Polizei bereiten wird!«

TEIL 6

Der Immigrant

1

Am folgenden Tage wurde die »Mauretania« gegen Mitternacht in die Fahrrinne des North River geschleppt. Sie sollte von hier aus die Rückfahrt über den Ozean antreten. Auf der Fahrt nach Osten befanden sich weniger Passagiere an Bord, da die Saison der Europareisen für 1921 praktisch zu Ende war. Die Passagierliste zeigte, daß es sich überwiegend um Geschäftsreisende handelte. In der zweiten Klasse tauchte der Name Walter Brown auf. Walter bekam die Mahlzeiten auf seine Kabine serviert. Bewegung verschaffte er sich nur dann, wenn er wußte, daß das Deck menschenleer war. Er war ja inzwischen berühmt. Chefinspektor Dews Überführung des »Mauretania«-Mörders hatte in New York Schlagzeilen gemacht. Auf der Titelseite jeder Zeitung hatte das Keystone-Foto geprangt.
Auf Befehl des Kapitäns waren ausgetüftelte Vorsichtsmaßnahmen ergriffen worden, um Walter vor aufdringlichen Passagieren und eventuellen Belästigungen durch Presseleute zu schützen. Vom Kabinensteward abgesehen, sah er nur den Arzt, der ihn täglich aufsuchte, um die verletzte Schulter frisch zu verbinden. Walter bedankte sich bei ihm, sagte aber, er habe das Gefühl, der Arzt verschwende seine Zeit, weil die Wunde längst abgeheilt sei.
»Der Heilprozeß«, meinte der Arzt, »verläuft sehr befriedigend, aber wir müssen trotzdem achtgeben, daß keine Infektion eintritt. Wenn wir in Southampton ankommen, müssen Sie voll einsatzfähig sein. Mit einem Heer von Reportern auf den Fersen können Sie sich keine demolierte Schulter leisten.«
Den letzten Zweifel über die Art des Empfangs in England beseitigte die Flut von Telegrammen, mit der Walter vom Funkraum eingedeckt wurde. Neben Glückwünschen und Einladungen befanden sich auch verlockende Angebote der Fleet-Street-Blätter darunter, die um Exklusivinterviews nachsuchten.
Am Samstag erzählte ihm der Arzt: »Haben Sie es schon gehört? Der ›Daily Sketch‹ hat in Worthing jemanden aufgestöbert, der behauptet, Sie seien gar nicht Inspektor Dew. Der Kerl gibt vor, *er*

habe Dr. Crippen festgenommen. Was die Leute nicht alles anstellen, um in die Zeitung zu kommen!«
Am Abend desselben Tages stattete der Kapitän Walter einen Besuch ab. »Ich hoffe, Sie sind mit allem zufrieden und man stört Sie nicht?«
»Ich bin zufrieden und werde von niemandem belästigt. Vielen Dank, Captain.«
»Das freut mich. Sicher haben Sie schon gehört, was Sie in England erwartet.«
»Ich kann es mir in etwa vorstellen.«
»Reizende Aussichten. Aber jemand muß sich über Ihre verzwickte Lage Gedanken gemacht haben. Wir bekamen vom Staatsanwalt dieses Telegramm.«
Walter las es: BITTEN HÖFLICH, CHEFINSPEKTOR DEW ZU VERANLASSEN, IN CHERBOURG AN LAND ZU GEHEN, UM PRESSERUMMEL ZU VERMEIDEN. Dann sagte er: »Der ist ja sehr aufmerksam.«
»Na ja«, ereiferte sich der Kapitän, »wenn man bedenkt, welche Unannehmlichkeiten Sie sich da auf den Hals geladen haben, dann wird man das wohl verlangen dürfen. Ich erwarte, daß wir Cherbourg am Dienstagvormittag anlaufen. Wahrscheinlich wird Sie dort jemand abholen.«
Die restliche Rückreise verlief ohne weitere Ereignisse, und sie schien sich entsprechend lange hinzuziehen. Als Walter am späten Montagmorgen auf Deck Luft schnappte, tauchte am Horizont der Leuchtturm von Bishop Rock auf. Kurz nach Mitternacht sah er backbords die Südküste Englands hell aufleuchten. Dann ging er zu Bett.
Am nächsten Morgen regnete es. Vom berühmten Wellenbrecher aus, auf dem die Passagiere in ein Beiboot umstiegen, um in den eigentlichen Hafen zu gelangen, war Cherbourg kaum zu erkennen. Walter schlug den Mantelkragen hoch und hielt zu jedem Menschen Abstand, der nur im entferntesten nach Presse aussah. Jeder Gedanke daran, in dem vielhundertköpfigen Gedränge am Ufer vielleicht untertauchen zu können, wurde mit einem Male zunichte gemacht.
Ein Mann in Uniform kam auf ihn zu, als er das Beiboot verließ, und sagte unverkennbar auf englisch: »Entschuldigen Sie, Sir, gehe ich recht in der Annahme, daß Sie Walter Baranov heißen?«
Walters Gesichtszüge verkrampften sich, aber er stritt es nicht ab. Er nickte schwach.

»Gott sei Dank hab' ich Sie gefunden«, sagte der Mann, dessen Uniform kaum auf einen Polizeibeamten schließen ließ. Seine Mütze, die hochgeschlossene Jacke und die Handschuhe erinnerten an einen Chauffeur. »Würden Sie bitte hier durchgehen, um die Zollformalitäten zu erledigen? Ihr Gepäck kommt nach.«
Walter folgte ihm ins Zollgebäude. Sie konnten sofort passieren. Hinter dem Zollgebäude überquerten sie einen gekiesten Hof, wo eine schwarze Limousine wartete.
»Wohin bringen Sie mich?« fragte Walter.
Der Uniformierte öffnete die hintere Wagentür. »Würden Sie so freundlich sein und einsteigen?«
Walter zog den Kopf ein, setzte einen Fuß auf das Trittbrett – und erstarrte.
Eine Frau saß im Fond der Limousine und sagte: »Walter, Liebling, oder muß ich Inspektor sagen?«
Es war Lydia.

2

»War das mit dem Telegramm kein guter Einfall?« fragte sie ihn, als sie an einem Tisch im Freien vor einem Restaurant in Caen saßen. »Ich habe mir sogar die Mühe gemacht, den Namen des Staatsanwalts herauszufinden, falls jemand auf die Idee kommen sollte nachzufragen. Aber die fielen sofort darauf herein.« Sie lachte. »Ich darf doch annehmen, daß du ein bißchen erschrocken bist, Liebling, oder?«
»Ja«, antwortete Walter. Er war immer noch blaß. »Wie hast du denn herausbekommen, daß ich mich für Inspektor Dew ausgegeben habe?«
»Ich hab' dein Bild in der Zeitung gesehen. Das war vielleicht ein Schreck! Als ich es zum erstenmal sah, zitterten mir die Knie: mein Göttergatte in der ›Daily Mail‹! Dann las ich in der Bildunterschrift, daß es Inspektor Dew sei. Na ja, dachte ich, jeder Mensch hat seinen Doppelgänger, und der hier war eben deiner. Aber ein paar Tage später stand in den Zeitungen, daß ein anderer Mann behauptete, Walter Dew zu sein. Wenn das stimmte, wer war dann der geheimnisvolle Mann auf dem Zeitungsbild? Nun gab es für mich keinen Zweifel mehr. Um Himmels willen, dachte ich, was hat mein Walter bloß angestellt? Es war klar, daß du ganz schön dumm dastehen würdest, sobald das Schiff in Southampton anlegte. Die Pressemen-

schen sind wie die Geier, Liebling. Von der Polizei möchte ich gar nicht reden. Deshalb kam ich auf die Idee mit dem schlichten Telegramm. Nun werden sie ihren geheimnisvollen Unbekannten nie finden.«

»Hoffentlich nie. Ich danke dir, Lydia!«

Sie ließ seine Hand nicht los. »Aber Liebling, das war doch wirklich das wenigste, was ich für dich tun konnte, nachdem du so galant warst.«

»Galant?«

Lydia kicherte. »Du bist ganz der alte Walter; immer noch so bescheiden! Was glaubst du, Herzchen, ist galanter oder romantischer als ein Gatte, der dir den Abschiedskuß gibt und dabei schon Vorsorge getroffen hat, dich auf dem Weg über das große Wasser zu begleiten, weil er es ohne dich nicht aushält? Es hat mich zutiefst berührt, und ich habe es sehr bedauert, daß ich gar nicht auf dem Schiff war.«

Walter staunte. »Du warst doch an Bord! Ich hab' dich doch beim Einschiffen gesehen. Dein Gepäck war in der Kabine, und ich habe stundenlang auf dich gewartet.«

Mit Daumen und Zeigefinger kniff sie ihn in die Wange. »Du bist unverbesserlich! Wie hätte ich wissen sollen, was du ausgeheckt hast?« Sie seufzte. »Und wenn ich daran denke, was ich alles versäumt habe! Hör zu, was passiert ist: Wie du ganz richtig gesehen hast, zog ich mich in meine Kabine zurück, um auszupacken. Das Schiff legte ab, und mir fiel ein, was du mir wegen der Seekrankheit geraten hattest. Ich ließ also das Mittagessen ausfallen. Ich setzte mich aufs Bett und blätterte in einer Zeitung, die ich mir kurz zuvor gekauft hatte.«

»Ich hab' sie auf dem Bett liegen sehen.«

»Hast du auch hineingeschaut, Walter? Ich hab' sie gelesen und geglaubt, mich trifft der Schlag. Gleich auf der Titelseite stand die Neuigkeit, daß Charlie Chaplin in England erwartet wurde. Er war an Bord der ›Olympic‹, die zwei Tage später in Southampton einlaufen sollte. Und ich befand mich genau auf dem Weg in die entgegengesetzte Richtung, um ihn zu besuchen! Ich war halb verrückt und in Tränen aufgelöst. Ich lief hinaus aufs Deck, um nachzusehen, wie weit wir schon vom Land entfernt waren – Meilen! Was konnte ich tun? Ich mußte um jeden Preis von diesem Kahn herunter, sonst war meine Chance, im Film Fuß zu fassen, gleich Null. Wie, glaubst du, daß ich es doch geschafft habe?«

Walter schüttelte den Kopf. »In Cherbourg bist du nicht von Bord gegangen. Da war nur eine junge Frau dabei, und das war die einzige.«
»Nein, Liebling. Deine gescheite Lydia hat das Schiff schon zuvor verlassen. Ich ging aufs Lotsenboot. Es kam, während ich noch krampfhaft überlegte, wie ich zurückgelangen konnte. Mit ein paar Leuten, die in Southampton das Klingelzeichen überhört hatten, fuhr ich wieder nach England. Es blieb nicht einmal Zeit, das Gepäck zu holen.«
»Das weiß ich.«
Wieder ergriff Lydia seine Hand. »Mein armer Walter! Du mußt ja vor Schreck ganz außer dir gewesen sein. Hast du geglaubt, daß ich den Verstand verloren habe? Was hast du getan? Alarm geschlagen?«
Der Wahrheit gemäß sagte Walter: »Ich saß da und wartete auf dich. Ich mußte ja annehmen, daß du noch an Bord warst, weil deine Sachen in der Kabine lagen.«
Lydia verdrehte die Augen. »Ich weiß, was du geglaubt hast: daß ich nicht allein war. Aber Walter! Für was für eine Frau hältst du mich eigentlich?«
Darauf gab er ihr keine Antwort, statt dessen sagte er: »Als es Mitternacht wurde, ging ich in meine Kabine in der zweiten Klasse.«
»Hast du die als Inspektor Dew gebucht?«
»Als Mr. Dew. Daß ich der Inspektor sein könnte, haben sie erst später vermutet.«
Sie mußte sich vor Lachen schütteln. »Und du warst zu höflich, um es ihnen auszureden. Walter, du bist einmalig! Weshalb bist du darauf gekommen, einen falschen Namen zu benutzen?«
»Ich wollte dich überraschen.«
Sie strahlte. »Was für ein hübscher Einfall! Liebling, ich bin ganz hingerissen. Etwas Romantischeres kann ich mir gar nicht vorstellen. Und ich habe das alles für nichts und wieder nichts durcheinandergebracht!«
»Wieso, hast du Chaplin nicht getroffen!«
»Doch. Ich ging ins Ritz, wo er abstieg, und ich wurde auch gleich vorgelassen.«
»Erinnerte er sich an dich?«
»Natürlich! Als hätten wir uns am Vortag zum letzten Mal gesehen.«
»Hat er dir ein Filmangebot gemacht?« fragte Walter begeistert.

Lydia seufzte. »Da wurde es kritisch. Er hätte mich von der Stelle weg nach Hollywood engagiert, aber weißt du, mit meinen Augen geht das nicht.«
»Mit deinen Augen? Dir fehlt doch nichts an den Augen?«
»Nur die richtige Farbe. Braune Augen wirken im Film schwarz. Sie machen alles kaputt.«
»Das hab' ich noch nie gehört.«
»Ich auch nicht. Aber es ist so. Du glaubst doch nicht, daß das eine Ausrede war, oder?«
Walter rieb sich das Kinn, als müsse er nachdenken.
»Aber das ist jetzt nicht mehr wichtig«, sagte Lydia und trank ihren Wein aus. »Ich habe inzwischen etwas gelernt: Ich bin mit einem Mann verheiratet, der mich sehr schätzt. Ich möchte ihn nie mehr von meiner Seite lassen.«
»Was sollen wir beide nun tun?« fragte Walter.
»Auf keinen Fall können wir nach England, solange der Rummel um dich nicht vergessen ist. Ich dachte, wir könnten nach Paris fahren – ich habe sowieso nichts mehr anzuziehen –, und anschließend fahren wir mit dem Auto durch Frankreich.«
»Und dann?«
»Keine Ahnung, Liebling. Fällt dir etwas ein?«
Einer plötzlichen Eingebung folgend, sagte Walter: »Was hältst du von einer Seereise?«